Du même auteur, dans la même collection :

Contes de Noël

Cette édition de *David Copperfield*
est publiée par Profrance / Maxi-livres
avec l'aimable autorisation des Éditions Jean-Claude Lattès
© Bibliothèque Lattès, 1991
© Profrance/Maxi-Livres, 1992, pour la présente édition

Charles Dickens

DAVID COPPERFIELD

Le 8 juin, il est victime d'un malaise, pendant le dîner. Il meurt le lendemain et est enterré à Westminster, parmi les rois et les grands poètes de l'Angleterre.

Un chant de Noël, Le carillon, le Grillon du foyer : trois des plus célèbres contes de Noël écrits par Charles Dickens, contes où se mêlent humour et fantastique, tendresse et simplicité, dans un Londres en fête aux vitrines illuminées, et où le bonheur surgit devant ceux qui ne l'attendaient plus...

I

Je suis né à Blunderstone, dans le comté de Suffolk, un vendredi. Lorsque mes yeux s'ouvrirent à la lumière de ce monde, mon père avait fermé les siens depuis plus de six mois.

Le grand personnage de notre famille, c'était une tante de mon père, par conséquent ma grand'tante à moi, miss Trotwood ou miss Betsy, comme l'appelait ma pauvre mère, quand elle parvenait à prendre sur elle de nommer cette terrible personne, ce qui arrivait très rarement. Miss Betsy habitait dans un hameau, bien loin, au bord de la mer, en compagnie de sa servante, sans voir âme qui vive.

Mon père avait été, je crois, le favori de miss Betsy, mais elle ne lui avait jamais pardonné son mariage, sous prétexte que ma mère n'était qu'« une enfant ». Mon père ne revit jamais miss Betsy. Il avait le double de l'âge de ma mère quand il l'avait épousée, et sa santé était loin d'être robuste. Il mourut un an après, six mois avant ma naissance.

Tel était l'état des choses, dans la matinée de ce mémorable et important vendredi. Quelques heures avant celle où je devais faire mon apparition en ce monde, ma mère vit arriver par le jardin une femme qu'elle ne connaissait pas. Au second coup d'œil, elle fut persuadée, sans savoir pourquoi, que cette femme était miss Betsy. Les rayons du soleil couchant éclairaient, à la porte du jardin, toute la personne de cette étrangère ; elle marchait d'un pas trop ferme et d'un air trop déterminé pour n'être pas Betsy Trotwood en personne.

En arrivant devant la maison, elle donna une autre preuve de son identité. Mon père avait souvent fait entendre à ma mère que sa tante ne se conduisait presque jamais comme le reste des humains. Et voilà, en effet, qu'au lieu de sonner à la porte, elle vint se planter devant la fenêtre, et appuya si fort son nez contre la vitre, qu'il en devint tout blanc et parfaitement plat.

Ma mère, qui était jeune et timide, se leva brusquement et alla se cacher dans un coin, derrière sa chaise. Miss Betsy, après avoir lentement parcouru toute la pièce du regard, aperçut enfin ma mère. Elle lui fit signe, d'un air renfrogné, de venir lui ouvrir la porte, comme quelqu'un qui a l'habitude du commandement. Ma mère lui obéit.

« Mistress David Copperfield, je suppose ? dit miss Betsy.

— Oui, répondit faiblement ma mère.

— Miss Trotwood, lui répliqua l'étrangère, vous avez entendu parler d'elle, je suppose. »

Ma mère dit qu'elle avait eu ce plaisir.

« Eh bien ! maintenant vous la voyez, » dit miss Betsy.

Ma mère baissa la tête et la pria d'entrer.

Elles s'acheminèrent vers la pièce que ma mère venait de quitter, et elles s'assirent. Miss Betsy gardait le silence ; après avoir fait de vains efforts pour se contenir, ma mère fondit en larmes.

« Allons, allons ! dit vivement miss Betsy, pas de tout cela, venez ici : ôtez votre bonnet, enfant, il faut que je vous voie. »

Trop effrayée pour résister à cette étrange requête, ma mère fit ce qu'on lui disait ; mais ses mains tremblaient tellement, quelle détacha ses longs cheveux en même temps que son bonnet.

« Ah ! bon Dieu ! s'écria miss Betsy, vous n'êtes qu'une enfant ! »

Ma mère avait certainement l'air très jeune pour son âge ; elle baissa la tête, pauvre femme ! comme si c'était sa faute, et murmura, au milieu de ses larmes, qu'elle avait peur d'être bien enfant, pour être déjà veuve et mère. Il y eut un moment de silence, pendant lequel ma mère s'imagina que miss Betsy lui passait doucement la main sur les cheveux. Elle leva timidement les yeux ; mais non, la tante était assise d'un air rechigné, devant le feu, la robe élevée, les mains croisées sur ses genoux, les pieds posés sur les chenets.

Tout à coup elle releva la tête, et dit : « C'est tout naturellement une fille que vous aurez. Cela ne fait pas l'ombre d'un doute. J'ai le pressentiment que ce sera une fille. Eh bien, mon enfant, à partir du jour de sa naissance, cette fille...

— Ou ce garçon, se permit d'insinuer ma mère.

— Je vous dis que j'ai le pressentiment que ce sera une fille. Prière de ne pas me contredire. A dater du jour de la naissance de cette fille, je veux être son amie. Je compte être sa marraine, et je vous prie de l'appeler Betsy Trotwood Copperfield. David était-il bon pour vous, enfant ? reprit miss Betsy après quelques instants de silence. Viviez-vous bien ensemble ?

— Nous étions très heureux, répondit ma mère, M. Copperfield n'était que trop bon pour moi.

— Vous étiez orpheline, n'est-ce pas ?

— Oui.

— Et gouvernante ?

— J'étais sous-gouvernante dans une maison où M. Copperfield venait souvent. M. Copperfield était très bon pour moi ; il m'a demandé de l'épouser. Je lui ai dit oui, et nous nous sommes mariés, ajouta ma mère avec simplicité.

— Pauvre enfant, dit miss Betsy, les yeux toujours fixés sur le feu, savez-vous faire quelque chose ?

— Madame, je vous demande pardon... balbutia ma mère.

— Savez-vous tenir une maison, par exemple ? dit miss Betsy ;

— Bien peu, j'en ai peur, répondit ma mère, mais M. Copperfield me donnait des leçons.

— Avec cela qu'il en savait bien long lui-même ! murmura miss Betsy.

— Et j'espère que j'en aurais profité, car j'avais grande envie d'apprendre, et c'était un maître si patient, mais le malheur affreux qui m'a frappée... » Ici, ma mère fut interrompue par ses sanglots.

« Bien, bien ! » dit doucement miss Betsy. Et elle ajouta aussitôt : « David avait placé sa fortune en rentes viagères. Qu'a-t-il fait pour vous ?

— M. Copperfield, répondit ma mère avec un peu d'hésitation, avait eu la grande bonté de placer sur ma tête une portion de cette rente.

— Combien ? demanda miss Betsy.

— Cent cinq livres sterling, répondit ma mère.

— Il aurait pu faire plus mal », dit ma tante.

Ma mère, plus souffrante, se retira dans sa

chambre ; miss Betsy s'installa tranquillement dans la pièce où ma mère l'avait reçue.

Quelques heures plus tard, le docteur Chillip, le médecin de la maison, vint trouver miss Betsy.

« Comment va-t-elle ? dit ma tante en croisant les bras. Elle avait ôté son chapeau, et le tenait suspendu par les brides, à son poignet gauche.

— Eh bien ! madame, répondit d'un ton suave le docteur Chillip, elle sera bientôt tout à fait bien, j'espère. Elle est aussi bien que possible pour une jeune mère qui se trouve dans une si triste situation. Je ne m'oppose pas à ce que vous la voyiez, madame. Cela lui fera peut-être du bien.

— Et *elle*, comment va-t-*elle* ? » demanda vivement miss Betsy.

M. Chillip pencha la tête en côté, et regarda miss Betsy d'un air câlin.

« L'enfant, s'écria ma tante, comment va-t-elle ?

— Madame, répondit M. Chillip, je me figurais que vous le saviez. C'est un garçon. »

Ma tante ne dit pas un mot ; elle saisit son chapeau par les brides, le lança comme une fronde à la tête de M. Chillip, le remit tout bosselé sur sa propre tête, sortit de la chambre et disparut pour toujours.

II

Les premiers objets que je retrouve sous une forme distincte, quand je cherche à me rappeler les jours de ma petite enfance, c'est d'abord ma mère, avec ses beaux cheveux et son air jeune. Ensuite c'est notre servante Peggotty. Elle n'a pas d'âge. Ses yeux sont si noirs, qu'ils jettent une nuance sombre sur tout son visage. Ses joues et ses bras sont si rouges, que jadis, il m'en souvient, je ne comprenais pas comment les oiseaux ne venaient pas la becqueter plutôt que les pommes.

Il me semble que je vois ma mère et Peggotty placées l'une en face de l'autre. Pour se faire petites, elles se penchent et s'agenouillent par terre, et je vais en chancelant de l'une à l'autre. Il me reste un souvenir qui me semble encore tout récent du doigt que Peggotty me tendait pour m'aider à marcher, un doigt usé par l'aiguille et plus rude qu'une râpe à muscade.

Qu'est-ce que je me rappelle encore ? Voyons.

Ce qui sort d'abord du nuage, c'est notre maison, souvenir familier et distinct.

Au rez-de-chaussée, voilà la cuisine de Peggotty, qui donne sur une cour ; dans cette cour il y a, au bout d'une perche, un pigeonnier sans le moindre pigeon ; une niche à chien, dans un coin, sans le moindre chien ; plus une quantité de poulets qui me paraissent gigantesques, et qui arpentent la cour, de leur air le plus menaçant et le plus féroce. Il y a un coq qui saute sur son perchoir pour m'examiner, tandis que je passe ma tête par la fenêtre de la cuisine. Cela me fait trembler ; il a l'air si cruel !

Voilà un long corridor ; je n'en vois pas la fin ; il mène de la cuisine de Peggotty à la porte d'entrée. Ensuite, il y a deux salons : le salon où nous nous tenons le soir, maman, moi et Peggotty ; car Peggotty est toujours avec nous quand nous sommes seuls et qu'elle a fini son ouvrage ; et puis, le grand salon où nous nous tenons le dimanche : il est plus beau, mais on n'y est pas aussi à son aise.

Voilà notre banc dans l'église, notre banc avec son grand dossier. Tout près il y a une fenêtre par laquelle on peut voir notre maison ; pendant l'office du matin, Peggotty la regarde à chaque instant pour s'assurer qu'elle n'a été ni brûlée ni dévalisée en son absence. Mais Peggotty ne veut pas que je fasse comme elle, et, quand cela

m'arrive, elle me fait signe de regarder le pasteur.
Cependant je ne peux pas toujours le regarder ;
je le connais bien quand il n'a pas cette grande
chose blanche sur lui, et j'ai peur qu'il ne s'étonne
de me voir le regarder fixement. Il va peut-être
s'interrompre pour me demander ce que cela
signifie. Mais qu'est-ce que je vais donc faire ?
C'est bien vilain de bâiller, et cependant il faut
bien s'occuper à quelque chose. Je regarde ma
mère, mais elle fait semblant de ne pas me voir.
Je regarde un petit garçon qui est là, près de moi,
et il me fait des grimaces. Je regarde le rayon de
soleil qui pénètre sous le porche, et je vois une
brebis égarée : ce n'est pas un pécheur que je
veux dire, c'est un mouton qui est sur le point de
pénétrer dans l'église. Je sens que si je le regardais
plus longtemps, je finirais par lui crier de s'en
aller, et alors ce serait une belle affaire !

Je regarde la chaire. Comme on y jouerait
bien ! Cela ferait une fameuse forteresse ; l'ennemi
se précipiterait par l'escalier pour nous attaquer ;
nous, nous l'écraserions avec le coussin de velours
et tous ses glands. Peu à peu mes yeux se ferment ;
j'entends encore le pasteur répéter un psaume ; il
fait une chaleur étouffante, puis je n'entends plus
rien, jusqu'au moment où je glisse de mon banc
avec un fracas épouvantable, et où Peggotty
m'entraîne hors de l'église, plus mort que vif.

Voilà mes plus anciens souvenirs. Ajoutez-y

l'opinion, si j'avais déjà une opinion, que Peggotty nous faisait un peu peur, à ma mère et à moi, et que nous suivions presque toujours ses conseils.

Un soir, Peggotty et moi nous étions seuls dans le salon, assis au coin du feu. J'avais lu à Peggotty une histoire de crocodiles. Ou bien j'avais lu avec peu d'intelligence, ou bien la pauvre fille avait été distraite, car l'impression fort vague qui lui resta de ma lecture, c'est que les crocodiles étaient une espèce de légumes. J'étais fatigué de lire, et je tombais de sommeil, mais on m'avait fait, ce soir-là, la grande faveur de me laisser attendre le retour de ma mère, qui dînait chez une voisine, et je serait plutôt mort sur ma chaise que d'aller me coucher.

J'écarquillais les yeux tant que je pouvais ; je tâchais de les fixer constamment sur Peggotty, qui cousait assidûment ; j'examinais le bout de cire sur lequel elle passait son fil, et qui était rayé dans tous les sens ; et la petite chaumière figurée, qui contenait son mètre, et sa boîte à ouvrage dont le couvercle représentait la cathédrale de Saint-Paul, avec un dôme rose. Puis c'était le tour du dé d'acier, enfin de Peggotty elle-même : je la trouvais charmante. J'avais une telle envie de dormir que, si j'avais cessé un seul instant de tenir mes yeux ouverts, c'était fini.

Elle s'en aperçut et me dit : « Lisez-moi encore

un peu des *cocodrilles,* car j'ai grande envie d'en savoir plus long sur leur compte. »

Nous en avions fini avec les crocodiles, et nous allions passer aux alligators, quand on sonna à la porte du jardin. Nous courûmes pour l'ouvrir ; c'était ma mère qui rentrait, plus jolie que jamais, à ce qu'il me sembla. Elle était escortée d'un monsieur qui avait des cheveux et des favoris noirs superbes. Il était déjà revenu de l'église avec nous le dimanche précédent.

Il me caressa la joue ; mais, je ne sais pourquoi, sa voix et sa personne ne me plaisaient nullement.

Ma mère remercia le monsieur de ce qu'il avait bien voulu prendre la peine de l'accompagner jusque chez elle. En parlant ainsi, elle lui tendit la main, et en lui tendant la main, elle me regardait.

« Dites-moi bonsoir, mon bel enfant, dit le monsieur.

— Bonsoir, dis-je.

— Venez ici, voyons, soyons bons amis, ajouta-t-il en riant. Donnez-moi la main. »

Je donnai ma main à l'étranger, qui la serra cordialement en disant que j'étais un fameux garçon, et puis il s'en alla.

Je le vis se retourner à la porte du jardin, et nous jeter un regard d'adieu avec ses yeux noirs qui avaient une expression de mauvais augure.

Est-ce le dimanche d'après que je revis le

monsieur inconnu ? ou bien s'écoula-t-il un plus long intervalle avant qu'il reparût ? Je ne saurais l'affirmer. Mais enfin, le dimanche en question, il était à l'église, et il revint avec nous jusqu'à la maison. J'appris qu'il s'appelait M. Murdstone.

Peu à peu Peggotty resta moins souvent le soir avec nous. Ma mère la traitait toujours avec déférence, peut-être même avec plus de déférence que par le passé. Nous faisions toujours un trio d'amis, mais pourtant ce n'était pas tout à fait comme autrefois, et nous n'étions plus si heureux.

Je m'accoutumais à voir le monsieur aux favoris noirs ; mais je ne l'aimais pas plus que par le passé. C'était une aversion d'enfant, purement instinctive, et fondée sur cette idée générale que Peggotty et moi nous n'avions besoin de personne pour aimer ma mère. Je n'avais pas d'arrière-pensée. Je savais faire, à part moi, mes petites réflexions ; mais quant à les réunir, pour en faire un tout, c'était au-dessus de ma portée. Nous étions un soir ensemble, Peggotty et moi, comme par le passé (ma mère était sortie selon sa coutume), quand Peggotty, après m'avoir regardé plusieurs fois, et après avoir plusieurs fois ouvert la bouche sans parler, me dit enfin, d'un ton câlin :

« Monsieur Davy, aimeriez-vous à venir avec moi passer quinze jours chez mon frère, à Yarmouth ? Cela ne vous amuserait-il pas ?

— Votre frère est-il agréable ? demandai-je prudemment.

— Ah ! je crois bien qu'il est agréable ! s'écria Peggotty en levant les bras au ciel. Et puis il y a la mer, et les barques, et les vaisseaux, et les pêcheurs, et la plage, et mon neveu Cham qui jouera avec vous. »

Ce programme de divertissements m'enchanta, et je répondis que tout cela m'amuserait prodigieusement. Mais qu'en dirait ma mère ?

« Eh bien ! répondit Peggotty en me regardant avec attention, je parierais une guinée qu'elle vous laissera aller. Si vous voulez, je le lui demanderai aussitôt qu'elle rentrera. Qu'en dites-vous ?

— Mais, qu'est-ce qu'elle fera quand nous ne serons plus là ? demandai-je en appuyant mes petits coudes sur la table, pour donner plus de force à mon objection. Elle ne peut pas rester toute seule.

— Que le bon Dieu vous bénisse ! répondit Peggotty, après quelques moments d'embarras. Ne savez-vous pas qu'elle va passer quinze jours chez mistress Grayper ; et mistress Grayper va avoir beaucoup de monde. »

Puisqu'il en était ainsi, j'étais tout prêt à partir. J'attendais avec impatience que ma mère revînt de chez mistress Grayper (car elle était chez elle ce soir-là), pour voir si on nous permettrait de mettre à exécution notre beau projet. Ma mère fut beaucoup moins surprise que je ne m'y attendais, et donna tout de suite son consentement. Tout fut arrangé dès le soir même ; et l'on convint de ce que l'on payerait pendant ma visite, pour la nourriture et le logement.

Le jour de notre départ arriva bientôt. Nous devions faire le voyage dans la carriole d'un voiturier qui partait le matin après déjeuner. J'aurais donné je ne sais quoi pour qu'on me permît de m'habiller la veille au soir et de me coucher tout botté.

III

Le cheval du voiturier était bien la plus pares-
seuse bête qu'on pût imaginer (du moins je
l'espère). Il cheminait lentement, la tête pendante,
comme s'il se plaisait à faire attendre les pratiques
pour lesquelles il transportait des paquets. Je
m'imaginais même parfois qu'il éclatait de rire ;
mais le voiturier m'assura que c'était tout simplement un accès de toux, vu qu'il avait un gros
rhume.

Le voiturier, lui aussi, avait l'habitude de se
tenir la tête pendante, le corps penché en avant,
pendant qu'il conduisait, dormant à moitié, les
bras étalés sur les genoux. Quant à sa conversation, elle consistait uniquement à siffler.

Peggotty avait sur ses genoux un panier de
provisions qui aurait bien pu durer jusqu'à Londres, si nous avions dû y aller par le même moyen
de transport. Nous mangions et nous dormions
alternativement. Peggotty s'endormait régulière-

ment le menton appuyé sur l'anse de son panier, et jamais, si je ne l'avais pas entendu de mes oreilles, on ne m'aurait fait croire qu'une faible femme pût ronfler avec tant d'énergie.

Nous fîmes tant de détours par une foule de petits chemins, et nous passâmes tant de temps à une auberge où il fallait déposer un bois de lit, et dans bien d'autres endroits encore, que j'étais bien fatigué et bien content d'arriver à Yarmouth. Je trouvai Yarmouth bien spongieux et bien imbibé, en jetant les yeux sur la grande étendue d'eau qu'on voyait le long de la rivière. Je ne pouvais pas non plus m'empêcher d'être surpris en voyant une partie du monde si plate, quand mon livre de géographie affirmait que la terre était ronde. Mais, à la réflexion, je me dis que Yarmouth était probablement situé à l'un des pôles, ce qui expliquait tout.

« Voilà mon neveu Cham, s'écria tout à coup Peggotty ; a-t-il grandi ! c'est à ne pas le reconnaître. »

Cham, en effet, nous attendait à la porte de l'auberge ; il me demanda comment je me portais, comme à une vieille connaissance. Au premier abord, il me sembla que je ne le connaissais pas aussi bien qu'il avait l'air de me connaître. Mais notre intimité fit de rapides progrès quand il me prit sur son dos pour m'emporter chez lui. C'était un grand garçon de six pieds de haut, fort et gros

à proportion, avec des épaules rondes et robustes ;
mais son visage avait une expression enfantine, et
ses cheveux blonds tout frisés lui donnaient l'air
d'un mouton.

Tout en me portant sur son dos, Cham tenait
sous son bras une petite caisse à nous ; Peggotty
en portait une autre. Nous finîmes par arriver en
face d'une grande étendue grise que j'avais déjà
vue de loin. Cham me dit :

« Voilà notre maison, monsieur Davy. »

Je regardai de tous côtés, aussi loin que mes
yeux pouvaient voir dans ce désert, sur la mer,
sur la rivière, mais sans découvrir la moindre
maison. Il y avait près de là une barque noire,
une espèce de vieux bateau, échoué sur le sable ;
un tuyau en tôle, en guise de cheminée, fumait
tout tranquillement ; mais je n'apercevais rien
autre chose qui eût l'air d'une habitation.

« Ce n'est pas ça ? dis-je ; ce n'est pas cette
chose qui ressemble à un bateau ?

— C'est ça, monsieur Davy ! » répondit Cham.

Si c'eût été le palais d'Aladin, je n'aurais pas,
je crois, été plus charmé de l'idée romanesque d'y
demeurer. Il y avait dans le flanc du bateau une
charmante petite porte ; il y avait un plafond et
des petites fenêtres. Mais, ce qui en faisait le
mérite, c'est que c'était un vrai bateau, qui avait
certainement vogué sur la mer des centaines de
fois ; un bateau, enfin, qui n'avait jamais été

destiné à servir d'habitation sur la terre ferme.
C'est précisément là ce qui en faisait le charme à
mes yeux. S'il avait été jamais destiné à servir de
maison, je l'aurais peut-être trouvé petit pour une
maison, ou incommode, ou trop isolé ; mais du
moment que la chose n'avait pas été construite à
cet effet, c'était une ravissante demeure.

A l'intérieur elle était parfaitement propre, et
aussi bien arrangée que possible. Il y avait une
table, une horloge de Hollande, une commode, et
sur la commode un petit plateau où l'on voyait
une dame armée d'un parasol, se promenant avec
un enfant à l'air martial, qui jouait au cerceau.
Une Bible retenait le plateau et l'empêchait de
glisser. S'il était tombé, le plateau aurait brisé
dans sa chute une quantité de tasses, de soucoupes
et une théière qui étaient rangées autour du livre.
Sur les murs il y avait quelques gravures coloriées,
encadrées et sous verre, qui représentaient des
sujets de l'Écriture. Des poutres du plafond sor-
taient de grands crochets dont je ne comprenais
pas encore l'usage. Enfin, on avait pour s'asseoir
des coffres et autres objets aussi commodes, en
guise de chaises.

Dès que j'en franchis le seuil, je vis tout cela
d'un clin d'œil. Puis Peggotty ouvrit une petite
porte et me montra ma chambre à coucher. C'était
la chambre la plus complète et la plus charmante
qu'on puisse imaginer, dans la poupe du bateau,

avec une petite fenêtre par laquelle passait autrefois
le gouvernail ; un petit miroir, placé juste à ma
hauteur, avec un cadre en coquilles d'huîtres ; un
petit lit, juste assez grand pour qu'on pût s'y
fourrer ; et sur la table un bouquet d'herbes
marines, dans une cruche bleue. Les murs étaient
d'une blancheur éclatante, et le couvre-pied avait
des nuances si vives, que cela m'en faisait mal
aux yeux.

Ce que je remarquai surtout dans cette délicieuse maison, c'est une odeur de poisson ; elle
était si pénétrante que, quand je tirai mon mouchoir de poche, on aurait dit, à l'odeur, qu'il
avait servi à envelopper un homard. Lorsque je
fis part de cette découverte à Peggotty, elle
m'apprit que son frère faisait le commerce des
homards, des crabes et des écrevisses. Je trouvai
ensuite un tas de ces animaux, étrangement
entortillés les uns dans les autres, et toujours
occupés à pincer tout ce qu'ils trouvaient au fond
d'un petit réservoir en bois, où on mettait aussi
les pots et les bouilloires.

Nous avions été accueillis à notre entrée par
une femme très polie qui portait un tablier blanc.
Je l'avais déjà vue nous faire la révérence à une
demi-lieue de distance quand j'arrivais, sur le dos
de Cham. Elle avait près d'elle une ravissante
petite fille (ravissante à mon avis, du moins).
Cette petite fille portait un collier de perles bleues.

Nous finissions de dîner, lorsque nous vîmes entrer un homme aux longs cheveux qui avait l'air bon enfant. C'était M. Peggotty, le frère de ma Peggotty à moi.

Quand nous eûmes pris le thé, on ferma la porte, et on s'installa bien confortablement ; car les soirées étaient déjà froides et brumeuses. M. Peggotty fumait sa pipe. Je sentis que le moment était propre à la conversation et à l'intimité.

« Monsieur Peggotty ! lui dis-je.

— Monsieur, répondit-il.

— Est-ce parce que vous vivez dans une espèce d'arche que vous avez donné à votre fils le nom de Cham ? »

M. Peggotty sembla trouver que c'était une idée très profonde, mais il répondit :

« Non, monsieur, ce n'est pas moi qui lui ai donné ce nom, ou tout autre nom.

— Qui donc, alors ?

— Mais, monsieur, c'est son père, dit M. Peggotty.

— Je croyais que vous étiez son père.

— C'était mon frère Joe qui était son père, répondit M. Peggotty.

— Il est donc mort ? demandai-je après un moment de silence respectueux.

— Noyé », dit M. Peggotty.

J'étais fort surpris que M. Peggotty ne fût pas le père de Cham, et je commençais à me demander

M. Peggotty fumait sa pipe.

si je ne me trompais pas aussi sur les liens de parenté qui pouvaient exister entre lui et les autres personnes présentes. J'avais si grande envie de savoir ce qui en était, que je me déterminai à le demander à M. Peggotty.

« Et la petite Émilie, dis-je en regardant la ravissante petite fille qui avait un collier de perles bleues, c'est votre fille, n'est-ce pas, monsieur Peggotty ?

— Non, monsieur, c'était mon beau-frère Tom qui était son père. »

Je ne pus m'empêcher de lui dire après un autre temps de silence respectueux : « Il est mort, monsieur Peggotty ?

— Noyé », répondit M. Peggotty.

Je sentais combien il était difficile de continuer ce sujet de conversation ; mais je ne savais pas encore tout, et je voulais tout savoir. J'ajoutai donc :

« Vous avez des enfants, monsieur Peggotty ?

— Non, monsieur, répondit-il en souriant. Je suis célibataire.

— Célibataire ! m'écriai-je avec étonnement. Mais alors qu'est-ce que c'est que ça, monsieur Peggotty ? » Et je lui montrai la personne en tablier blanc, qui tricotait.

« C'est mistress Gummidge, répondit M. Peggotty.

— Gummidge ? monsieur Peggotty ? »

Mais ici Peggotty, je veux dire ma Peggotty à
moi, m'adressa des signes tellement expressifs
pour me dire de ne plus faire de questions, que je
m'assis, regardant toute la compagnie, qui garda
le silence jusqu'au moment où on alla se coucher.
Alors, dans le secret de ma petite chambre,
Peggotty me dit ce que je désirais savoir. Mistress
Gummidge était la veuve d'un marin, associé de
M. Peggotty dans l'exploitation d'une barque. En
mourant, ce marin avait laissé sa veuve sans
ressources. « Mon frère n'est lui-même qu'un
pauvre homme, disait Peggotty, mais c'est de
l'or en barre, franc comme l'acier (je cite sa
comparaison) ». Le seul sujet qui le fît sortir de
son caractère ou qui le portât à jurer, c'était
lorsqu'on parlait de sa générosité. Pour peu qu'on
y fît allusion, il donnait sur la table un violent
coup de poing ; si bien qu'un jour il en fendit la
table en deux, et il jura qu'il « ficherait le camp »
et s'en irait au diable, si jamais on lui parlait
de ça. J'eus beau faire ensuite des questions
nombreuses, personne n'avait la moindre explication grammaticale à me donner sur l'étymologie
de cette terrible locution « ficher le camp ». Mais
tous s'accordaient à la regarder comme une impré-
cation des plus solennelles.

Je sentais profondément toute la bonté de mon
hôte, et j'avais l'âme très satisfaite, sans compter
que je tombais de sommeil, tout en prêtant l'oreille

au bruit que faisaient les femmes en allant se coucher dans de petits lits semblables au mien, à l'autre extrémité du bateau. M. Peggotty et Cham suspendaient deux hamacs aux crochets du plafond.

Je m'éveillai tranquillement le lendemain matin, dès que le soleil brilla sur le cadre en coquilles d'huîtres qui entourait mon miroir, je sautai hors de mon lit, et je courus sur la plage avec la petite Émilie, pour ramasser des coquillages.

Nous errâmes longtemps ensemble, tout en remplissant nos poches d'un tas de choses que nous trouvions très curieuses ; et nous rentrâmes pour déjeuner, tout rouges de santé et de plaisir.

« Comme deux jeunes grives », dit M. Peggotty ; ce que je pris pour un compliment.

Je découvris bientôt que mistress Gummidge n'était pas toujours aussi aimable qu'on aurait pu s'y attendre, vu les termes dans lesquels elle se trouvait vis-à-vis de M. Peggotty. Mistress Gummidge était naturellement assez grognon, et elle se plaignait plus qu'il ne fallait pour que cela fût agréable dans une si petite colonie. J'en étais très fâché pour elle, mais souvent je me disais qu'on serait bien mieux à son aise si mistress Gummidge avait une chambre commode, où elle pût se retirer, le temps seulement de reprendre un peu de bonne humeur.

Un jour qu'elle avait été encore plus grognon

qu'à l'ordinaire, M. Peggotty nous dit à voix
basse, après son départ :

« Elle pense à l'ancien. »

Je ne comprenais pas bien sur quel ancien on
supposait qu'avaient porté les méditations de
mistress Gummidge, mais ma Peggotty me l'expliqua en m'aidant à me mettre au lit. L'ancien,
c'était feu Gummidge, et M. Peggotty avait
toujours cette explication toute prête pour excuser
mistress Gummidge, dans les mauvais moments.

Ce soir-là, je l'entendis répéter plusieurs fois à
Cham, du hamac où il était couché : « Pauvre
femme, c'est qu'elle pensait à l'ancien. »

Et toutes les fois que, durant mon séjour,
mistress Gummidge se laissa aller à sa mélancolie,
c'est-à-dire assez souvent, il répéta la même chose
pour excuser son abattement, et toujours avec la
plus tendre commisération.

Enfin le jour de la séparation arriva. Pendant
tout le temps de ma visite, j'avais oublié la maison
paternelle ; mais à peine eus-je repris le chemin
de ma demeure, que ma conscience enfantine
m'en montra le chemin d'un air de reproche. Plus
je me sentais désolé, mieux je compris que c'était
là mon refuge, et que ma mère était mon amie et
ma consolation.

A mesure que nous avancions, ce sentiment
prenait plus de force.

Aussi, en reconnaissant sur la route tout ce qui

m'était familier et cher, je me sentais transporté de désir d'arriver près de ma mère et de me jeter dans ses bras. Mais Peggotty, au lieu de partager mes transports, cherchait à les calmer (bien que très tendrement) ; elle avait l'air embarrassé et mal à son aise.

Blunderstone-la-Rookery devait cependant, en dépit des efforts de Peggotty, apparaître devant moi, lorsque cela plairait au cheval du voiturier. Je le vis enfin, comme je me le rappelle encore, par cette froide matinée, sous un ciel gris qui annonçait la pluie.

La porte s'ouvrit ; moitié riant, moitié pleurant, dans une douce agitation, je levai les yeux pour voir ma mère. Ce n'est pas elle que je vis, mais une servante inconnue.

« Comment, Peggotty ! m'écriai-je d'un ton lamentable, elle n'est pas encore revenue ?

— Si, si, monsieur Davy, dit Peggotty, elle est revenue. Attendez un moment, monsieur Davy, et... et je vous dirai quelque chose. »

Quand elle fut descendue de voiture, elle me prit par la main, me fit entrer dans la cuisine, à ma grande stupéfaction, puis ferma la porte.

« Peggotty, dis-je tout effrayé, qu'est-ce qu'il y a donc ?

— Il n'y a rien, mon cher monsieur Davy ; que le bon Dieu vous bénisse ! répondit-elle en affectant de prendre un air joyeux.

— Si, je suis sûr qu'il y a quelque chose. Où est maman ?

— Où est maman, monsieur Davy ? répéta Peggotty.

— Oui, pourquoi n'est-elle pas à la grille ? Et pourquoi sommes-nous entrés ici ? Oh ! Peggotty. » Mes yeux se remplissaient de larmes, et il me semblait que j'allais tomber.

« Que dieu le bénisse, ce cher enfant ! cria Peggotty en me saisissant par le bras. Qu'est-ce que vous avez ? Mon chéri, parlez-moi !

— Elle n'est pas morte, elle aussi ? Oh ! Peggotty, elle n'est pas morte ?

— Non ! » s'écria Peggotty avec une énergie incroyable ; puis elle se rassit toute haletante, en disant que je lui avais porté un coup.

Je me mis à l'embrasser de toutes mes forces pour effacer le coup ou pour lui en donner un autre qui rectifiât le premier, puis je restai debout devant elle, silencieux et étonné.

« Voyez-vous, mon chéri, reprit-elle, j'aurais dû vous le dire plus tôt, mais je n'en ai pas trouvé l'occasion. J'aurais dû le faire, peut-être ; mais voilà... c'est que... je n'ai pas pu me décider tout à fait.

— Continuez, Peggotty, dis-je, plus effrayé que jamais.

— Monsieur Davy, dit-elle en dénouant son

chapeau d'une main tremblante, c'est que, voyez-vous, vous avez un papa ! »

Je tremblai, puis je pâlis. Quelque chose qui semblait venir du tombeau de mon père, comme si les morts s'étaient réveillés, avait passé sur moi, comme un souffle mortel.

« Un autre, dit Peggotty.

— Un autre ? » répétai-je.

Peggotty toussa légèrement, comme si elle avait eu de la peine à avaler ; puis, me prenant la main, elle me dit :   .

« Venez le voir.

— Je ne veux pas le voir.

— Et votre maman ? » dit Peggotty.

Je ne résistai plus, et nous allâmes droit au grand salon, où elle me laissa. Ma mère était assise à un coin de la cheminée ; je vis M. Murdstone assis à l'autre. Ma mère laissa tomber son ouvrage et se leva précipitamment, mais timidement, à ce que je crus voir.

« Maintenant, Clara, ma chère, dit M. Murdstone, souvenez-vous ! Il faut vous contenir, il faut toujours vous contenir ! Davy, mon garçon, comment vous portez-vous ? »

Je lui tendis la main. Après un moment d'hésitation, j'allai embrasser ma mère ; elle m'embrassa aussi, posa doucement sa main sur mon épaule, puis se remit à travailler. Je n'osais lever les yeux, mais je sentais que M. Murdstone me regardait.

Je m'approchai de la fenêtre et je contemplai longtemps quelques arbustes courbés sous le poids du givre.

Dès que je pus m'échapper, je montai l'escalier. Mon ancienne chambre, que j'aimais tant, était toute changée, ce n'était plus ma chambre. Je redescendis pour voir si je trouverais quelque chose qui n'eût pas été changé ; j'errai dans la cour, mais bientôt je fus obligé de m'enfuir. Car la niche, qui avait toujours été vide, était maintenant occupée, par un grand chien, à la gueule profonde et à la crinière noire : un vrai diable. A ma vue, il s'était élancé de mon côté, comme pour me happer.

IV

Si la chambre où l'on avait transporté mon lit
pouvait rendre témoignage de ce qui se passait
entre ses quatre murs, je pourrais, aujourd'hui
encore, la prendre à témoin de la désolation à
laquelle mon cœur était en proie lorsque j'y entrai
ce soir-là. Je m'assis ; mes petites mains se
croisèrent machinalement, et je me mis à penser.

Je finis par me rouler dans un coin de mon
couvre-pied et je m'endormis en pleurant.

Je me réveillai. Une voix venait de dire : « Le
voilà ! » Une main découvrait doucement ma tête
brûlante. Ma mère et Peggotty étaient venues à
moi, et c'était la voix de l'une d'elles que j'avais
entendue.

« Davy, me dit ma mère, qu'est-ce que vous
avez donc ? »

Comment pouvait-elle me demander cela ? Je
répondis : « Je n'ai rien. » Mais je détournai la

tête pour cacher le tremblement de ma lèvre, qui aurait pu lui en dire trop long.

« Davy ! dit ma mère, Davy, mon enfant ! »

Aucune parole n'aurait pu me troubler plus profondément que ces simples mots : « Mon enfant ! » Je cachai mes larmes dans mon oreiller, et je repoussai la main de ma mère qui cherchait à m'attirer à elle.

Tout à coup je sentis se poser sur moi une main qui n'était ni celle de ma mère, ni celle de Peggotty ; je me glissai au pied de mon lit. C'était la main de M. Murdstone qui tenait mon bras.

« Qu'est-ce que cela signifie, Clara, mon amour ? Avez-vous oublié ? Un peu de fermeté, ma chère !

— Je suis bien fâchée, Édouard, répondit ma mère, je voulais être raisonnable, mais je me sens si triste !

— Descendez, mon amour, reprit M. Murdstone, David et moi nous allons revenir tout à l'heure. »

Peggotty sortit avec ma mère.

Lorsque nous fûmes tous deux seuls, il ferma la porte, et, s'asseyant sur une chaise, il fixa sur moi un regard perçant ; je ne pouvais détourner mes yeux des siens. Il me semble encore entendre battre mon petit cœur.

« David, dit-il, et ses lèvres minces se serraient

l'une contre l'autre, quand j'ai à réduire un cheval ou un chien entêté, qu'est-ce que je fais ?

— Je n'en sais rien.

— Je le bats. »

Je lui avais répondu d'une voix presque éteinte, mais je sentais maintenant que la respiration me manquait tout à fait.

« Je le force à céder et à me demander grâce. Je me dis : Voilà un drôle que je veux dompter ; quand même cela devrait lui coûter tout le sang qu'il a dans les veines, j'en viendrai à bout. Qu'est-ce que je vois là, sur votre joue ?

— C'est de la boue, » répondis-je.

Il savait aussi bien que moi que c'était la trace de mes larmes. Mais, m'eût-il adressé vingt fois la même question, en me rouant de coups chaque fois, je crois que je lui aurais toujours fait la même réponse, dût mon cœur se briser.

« Pour un enfant, vous avez beaucoup d'intelligence, dit-il avec le sombre sourire qui lui était familier ; vous m'avez compris, je crois. Lavez-vous la figure, monsieur, et descendez avec moi. »

Il me montra la toilette et me fit signe de lui obéir immédiatement. Si j'avais seulement hésité, il m'aurait roué de coups, j'en suis sûr.

« Clara, ma chère, dit-il, quand nous fûmes descendus au salon, on ne vous tourmentera plus, j'espère. Nous corrigerons notre petit caractère. »

Dieu m'est témoin qu'en ce moment un mot

de tendresse aurait pu me rendre meilleur pour toute ma vie, peut-être faire de moi une autre créature. En m'encourageant et en m'expliquant ce qui s'était passé, en m'assurant que j'étais le bienvenu, et que la maison de ma mère serait toujours mon *chez moi*, M. Murdstone aurait pu attirer à lui mon cœur, au lieu de s'assurer une obéissance hypocrite. Au lieu de le haïr, j'aurais pu le respecter. Il me sembla que ma mère était fâchée de me voir là, debout au milieu du salon, l'air malheureux et effaré. Lorsqu'elle me vit aller m'asseoir timidement, je crus remarquer que ses yeux me suivaient plus tristement encore, comme si elle eût souhaité me voir plutôt courir gaiement. Mais sur le moment elle ne me dit pas un mot ; et plus tard, il n'était plus temps.

Nous dînâmes seuls tous les trois. Je compris à la conversation de ma mère et de M. Murdstone, qu'ils attendaient, le soir même, une sœur de M. Murdstone, qui venait demeurer avec eux. M. Murdstone, sans être précisément dans le commerce, avait une part annuelle dans les bénéfices d'un négociant en vins de Londres, et sa sœur avait le même intérêt que lui dans cette maison.

Après le dîner, nous étions assis au coin du feu, et je méditais d'aller retrouver Peggotty, mais la crainte que j'avais de mon nouveau maître m'ôtait la hardiesse de m'échapper, lorsqu'on entendit une voiture s'arrêter à la grille du jardin.

C'était miss Murdstone qui venait d'arriver.
Elle avait l'air sinistre, les cheveux noirs, comme
son frère, auquel elle ressemblait beaucoup de
figure et de manières. Ses sourcils épais se croi-
saient presque sur son grand nez, comme si elle
eût reporté là les favoris que sa qualité de femme
ne lui permettait pas de garder à leur place
naturelle. Elle était suivie de deux caisses noires,
dures et farouches comme elle ; sur le couvercle
on lisait ses initiales en clous de cuivre. Quand
elle voulut payer le cocher, elle tira son argent
d'une bourse d'acier ; elle la referma ensuite dans
un sac qui avait l'air d'une prison portative,
suspendue à son bras au moyen d'une lourde
chaîne et qui claquait en se fermant, comme une
trappe. Je n'avais jamais vu une dame aussi
métallique que miss Murdstone.

On la fit entrer dans le salon, avec une foule
de souhaits de bienvenue, et là elle salua solennellement ma mère comme sa nouvelle et proche
parente, puis, levant les yeux sur moi, elle dit :

« Est-ce votre fils, ma belle-sœur ? »

Ma mère dit que oui.

« En général, dit miss Murdstone, je n'aime
pas les garçons. Comment vous portez-vous, petit
garçon ? »

Je répondis à ce discours obligeant que je me
portais très bien, et que j'espérais qu'il en était
de même pour elle. Mais j'y mis si peu de grâce,

que miss Murdstone me jugea immédiatement en
deux mots : « Mauvaises manières ! »

Après avoir pononcé cette sentence d'une voix
très sèche, elle demanda à voir sa chambre, qui
devint dès lors pour moi un lieu de terreur et
d'épouvante.

Je crus comprendre que miss Murdstone venait
s'installer chez nous pour tout de bon, et qu'elle
n'avait nulle intention de jamais repartir.

Elle enleva sans façon les clefs de la maison à
ma mère ; et désormais les garda dans son sac
d'acier pendant la journée, sous son oreiller
pendant la nuit ; et dorénavant, malgré quelques
timides réclamations, ma mère n'eut pas à s'en
occuper plus que moi.

La teinte sombre qui dominait dans le sang des
Murdstone assombrissait aussi leur religion, qui
était austère et farouche. J'ai pensé depuis que
c'était la conséquence nécessaire de la fermeté de
M. Murdstone, qui ne pouvait souffrir l'idée de
voir échapper quelqu'un aux châtiments les plus
sévères qu'il pût inventer. Quoi qu'il en soit,
je me rappelle bien les visages menaçants qui
m'entouraient quand j'allais à l'église, et comme
tout était changé autour de moi. Si par malheur
je remue le petit doigt, miss Murdstone me donne
dans les côtes, avec son livre de prières, de bonnes
bourrades qui me font grand mal.

Je vois encore, en revenant à la maison,

quelques-uns de nos voisins qui regardent ma
mère et qui se parlent à l'oreille. Il me semble
qu'elle marche d'un pas moins joyeux et que sa
beauté a presque disparu.

En attendant qu'on me mît en pension, je
prenais mes leçons à la maison. Ma mère y
présidait nominalement, mais en réalité je les
recevais de M. Murdstone et de sa sœur, qui
étaient toujours présents et qui trouvaient là une
occasion favorable de donner à ma mère des leçons
de fermeté. Je crois, que c'est uniquement pour
cela qu'ils me gardaient à la maison. J'avais assez
de facilité et j'apprenais avec plaisir, du temps où
nous vivions seuls ensemble, ma mère et moi. Il
me semble que j'ai été conduit par un sentier de
fleurs depuis la première lettre de l'alphabet
jusqu'au livre des crocodiles. Mais les leçons
solennelles qui suivirent celles-là furent un coup
mortel porté à mon repos, un labeur pénible, un
chagrin de tous les jours. Elles étaient très longues,
très nombreuses, très difficiles. La plupart étaient
parfaitement inintelligibles pour moi, et j'en avais
grand'peur ; aussi grand'peur que ma pauvre
mère.

Voici comment les choses se passaient presque
tous les matins.

Je descends après le déjeuner dans le petit salon,
avec mes livres, mon cahier et une ardoise. Ma
mère m'attend près de son pupitre ; mais si elle

est disposée à m'entendre, il y a quelqu'un qui l'est encore plus qu'elle : c'est M. Murdstone qui fait semblant de lire, dans son fauteuil, près de la fenêtre, ou bien miss Murdstone, qui enfile des perles d'acier à côté de ma mère. La vue de ces deux personnages exerce sur moi une telle influence, que je commence à sentir m'échapper, pour courir la prétantaine, les mots que j'ai eu le plus de peine à me fourrer dans la tête.

Je tends mon premier livre à ma mère. C'est un livre de grammaire, ou d'histoire, ou de géographie. Avant de le lui donner, je jette un dernier regard de désespoir sur la page, et je pars au grand galop pour la réciter pendant que je la sais encore un peu. Je saute un mot, M. Murdstone lève les yeux. Je saute un autre mot, miss Murdstone lève les yeux. Je rougis, je passe une demi-douzaine de mots, et je m'arrête. Je crois que ma mère me montrerait bien le livre si elle l'osait, mais elle n'ose pas, et alors elle me dit doucement :

« Oh ! Davy, Davy !

— Voyons, Clara, dit M. Murdstone, soyez ferme avec cet enfant ; ne dites pas : ''Oh ! Davy, Davy !'' C'est un enfantillage. Il sait sa leçon ou il ne la sait pas.

— Il ne la sait pas, reprend miss Murdstone d'une voix terrible.

— J'en ai peur, dit ma mère.

— Vous voyez bien, Clara, ajoute miss Murd-stone, qu'il faut lui rendre le livre et l'envoyer rapprendre sa leçon.

— Oui, certainement, dit ma mère ; c'est ce que je vais faire, ma chère Jane. Voyons, David, recommence, ne sois pas si stupide. »

J'obéis à la première de ces injonctions, et je me remets à apprendre ; mais je ne réussis pas en ce qui concerne la seconde, car je suis plus stupide que jamais. Avant d'arriver à l'endroit fatal, je m'arrête à un passage que je savais parfaitement tout à l'heure, et je me mets à réfléchir. M. Murdstone fait un signe d'impatience que j'attendais depuis longtemps, miss Murdstone en fait autant. Ma mère les regarde d'un air résigné, ferme le livre et le met de côté comme un arriéré que j'aurai à acquitter quand mes autres devoirs seront faits.

Le nombre des arriérés va grossissant comme une boule de neige. Je deviens de plus en plus stupide. Ma mère a pitié de moi et cherche à me souffler. Miss Murdstone, qui est aux aguets depuis longtemps, dit d'une voix grave :

« Clara ! »

Ma mère tressaille, rougit et sourit faiblement. M. Murdstone se lève, prend le livre, me le jette à la tête, ou me donne un soufflet et me fait sortir brusquement de la chambre.

Quand j'ai fini d'apprendre mes leçons, il me

reste encore à faire ce qu'il y a de plus terrible :
une effrayante multiplication. Je traîne dessus
jusqu'au dîner. On me donne un morceau de
pain sec et je passe en pénitence tout le reste de
la journée.

Quant à jouer avec d'autres enfants de mon
âge, cela m'arrivait rarement, car la sombre
théologie des Murdstone leur faisait envisager les
enfants comme une race de petites vipères (et
pourtant il y eut jadis un enfant placé au milieu
des disciples), et à les croire, ils n'étaient bons
qu'à se corrompre mutuellement.

Le résultat de ce traitement, qui dura six mois
au moins, fut de me rendre grognon, triste et
maussade. Ce qui y contribuait aussi infiniment,
c'est qu'on m'éloignait de plus en plus de ma
mère. Une seule chose m'empêchait de m'abrutir
absolument. Mon père avait laissé dans un cabinet,
au second, une petite collection de livres ; ma
chambre était à côté, personne ne songeait à
cette petite bibliothèque. Ces livres tenaient mon
imagination en éveil ; ils me donnaient l'espoir
de m'échapper un jour de ce lieu. Je m'étonne
encore aujourd'hui de la consolation que je trouvais au milieu de mes petites épreuves, qui étaient
grandes pour moi, à m'identifier avec tous ceux
que j'aimais dans ces histoires, où, naturellement,
tous les méchants étaient pour moi M. et miss
Murdstone. J'avais la passion des récits de

voyages ; il y en avait quelques-uns sur les
planches de la bibliothèque. Je me rappelle que
pendant des jours entiers je parcourais l'étage où
j'habitais, armé d'une traverse d'embauchoir de
bottes, pour représenter le capitaine un tel, de la
marine royale, en grand danger d'être attaqué
par des sauvages, et résolu à vendre chèrement sa
vie. Le capitaine avait beau recevoir des soufflets,
tout en conjuguant ses verbes latins, jamais il
n'abandonnait sa dignité. Moi, je perdais la
mienne, mais le capitaine était un capitaine, un
héros, en dépit de toutes les grammaires, et de
toutes les langues vivantes ou mortes.

Un matin, en descendant au salon avec mes
livres, je vis que ma mère avait l'air soucieux,
que miss Murdstone avait l'air ferme, et que M.
Murdstone ficelait quelque chose au bout de sa
canne. Cette canne était un jonc élastique qu'il
se mit à faire tournoyer en l'air, au moment où
j'entrais.

« Puisque je vous assure, Clara, disait M.
Murdstone, que j'ai été souvent fouetté moi-
même ! Maintenant, David, reprit-il, et ses yeux
étincelaient, soyez plus attentif aujourd'hui que
de coutume. » Il fit de nouveau tournoyer sa
canne, puis, ayant fini ses préparatifs, il la posa à
côté de lui avec un regard expressif, et prit son
livre.

C'était, pour débuter, un bon moyen de me

M. Murdstone ficelait quelque chose au bout de sa canne.

donner de la présence d'esprit. Naturellement,
tout alla mal, ma mère fondit en larmes.

« Clara ! dit miss Murdstone de sa voix d'avertissement.

— Je suis un peu souffrante, je crois, ma chère
Jane », murmura ma mère.

Je le vis regarder sa sœur d'un air solennel,
puis il se leva et dit en prenant sa canne :

« Vraiment, Jane, nous ne pouvons pas nous
attendre à ce que Clara supporte avec une fermeté
parfaite la peine et le tourment que David lui a
causés aujourd'hui. Ce serait trop héroïque. Clara
a fait de grands progrès, mais ce serait trop lui
demander. David, nous allons monter ensemble,
mon garçon. »

Comme il m'emmenait, ma mère se précipita
vers nous. Miss Murdstone dit : « Clara, est-ce
que vous êtes folle ? » et l'arrêta. Je vis ma mère
se boucher les oreilles, puis je l'entendis pleurer.

M. Murdstone monta à ma chambre, lentement
et gravement. Je suis sûr qu'il était ravi de cet
appareil de justice exécutive. Quand nous fûmes
entrés, il passa tout d'un coup ma tête sous son
bras.

« Monsieur Murdstone, monsieur ! m'écriai-je,
non, je vous en prie, ne me battez pas ! J'ai
essayé d'apprendre, monsieur, mais je ne peux
pas réciter, quand miss Murdstone et vous, vous
êtes là. Vraiment, je ne peux pas.

« — Vous ne pouvez pas, David, nous verrons ça. »

Il tenait ma tête sous son bras, comme dans un étau, mais je m'entortillais si bien autour de lui, en le suppliant de ne pas me battre, que je l'arrêtai un instant. Un instant seulement, hélas ! car il me battit cruellement la minute d'après. Je saisis la main qui me retenait, et je la mordis de toutes mes forces. Je grince encore des dents rien que d'y penser.

Alors il me battit comme s'il voulait me tuer. Au milieu du bruit que nous faisions, j'entendis courir sur l'escalier, puis pleurer ; oui, j'entendis pleurer ma mère et Peggotty. Il s'en alla, ferma la porte à clef, et je demeurai seul, couché par terre, tout en nage, écorché, brûlant, furieux comme un petit diable.

A la suite de cet esclandre, je fus tenu emprisonné cinq jours, au pain et à l'eau. Si encore j'avais pu voir ma mère un instant seule, je me serais jeté à ses genoux et je l'aurais suppliée de me pardonner ; mais je ne voyais absolument que miss Murdstone, excepté le soir, au moment de la prière. Miss Murdstone venait alors me chercher quand tout le monde était déjà en place, elle me mettait, comme un jeune bandit, tout seul près de la porte ; puis elle m'emmenait solennellement, avant que personne eût pu se relever. Ma mère était tenue aussi loin de moi que possible, et tournait la tête d'un autre côté, de sorte que je ne pouvais voir son visage ; M. Murdstone avait la main enveloppée d'un grand mouchoir de batiste.

Le sixième jour, miss Murdstone parut comme à l'ordinaire, et me dit que j'allais partir pour la pension. En descendant à la salle à manger, j'y trouvai ma mère très pâle et les yeux rouges. Je courus me jeter dans ses bras, et je la suppliai du fond du cœur de me pardonner.

« Oh ! Davy, dit-elle, comment as-tu pu faire mal à quelqu'un que j'aime ? Tâche de devenir meilleur, prie Dieu de te rendre meilleur. Je te pardonne ; mais si je suis bien malheureuse, Davy, de penser que tu aies de si mauvaises passions. »

On lui avait persuadé que j'étais un méchant enfant, et elle en souffrait plus que de me voir partir. Je ne pus déjeuner, et je partis, osant à peine embrasser ma mère, sous les regards sévères et vigilants de miss Murdstone.

Je n'avais vu ni Peggotty, ni M. Murdstone, avant de monter dans la carriole attelée du cheval languissant.

V

Nous n'avions pas fait un demi-mille, et mon mouchoir était tout trempé, quand M. Barkis, le voiturier, s'arrêta brusquement.

Je levai les yeux pour savoir ce qu'il y avait, et je vis, à mon grand étonnement, Peggotty sortir de derrière une haie et grimper dans la carriole.

Elle commença par m'embrasser sans dire un mot. Ensuite elle plongea son bras jusqu'au coude dans sa poche, en tira quelques sacs remplis de gâteaux qu'elle fourra dans les miennes, plus une bourse qu'elle me mit dans la main, toujours sans dire un mot. Après m'avoir de nouveau serré dans ses bras, elle redescendit de la carriole.

Après avoir pleuré toutes les larmes de mes yeux, je commençai à réfléchir que cela ne servirait à rien de pleurer plus longtemps, d'autant plus que le capitaine un tel de la marine royale n'avait jamais, à ma connaissance, pleuré dans les circonstances les plus critiques.

Je passai ensuite à l'examen de ma bourse. Elle était d'un cuir épais, avec un fermoir, et contenait trois shillings bien luisants que Peggotty avait évidemment polis et repolis avec soin pour ma plus grande satisfaction. Mais ce qu'elle contenait de plus précieux, c'étaient deux demi-couronnes enveloppées dans un morceau de papier, sur lequel ma mère avait écrit : « Pour Davy, avec toutes mes tendresses. »

Je finis par m'endormir et mon sommeil dura jusqu'à Yarmouth. La ville me parut si nouvelle et si inconnue dans l'hôtel où nous nous arrêtâmes, que je renonçai aussitôt à l'espoir d'y rencontrer quelque membre de la famille Peggotty.

La diligence était dans la cour, parfaitement propre et reluisante, mais on n'y avait pas encore attelé les chevaux, et, dans cet état, il me semblait impossible qu'elle pût jamais aller jusqu'à Londres. Je réfléchissais sur ce fait, et je me demandais ce que deviendrait définitivement ma malle, que M. Barkis avait déposée dans la cour, après avoir fait tourner sa carriole, et ce que je deviendrais moi-même, lorsqu'une dame mit la tête à une fenêtre où étaient suspendus quelques gigots et quelques volailles et me dit :

« Êtes-vous le petit monsieur qui vient de Blunderstone ?

— Oui, madame, répondis-je.

— Votre nom ?

Je vis Peggotty sortir de derrière une haie.

— Copperfield.

— Ce n'est pas ça, reprit la dame. On n'a pas commandé de dîner pour une personne de ce nom.

— Madame, dis-je, est-ce Murdstone ?

— Si vous êtes le jeune Murdstone, grommela la dame, pourquoi commencez-vous par me dire un autre nom ? »

Je lui appris ce qu'il en était ; elle sonna et cria : « William, montrez à ce monsieur la salle à manger. » Sur quoi un garçon arriva en courant de la cuisine qui était à l'autre bout de la cour, et parut très surpris de voir que c'était pour moi seul qu'on le dérangeait.

Il me servit un copieux dîner, auquel je touchai à peine. Il le mangea à ma place, avec mon autorisation. Mais ce qui me parut très mal de sa part, c'est qu'il fit croire à tout le monde que j'avais dévoré le dîner à moi tout seul, et fut le premier à se moquer de ma prétendue voracité.

Nous quittâmes Yarmouth à trois heures de l'après-midi, et nous arrivâmes à Londres le lendemain matin à huit heures. Nous descendîmes à un hôtel situé sur la paroisse de White-Chapel. J'ai oublié si c'était le *Taureau bleu* ou le *Sanglier bleu*, mais ce que je sais, c'est que c'était un animal bleu, et que cet animal était aussi représenté sur le derrière de la diligence.

En descendant, le conducteur fixa les yeux sur moi, et dit, à la porte du bureau :

« Y a-t-il ici quelqu'un qui demande un jeune garçon inscrit au registre sous le nom de Murdstone, venant de Blunderstone, Suffolk, et qui était attendu ? Qu'on vienne le réclamer. »

Personne ne répondit.

« Essayez de Copperfield, monsieur, je vous prie, dis-je en baissant piteusement les yeux.

— Y a-t-il, dit le conducteur, quelqu'un qui demande un jeune garçon inscrit sous le nom de Murdstone, venant de Blunderstone, Suffolk, mais qui répond au nom de Copperfield, et qui doit attendre qu'on vienne le réclamer ? Parlez, y a-t-il quelqu'un ? »

Non, il n'y avait personne.

Plus solitaire que Robinson Crusoé, car lui du moins il n'avait personne pour venir l'observer et remarquer qu'il était solitaire, j'entrai dans le bureau de la diligence, et, sur l'invitation du commis, je passai derrière le comptoir, et je m'assis sur la balance où l'on pesait les bagages. Assis au milieu des paquets, des livres et des ballots, respirant le parfum des écuries, qui s'associera à tout jamais dans ma mémoire avec cette matinée, je fus assailli par une foule de réflexions plus lugubres les unes que les autres. A supposer qu'on ne vînt jamais me chercher, combien de temps consentirait-on à me garder là où j'étais ?

Me garderait-on assez longtemps pour qu'il ne
me restât rien de mes sept shillings ? Est-ce que
je passerais la nuit dans un de ces compartiments
en bois, avec les bagages ? En serais-je réduit à
me laver tous les matins à la pompe de la cour ?
Ou bien me renverrait-on tous les soirs et serais-
je obligé de revenir tous les matins jusqu'à ce
qu'on vînt me chercher ? Et si ce n'était pas une
erreur, si M. Murdstone avait imaginé ce plan
pour se débarrasser de moi, que deviendrais-je ?
Si l'on me permettait de rester là jusqu'à ce que
j'eusse dépensé mes sept shillings, je ne pouvais
pas espérer d'y rester lorsque je commencerais à
mourir de faim. Cela serait à coup sûr désagréable
et gênant pour les pratiques, et, de plus, cela
exposerait l'animal bleu à payer les frais de mon
enterrement. Si je me mettais immédiatement en
route pour essayer de retourner chez ma mère,
comment pourrais-je marcher jusque-là ? Et d'ailleurs étais-je sûr d'être bien accueilli par d'autres
que par Peggotty, lors même que je réussirais à
faire le trajet ? Si j'allais m'offrir aux autorités
voisines comme soldat ou comme marin, j'étais
un si petit bonhomme que probablement on ne
voudrait pas de moi. Ces pensées, jointes à un
millier d'autres, me faisaient monter le rouge au
visage, et je me sentais tout étourdi de crainte et
d'émotion. J'étais dans cet état violent, lorsque je
vis entrer un homme qui murmura quelques mots

à l'oreille du commis. Celui-ci me tira vivement
de la balance et me poussa vers le nouveau venu
comme un coli pesé, acheté, payé, enlevé.

En sortant du bureau, la main dans celle de
ma nouvelle connaissance, je me hasardai à lever
les yeux sur sa figure. C'était un jeune homme
au teint jaune, à la démarche dégingandée, avec
des joues creuses, et un menton presque aussi
noir que celui de M. Murdstone. Mais là cessait
la ressemblance, car ses favoris étaient rasés, et
ses cheveux, au lieu d'être luisants, étaient rudes
et secs. Il portait un habit et un pantalon noirs,
un peu secs et râpés aussi. L'habit ne descendait
pas jusqu'au poignet, ni le pantalon jusqu'à la
cheville ; la cravate blanche du jeune homme
n'était pas d'une propreté exagérée. Je n'ai jamais
cru et je ne veux pas croire encore que cette
cravate fût tout le linge qu'il avait sur lui, mais
c'était au moins tout ce qu'elle en laissait entrevoir.

« Vous êtes le nouvel élève ? me demanda-t-il.

— Oui, monsieur », répondis-je. Je le suppo-
sais ; je n'en savais rien.

« Je suis un des maîtres d'étude de la pension
Salem », me dit-il.

Je le saluai ; j'étais terrifié. Je n'osais faire la
moindre allusion à une chose aussi vulgaire que
ma malle en présence du savant maître de Salem-
House ; ce fut seulement lorsque nous fûmes sortis
de la cour que j'eus la hardiesse d'en faire

mention. D'après mon observation très humble que plus tard elle pourrait m'être utile, nous revînmes sur nos pas, et il dit au commis que le voiturier viendrait la prendre à midi.

« Monsieur, lui demandai-je, auriez-vous la bonté de me dire si c'est bien loin ?

— C'est du côté de Blackheath, me répondit-il.

— Est-ce bien loin, monsieur ? dis-je timidement.

— Il y a un bon bout de chemin ; nous irons par la diligence ; on compte environ six miles. »

Comme je n'avais rien pris depuis la veille, je lui demandai la permission d'acheter quelque chose ; il eut la bonté de me le permettre.

Ensuite nous allâmes rejoindre la diligence et nous montâmes sur l'impériale, et nous arrivâmes enfin à destination. Un grand mur de briques formait l'enceinte, et l'ensemble avait un air fort triste. Sur une porte pratiquée dans le mur était fixé un écriteau où on lisait *Salem-House*. Nous vîmes bientôt paraître, à une petite ouverture près de la porte, un visage maussade, qui appartenait à un gros homme. Ce gros homme avait un énorme cou de taureau, une jambe de bois, un front bombé, et des cheveux coupés ras.

« C'est le nouvel élève », dit le maître d'étude, qui s'appelait M. Mell.

L'homme à la jambe de bois m'examina de la

tête aux pieds, ce qui ne fut pas long, car je
n'étais pas bien grand ; puis il referma la porte
derrière nous et retira la clef.

Salem-House était un bâtiment carré, bâti en
briques avec deux pavillons sur les ailes, le tout
d'une apparence nue et désolée. Le plus profond
silence régnait, et je dis à M. Mell que les élèves
étaient probablement en promenade. M. Mell
parut surpris de mon observation, et m'apprit que
les élèves étaient en vacances. M. Creakle, le
maître de pension, prenait l'air au bord de la
mer, avec madame et miss Creakle. Quant à
moi, si l'on m'envoyait en pension pendant les
vacances, c'était pour me punir de ma mauvaise
conduite.

Il me mena dans la salle d'étude ; jamais je
n'avais vu un endroit si lamentable et si désolé.
Je la revois encore à l'heure qu'il est. Une longue
chambre avec trois rangées de bancs, et des
champignons pour accrocher les chapeaux et les
ardoises. Partout des débris informes, de vieux
cahiers déchirés. Il règne dans la pièce une odeur
malsaine, composé étrange de cuir pourri, de
pommes renfermées et de livres moisis. Il ne
saurait y avoir plus d'encre répandue dans toute
la pièce, lors même que les architectes auraient
oublié d'y mettre une toiture, et que pendant
toute l'année le ciel y aurait fait pleuvoir, neiger
ou grêler de l'encre.

M. Mell me quitta un moment, et je m'avançai
avec hésitation au bout de la salle. Tout à coup
j'arrivai devant un écriteau en carton posé sur un
pupitre. On lisait ces mots, écrits en grosses
lettres : « *Prenez garde ; il mord.* »

Je grimpai immédiatement sur le pupitre, persuadé qu'il devait y avoir un chien dessous. Mais
j'avais beau regarder tout autour de moi avec
inquiétude, je ne l'apercevais pas. J'étais encore
absorbé dans cette recherche, lorsque M. Mell
revint, et me demanda ce que je faisais là-haut.

« Je vous demande bien pardon, monsieur, mais
je regarde où est le chien.

— Le chien, dit-il, quel chien ?

— Le chien auquel il faut prendre garde, parce
qu'il mord.

— Non, Copperfield, dit-il gravement, ce n'est
pas un chien. C'est un petit garçon. J'ai pour
instruction, Copperfield, de vous attacher cet
écriteau derrière le dos. Je suis fâché d'avoir à
commencer par là avec vous, mais il le faut. »

Il me fit descendre et m'attacha derrière le dos
l'écriteau comme une une giberne ; et partout
où j'allais ensuite, j'avais la consolation de le
transporter avec moi.

Ce que j'avais à souffrir de cet écriteau, personne ne peut le deviner. Qu'il fût possible ou
non de le voir, je m'imaginais toujours qu'il y
avait là quelqu'un à le lire. La cruauté de

l'homme à la jambe de bois aggravait encore mes souffrances. C'était lui qui était le mandataire de l'autorité ; toutes les fois qu'il me voyait m'appuyer le dos contre un arbre, ou contre le mur, ou contre la maison, il criait de sa loge, d'une voix formidable : « Hé ! Copperfield, faites voir la pancarte, ou je vous donne une mauvaise note ! »

Je faisais voir la pancarte et j'étais la risée des domestiques et des fournisseurs. Je pensais souvent à mes futurs condisciples et je redoutais beaucoup leur arrivée. La vie monotone que je menais et la fin prochaine des vacances me causaient une affliction intolérable. J'avais chaque jour à faire de longs devoirs pour M. Mell. Mais comme M. et miss Murdstone n'étaient pas là, je ne m'en tirais pas mal. Avant et après mes heures d'étude, je me promenais sous la surveillance de l'homme à la jambe de bois, qui s'appelait Tungsby.

M. Mell ne me disait pas grand'chose, mais il n'était pas méchant ; je suppose que nous nous tenions mutuellement compagnie, sans nous parler.

VI

Un jour, M. Mell m'annonça que M. Creakle arriverait le soir. Après le thé, j'appris qu'il était arrivé ; avant l'heure du coucher, l'homme à la jambe de bois vint me sommer de comparaître devant lui.

« Ah ! dit M. Creakle, voilà le jeune homme dont il faut limer les dents. Faites-le retourner. »

L'homme à la jambe de bois me retourna de façon à montrer le placard, puis il me plaça en face du maître de pension, et se mit à côté de lui. M. Creakle avait l'air féroce ; ses yeux étaient petits et très enfoncés ; il avait de grosses veines sur le front, un petit nez et un menton très large. Ce qui me fit le plus d'impression, c'est qu'il n'avait presque pas de voix, et parlait toujours tout bas. Je ne sais si c'est parce qu'il avait de la peine à parler même ainsi ou parce que le sentiment de son infirmité l'irritait, mais toutes les fois qu'il disait un mot, son visage prenait une expression encore plus méchante et ses veines se gonflaient.

« Venez ici, monsieur ! dit M. Creakle en me faisant un geste de la main. J'ai l'honneur de connaître votre beau-père, murmura-t-il en m'empoignant l'oreille. C'est un digne homme, un homme énergique. Il me connaît, et moi je le connais. Me connaissez-vous, *vous* ? hein ! ajouta-t-il en me pinçant l'oreille avec un enjouement féroce.

— Pas encore, monsieur, dis-je en gémissant.

— Pas encore ? hein ? reprit M. Creakle. Cela viendra, hein ?

— Cela viendra, hein ! » répéta l'homme à la jambe de bois.

Je découvris plus tard que son timbre retentissant lui procurait l'honneur de servir d'interprète à M. Creakle auprès de ses élèves.

J'étais horriblement effrayé, et je me sentais l'oreille toute en feu ; il la pinçait si fort !

« Je vais vous dire ce que je suis, murmura M. Creakle en lâchant enfin mon oreille, mais seulement après l'avoir tordue de façon à me faire venir les larmes aux yeux. Je suis un Tartare !

— Un Tartare ! répéta l'homme à la jambe de bois.

— Quand je dis que je ferai une chose, je la fais, reprit M. Creakle ; et quand je dis qu'il faut faire une chose, je veux qu'on la fasse !

Je suis un Tartare.

— Qu'il faut faire une chose, je veux qu'on la fasse, répéta l'homme à la jambe de bois.

— Emmenez-le, » dit enfin M. Creakle.

J'étais fort content d'être congédié ; mais j'avais à lui adresser une pétition qui avait pour moi tant d'intérêt, que je ne pus m'empêcher de lui dire, en admirant mon propre courage :

« S'il vous plaît, monsieur. »

M. Creakle murmura : « Hein ? Qu'est-ce que cela veut dire ? » Et il abaissa ses yeux sur moi, comme s'il avait envie de me foudroyer d'un regard.

« Si vous vouliez bien, monsieur, balbutiai-je, si je pouvais... je suis bien fâché de ce que j'ai fait, monsieur..., ôter cet écriteau avant le retour des élèves. »

Je ne sais pas si M. Creakle eut réellement envie de sauter sur moi, ou s'il avait seulement l'intention de m'effrayer, mais il s'élança de son fauteuil et je partis comme un trait, sans attendre l'homme à la jambe de bois. Je ne m'arrêtai qu'au dortoir ; je me fourrai bien vite dans mon lit, où je restai à trembler pendant plus de deux heures.

Le lendemain matin M. Sharp revint. M. Sharp était le second de M. Creakle, le supérieur de M. Mell. M. Mell prenait ses repas avec les élèves, mais M. Sharp dînait et soupait à la table de M. Creakle. C'était un petit monsieur à l'air délicat, avec un très grand nez, il portait sa tête de côté, comme si elle était trop lourde pour lui. Ses cheveux étaient longs et ondulés, mais j'appris par le premier élève qui rentra que M. Sharp portait perruque. C'était même une perruque d'occasion : M. Sharp sortait tous les samedis pour la faire boucler.

L'élève qui me donna ces renseignements, en échange d'une foule d'explications qu'il me demanda sur ma famille et sur mes antécédents, se nommait Tommy Traddles. Et, par parenthèse, c'était le meilleur garçon du monde.

Ce fut très heureux pour moi que Traddles revînt le premier. Mon écriteau l'amusa tellement, qu'il m'épargna l'embarras de le montrer ou de le dissimuler, en me présentant à tous les élèves, à mesure qu'ils arrivaient. Grands ou petits, il leur criait : « Venez vite ! voilà une bonne farce ! » Par bonheur aussi, la plupart des enfants revenaient tristes et abattus, et moins disposés à s'amuser à mes dépens que je ne l'avais craint. Il y en avait bien quelques-uns qui sautaient autour de moi comme des sauvages. Bien peu résistaient à la tentation de faire comme si j'étais un chien dangereux. Ils venaient me caresser et me cajoler comme si j'étais sur le point de les mordre, puis ils disaient : « A bas, monsieur ! » Et ils m'appelaient « Castor ». C'était naturellement fort ennuyeux pour moi, au milieu de tant d'étrangers, et cela me coûta bien des larmes ; mais, à tout prendre, j'avais redouté pis.

On ne me regarda comme définitivement admis dans la pension qu'après l'arrivée de certain F. Steerforth. On m'amena devant lui comme devant mon juge. Il avait la réputation d'être très instruit et il était très beau garçon : il avait au moins six ans de plus que moi. Il s'enquit, sous un petit hangar, dans la cour, des détails de mon châtiment, et voulut bien déclarer que, selon lui, « c'était une fameuse infamie », ce dont je lui sus éternellement gré.

J'appris de mes nouveaux condisciples que M. Creakle avait bien raison de déclarer qu'il était un Tartare. C'était le plus dur et le plus sévère des maîtres ; pas un jour ne s'écoulait sans qu'il vînt châtier de sa propre main les élèves pris en faute. Il ne savait absolument rien autre chose que punir, disait Steerforth. Il était plus ignorant que le plus mauvais élève. Il s'était fait maître de pension, à ce que l'on disait, après avoir fait banqueroute dans un faubourg de Londres, comme marchand de houblon. Il n'avait pu se tirer d'affaire que grâce à la fortune de mistress Creakle. Sans compter bien d'autres choses que je m'étonnais qu'ils pussent savoir.

Mais ce qui m'étonna le plus, ce fut d'entendre dire qu'il y avait un élève sur lequel M. Creakle n'avait jamais osé porter la main, et que cet élève était Steerforth.

J'appris que M. Sharp et M. Mell ne recevaient qu'un misérable salaire ; que, lorsqu'il y avait sur la table de M. Creakle de la viande chaude et de la viande froide, il était convenu que M. Sharp devait toujours préférer la froide. Ce fait nous fut de nouveau confirmé par Steerforth, le seul élève qui fût admis à la table de M. Creakle. J'appris que la perruque de M. Sharp n'allait pas à sa tête, et qu'il ferait mieux de ne pas tant faire son fier avec sa perruque, parce qu'on voyait ses cheveux roux dépasser par en dessous.

J'appris enfin que M. Mell était un assez bon garçon, mais qu'il était pauvre comme Job.

VII

Les classes recommencèrent sérieusement le lendemain de la rentrée. Je me rappelle encore avec quelle profonde émotion j'entendis tout à coup tomber le bruit des voix, qui fut remplacé par un silence absolu, quand M. Creakle entra après le déjeuner. Il se tint debout sur le seuil de la porte, les yeux fixés sur nous, comme dans les contes de fées, quand le géant vient passer en revue ses malheureux prisonniers.

Tungsby était à côté de M. Creakle. Je me demandai à propos de quoi il criait : « Silence ! » d'une voix si féroce ; car nous étions tous pétrifiés, muets et immobiles.

On voit remuer les lèvres de M. Creakle, et on entend Tungsby répéter les paroles suivantes :

« Jeunes élèves, voici un nouveau semestre. Veillez à ce que vous allez faire pendant ce nouveau semestre. De l'ardeur dans vos études, je vous le conseille, car moi, je reviens plein

d'ardeur pour vous punir. Je ne faiblirai pas.
Vous aurez beau frotter la place, vous n'effacerez
pas la marque de mes coups. Et maintenant, tous
à l'ouvrage ! »

Ce terrible exorde prononcé, Tungsby disparut,
et M. Creakle s'approcha de moi et me dit que si
je savais mordre, lui aussi il était célèbre dans
cette spécialité. Il me montra sa canne et me
demanda ce que je pensais de cette dent-là ?
« Était-ce une dent canine, hein ? Était-ce une
grosse dent, hein ? Avait-elle de bonnes pointes,
hein ? Mordait-elle bien, hein ? Mordait-elle
bien ? » Et à chaque question, il m'administrait
un coup de canne qui me forçait à me tordre en
deux. J'eus donc bientôt payé, comme disait
Steerforth, mon droit de bourgeoisie à Salem-
House. Il me coûta bien des larmes.

Au reste j'aurais tort de me vanter d'avoir été
l'objet d'une préférence. La grande majorité des
élèves (surtout les plus jeunes) n'étaient pas moins
favorisés que moi, toutes les fois que M. Creakle
faisait le tour de la salle d'études. La moitié des
enfants pleuraient et se tordaient déjà dès avant
l'entrée à l'étude ; et je n'ose pas dire combien
d'autres se tordaient et pleuraient avant la fin de
l'étude : on me taxerait d'exagération.

Et nous, malheureuses petites victimes d'une
idole sans pitié, avec quelle servilité nous nous
abaissions devant lui ! Quel début dans la vie,

quand j'y pense, que d'apprendre à ramper à plat ventre devant un pareil individu !

Me voilà devant mon pupitre, par une étouffante journée d'été. J'entends tout autour de moi un bourdonnement confus, comme si mes camarades étaient autant de grosses mouches. J'ai encore sur l'estomac le gras de bouilli tiède que l'on nous a servi à dîner, il y a une heure ou deux. J'ai la tête lourde comme du plomb, et je donnerais tout au monde pour pouvoir dormir. J'ai l'œil sur M. Creakle ; je cherche à le tenir bien ouvert ; quand le sommeil me gagne trop, je le vois comme à travers un nuage, réglant éternellement un cahier. Puis, tout d'un coup, il vient derrière moi et me donne un sentiment plus réel de sa présence, en m'allongeant un bon coup de canne sur le dos.

Maintenant, je suis dans la cour, toujours fasciné par lui, bien que je ne puisse pas le voir. Je sais qu'il est en train de dîner dans une pièce dont je vois la fenêtre ; c'est la fenêtre que j'examine. S'il passe devant, ma figure prend immédiatement une expression de résignation soumise. S'il met la tête à la fenêtre, l'élève le plus audacieux (Steerforth excepté) s'arrête au milieu du cri le plus perçant, pour prendre l'air d'un saint. Un jour Traddles (je n'ai jamais vu un garçon plus malchanceux) cassa par malheur un carreau de la fenêtre avec sa balle. A l'heure qu'il est, je frissonne encore en songeant à ce moment fatal ; la balle a dû rebondir jusque sur la tête sacrée de M. Creakle.

Pauvre Traddles ! Avec sa veste et son pantalon bleu de ciel devenus trop étroits, qui donnaient à ses bras et à ses jambes un faux air de saucissons bien ficelés, c'était bien le plus gai, et en même temps le plus malheureux de nous tous. Il était battu régulièrement tous les jours ; je crois vraiment que pendant ce semestre il n'y échappa pas une seule fois, sauf un lundi, jour de congé, où il ne reçut que quelques coups de règle sur les doigts. Il nous annonçait tous les jours qu'il allait écrire à son oncle pour se plaindre, et jamais il ne le faisait. Après un moment de réflexion, la tête couchée sur son pupitre, il se relevait, se remettant à rire, et dessinait des squelettes sur son ardoise, jusqu'à ce que ses yeux fussent tout à fait secs.

Steerforth daignait me protéger, et son amitié m'était des plus utiles, car personne n'osait s'attaquer à ceux qu'il voulait bien honorer de sa bienveillance. Il ne pouvait me défendre contre les assauts de M. Creakle, qui était très sévère pour moi ; il n'essayait même pas. Mais quand j'avais eu à souffrir plus que de coutume, il me disait que je n'avais pas de toupet ; que, pour son compte, il ne supporterait jamais un pareil traitement. Cela me redonnait un peu de courage, et je lui en savais gré. La sévérité de M. Creakle

eut pour moi un avantage, le seul que j'aie jamais
pu découvrir. Il s'aperçut un jour que mon
écriteau le gênait quand il passait derrière le banc,
et qu'il voulait me donner, en circulant, un coup
de canne. En conséquence l'écriteau fut enlevé et
je ne le revis plus.

Dans une pension où règne une cruauté barbare,
quel que soit le mérite du directeur, il n'y a pas
de danger qu'on apprenne grand'chose. En masse,
les élèves de Salem-House ne savaient absolument
rien ; ils étaient trop tourmentés et trop battus
pour pouvoir apprendre quelque chose. Peut-on
jamais rien faire au milieu d'une vie perpétuelle-
ment agitée et malheureuse ? Mais ma petite
vanité, aidée des conseils de Steerforth, me poussait à m'instruire, et si elle ne me mettait pas à
l'abri des châtiments, du moins elle me faisait
sortir un peu de la paresse universelle, et je
finissais par attraper au vol par-ci par-là quelques
bribes d'instruction.

En cela j'étais aidé par M. Mell, qui avait pour
moi une affection dont je me souviens avec
reconnaissance.

Un soir que nous étions dans une terrible
agitation, M. Creakle frappant à droite et à
gauche dans sa mauvaise humeur, Tungsby entra
et cria de sa plus grosse voix :

« Des visiteurs pour Copperfield ! »

Il échangea quelques mots avec M. Creakle,

lui demanda dans quelle pièce il fallait faire entrer les nouveaux venus, puis on me dit de monter par l'escalier de derrière pour mettre un col propre et de me rendre ensuite au réfectoire. J'étais debout pendant ce colloque, prêt à me trouver mal d'étonnement. J'obéis, dans un état d'émotion difficile à décrire ; et avant d'entrer dans le réfectoire, à l'idée que c'était peut-être ma mère, je retirai ma main qui soulevait déjà le loquet et je versai d'abondantes larmes ; jusque-là je n'avais songé qu'à la possibilité de voir apparaître M. ou miss Murdstone.

J'entrai enfin, et d'abord je ne vis personne, mais je sentis quelqu'un derrière la porte, et là, à mon grand étonnement, je découvris M. Peggotty et Cham, qui me levaient leurs chapeaux avec la plus grande politesse. Je ne pus m'empêcher de rire ; mais c'était plutôt à cause du plaisir que j'avais à les voir, qu'à cause de la drôle de mine qu'ils faisaient avec leurs plongeons et leurs révérences. Nous échangeâmes les plus cordiales poignées de main, et je riais si fort, mais si fort, qu'à la fin je fus obligé de tirer mon mouchoir pour m'essuyer les yeux.

M. Peggotty, la bouche ouverte pendant tout le temps de sa visite, parut très ému lorsqu'il me vit pleurer, et il fit signe à Cham de me dire quelque chose.

« Allons, bon courage, monsieur Davy ! dit

CHARLES DICKENS

Le 7 février 1812, à Portsea, naît Charles Dickens, aîné d'une famille de cinq enfants. De nature chétive, Charles adore les histoires que sa mère ou Mary, la bonne, lui racontent et, dès qu'il sait lire, dévore les classiques de la littérature anglaise. Son père, John Dickens, employé à l'Amirauté, est un homme un peu fantasque, qui dépense plus qu'il ne gagne, ce qui obligera sa famille à déménager à plusieurs reprises.

En 1823, John Dickens est muté à Londres et, l'année suivante, emprisonné pour dettes. Charles, parce que ses parents ne peuvent lui payer des études, doit travailler dans une fabrique de cirage, infestée de rats, au bord de la Tamise. Il n'a que 12 ans. Le soir, il va à la prison partager la geôle de son père, ainsi que la loi anglaise l'y autorise. Cette expérience le marquera à vie. Ayant repris ses études, il entre, à 15 ans, comme employé dans un cabinet juridique. Son travail l'ennuie. Il rêve de devenir journaliste, ou acteur, et occupe ses loisirs à errer dans le Londres populaire. A partir de 17 ans, il devient reporter-sténographe dans plusieurs journaux.

Sous le pseudonyme de Boz, en 1833, il publie sa première nouvelle. Journaliste politique apprécié — il suit les campagnes électorales —, il accepte d'écrire, en plus de ses articles, un feuilleton : le personnage en est un Anglais jovial et caricatural, Mr Pickwick... Car Charles Dickens a besoin d'argent pour épouser la fille de son rédacteur en chef. Pickwick séduit toute l'Angleterre.

A 25 ans, Charles Dickens est déjà riche et célèbre. Et débordé de travail. Il devient rédacteur en chef d'un journal à succès, écrit des pièces de théâtre entre deux chroniques, et entreprend la rédaction d'**Olivier Twist** qui paraît en 1838. C'est un triomphe.

Il a déjà deux enfants (il en aura dix, et pourtant, ne s'entendait guère avec son épouse, la trop mélancolique Catherine). Visitant, pour sa documentation, taudis des banlieues ouvrières et pensionnats pour enfants pauvres, il fréquente aussi la haute société, et les clubs les plus fermés. Son voyage aux États-Unis, en 1842, où il est aussi populaire qu'en Angleterre, et où il rencontre Edgar Poe, est un triomphe, jusqu'à ce qu'il proteste parce que les journaux américains publient ses œuvres sans lui verser des droits d'auteur. Son succès lui vaut beaucoup d'imitateurs. Ses livres sont « piratés », et il doit faire procès sur procès pour faire valoir ses droits.

Quand il ne voyage pas en Europe, où il séjourne pour soigner ses reins malades, il fait du théâtre en amateur, et continue ses travaux d'écriture : **David Copperfield,** une autobiographie déguisée, paraît en 1850. Cette même année, il lance un magazine où il dénonce les préjugés de l'Angleterre victorienne. Le 27 décembre 1852, il fait une lecture publique d'un **conte de Noël** qu'il a écrit. C'est l'événement. L'acteur manqué qu'il est resté retrouve dans cet exercice une forme de théâtre. Tout le restant de sa vie, il s'y livrera, de préférence devant des publics populaires qui l'ovationnent.

En 1857, il publie **La Petite Dorritt.** Sa liaison avec une jeune actrice provoque un scandale, et sa séparation d'avec sa femme. Articles, romans, lectures publiques... Sa fortune est aussi immense que son renom, mais il continue de travailler, malgré les mises en garde de ses médecins : depuis 1867, il souffre de troubles de la vision et de douleurs dans les jambes. Ses proches redoutent, pour lui, l'attaque d'apoplexie, ou l'hémiplégie. En mai 1870, l'ancien petit garçon pauvre qui fabriquait du cirage dans les docks, et qui, toute sa vie, s'est battu pour moins d'injustice, et plus de charité, est fait Baronnet par la reine Victoria.

Cham de sa voix la plus affectueuse. Mais comme vous voilà grandi !

— Je suis grandi ? demandai-je en m'essuyant de nouveau les yeux. Je ne sais pas bien pourquoi je pleurais ; ce ne pouvait être que de joie en voyant mes anciens amis.

— Grandi ! monsieur Davy ? je crois bien qu'il a grandi, s'écria Cham.

— Je crois bien qu'il a grandi ! » répéta M. Peggotty.

Et ils se mirent à rire de si bon cœur, que je recommençai à rire de mon côté, et à nous trois nous rîmes, ma foi, si longtemps, que je vis le moment où j'allais me remettre à pleurer.

« Savez-vous comment va maman, monsieur Peggotty ? lui dis-je. Et comment va ma chère, chère vieille Peggotty ?

— Admirablement, répondit M. Peggotty.

— Et la petite Émilie, et mistress Gummidge.

— Ad...mirablement », répéta M. Peggotty.

Il y eut un moment de silence. Pour le rompre, M. Peggotty tira de sa poche deux énormes homards, un immense crabe et un grand sac de crevettes, entassant le tout sur les bras de Cham.

« Nous avons pris cette liberté, dit M. Peggotty, sachant que vous aimiez assez ces bêtes-là quand vous étiez avec nous. C'est la vieille mère qui les a fait bouillir. Vous savez, mistress Gummidge, c'est elle qui les a fait bouillir. Oui, dit lentement

M. Peggotty en s'accrochant à son sujet comme s'il ne savait où en prendre un autre, c'est mistress Gummidge qui les a fait bouillir, je vous assure. »

Je leur fis tous mes remerciements, et M. Peggotty, après avoir jeté les yeux sur Cham qui regardait les crustacés d'un air embarrassé, sans faire le moindre effort pour venir à son secours, ajouta : « Nous sommes venus, voyez-vous, avec l'aide du vent et de la marée, sur un de nos radeaux, de Yarmouth à Grasevend. Ma sœur m'avait envoyé le nom de ce pays-ci, et elle m'avait dit de venir voir M. Davy, si jamais j'allais du côté de Gravesend, de lui présenter ses respects, et de lui dire que toute la famille se portait admirablement bien. Et, voyez-vous, la petite Émilie écrira à ma sœur, quand nous serons revenus, que je vous ai vu, et que vous aussi, vous allez admirablement bien : ça fait que tout le monde sera content, ça fera la navette. »

Il me fallut quelques moments de réflexion pour comprendre ce que signifiait la métaphore employée par M. Peggotty pour figurer les nouvelles respectives qu'il se chargeait de faire circuler à la ronde.

Nous nous quittâmes le plus affectueusement du monde.

Le reste du semestre se confond dans mon esprit avec la routine journalière de notre triste vie ; l'été a fini et l'automne est venu. Il fait froid le matin, à l'heure où l'on se lève. Quand on se couche, la nuit est plus froide encore. Le soir, notre salle d'études est mal éclairée et mal chauffée ; le matin, c'est une vraie glacière. Nous passons du bœuf bouili au bœuf rôti, et du mouton rôti au mouton bouilli. Nous mangeons du pain avec du beurre rance. Puis c'est un horrible mélange de livres déchirés, d'ardoises fêlées, de cahiers salis par nos larmes, de coups de canne, de coups de règle, de cheveux coupés, de dimanches pluvieux et de puddings aigres : le tout enveloppé d'une épaisse atmosphère d'encre.

Je me rappelle cependant que la lointaine perspective des vacances, après être restée long-temps immobile, semble enfin se rapprocher de nous. Nous en vînmes bientôt à ne plus compter par mois, ni par semaines, mais bien par jours. J'avais peur qu'on ne me rappelât pas chez ma mère, et lorsque j'appris que ma mère me récla-mait, je fus saisi d'une vague terreur à l'idée que je me casserais peut-être la jambe avant le jour fixé pour mon départ ; je me rappelle que je sentais ce jour béni se rapprocher d'heure en heure.

Enfin, je monte dans la malle-poste de Yar-mouth, je vais revoir ma mère.

VIII

Je couchai à l'hôtel du Dauphin, à Yarmouth. M. Barkis vint me chercher à neuf heures du matin. Dès que je fus dans la carriole, M. Barkis monta sur son siège, et le cheval partit à son petit trot accoutumé.

Quel étrange sentiment j'éprouvais ! Revenir chez moi, en sentant que je n'y étais pas chez moi, et me voir rappeler par tous les objets qui frappaient mes regards, le bonheur du temps passé qui n'était plus à mes yeux qu'un rêve évanoui !

Le souvenir du temps où ma mère, Peggotty et moi nous ne faisions qu'un, où personne ne venait se placer entre nous, m'assaillit si vivement sur la route, que je n'étais pas bien sûr de ne pas regretter d'être venu si loin, au lieu d'être resté là-bas à oublier tout cela. Mais j'arrivais à la maison ; les branches dépouillées des vieux ormes se tordaient sous les coups du vent d'hiver qui emportait sur ses ailes les débris des nids des vieux corbeaux.

Le conducteur déposa ma malle à la porte du jardin et me quitta. Je pris le sentier qui menait à la maison, en regardant à toutes les fenêtres. Je craignais, à chaque pas, d'apercevoir à l'une d'elles le visage rébarbatif de M. Murdstone ou de sa sœur. Je ne vis personne, et, arrivé à la maison, j'ouvris la porte sans frapper. Il ne faisait pas nuit encore, et j'entrai d'un pas léger et timide.

Dieu sait comme mes souvenirs d'enfance se réveillèrent dans mon esprit au moment où j'entrai dans le vestibule, en entendant la voix de ma mère dans le petit salon. Elle chantait à voix basse, comme je l'avais entendue chanter à l'époque où j'étais tout petit enfant, reposant dans ses bras. L'air était nouveau pour moi, et pourtant il me remplit le cœur à pleins bords, et je l'accueillis comme un vieil ami après une longue absence.

Je crus, à la manière pensive et solitaire dont ma mère murmurait sa chanson, qu'elle était seule, et j'entrai doucement. Elle était assise près du feu, allaitant un petit enfant dont elle serrait la main contre son cou. Elle le regardait gaiement et l'endormait en chantant. Elle n'avait pas d'autre compagnie.

Je parlai, elle tressaillit et poussa un cri, puis, m'apercevant, elle m'appela son David, son cher

enfant, et, venant au-devant de moi, elle s'age-
nouilla au milieu de la chambre, et m'embrassa
en attirant une tête sur son sein, près de la petite
créature qui y reposait, et elle approcha la main
de l'enfant de mes lèvres. Je regrette de ne pas
être mort en ce moment-là. Il aurait mieux valu
pour moi mourir dans les sentiments dont mon
cœur débordait, j'étais plus près du ciel que cela
ne m'est jamais arrivé depuis.

« C'est ton frère, dit ma mère en me caressant,
David, mon bon garçon, mon pauvre enfant ! »
Et elle m'embrassait toujours en me tenant contre
elle. Elle me tenait encore quand Peggotty entra
en courant et se jeta à terre à côté de nous faisant
toutes sortes de folies pendant un quart d'heure.

On ne m'attendait pas si tôt ; le conducteur
avait devancé l'heure ordinaire. J'appris bientôt
que M. et miss Murdstone étaient allés faire une
visite dans les environs, et qu'ils ne reviendraient
que dans la soirée. Je n'avais pas rêvé tant de
bonheur. Je n'avais jamais cru possible de retrouver ma mère et Peggotty seules encore une fois,
et je me sentis un moment revenu au temps jadis.

Nous dînâmes ensemble au coin du feu. Peggotty voulait nous servir, mais ma mère la fit
asseoir et manger avec nous.

Je remarquai que ma mère souriait quand
Peggotty la regardait ; mais je voyais bien qu'elle
avait en général l'air plus sérieux et plus pensif

qu'autrefois. J'avais remarqué dès les premiers moments qu'elle était changée. Son visage était toujours charmant, mais il était devenu délicat et soucieux. Ses mains étaient si maigres et si blanches, qu'elles me semblaient presque transparentes.

Après le dîner, Peggotty prit mon petit frère dans son berceau et donna quelques soins à sa toilette. Après cela, elle desservit le dîner ; ensuite elle reparut avec un autre bonnet, sa boîte à ouvrage, son mètre, le morceau de cire pour lisser le fil, tout enfin comme par le passé.

Après le thé, Peggotty attisa le feu et moucha les chandelles, et je fis la lecture d'un chapitre du livre sur les crocodiles. Elle avait tiré le volume de sa poche ; je crois, en vérité, qu'elle l'avait gardé là depuis mon départ. Nous étions très heureux, et cette soirée, la dernière de son espèce, celle qui a terminé une page de ma vie, ne s'effacera jamais de ma mémoire.

Il était près de dix heures quand nous entendîmes un bruit de roues. Ma mère me dit, en se levant précipitamment, qu'il était bien tard ; que M. et miss Murdstone tenaient à voir les enfants se coucher de bonne heure ; que par conséquent je ferais bien de monter dans ma chambre. Je ne me le fis pas dire deux fois. Il me semblait en entrant dans la chambre où j'avais été emprisonné, qu'il venait d'entrer dans la maison avec M. et miss Murdstone un souffle de vent froid, qui avait emporté comme une plume la douce intimité du foyer.

J'étais très mal à mon aise, le lendemain matin, à l'idée de descendre pour le déjeuner, n'ayant jamais revu M. Murdstone depuis le jour mémorable de mon crime. Il fallait pourtant prendre mon parti, et après être descendu deux ou trois fois jusqu'au milieu de l'escalier pour remonter ensuite précipitamment dans ma chambre, j'entrai dans la salle à manger.

Il était debout près du feu, miss Murdstone faisait le thé. Il me regarda fixement, mais sans faire mine de me reconnaître.

Après un instant d'hésitation, je m'avançai vers lui en disant :

« Je vous demande pardon, monsieur, je suis bien fâché de ce que j'ai fait, et j'espère que vous voudrez bien me pardonner.

— Je suis bien aise d'apprendre que vous soyez fâché, Davy. »

Il me donna la main, celle que j'avais mordue. Je ne pus m'empêcher de jeter un regard sur une marque rouge qu'elle portait encore, mais je devins plus rouge que la cicatrice, en voyant l'expression sinistre de son visage.

« Comment vous portez-vous, mademoiselle ? demandai-je à miss Murdstone.

— Ah ! dit miss Murdstone, en soupirant et

en me tendant la pince à sucre au lieu de ses doigts, combien de temps dureront les congés ?

— Un mois, mademoiselle.

— A partir de quel jour ?

— A partir d'aujourd'hui, mademoiselle.

— Oh ! dit miss Murdstone, alors, voilà déjà un jour de passé. »

Tous les matins elle marquait sur le calendrier le jour écoulé. Elle soupirait tristement en accomplissant cette opération, tant qu'elle ne fut pas arrivée à dix. Elle reprit courage en voyant deux chiffres, et vers la fin des vacances, elle était gaie comme un pinson.

Dès le premier jour j'eus le malheur de la jeter dans une profonde consternation, et Dieu sait cependant si elle était sujette à de pareilles faiblesses. J'étais donc entré dans la chambre où elle travaillait avec ma mère ; mon petit frère, qui n'avait encore que quelques semaines, était couché sur les genoux de ma mère, je le pris tout doucement dans mes bras. Tout d'un coup miss Murdstone poussa un tel cri que je laissai presque tomber mon fardeau.

« Ma chère Jane ! s'écria ma mère.

— Grand Dieu ! Clara, voyez-vous ? cria miss Murdstone.

— Quoi ? ma chère Jane ? Où voyez-vous quelque chose ?

— Il l'a pris, criait miss Murdstone ; ce garçon tient l'enfant. »

Elle était pétrifiée d'horreur, mais elle se ranima pour se précipiter sur moi et me reprendre mon petit frère. Après quoi elle se trouva mal, et on fut obligé de lui apporter des cerises à l'eau-de-vie. Il me fut formellement défendu de toucher désormais à mon petit frère, sous aucun prétexte, et ma pauvre mère, qui pourtant n'était pas de cet avis, confirma doucement l'interdiction en disant :

« Sans doute, vous avez raison, ma chère Jane. »

Je n'étais pas en faveur auprès de miss Murdstone ; du reste je n'étais à l'aise avec personne ; car ceux que j'aimais ne pouvaient me le témoigner, et ceux qui ne m'aimaient pas le montraient si clairement que je me sentais toujours embarrassé, gauche et stupide.

Mais je sentais aussi que je rendais le malaise qu'on me faisait éprouver. Si j'entrais dans la chambre pendant que l'on causait, ma mère qui, le moment d'auparavant, semblait gaie devenait triste et silencieuse. Si M. Murdstone était de belle humeur, je le gênais. Si miss Murdstone était de mauvaise humeur, cette mauvaise humeur s'accroissait par le seul effet de ma présence. Je sentais d'instinct que tout retombait sur ma mère. Je voyais qu'elle n'osait me parler ou me témoigner son affection, de peur de les blesser et de recevoir ensuite quelque réprimande. Au moindre mouvement que je faisais, elle interrogeait leurs regards. Aussi pris-je le parti de me tenir à l'écart le plus possible. Je passai ainsi de longues soirées d'hiver, seul dans ma chambre où je lisais sans relâche, enveloppé dans mon petit manteau.

Quelquefois, le soir, je descendais à la cuisine pour voir Peggotty. Je me trouvais bien là, et je n'y éprouvais aucun embarras. Mais ni l'un ni l'autre de mes expédients ne convenaient aux habitants du salon. L'humeur tracassière qui gouvernait la maison ne s'en accommodait pas. On me regardait encore comme nécessaire pour l'éducation de ma pauvre mère, et, en conséquence, on ne pouvait me permettre de m'absenter.

« David, me dit M. Murdstone après le dîner, au moment où j'allais me retirer comme à l'ordinaire, je sais que vous êtes d'un caractère boudeur, et j'en suis bien fâché pour vous.

— Je vous demande pardon, monsieur, murmurai-je, je n'ai pas eu l'intention de bouder depuis mon retour.

— N'ayez pas recours au mensonge », dit-il d'un ton si irrité que je vis ma mère avancer involontairement une main tremblante, comme pour nous séparer. « Vous vous êtes retiré dans votre chambre par humeur. Vous savez, maintenant une fois pour toutes, que je veux que vous vous teniez ici, et non là-haut. De plus je désapprouve votre goût pour la compagnie de mistress Peggotty, et j'entends que vous y renonciez. Maintenant, David, vous me comprenez, et vous savez quelles seraient les conséquences de votre désobéissance. »

Je le savais bien, mieux peut-être qu'il ne s'en doutait, pour ce qui regardait ma pauvre mère, et je lui obéis à la lettre. Je ne cherchais plus un refuge auprès de Peggotty, mais je restais tristement dans le salon tout le jour, en soupirant après la nuit, pour aller me coucher.

Les vacances se traînèrent ainsi péniblement jusqu'au matin où miss Murdstone s'écria, en me donnant la dernière tasse de thé pour la clôture : « Voilà le dernier jour ! »

Je n'étais pas fâché de partir. J'étais tombé dans un état d'abrutissement dont je ne sortais un peu qu'à l'idée de revoir Steerforth, quoique M. Creakle apparût au second plan dans le paysage. M. Barkis se trouva de nouveau devant la grille, et miss Murdstone répéta : « Clara ! » de sa voix la plus sévère, au moment où ma mère se penchait vers moi, pour me dire adieu.

Je l'embrassai, ainsi que mon petit frère, et je me sentais bien triste, non de les quitter pourtant, car un gouffre s'était creusé entre eux et moi, et la séparation avait eu lieu, pour ainsi dire, tous les jours. Quelque tendre que fût le baiser de ma

mère, il n'est pas aussi présent à ma mémoire
que ce qui suivit nos adieux.

J'étais déjà dans la carriole du conducteur,
lorsque j'entendis ma père qui m'appelait. Je
regardai. Elle était seule à la grille du jardin,
élevant dans ses bras son petit enfant pour me le
montrer. Il faisait froid, mais le temps était calme ;
pas un de ses cheveux, pas un pli de sa robe ne
bougeait, pendant qu'elle me regardait fixement
en me montrant son enfant.

IX

C'était environ deux mois après mon retour à Salem-House. Nous venions de rentrer de la récréation, quand M. Sharp arriva et dit :

« Que David Copperfield descende au parloir ! » Je m'attendais à un panier de provisions de la part de Peggotty, et mon visage s'illumina de plaisir. Quelques-uns de mes camarades me recommandèrent de ne pas les oublier dans la distribution des bonnes choses, dont l'eau nous venait à la bouche, au moment où je me levai vivement de ma place.

« Ne vous pressez pas tant, David, dit M. Sharp, vous avez le temps, mon garçon, ne vous pressez pas. »

J'aurais dû être surpris du ton avec lequel me parlait M. Sharp, si j'avais pris le temps d'y réfléchir, mais je n'y pensai que plus tard. Je descendis précipitamment au parloir. M. Creakle était assis à table et déjeunait, sa canne et son journal devant lui ; mistress Creakle tenait à la main une lettre ouverte. Mais de panier, point.

« David Copperfield, dit mistress Creakle en me conduisant à un canapé, et en s'asseyant près de moi, j'ai besoin de vous parler, j'ai quelque chose à vous dire, mon enfant. »

M. Creakle, que je regardais naturellement, hocha la tête sans lever les yeux sur moi, et étouffa un soupir en avalant un gros morceau de pain et de beurre.

« Vous êtes trop jeune, me dit mistress Creakle, pour savoir comment le monde change tous les jours, et comment les gens qui l'habitent disparaissent. Mais c'est une chose que nous devons apprendre tous, David, les uns pendant leur jeunesse, les autres quand ils sont vieux, d'autres toute leur vie. »

Je la regardai avec attention.

« Quand vous êtes revenu ici après les vacances, dit mistress Creakle après un moment de silence, tout le monde se portait-il bien chez vous ? » Après une pause, elle reprit : « Votre maman était-elle bien ? »

Je tremblais sans savoir pourquoi, et je la regardais fixement sans avoir la force de répondre.

« Parce que, reprit-elle, j'ai appris ce matin, j'ai le regret de vous le dire, que votre maman était très malade. »

Un brouillard s'éleva entre mistress Creakle et

moi, et, pendant un moment, elle disparut à mes yeux. Puis je sentis des larmes brûlantes couler le long de mon visage, et je la revis devant moi.

« Elle est en grand danger », ajouta-t-elle.

Je savais déjà tout.

« Elle est morte. »

Il n'était pas nécessaire de me le dire ; j'avais déjà poussé le cri de l'orphelin, et je me sentais seul au monde. Mon petit frère était mort aussi, presque en même temps que notre pauvre maman.

Mistress Creakle fut pleine de bonté pour moi. Elle me garda près d'elle tout le jour. Je pleurais, puis je m'endormais de fatigue, pour me réveiller et pleurer encore. Quand je ne pouvais plus pleurer, je commençais à penser, et le poids qui m'étouffait pesait plus lourdement sur mon âme, et mon chagrin devenait une douleur sourde que rien ne pouvait soulager.

Je quittai la pension le lendemain dans l'après-midi, ne me doutant guère que je n'y reviendrais jamais.

Ce fut Peggotty qui m'accueillit à mon arrivée dans la maison. Je me trouvai dans ses bras avant d'arriver à la porte. Son chagrin éclata d'abord à ma vue, mais elle le dompta bientôt ; elle se mit à parler tout bas et à marcher doucement, comme si elle avait craint de réveiller les morts. J'appris qu'elle ne s'était pas couchée depuis bien long-temps, elle veillait encore toutes les nuits. Tant

que sa pauvre chérie n'était pas en terre, disait-
elle, elle ne pouvait pas se résoudre à la quitter.

M. Murdstone ne fit pas attention à moi quand
j'entrai dans le salon où il était assis auprès du
feu, pleurant en silence et réfléchissant à l'aise
dans son fauteuil. Miss Murdstone écrivait sur
son pupitre, qui était couvert de lettres et de
papiers. Elle me tendit le bout des doigts, et me
demanda d'un ton glacial si on m'avait pris
mesure pour mes habits de deuil.

« Oui. »

On m'avait pris mesure en effet, à mon passage
à Yarmouth.

« Et vos chemises, reprit miss Murdstone, les
avez-vous rapportées ?

— Oui, mademoiselle, j'ai toutes mes affaires
avec moi. »

Ce fut toute la consolation que m'offrit sa
fermeté.

Je vis à peine Peggotty pendant les jours qui
précédèrent l'enterrement. Mais quand tout fut
fini au cimetière, elle vint dans ma chambre, pour
me parler de ma mère et de mon petit frère.

« La dernière nuit, me dit-elle, votre chère
maman m'embrassa et me dit : ''Si mon petit
enfant meurt aussi, Peggotty, je vous prie de le
mettre dans mes bras, et je désire qu'on nous
enterre ensemble. (C'est ce qu'on a fait, car le
pauvre enfant ne lui a survécu que d'un jour.)

Que mon David nous accompagne à notre lieu de repos, et dites-lui bien que sa mère, à son lit de mort, l'a béni mille fois.'' »

Un silence suivit ces paroles ; Peggotty me caressait tendrement.

« La nuit était avancée, reprit-elle, quand cette pauvre chérie me demanda à boire, et après avoir bu, elle me sourit d'un sourire si doux !

« Le jour commençait et le soleil se levait ; elle me dit alors que M. Copperfield avait toujours été bon et indulgent pour elle ; qu'il était doux et patient. Il lui avait dit souvent, quand elle doutait d'elle-même, qu'un cœur aimant vaut mieux que toute la sagesse du monde, et qu'elle le rendait bien heureux. ''Peggotty, ma chère, ajouta-t-elle, approchez-moi de vous (elle était très faible), mettez votre bras sous mon cou, et tournez-moi de votre côté ; votre visage s'éloigne de moi, et je veux le voir.''

« Je fis ce qu'elle me demandait : alors elle a posé sa pauvre tête sur le bras de sa vieille Peggotty, et elle est morte comme un enfant s'endort. »

X

Le premier acte d'autorité par lequel débuta miss Murdstone, quand le jour solennel fut passé, et que la lumière eut retrouvé son libre accès au travers des fenêtre, fut de prévenir Peggotty qu'elle eût à quitter la maison dans un mois. Malgré la répugnance qu'aurait ressentie Peggotty à servir les Murdstone, je crois qu'elle l'aurait fait par amour pour moi. Mais enfin, se voyant remerciée, elle me dit qu'il fallait nous quitter et pourquoi ; nous nous lamentâmes de concert, en toute sincérité.

Quant à moi et à l'avenir qui m'était réservé, je n'en entendais pas dire un mot, je ne voyais pas faire une seule démarche. Ils auraient bien voulu, je pense, pouvoir se débarrasser de moi, comme de Peggotty, avec un mois de gages. Je rassemblai un soir tout mon courage, pour demander à miss Murdstone quand je retournerais à la pension. Elle me répondit sèchement qu'elle

pensait que je n'y retournerais pas. Ce fut tout.
J'étais très inquiet de savoir ce qu'on allait faire
de moi ; Peggotty s'en préoccupait aussi ; mais
ni elle ni moi nous ne pouvions obtenir le moindre
renseignement à ce sujet.

« Peggotty, dis-je un soir d'un ton pensif, en
me chauffant les mains devant le feu de la cuisine,
M. Murdstone m'aime encore moins qu'autrefois.
Il ne m'aimait déjà pas beaucoup, Peggotty, mais
maintenant il voudrait bien ne plus jamais me
voir, s'il pouvait.

— Peut-être cela vient-il de son chagrin, dit
Peggotty, en me passant la main sur les cheveux.

— J'ai pourtant aussi du chagrin, Peggotty ; si
je croyais que cela vînt de son chagrin, je n'y
penserais pas. Mais non, ce n'est pas cela, ce
n'est pas cela.

— Comment le savez-vous ? reprit Peggotty
après un moment de silence.

— Oh ! son chagrin n'est pas du tout comme
le mien. En ce moment il est triste, assis au coin
du feu avec miss Murdstone ; mais si j'entrais,
Peggotty, il serait...

— Quoi donc ? demanda Peggotty.

— En colère, répondis-je, et j'imitai involontairement le froncement de ses sourcils. S'il n'était
que triste, il ne me regarderait pas comme il fait.
Moi, je suis triste aussi, mais il me semble que
ma tristesse me dispose plutôt à la bienveillance. »

Peggotty garda le silence un moment, et je me chauffai les mains sans rien dire non plus.

« David, dit-elle enfin.

— Eh bien, Peggotty ?

— J'ai essayé, mon cher enfant, j'ai essayé de toutes les manières, de tous les moyens connus et inconnus, pour trouver du service ici, à Blunderstone ; mais, mon chéri, il n'y a rien du tout qui puisse me convenir.

— Et que comptez-vous faire, Peggotty ? lui demandai-je tristement ; où comptez-vous aller ?

— Je crois que je serai obligée d'aller vivre à Yarmouth, répondit Peggotty. Ce n'est pas à l'autre bout du monde ; et tant que vous serez ici, mon chéri, je viendrai vous voir une fois pas semaine. »

Cette promesse m'ôta une grande inquiétude ; mais ce n'était pas tout : Peggotty continua :

« Je vais d'abord chez mon frère, voyez-vous, David, passer une quinzaine de jours, à me reconnaître, et à me remettre un peu. Maintenant, voici l'idée qui m'est venue : comme on n'a pas grand besoin de vous ici, on pourrait peut-être aussi vous laisser venir avec moi. »

En ce moment miss Murdstone apparut ; elle venait faire sa tournée du soir, à tâtons dans l'office, pendant que nous causions encore. Peggotty entama la question avec une hardiesse dont je fus tout surpris.

« Il perdra son temps là-bas, répondit miss Murdstone en regardant dans un bocal de corni- chons, et l'oisiveté est la mère de tous les vices. Mais il n'en ferait pas davantage ici ou ailleurs, c'est mon avis. Cependant il y a une chose plus importante que tout le reste, c'est que mon frère ne soit ni dérangé ni contrarié. Ainsi donc, je suppose que je ferai aussi bien de dire oui. »

A la fin du mois accordé à Peggotty, nous partîmes sous la conduite de M. Barkis. Je remarquai que, tout le long du chemin, M. Barkis fut aux petits soins auprès de Peggotty.

Enfin, nous voilà devant la maison de M. Peggotty. Elle n'avait pas changé ; seulement je la trouvai une idée plus petite qu'autrefois. Mistress Gummidge était debout à la porte, comme si elle n'avait pas bougé de là depuis ma dernière visite : l'intérieur n'avait pas subi plus de changements que l'extérieur. La petite cruche bleue de ma chambre était toujours garnie de plantes marines. Je fis un tour sous le hangar, et j'y retrouvai dans leur coin accoutumé les homards, les crabes et les écrevisses. Mais je n'apercevais pas la petite Émilie ; je demandai à M. Peggotty où je pourrais la trouver.

« Elle est à l'école, monsieur », me répondit M. Peggotty, en s'essuyant le front, après avoir déposé la malle de sa sœur ; il ajouta, en regardant l'horloge : « Elle sera ici dans vingt minutes, dans une demi-heure au plus. Nous nous apercevons tous de son absence, je vous en réponds. »

Mistress Gummidge soupira.

« Allons ! allons ! mère Gummidge ! cria M. Peggotty.

— Je m'en aperçois plus que personne, dit mistress Gummidge ; je suis une pauvre femme perdue sans ressource, et c'était la seule personne avec laquelle je n'eusse pas de contrariété. »

Mistress Gummidge, toujours gémissant et secouant la tête, se mit à souffler le feu. Profitant de ce qu'elle était ainsi occupée, M. Peggotty se tourna de mon côté, et me dit à voix basse, en mettant sa main devant sa bouche : « Elle pense à l'ancien ! » Cette confidence me fit supposer avec raison que le caractère de mistress Gummidge ne s'était nullement amendé depuis ma dernière visite.

La maison était, ou du moins elle devait être aussi charmante que par le passé, et pourtant elle ne me produisait pas la même impression. J'étais un peu désappointé. Cela tenait peut-être à l'absence de la petite Émilie. Enfin, elle revint ; mais il me sembla que nous n'étions plus aussi bon camarades ; elle prenait certainement plaisir à me taquiner et à me contrarier.

Tout le monde la gâtait, M. Peggotty plus tous les autres. Elle lui faisait faire tout ce qu'elle voulait, rien qu'en approchant sa joue de ses gros favoris.

Quoique taquine, elle était bonne et compatissante. Quand M. Peggotty, tout en fumant sa pipe, le soir, auprès du feu, fit allusion à la cruelle épreuve que je venais de subir, les yeux d'Émilie se remplirent de larmes, et elle me regarda avec tant de bonté, que je lui en fus très reconnaissant.

« Ah ! dit M. Peggotty en prenant dans sa main les boucles de sa petite Émilie et en les laissant retomber une à une, voilà une orpheline, voyez-vous, monsieur ! Et voilà un orphelin ! continua-t-il, en donnant à Cham, du revers de son poing, un coup vigoureux dans la poitrine, quoiqu'il n'en ait guère l'air.

— Monsieur Peggotty, dis-je en secouant la tête, si je vous avais pour tuteur, je crois que je ne me sentirais guère orphelin non plus.

— Bien dit, monsieur David ! s'écria Cham avec enthousiasme. Hourra ! bien dit ! Vous avez bien raison ! » Et il rendit à M. Peggotty son coup de poing ; la petite Émilie se leva pour embrasser ce brave homme.

J'occupais mon ancien petit lit à la poupe du bateau, où le vent sifflait comme autrefois. Mais je ne pouvais m'empêcher de penser qu'il gémissait sur ceux qui n'étaient plus.

Pendant mon séjour à Yarmouth, ma Peggotty à moi épousa M. Barkis, le conducteur, qui lui avait plusieurs fois demandé sa main. Cette fois-là, elle s'était décidée, et même un peu brusquement ; mais je vis bien que ce qui l'avait décidée surtout, c'était le désir d'avoir un abri à m'offrir en cas de besoin.

Le lendemain du mariage, je quittai le bateau, et j'allai coucher chez Peggotty, dans une petite chambre en mansarde, qui était pour moi et que l'on me garderait toujours dans le même état. Le livre sur les crocodiles était posé sur une planche, à côté de mon lit.

« Jeune ou vieille, dit Peggotty, tant que je vivrai, et que ce toit sera sur ma tête, je vous garderai votre chambre comme si vous deviez arriver à l'instant même. J'en prendrai soin tous les jours, mon chéri, comme je faisais autrefois, et quand bien même vous seriez en Chine, vous pourriez être sûr que votre chambre resterait dans le même état, tout le temps de votre absence. »

Je ressentais profondément la fidèle tendresse de ma chère bonne et je la remerciai du mieux que je pus, c'est-à-dire assez à la hâte, car le temps me manquait. C'était le matin qu'elle me parlait ainsi en me tenant embrassé, et c'est le matin même que je devais retourner au logis, dans la carriole, avec elle et M. Barkis. Ils me déposèrent à la grille du jardin ; nous nous séparâmes avec beaucoup de peine. J'eus le cœur bien gros quand je vis s'éloigner la carriole qui

emmenait Peggotty, pendant que je restais là tout
seul sous les vieux ormes, en face de cette maison
où il n'y avait plus personne pour m'aimer.

Je tombai alors dans un état d'abandon auquel
je ne puis penser sans compassion. Je vivais à
part, tout seul, sans que personne fît attention à
moi, éloigné de la société des enfants de mon âge,
et n'ayant pour toute compagnie que mes tristes
pensées, qui semblent encore jeter leur ombre sur
ce papier, pendant que j'écris.

Que n'aurais-je pas donné pour être envoyé
dans une pension, quelque sévèrement tenue
qu'elle pût être, pour apprendre quelque chose,
n'importe quoi, n'importe comment ! Mais je
n'avais pas cette espérance ; on ne m'aimait
pas, et on me négligeait volontairement, avec
persévérance et cruauté. Je crois que les affaires
de M. Murdstone étaient fort embarrassées, et de
plus, il ne pouvait me souffrir, et il essayait, en
m'abandonnant à moi-même, de se débarrasser
de l'idée que j'avais quelques droits sur lui... Il y
réussit.

Un jour il me dit : « Vous savez, je suppose,
que je ne suis pas riche. En tout cas, si vous
l'ignorez, je vous l'apprends. Vous avez déjà reçu
une éducation dispendieuse. Les pensions sont
chères. Même s'il n'en était pas ainsi, même si
j'étais en état de subvenir à cette dépense, je
trouve qu'il ne serait pas avantageux pour vous

de rester en pension. Vous aurez à lutter pour l'existence, et plus tôt vous commencerez, mieux cela vaudra ! »

Je pensai en moi-même que j'avais commencé à payer mon triste tribut de souffrances.

« Vous avez quelquefois entendu parler de la maison de commerce ? reprit M. Murdstone.

— La maison de commerce, monsieur ? répétai-je.

— Oui, la maison Murdstone et Grinby, dans le négoce des vins », répondit-il.

Je suppose que j'eus l'air d'hésiter, car il continua précipitamment :

« Vous avez entendu parler de la maison, ou des affaires, ou des caves, ou de quelque chose d'analogue ?

— Il me semble que j'ai entendu parler des affaires, dis-je, en me rappelant ce que j'avais vaguement appris sur les ressources de sa sœur et les siennes, mais je ne sais quand.

— Peu importe, répondit-il, c'est mon ami M. Quinion, ici présent, qui dirige ces affaires. »

Je jetai un coup d'œil respectueux sur M. Quinion, qui regardait par la fenêtre.

« Il dit que l'on emploie plusieurs jeunes garçons dans la maison, et qu'il ne voit pas pourquoi vous n'y trouveriez pas de l'occupation aux mêmes conditions.

— S'il n'a point d'autre ressource, Murdstone », fit observer M. Quinion à demi-voix, en se tournant de notre côté.

M. Murdstone, avec un geste d'impatience, continua, sans tenir compte de l'observation.

« Ces conditions, c'est que vous gagnerez votre nourriture, avec un peu d'argent de poche. Quant à votre logement, je m'en suis déjà occupé ; c'est moi qui le payerai. Je me chargerai aussi de votre blanchissage...

— Jusqu'à concurrence d'une somme que je déterminerai, dit sa sœur.

— Je vous fournirai aussi l'habillement, reprit M. Murdstone, puisque vous ne serez pas encore en état d'y pourvoir. Vous allez donc à Londres avec M. Quinion, David, pour commencer à vous tirer d'affaire vous-même.

— En un mot, vous voilà pourvu, fit observer sa sœur ; à présent, tâchez de remplir vos devoirs. »

XI

Le magasin de Murdstone et Grinby était situé
à Blackfriars, au bord de la Tamise. C'était une
vieille maison, avec une petite cour qui aboutissait
à la rivière quand la marée était haute, et à la
vase de la rivière quand la marée se retirait ; les
rats y pullulaient. Les pièces, revêtues de boiseries
décolorées par la poussière et la fumée depuis plus
d'un siècle, les planchers et l'escalier, à moitié
détruits, les cris aigus et les luttes des vieux rats
gris dans les caves, la moisissure et la saleté
générale du lieu, tout cela est présent à mon esprit
comme si je l'avais vu hier.

Les affaires de Murdstone et Grinby embras-
saient des branches de négoce très diverses, mais
le commerce des vins et des liqueurs avec certaines
compagnies de bateaux à vapeur en était une
partie importante. Je sais qu'une des conséquences
de ce commerce était un certain nombre de
bouteilles vides, et qu'on employait un certain

nombre d'hommes et d'enfants à les examiner, à
mettre de côté celles qui étaient fêlées, à rincer et
à lavers les autres. Quand les bouteilles vides
faisaient défaut, il y avait des étiquettes à mettre
aux bouteilles pleines, des bouchons à couper, à
cacheter, des caisses à remplir de bouteilles. C'était
le genre de travail qui m'était destiné ; je devais
être du nombre des enfants employés à cet office.

Nous étions trois ou quatre en me comptant.
Le jour où je devais commencer la vie pour mon
propre compte sous de si favorables auspices, on
fit venir l'aîné de mes compagnons pour me
montrer ce que j'aurais à faire. Il s'appelait Mick
Walker ; il portait un tablier déchiré et un bonnet
de papier. Il m'apprit que nous avions pour
camarade un jeune garçon qu'il appelait du nom
extraordinaire de « Fécule de pomme de terre ».
Je découvris bientôt que ce n'était pas le vrai nom
de cet être intéressant, mais qu'il lui avait été
donné au magasin, parce que son teint rappelait
celui d'une pomme de terre.

Les paroles ne peuvent rendre la secrète angoisse
que j'éprouvai en voyant dans quelle société je
venais de tomber, en comparant les nouveaux
compagnons de ma vie journalière avec ceux de
mon heureuse enfance, sans parler de Steerforth,
de Traddles et de mes autres compagnons de
pension.

La grande horloge du magasin marquait midi

Nous étions trois ou quatre en me comptant.

et demi, et tout le monde se préparait à aller dîner, quand M. Quinion frappa à la fenêtre de son bureau et me fit signe de venir lui parler. J'entrai, et je me trouvai en face d'un homme d'un âge mûr, un peu gros, en redingote brune et en pantalon noir ; sur sa tête, qui était énorme et présentait une surface polie, il n'y avait pas plus de cheveux que sur un œuf. Il tourna vers moi un visage rebondi ; si ses habits étaient râpés, le col de sa chemise présentait un aspect imposant. Il portait une canne ornée de deux glands fanés, et un lorgnon pendait sur le devant de son paletot. Je découvris plus tard que ce lorgnon était un simple ornement ; car il s'en servait très rarement et aussitôt qu'il l'avait sur les yeux, il n'y voyait goutte.

« Le voilà, dit M. Quinion en me montrant.

— C'est là M. Copperfield ? dit l'étranger, avec un certain ton de condescendance, et un certain air qu'il est impossible de décrire, et qui produisit sur moi une profonde impression ; j'espère que vous êtes en bonne santé, monsieur ? »

Je répondis que je me portais très bien, et j'exprimai l'espoir que sa santé était bonne également.

« Grâce au ciel, dit l'étranger, je me porte on ne peut mieux. J'ai reçu une lettre de M. Murdstone. M. Murdstone désire que je puisse vous recevoir dans un appartement situé sur le derrière de ma maison, et qui est pour le moment inoccupé... qui est à louer, en un mot, comme... en un mot, ajouta l'étranger avec un sourire de confiance amicale, comme chambre à coucher..., le jeune commerçant auquel j'ai le plaisir de... »

Ici l'étranger fit un geste de la main et rentra son menton dans le col de sa chemise.

« C'est M. Micawber, me dit M. Quinion. M. Murdstone connaît M. Micawber. Il nous transmet des commandes, quand il en reçoit.

— Mon adresse, dit M. Micawber, est : Windsor Terrace, route de la Cité. Je... en un mot, ajouta M. Micawber avec le même air élégant et un nouvel élan de confiance, c'est là que je demeure. »

Je le saluai.

« Dans la crainte que vous ne soyez exposé à vous perdre en route, reprit M. Micawber, je serai très heureux de venir vous chercher ce soir pour vous montrer le chemin le plus court. »

Il prit son chapeau et sortit, sa canne sous le bras, d'un air majestueux, en fredonnant un air aussitôt qu'il eut franchi le seuil.

M. Quinion m'engagea solennellement au service de Murdstone et Grinby pour tout faire au magasin, avec un salaire de six shillings par semaine. Il me paya une semaine d'avance (de sa poche, je crois), sur quoi je donnai six pence à

Fécule pour porter ma malle, le soir, à Windsor
Terrace ; quelque petite qu'elle fût, je n'avais pas
la force de la soulever. Je dépensai encore six
pence pour mon dîner, qui se composa d'un pâté
de veau et d'une gorgée d'eau bue à la pompe
voisine, puis j'employai l'heure accordée pour le
repas à me promener dans les rues.

Le soir, à l'heure fixée, M. Micawber reparut.

Arrivés à Windsor Terrace, il me présenta à
mistress Micawber, qui était pâle et maigre ; il y
avait longtemps qu'elle n'était plus jeune. Je la
trouvai assise dans la salle à manger (le premier
étage n'était pas meublé, et on tenait les stores
baissés pour faire illusion aux voisins).

Elle était en train d'allaiter un enfant. Cette
petite créature avait un frère jumeau. Je puis dire
que, tant que durèrent mes rapports avec la
femille, il ne m'est presque jamais arrivé de voir
les deux jumeaux à la fois hors des bras de mistress
Micawber. L'un des deux avait toujours quelques
prétentions au lait de sa mère.

Il y avait deux autres enfants, M. Micawber
fils, plus âgé de quatre ans à peu près, et miss
Micawber qui avait environ trois ans. Une jeune
personne très brune, qui avait l'habitude de
renifler, et qui servait la famille, complétait l'établissement. Au bout d'une demi-heure, elle m'in-
forma qu'elle était orpheline, et qu'elle avait été
élevée à l'hôpital de Saint-Luc, dans les environs.

Il me présenta à mistress Micawber.

Ma chambre était située à l'étage supérieur de la maison ; elle était petite, tapissée d'un papier qui représentait une série de pains à cacheter bleus, et aussi peu meublée que possible.

Mistress Micawber, en me montrant ma chambre, me parla de son mari. Je ne me rappelle pas bien si elle me dit que M. Micawber avait été officier dans les troupes de marine, ou si je l'ai rêvé. Dans tous les cas, je suis convaincu, à l'heure qu'il est, sans en être bien sûr, qu'il avait servi jadis dans la marine. Il était, pour le moment, courtier au service de diverses maisons, mais il y gagnait peu de chose, peut-être rien, j'en ai peur.

M. Micawber avait des créanciers, des créanciers importuns, qui lui rendaient de fréquentes visites. En pareille occasion, M. Micawber était plongé dans le chagrin et le désespoir. Il alla même un jour, à ce que j'appris par un cri de sa femme, jusqu'à faire le simulacre de se frapper avec un rasoir. Mais une demi-heure après il cirait ses souliers avec le soin le plus minutieux, et sortait en fredonnant quelque ariette, d'un air plus élégant que jamais. Mistress Micawber était douée de la même élasticité de caractère. Je l'ai vue se trouver mal à trois heures parce que l'on était venu toucher les impositions, et puis manger à quatre heures des côtelettes d'agneau panées, arrosées d'un bon pot d'ale, le tout payé en mettant en gage deux cuillers à thé.

Je passais tous mes loisirs avec cette famille. Je me procurais mon déjeuner, qui se composait d'un petit pain d'un sou et d'un sou de lait. J'avais un autre petit pain et un morceau de fromage, qui m'attendaient dans le buffet, sur une planche consacrée à mon usage, pour mon souper ; c'était une fière brèche dans mes six ou huit shillings. Je passais la journée au magasin et mon salaire devait suffire aux besoins de toute la semaine. Du lundi matin au samedi soir, je ne recevais ni avis, ni conseil, ni encouragement, ni consolation, ni secours d'aucune sorte, de qui que ce soit.

J'étais si jeune, si inexpérimenté, si peu en état de veiller sur moi-même, qu'il m'arrivait souvent, en allant au magasin, le matin, de ne pouvoir résister à la tentation d'acheter des gâteaux de la veille, vendus à moitié prix chez le restaurateur, et je dépensais ainsi l'argent de mon dîner. Ces jours-là je me passais de dîner, ou bien j'achetais un petit pain ou un morceau de pudding.

Nous avions, ce me semble, une demi-heure pour prendre notre thé. Quand j'avais assez d'argent, je prenais une tasse de café et une tartine de pain et de beurre. Quand je n'avais rien, je contemplais une boutique de gibier dans

Fleet-Street ; j'allais quelquefois jusqu'au marché
de Covent-Garden pour regarder des ananas.

Je n'exagère pas, même involontairement, l'exiguïté de mes ressources ni les difficultés de ma
vie. Je sais que si M. Quinion me donnait par
hasard un shilling, je l'employais à payer mon
dîner. Je sais que je travaillais du matin au soir,
dans le costume le plus mesquin, avec des hommes
et des enfants de la classe inférieure. Je sais que
j'errais dans les rues, mal nourri et mal vêtu. Je
sais que, sans la miséricorde de Dieu, l'abandon
dans lequel on me laissait aurait pu me conduire
à devenir un voleur ou un vagabond.

Avec tout cela, j'étais pourtant sur un certain
pied chez Murdstone et Grinby.

Non seulement M. Quinion faisait, pour me
traiter avec plus d'égards que mes camarades,
tout ce qu'on pouvait attendre d'un indifférent,
très occupé d'ailleurs, et qui avait affaire à une
créature si abandonnée ; mais, comme je n'avais
dit à personne le secret de ma situation, et que je
n'en témoignais aucun regret, mon amour-propre
en souffrait moins. Personne ne savait mes peines ;
quelque cruelles qu'elles fussent, je me tenais sur
la réserve et je faisais mon ouvrage. J'avais
compris dès le commencement que le moyen
d'échapper au mépris et aux moqueries des autres,
c'était de faire ma besogne aussi bien qu'eux ! Je
devins bientôt aussi habile et aussi actif, pour le

moins, que mes compagnons. Je vivais sans doute avec eux dans les rapports les plus familiers ; mais ma conduite et mes manières différaient assez des leurs pour les tenir à distance. On m'appelait en général le « petit monsieur ».

Je n'avais aucun espoir d'être arraché à cette horrible existence et j'avais renoncé à y penser. Néanmoins je suis profondément convaincu que je n'en avais pas pris mon parti un seul jour, et que je me sentais toujours profondément malheureux. Mais je supportais mes chagrins en silence, et je ne révélai jamais la vérité dans mes nombreuses lettres à Peggotty, moitié par honte et moitié par affection pour elle.

Les embarras de M. Micawber ajoutaient à mes tourments d'esprit. Dans l'abandon où je me trouvais, je m'étais attaché à la famille, et je roulais dans ma tête, tout le long du chemin, les calculs de mistress Micawber sur leurs chances et leurs ressources. Je me sentais accablé par les dettes de M. Micawber.

Un jour, mistress Micawber me dit : « Monsieur Copperfield, je ne veux pas vous traiter en étranger, et je n'hésite pas à vous dire que la crise approche pour les affaires de M. Micawber. »

J'éprouvai un vrai chagrin en apprenant cette nouvelle, et je regardai avec sympathie les yeux rouges de mistress Micawber. Même, par un mouvement tout spontané, je tirai de ma poche

quelques shillings qui me restaient de ma dernière
semaine.

« Non, mon cher monsieur Copperfield, s'écria
mistress Micawber, une telle idée est loin de mon
esprit, mais vous êtes d'une discrétion au-dessus
de votre âge, et vous pourriez me rendre un
service que j'accepterais avec reconnaissance. »

Je la priai de me dire comment je pourrais lui
être utile.

« J'ai mis moi-même l'argenterie en gage, dit
mistress Micawber : six cuillers à café, deux pelles
à sel et une pince à sucre. Mais les jumeaux me
gênent beaucoup pour faire la course, et ces
démarches-là me sont très pénibles quand je me
rappelle le temps où j'étais avec papa et maman.
Il y a encore quelques petites choses dont nous
pourrions disposer. Les idées de M. Micawber ne
lui permettraient jamais d'agir en cette affaire et
Clickett (c'était le nom de la petite servante),
ayant un esprit vulgaire, prendrait peut-être des
libertés pénibles à supporter si on lui témoignait
une aussi grande confiance. Monsieur Copperfield, si je pouvais vous prier... »

Je comprenais enfin mistress Micawber, et je
me mis entièrement à sa disposition. Je commençai
le soir même à déménager les objets les plus faciles
à transporter, et j'accomplissais presque tous les
matins une expédition de cette nature avant d'aller
chez Murdstone et Grinby.

Enfin la crise arriva, M. Micawber fut arrêté un jour, de grand matin, et emmené à la prison pour dettes. Il me dit, en quittant la maison, que le Dieu du jour s'était couché pour lui à jamais, et je croyais réellement que son cœur était brisé ; le mien l'était dans tous les cas. J'appris pourtant plus tard qu'il avait joué aux quilles très gaiement dans l'après-midi.

Je ne sais comment on en vint à vendre les meubles pour soutenir la famille ; je ne sais qui se chargea de cette opération ; en tout cas ce ne fut pas moi. Tout fut donc vendu et emporté dans une charrette, à l'exception des lits, de quelques chaises et de la table de cuisine. Nous campions avec ces meubles dans les deux pièces du rez-de-chaussée, au milieu de cette maison dépouillée, et nous y vivions la nuit et le jour. Mistress Micawber prit le parti d'aller s'établir dans la prison, où M. Micawber avait une chambre particulière. Je fus chargé de porter la clef de la maison au propriétaire, qui fut enchanté de rentrer en possession de son appartement, et l'on envoya tous les lits à la prison, à l'exception du mien. On loua pour moi une petite chambre dans les environs.

Les affaires de M. Micawber étaient toujours très embarrassées, par le fait d'un certain « acte » dont j'entendais toujours parler, et que je suppose maintenant avoir été quelque arrangement antérieur avec ses créanciers. Enfin le document parut s'être évanoui, je ne sais comment ; au moins avait-il cessé d'être une pierre d'achoppement, comme par le passé ; et mistress Micawber m'apprit que, sur le conseil de sa famille, M. Micawber ferait un petit appel pour être mis en liberté d'après la loi des débiteurs insolvables, et qu'il pourrait être libre au bout de six semaines.

« Et alors, dit M. Micawber qui était présent, je pourrai sans aucun doute, s'il plaît à Dieu, commencer à me tirer d'affaire et à vivre d'une manière toute différente, si..... si... en un mot, si je puis tomber sur une bonne chance. »

XII

Enfin l'affaire de M. Micawber ayant été appelée et sa réclamation entendue, sa mise en liberté fut ordonnée en vertu de la loi sur les débiteurs insolvables.

M. Micawber retourna en prison après l'arrêt, parce qu'il y avait des frais de justice à régler et des formalités à remplir avant son élargissement.

« Puis-je vous demander, madame, dis-je à mistress Micawber, ce que vous comptez faire maintenant que M. Micawber s'est tiré de ses embarras et qu'il est en liberté ? Avez-vous pris un parti ?

— Ma famille, dit mistress Micawber, qui prononçait toujours ces deux mots d'un air majestueux, sans que j'aie jamais pu découvrir à qui elle les appliquait, ma famille est d'avis que M. Micawber ferait bien de quitter Londres, et de chercher à appliquer ses facultés en province. M. Micawber a de grandes facultés, monsieur

Copperfield. Ma famille est d'avis qu'avec un peu de protection on pourrait tirer parti d'un homme comme lui dans l'administration des douanes, à Plymouth par exemple. On regarde comme indispensable qu'il se trouve sur les lieux.

— Pour être tout prêt ? suggérai-je.

— Précisément, répondit mistress Micawber, pour être tout prêt, dans le cas où une bonne chance se présenterait.

— Irez-vous aussi à Plymouth, madame ? »

Elle se mit à pleurer en me répondant :

« Je n'abandonnerai jamais M. Micawber. Il a eu tort certainement de me cacher ses embarras au premier abord. Je ne nie pas qu'il soit très imprévoyant. Je ne nie pas qu'il m'ait trompée sur ses ressources et sur ses dettes, continuat-elle en regardant fixement la muraille, mais je n'abandonnerai jamais M. Micawber. »

Ainsi donc, M. et Mrs. Micawber allaient quitter Londres avec leur famille, et une séparation entre nous était imminente. Ce fut en retournant chez moi, ce soir-là, et pendant la nuit sans sommeil que je passai ensuite, que je conçus pour la première fois, je ne sais comment, une pensée qui devint bientôt une détermination arrêtée.

En attendant leur départ, M. et Mrs. Micawber prirent un petit appartement pour la semaine dans la maison que j'habitais. Je passai toutes mes soirées avec M. et Mrs. Micawber pendant le temps qui nous restait encore, et notre amitié, je crois, augmentait à mesure que le moment de notre séparation approchait. Le dimanche, ils m'invitèrent à dîner ; on nous servit un morceau de porc frais à la sauce piquante et un pudding. J'avais acheté la veille au soir un cheval de bois pommelé pour l'offrir au petit Wilkins Micawber, et une poupée pour la petite Emma. Je donnai aussi un shilling à l'orpheline, qui perdait sa place.

« Mon cher ami, dit M. Micawber, je suis plus âgé que vous et j'ai quelque expérience de la vie, et de... En un mot, des embarras de toute espèce, pour parler d'une manière générale. Pour le moment, et jusqu'à ce qu'il m'arrive une bonne chance, que j'attends tous les jours, je n'ai pas autre chose à faire que de vous offrir mes conseils. Cependant mes avis valent la peine d'être écoutés, surtout... en un mot, parce que je ne les ai jamais suivis moi-même. Mon avis, le voici : Ne remettez jamais au lendemain ce que vous pouvez faire aujourd'hui. La temporisation est un vol fait à la vie. Prenez l'occasion aux cheveux. Voici mon second conseil. Revenu annuel : vingt livres sterling ; dépense annuelle : dix-neuf livres sterling dix-neuf shillings et six pence ; résultat : bonheur. — Revenu annuel : vingt livres sterling ; dépense annuelle : vingt livres six pence ; résultat : misère. La fleur est flétrie, la feuille tombe, le dieu du jour disparaît, et... en un mot, vous êtes à jamais enfoncé, comme moi ! »

Et pour rendre son exemple plus frappant, M. Micawber but un verre de punch avec un air de profonde satisfaction, et se mit à siffler un petit air de chasse.

Un matin, après avoir conduit mes amis à la diligence de Plymouth, j'allai commencer ma journée chez Murdstone et Grinby.

Mais j'avais décidé de ne pas continuer à mener une vie si pénible. Mon intention était de m'enfuir, d'aller, n'importe comment, trouver à la campagne la seule parente que j'eusse au monde, et raconter mon histoire à miss Betsy.

Je ne savais pas même où demeurait miss Betsy. J'écrivis une longue lettre à Peggotty, et je lui demandai d'une manière incidente si elle se rappelait l'adresse de ma tante. J'avais, lui disais-je dans ma lettre, entendu parler d'une vieille dame qui demeurait dans un endroit que je citai au hasard, et j'étais curieux de savoir si ce ne serait pas elle. Dans le courant de la lettre, je disais à Peggotty que j'avais particulièrement besoin d'une demi-guinée ; si elle pouvait me la prêter, je lui serais très obligé, me réservant de lui dire plus tard, en lui rendant cette petite somme, ce qui m'avait forcé à la lui emprunter.

La réponse de Peggotty arriva bientôt, pleine comme toutes les autres du dévouement le plus

tendre. Elle m'envoyait une demi-guinée. Je me
figure qu'elle avait eu bien de la peine à faire
sortir cette demi-guinée du coffre de M. Barkis ;
car, comme elle le disait elle-même, M. Barkis
était « un peu serré ». Elle me faisait savoir que
miss Betsy demeurait près de Douvres, mais elle
ne savait si c'était à Douvres même, à Sandgate,
à Hythe, ou à Folkstone. En réponse à mes
questions, un ouvrier du magasin me dit que
ces petites villes se touchaient presque. Sur ce
renseignement, qui me parut suffisant, je pris le
parti de m'en aller à la fin de la semaine.

J'étais une très honnête petite créature, et je ne
voulais pas souiller la réputation que je laissais
chez Murdstone et Grinby. Je me croyais donc
obligé de rester jusqu'au samedi soir, et comme
j'avais reçu d'avance en entrant les gages d'une
semaine, j'avais décidé de ne pas me présenter
au bureau à l'heure de la paye, pour toucher
mon salaire ; c'était dans ce dessein que j'avais
emprunté la demi-guinée, afin de pouvoir faire
face aux dépenses du voyage. En conséquence, le
samedi soir, quand nous fûmes tous réunis dans
le magasin pour attendre la paye, Fipp le charre-
tier, qui passait toujours le premier, entra dans le
bureau. Je donnai alors une poignée de main à
Mick Walker, en le priant, lorsque mon tour
serait venu, de dire à M. Quinion que j'étais
allé porter ma malle chez Fipp, mon nouveau

propriétaire. Je dis adieu à Fécule de pomme de terre, et je partis.

Mon bagage était resté à mon ancien logement, de l'autre côté de l'eau. J'avais préparé pour ma malle une adresse écrite sur le dos d'une des cartes d'expédition que nous clouions sur nos caisses. « Monsieur David, bureau restant, aux messageries ; Douvres. » J'avais cette carte dans ma poche, et je comptais la fixer sur ma malle dès que je l'aurais retirée de la maison. Chemin faisant, je regardais autour de moi pour voir si je ne trouverais pas quelqu'un qui pût m'aider à porter mon bagage au bureau de la diligence.

J'avisai, pour mon malheur, un grand escogriffe qui avait un âne et une petite charrette, et je lui demandai s'il pourrait se charger de porter ma malle au bureau de la diligence de Douvres. Il accepta le marché ; mais, après m'avoir arraché de force ma demi-guinée, il partit au triple galop de son âne, emportant ma malle.

XIII

Quand, à bout de forces, je renonçai à poursuivre l'escogriffe, la charrette et l'âne, je crois que j'avais quelque vague idée de courir tout le long du chemin jusqu'à Douvres. En tout cas, mes illusions s'évanouirent bientôt, et je fus obligé de m'arrêter, sur la route de Kent. Là, je m'assis sur le pas d'une porte, tout épuisé par les efforts que je venais de faire, et si essoufflé, que j'avais à peine la force de pleurer ma malle et ma demi-guinée.

Il faisait nuit ; pendant que j'étais là, à me reposer, j'entendis les horloges sonner dix heures. Mais c'était une soirée d'été, et il faisait chaud. Quand j'eus repris haleine, je me relevai et je me dirigeai vers la route de Greenwich. Je n'eus pas un moment l'idée de retourner sur mes pas.

Mais l'exiguïté de mes ressources (j'avais trois sous dans ma poche, et je me demande comment ils s'y trouvaient un samedi soir) ne laissait pas de me préoccuper, en dépit de ma persévérance. Je marchais tristement, quoique de toute la vitesse de mes petites jambes, quand je passai près d'une échoppe de marchand de vieux habits. J'entrai dans l'échoppe, et j'en ressortis avec vingt sous de plus et mon gilet de moins. Mais bah ! en boutonnant ma veste, cela ne se voyait pas. Quand je fus las de marcher, je me pelotonnai au pied d'une meule de foin pour y passer la nuit.

Le lendemain, je marchai toute la journée. J'avais franchi un espace de neuf lieues sur la grande route, et j'étais épuisé, n'ayant pas l'habitude de ce genre de fatigue. Je me vois encore, à la tombée de la nuit, traversant le pont de Rochester, et mangeant le pain que j'avais réservé pour mon souper. Je fus près de succomber à la tentation en voyant une ou deux petites maisons ayant pour enseigne : « Ici on loge à pied et à cheval. » Mais je n'osais pas dépenser les quelques sous qui me restaient encore ; et puis, j'avais peur d'y retrouver certaines figures suspectes que j'avais rencontrées pendant la journée. Je résolus donc de coucher en plein air, comme la nuit précédente. J'arrivai à grand'peine à Chatham, qui, la nuit, présente une fantasmagorie de tas de chaux, de ponts-levis et de vaisseaux démâtés à l'ancre dans une eau boueuse. Je me glissai le long du rempart couvert de gazon, qui donnait sur une ruelle, et je me couchai près d'un

canon. La sentinelle faisait les cent pas, et, rassuré
par sa présence, je dormis profondément jusqu'au
lendemain matin.

Quand je me réveillai, mes membres étaient
raides et mes pieds endoloris ; j'étais étourdi par
le roulement des tambours et le bruit des pas des
soldats, qui semblaient m'entourer de toutes parts.
Je croyais que je ne pourrais pas aller loin ce
jour-là, si je voulais conserver assez de force pour
atteindre le but de mon voyage.

Je descendis donc une longue rue étroite, décidé
à faire de la vente de ma veste la grande affaire
de ma journée. Je l'ôtai pour apprendre à m'en
passer, et, la mettant sur mon bras, je commençai
à inspecter les boutiques des revendeurs.

Je finis par vendre ma veste à un brocanteur
hideux, qui m'en avait promis deux shillings et
qui, sou à sou, ne m'en donna qu'un shilling et
quatre pence, après m'avoir fait attendre une
partie de la journée. Je m'éloignai de la boutique
un moment avant le coucher du soleil, ayant plus
grand'faim et plus grand'soif que jamais. Mais je
me remis bientôt complètement, grâce à une
dépense de six sous ; et reprenant courageusement
mon voyage, je fis trois lieues dans la soirée.

Je trouvai un abri, pour la nuit, au pied d'une
meule de foin, et j'y dormis profondément, après
avoir lavé mes pieds endoloris dans un ruisseau
et les avoir enveloppés de feuilles fraîches. Quand

je me remis en route, le lendemain matin, je vis
se déployer de toutes parts des vergers et des
champs de houblon. Il y avait déjà des pommes
mûres sur les arbres, et la récolte du houblon
commençait en quelques endroits. La beauté des
champs me séduisit infiniment et je décidai dans
mon esprit que je coucherais ce soir-là au milieu
des houblons. Je m'imaginais sans doute que je
trouverais une agréable compagnie dans cette
longue perspective d'échalas entourés de gracieuses
guirlandes de feuilles.

Je fis, ce jour-là, plusieurs rencontres qui
m'inspirèrent une terreur dont le souvenir est
encore vivant dans mon esprit. Parmi les gens
errant par les chemins, je vis plusieurs misérables
qui me regardaient d'un air féroce. Quand je les
eus dépassés, il me rappelèrent en me disant de
venir leur parler ; et comme je me mettais à courir
pour me sauver, ils me jetèrent des pierres.

Dès que j'apercevais de loin quelques rôdeurs
de cette espèce, je retournais sur mes pas pour
chercher sur cachette, et j'y restais tant qu'ils
étaient en vue. Cela se répéta assez souvent pour
ralentir singulièrement mon voyage. Mais dans
cette difficulté, comme dans toutes les autres
difficultés de mon entreprise, je me sentis soutenu
par le souvenir de ma mère et du portrait que je
m'étais tracé par l'imagination de sa beauté et de
sa jeunesse avant mon arrivée en ce monde.

Ç'avait été ma société dans le champ du houblon lorsque je m'y étais étendu pour dormir. Je la retrouvai à mon réveil et elle marcha devant moi tout le jour.

Elle s'associe encore, depuis ce temps, dans mon esprit, avec le souvenir de la grande rue de Cantorbéry, qui semblait sommeiller sous les rayons du soleil, et avec le spectacle des vieilles maisons, de la vieille cathédrale, et des corbeaux qui volaient sur les tours. Quand j'arrivai enfin sur les sables arides qui entourent Douvres, cette image chérie me rendit l'espérance au milieu de mon isolement, et elle ne m'abandonna que lorsque j'eus atteint le premier but de mon voyage, et que j'eus mis le pied dans la ville, le sixième jour après mon évasion. Mais alors, chose étrange à dire ! quand je me trouvai, les souliers déchirés, les vêtements en désordre, les cheveux poudreux et le teint brûlé par le soleil, dans le lieu vers lequel tendaient tous mes désirs, la vision s'évanouit tout à coup, et je restai seul, découragé et abattu.

Je n'avais plus d'argent, je n'avais plus rien à vendre ; j'avais faim et soif, et je me croyais aussi loin de mon but que si j'étais encore à Londres.

J'avais employé toute la matinée en recherches inutiles et j'étais assis sur les marches d'une boutique à louer, au coin d'une rue, près de la place du Marché, me demandant si je devais prendre le chemin des petites villes dont Peggotty m'avait parlé, quand un cocher de place, qui passait par là avec sa voiture, laissa tomber une couverture de cheval. Je la ramassai, et la bonne figure du propriétaire m'encouragea à lui demander s'il s'avait l'adresse de miss Trotwood.

« Trotwood ? dit-il, voyons donc. Je connais ce nom-là. Une vieille dame ?

— Oui, un peu vieille.

— Un peu raide d'encolure, reprit-il en se redressant.

— Oui, dis-je, cela me paraît très probable.

— Qui porte un sac, dit-il, un sac où il y a beaucoup de place... un peu brusque et mal-commode avec le monde ? »

Le cœur me manquait, l'exactitude du signalement était évidente.

« Eh bien ! je vous dirai que si vous montez par-là, et il montrait avec son fouet les falaises, si vous marchez tout droit devant vous jusqu'à ce que vous arriviez à des maisons qui donnent sur la mer, je vous assure que vous aurez de ses nouvelles. Mon avis est qu'elle ne vous donnera pas grand'chose ; tenez, voilà toujours un penny pour vous. »

J'acceptai le don avec reconnaissance, et j'en achetai un morceau de pain, que je mangeai en prenant le chemin indiqué par mon nouvel ami. Je marchai assez longtemps avant d'arriver aux maisons qu'il m'avait désignées, mais enfin je les aperçus. J'entrai dans une petite boutique où l'on vendait toutes sortes de choses, pour demander si l'on ne pourrait pas avoir la bonté de me dire où demeurait miss Trotwood. Je m'adressai à un homme qui se tenait debout derrière le comptoir, occupé à peser du riz pour une jeune personne. Ce fut elle qui répondit à ma question en se retournant vivement :

« Ma maîtresse, dit-elle, que lui voulez-vous ?

— J'ai besoin de lui parler, s'il vous plaît, répondis-je.

— Vous voulez venir lui demander l'aumône ? répliqua-t-elle.

— Non, certes », dis-je. Puis, me rappelant tout d'un coup que je n'avais pas d'autre but, je rougis jusqu'aux oreilles, et je gardai le silence.

La servante de ma tante mit son riz dans un petit panier et sortit de la boutique, en me disant que je pouvais la suivre, si je voulais voir où demeurait miss Trotwood. Je ne me le fis pas répéter, et pourtant j'étais arrivé à un tel degré de terreur et de consternation que mes jambes se dérobaient sous moi. Je suivis la jeune fille, et nous arrivâmes bientôt à une jolie petite maison ornée d'un balcon, avec un petit parterre, rempli de fleurs très bien soignées, qui exhalaient un parfum délicieux.

« Voici la maison de miss Trotwood, me dit la servante ; maintenant que vous le savez, c'est tout

ce que j'ai à vous dire. » A ces mots, elle entra
précipitamment dans la maison, comme pour
décliner toute responsabilité. Je demeurai debout
contre la grille du jardin, regardant tristement
par-dessus, du côté de la fenêtre du salon. On
n'apercevait qu'un rideau de mousseline entr'ouvert, un grand écran vert, fixé à la croisée, une
petite table et un vaste fauteuil. En voyant ce
fauteuil, je me dis que peut-être en ce moment
ma tante y trônait dans toute sa majesté.

Rien ne bougeait à la fenêtre du salon ; j'en
conclus au bout d'un moment que ma tante n'y
était pas. Je levai alors les yeux pour regarder la
croisée au-dessus, et je vis un monsieur d'une
figure agréable ; il avait le teint fleuri et les
cheveux gris. Il fermait un œil d'un air grotesque,
et à deux ou trois reprises différentes il me fit des
signes de tête contradictoires, disant oui, disant
non ; finalement il se mit à rire et s'en alla.

J'étais déjà bien embarrassé, mais cette conduite
bizarre acheva de me déconcerter. J'étais sur le
point de m'en aller sans rien dire, pour songer à
ce que je devais faire, quand une dame sortit de
la maison, un mouchoir noué par-dessus son
bonnet. Elle portait des gants de jardinage, un
tablier avec une grande poche, et un grand
couteau. Je devinai à l'instant même que c'était
miss Betsy, car elle sortit de sa maison d'un pas
majestueux, comme ma pauvre mère m'avait

souvent raconté qu'elle l'avait vue marcher dans notre jardin, à Blunderstone.

« Allez, dit miss Betsy en secouant la tête et en gesticulant de loin, avec son couteau. Allez-vous-en ! Point de garçons ici ! »

Je la regardais en tremblant, le cœur sur les lèvres, pendant qu'elle s'en allait au pas militaire vers un coin de son jardin, où elle se baissa pour déraciner une petite plante. Alors, sans ombre d'espérance, mais avec le courage du désespoir, j'allai tout doucement auprès d'elle et je la touchai du bout du doigt.

« Madame, s'il vous plaît », commençai-je.

Elle tressaillit et leva les yeux.

« Ma tante, s'il vous plaît...

— Hein ? dit miss Betsy, avec un étonnement tel que je n'ai jamais rien vu de pareil.

— Ma tante, s'il vous plaît, je suis votre neveu.

— Oh ! mon Dieu ! dit ma tante, et elle s'assit par terre, dans l'allée.

— Je suis David Copperfield, de Blunderstone, dans le comté de Suffolk, où vous êtes venue la nuit de ma naissance, voir ma chère maman. J'ai été bien malheureux depuis sa mort. On m'a négligé, on ne m'a rien fait apprendre, on m'a abandonné à moi-même, et on m'a donné une besogne pour laquelle je ne suis pas fait. Je me suis sauvé pour venir vous trouver ; on m'a volé au moment de mon évasion, et j'ai marché tout le long du chemin, sans avoir couché dans un lit depuis mon départ. » Ici mon courage m'abandonna tout à coup, et, levant les mains pour lui montrer mes haillons et tout ce que j'avais souffert, je versai, je crois, tout ce que j'avais de larmes sur le cœur depuis huit jours.

Jusque-là la physionomie de ma tante n'avait exprimé que l'étonnement ; assise sur le sable, elle me regardait en face ; mais quand je me mis à pleurer, elle se leva précipitamment, me prit par le collet et m'emmena dans le salon. Son premier soin fut d'ouvrir une grande armoire, d'y prendre plusieurs bouteilles, et de me verser une partie de leur contenu dans la bouche. Quand elle m'eut administré ces remèdes, comme j'étais dans un état nerveux qui ne me permettait pas d'étouffer mes sanglots, elle m'étendit sur le canapé, avec un châle sous ma tête, et le mouchoir qui ornait sa tête sous mes pieds, pour m'empêcher de salir la housse. Puis s'asseyant derrière l'écran vert dont j'ai déjà parlé, et qui m'empêchait de voir son visage, elle lançait par intervalles l'exclamation de : « Miséricorde ! » comme des coups de canon de détresse.

Au bout d'une minute elle sonna. « Jeannette, dit-elle, lorsque la servante eut répondu au coup de sonnette, montez faire mes compliments à M. Dick, et dites-lui que je voudrais lui parler. »

Jeannette parut un peu étonnée de me voir

étendu comme une statue sur le canapé, car je n'osais pas bouger, de peur de déplaire à ma tante ; mais elle alla exécuter la commission. Ma tante se promena de long en large, les mains derrière le dos, jusqu'au moment où le monsieur qui m'avait fait des grimaces de la fenêtre du premier étage entra en riant.

« Monsieur Dick, lui dit ma tante, surtout pas de bêtises, parce que personne ne peut être plus sensé que vous quand cela vous convient. Nous le savons tous ; ainsi, pas de bêtises, je vous prie. »

Il prit à l'instant une physionomie grave, et me regarda d'un air que j'interprétai comme une prière de ne pas parler de l'incident de la fenêtre.

« Monsieur Dick, reprit ma tante, vous m'avez entendue parler de David Copperfield ? N'allez pas faire semblant de manquer de mémoire, parce que je sais aussi bien que vous ce qu'il en est.

— David Copperfield ? répéta M. Dick, qui me faisait l'effet de n'avoir pas de souvenirs bien nets sur la question. David Copperfield ! Oh ! oui, sans doute, David, c'est vrai.

— Maintenant, reprit ma tante, c'est le fils de David que vous voyez sur ce canapé. Voilà la question que je voulais vous adresser : Que faut-il que j'en fasse ?

— Ce qu'il faut que vous en fassiez ? dit M.

Dick d'une voix éteinte et en se grattant le front ;
que faut-il en faire ?

— Oui, dit ma tante, en le regardant sérieusement et en levant le doigt. Attention ! il me faut
un avis solide.

— Eh bien ! si j'étais à votre place... dit M.
Dick, en réfléchissant et en jetant sur moi un
vague regard, je... Ce coup d'œil sembla lui
fournir une inspiration soudaine, et il ajouta
vivement : Je le ferais laver !

— Jeannette, dit ma tante en se retournant
avec un sourire de triomphe que je ne comprenais
pas encore ; M. Dick a toujours raison : faites
chauffer un bain ! »

J'ai déjà dit que M. Dick avait les cheveux gris
et le teint frais ; de plus, sa tête était singulièrement
courbée, et ce n'était pas par l'âge. Sa vue me
rappelait l'attitude des élèves de M. Creakle,
quand il venait de les battre. Les grands yeux
gris de M. Dick étaient à fleur de tête, et brillaient
d'un éclat étrange, ce qui, joint à ses manières
distraites, à sa soumission envers ma tante, et
à sa joie d'enfant quand elle lui adressait un
compliment, me fit penser qu'il était un peu
timbré. Mais alors j'avais de la peine à m'expliquer comment il pouvait habiter chez ma tante.

Jeannette nous avait quittés pour préparer le
bain, lorsque ma tante, à ma grande terreur,

changea tout à coup de visage et se mit à crier
d'un air indigné et d'une voix étouffée :

« Jeannette ! des ânes ! »

Là-dessus, Jeannette remonta l'escalier de la
cuisine, comme si le feu était à la maison, se
précipita sur une petite pelouse, en dehors du
jardin, et détourna deux ânes qui avaient eu
l'impudence d'y poser le pied, avec des dames
sur le dos.

Ma tante qui, elle aussi, était sortie en toute
hâte, saisissant la bride d'un troisième animal que
montait un enfant, l'éloignait de ce lieu respectable
et donnait une paire de soufflets à l'infortuné
gamin chargé de conduire les ânes.

Je ne sais pas encore, à l'heure qu'il est, si ma
tante avait des droits bien positifs, sur cette petite
pelouse, mais elle avait décidé dans son esprit
qu'elle lui appartenait, et cela lui suffisait.

Le plus sensible outrage qu'on pût lui infliger,
c'était de faire passer un âne sur ce gazon.
Occupations absorbantes, conversations intéres-
santes, elle abandonnait tout à la vue d'un âne
sur le gazon ; et elle fondait immédiatement sur
l'intrus. Je crois en vérité que les ânes, connaissant
sa manie, mettaient une sorte d'entêtement à la
provoquer. Il y eut trois assauts pendant que l'on
préparait le bain.

Ces interruptions me semblaient d'autant plus
absurdes que, quand elle se produisirent, ma tante

était justement occupée à me donner du bouillon avec une cuiller ; car elle était persuadée que je mourais de faim à la lettre, et qu'il fallait me faire avaler le bouillon par petites doses. Au moment où j'ouvrais la bouche, elle remettait brusquement la cuiller dans l'assiette, en s'écriant : « Jeannette, des ânes ! » Aussitôt elle partait en guerre.

Le bain me fit grand bien. J'avais commencé à sentir des douleurs aiguës dans tous les membres, à la suite des nuits que j'avais passées à la belle étoile. J'étais si fatigué, si abattu, que j'avais bien de la peine à rester éveillé cinq minutes de suite. Après le bain, ma tante et Jeannette me revêtirent d'une chemise et d'un pantalon appartenant à M. Dick, et m'enveloppèrent dans deux ou trois châles. Je devais avoir l'air d'un drôle de paquet ; mais, dans tous les cas, c'était un paquet terriblement chaud. Je me sentais très faible et très assoupi, et je m'étendis de nouveau sur le canapé, où je ne tardai pas à m'endormir.

Le dîner arriva tout de suite après mon réveil.

La nappe enlevée, on apporta du vin de Xérès et ma tante m'en donna un verre, puis elle envoya chercher M. Dick, qui arriva aussitôt, et prit son air le plus grave quand elle le pria de faire attention à mon histoire, qu'elle me fit raconter graduellement, en réponse à une série de questions. Tant que dura mon récit, elle tint les yeux fixés sur M. Dick, qui sans cela se serait endormi, et quand il essayait de sourire, ma tante le rappelait à l'ordre, en fronçant les sourcils.

Après le repas, nous restâmes près de la fenêtre, sans doute pour guetter les ânes délinquants. Quand il fit nuit, Jeannette apporta des bougies, ferma les rideaux et plaça un damier sur la table.

« Maintenant, monsieur Dick, dit ma tante en le regardant sérieusement et en levant le doigt, j'ai encore une question à vous adresser. Regardez cet enfant.

— Le fils de David ? dit M. Dick, d'un air d'attention et d'embarras.

— Précisément, dit ma tante. Qu'en feriez-vous, maintenant ?

— Ce que je ferais du fils de David ?

— Oui, répliqua ma tante, du fils de David.

— Oh ! dit M. Dick, oui, j'en ferais... je le mettrais au lit.

— Jeannette ! s'écria ma tante avec l'expression de satisfaction triomphante que j'avais déjà remar-quée, M. Dick a toujours raison. Si le lit est prêt, nous allons coucher ce garçon. »

Jeannette déclara que le lit était prêt, et on me fit monter comme un prisonnier entre des gendarmes, ma tante en tête et Jeannette à l'arrière-garde.

En descendant, le lendemain matin, je trouvai ma tante plongée dans de si profondes méditations devant la table du déjeuner, que l'eau de la théière débordait et menaçait d'inonder la nappe ; mon entrée tira ma tante de sa méditation.

« Or çà ! » me dit-elle. Je levai les yeux et je soutins avec respect l'éclat de ses regards vifs et pénétrants.

« Je lui ai écrit, dit ma tante.

— A... ?

— A votre beau-père. Je lui ai envoyé une lettre à laquelle il sera bien obligé de faire attention, sans quoi nous aurons maille à partir ensemble, je l'en préviens.

— Sait-il où je suis, ma tante ? demandai-je avec effroi.

— Je le lui ai fait savoir, dit ma tante avec un signe de tête.

— Est-ce que vous... me remettriez entre ses mains ? demandai-je en balbutiant.

— Je ne sais pas, répondit ma tante ; nous verrons.

— Oh ! mon Dieu ! qu'est-ce que je vais devenir, m'écriai-je, s'il faut que je retourne chez M. Murdstone ?

— Je n'en sais rien, dit ma tante en secouant la tête, je n'en sais rien du tout : vous verrons. »

A un autre moment de la journée, elle me demanda ce que je pensais de M. Dick.

J'essayai de tourner la question en répliquant que je le trouvais très aimable ; mais ma tante ne se laissait jamais dérouter ; elle posa son ouvrage sur ses genoux et me dit en croisant les mains :

« On a prétendu qu'il était fou ; j'éprouve un plaisir véritable à rappeler qu'on a dit qu'il était fou, car sans cela je n'aurais pas eu le bonheur de jouir de sa société et de ses conseils, depuis dix ans et plus, à vrai dire, depuis que votre sœur Betsy Trotwood m'a fait faux bond.

— Il y a si longtemps ?

— Et c'étaient des gens bien sensés encore qui avaient l'audace de dire qu'il était fou, continua ma tante. M. Dick est un peu mon allié, n'importe comment, il n'est pas nécessaire que je vous explique cela. Sans moi, son propre frère l'aurait fait enfermer, sa vie durant. Voilà tout ! un imbécile orgueilleux ! continua ma tante. Parce

que son frère était un peu original, il n'aimait
pas qu'on le vît chez lui, et il allait l'envoyer dans
une maison de santé, quoiqu'il eût été confié à
ses soins par feu leur père, qui le regardait presque
comme un idiot. Encore une belle autorité ! C'était
plutôt lui qui était fou ! Là-dessus je m'en mêlai,
et je lui fis une proposition. Je lui dis : ''Votre
frère a toute sa raison ; il est infiniment plus sensé
que vous ne l'êtes et ne le serez jamais ; je
l'espère, du moins. Faites-lui une petite pension,
et qu'il vienne vivre chez moi. Je n'ai pas peur
de lui, je ne suis pas vaniteuse, moi ; je suis prête
à le soigner et je ne le maltraiterai pas comme
tant d'autres pourraient le faire, surtout dans un
hospice.'' Après de nombreuses difficultés, j'ai eu
le dessus, et il est ici depuis ce temps-là. C'est
bien l'homme le plus aimable et le plus facile à
vivre qu'il y ait au monde ; et quant aux conseils...
Mais personne ne connaît et n'apprécie l'esprit
de cet homme-là, excepté moi. »

La générosité avec laquelle ma tante défendait
les opprimés en la personne de M. Dick ne
m'inspira pas seulement des espérances égoïstes
pour mon propre compte, mais elle éveilla dans
mon cœur un sentiment d'affection pour elle. Je
commençais, je crois, à m'apercevoir que, malgré toutes ses excentricités et ses étranges fantaisies, c'était une personne qui méritait respect
et confiance.

J'attendais avec une extrême anxiété la réponse de M. Murdstone, mais je faisais de grands efforts pour n'en rien laisser paraître, et pour me rendre aussi agréable que possible à ma tante et à M. Dick.

Le lendemain, M. Murdstone arriva, en compagnie de sa sœur. Comme miss Murdstone était sur un âne, et que cet âne eut l'impudence de mettre le pied sur la pelouse, ma tante eut une vive altercation avec miss Murdstone, sans la connaître.

Quand le frère et la sœur eurent été introduits au salon, ma tante fit demander M. Dick.

M. Dick, debout au milieu du groupe, était plein de gravité et s'apprêtait à montrer la plus profonde attention. Ma tante fit un signe de tête à M. Murdstone, qui dit :

« Miss Trotwood, en recevant votre lettre, j'ai regardé comme un devoir pour moi et comme une marque de respect pour vous...

— Merci, dit ma tante en le regardant bien en face, ne vous inquiétez pas de moi.

— De venir y répondre en personne plutôt que de vous écrire : le malheureux enfant qui s'est enfui loin de ses amis et de ses occupations...

— Et dont l'apparence, dit sa sœur en attirant l'attention générale sur mon étrange costume, est si choquante et si scandaleuse...

— Jane Murdstone, dit son frère, ayez la bonté

Miss Murdstone était sur un âne.

de ne pas m'interrompre. Ce malheureux enfant, miss Trotwood, a été, dans notre intérieur, la cause de beaucoup de difficultés et de troubles domestiques pendant la vie de feu ma chère Clara, et depuis. Il a un caractère sombre et mutin, il se révolte contre toute autorité ; en un mot il est intraitable. Nous avons essayé, ma sœur et moi, de le corriger de ses vices, mais sans y réussir, et nous avons senti tous les deux, car ma sœur a toute ma confiance, qu'il était juste de venir vous faire en personne cette déclaration précise, sans rancune et sans colère.

— Mon frère n'a pas besoin de mon témoignage pour confirmer le sien, dit miss Murdstone, je demande seulement la permission d'ajouter que, de tous les garçons du monde, je ne crois pas qu'il y en ait un plus mauvais.

— C'est fort, dit ma tante d'un ton sec.

— Ce n'est pas trop fort en présence des faits, repartit miss Murdstone.

— Ah ! dit ma tante ; eh bien, monsieur ?

— J'ai mon opinion particulière sur la manière de l'élever, reprit M. Murdstone, dont le front s'obscurcissait de plus en plus, à mesure que ma tante et lui se regardaient de plus près. Mes idées sont fondées en partie sur ce que je sais de son caractère, et en partie sur la connaissance que j'ai de mes moyens et de mes ressources. Je n'ai à en répondre qu'à moi-même ; j'ai donc agi d'après mes idées, et je n'ai rien de plus à dire à ce sujet. Il me suffira d'ajouter que j'ai placé cet enfant sous la surveillance d'un de mes amis, dans un commerce honorable ; que cette condition ne lui convient pas ; qu'il s'enfuit, erre comme un vagabond sur la route, et vient ici en haillons, s'adresse à vous, miss Trotwood. Je désire mettre sous vos yeux, en tout honneur, les conséquences inévitables, selon moi, du secours que vous pourriez lui accorder dans ces circonstances.

— Commençons par traiter la question de cette occupation honorable, dit ma tante. S'il avait été votre propre fils, vous l'auriez placé de la même manière, je suppose ?

— S'il avait été le fils de mon frère, dit miss Murdstone intervenant dans la discussion, son caractère aurait été, j'espère, tout différent.

— Si cette pauvre enfant, sa défunte mère, avait été en vie, il aurait été chargé de même de ces honorables occupations, n'est-ce pas ? dit ma tante.

— Je crois, répondit M. Murdstone avec un signe de tête, que Clara n'aurait jamais résisté à ce que nous aurions regardé, ma sœur Jane Murdstone et moi, comme le meilleur parti à prendre. »

Miss Murdstone confirma en grommelant ce que son frère venait de dire.

« Hem ! fit ma tante, malheureux enfant ! »

M. Dick, qui faisait sonner son argent dans ses poches depuis quelque temps, se livra à cette occupation avec un tel zèle, que ma tante crut nécessaire de lui imposer le silence par un regard, avant de dire :

« La pension de cette pauvre enfant s'est éteinte avec elle ?

— Elle s'est éteinte avec elle, répliqua M. Murdstone.

— Et sa petite propriété, la maison et le jardin, n'a pas été assurée à son fils ?

— Son premier mari lui avait laissé son bien sans conditions, commençait M. Murdstone, quand ma tante l'interrompit avec une impatience et une colère visibles.

— Mon Dieu, je le sais bien ! laissé sans conditions ! Je connaissais bien David Copperfield ; je sais bien qu'il n'était pas homme à prévoir les moindres difficultés, quand elles lui auraient crevé les yeux. Il va sans dire que tout lui a été laissé sans conditions ; mais quand elle s'est remariée, quand elle a eu le malheur de vous épouser, en un mot, dit ma tante, pour parler franchement, personne n'a-t-il dit un mot en faveur de cet enfant ?

— Ma pauvre femme aimait son second mari, dit M. Murdstone ; elle avait pleine confiance en lui.

— Votre femme, monsieur, était une pauvre

enfant très malheureuse, qui ne connaissait pas le monde, répondit ma tante en secouant la tête. Voilà ce qu'elle était, et maintenant, voyons, qu'avez-vous à dire de plus ?

— Seulement ceci, miss Trotwood, répliqua-t-il ; je suis prêt à reprendre David, sans conditions, pour faire de lui ce que bon me semblera, et pour agir à son égard comme il me plaira. Je ne suis pas venu pour faire des promesses, ni pour prendre des engagements envers qui que ce soit. Vous avez peut-être quelque intention, miss Trotwood, de l'encourager dans sa fuite et d'écouter ses plaintes. Vos manières qui, je dois le dire, ne me semblent pas conciliantes me portent à le supposer. Je vous préviens donc, que, si vous l'encouragez cette fois, c'est une affaire finie : si vous intervenez entre lui et moi, votre intervention, miss Trotwood, doit être définitive. Je ne plaisante pas, et il ne faut pas plaisanter avec moi.

« Pour la première et la dernière fois, je suis prêt à l'emmener ; est-il prêt à me suivre ? S'il ne l'est pas, si vous me dites qu'il ne l'est pas, sous quelque prétexte que ce soit, ma porte lui est fermée pour toujours, et je tiens pour convenu que la vôtre lui est ouverte. »

Ma tante avait écouté ce discours avec l'attention la plus soutenue, en se tenant plus droite que jamais, les mains croisées sur les genoux, et l'œil fixé sur M. Murdstone. Quand il eut fini, elle tourna les yeux du côté de miss Murdstone sans changer d'attitude, et lui dit :

« Et vous, mademoiselle, avez-vous quelque chose à ajouter ?

— Vraiment, miss Trotwood, dit miss Murdstone, tout ce que je pourrais dire a été si bien exprimé par mon frère, et tous les faits que je pourrais rapporter ont été exposés par lui si clairement, que je n'ai qu'à vous remercier de votre politesse ; ou plutôt de votre excessive politesse, ajouta-t-elle d'un air qui ne troubla guère ma tante.

— Et l'enfant, qu'est-ce qu'il en dit ? reprit ma tante ; David, êtes-vous prêt à partir ? »

Je répondis que non, et je la conjurai de ne pas me laiser emmener. Je dis que M. et miss Murdstone ne m'avaient jamais aimé, qu'ils n'avaient jamais été bons pour moi ; ils avaient rendu ma mère que j'aimais tant très malheureuse à cause de moi, et Peggotty le savait bien aussi. Je dis que j'avais souffert plus qu'on ne pourrait le croire, en pensant combien j'étais jeune encore. Je conjurai ma tante de me protéger et de me défendre, pour l'amour de mon père.

« Monsieur Dick, dit ma tante, que faut-il que je fasse de cet enfant ? »

M. Dick réfléchit, hésita, puis prenant un air radieux répondit :

« Faites-lui tout de suite prendre mesure pour un habillement complet.

— Monsieur Dick, dit ma tante d'un air de triomphe, donnez-moi une poignée de main, votre bon sens est d'une valeur inappréciable. »

Puis, après avoir serré vivement la main de M. Dick, elle m'attira près d'elle en disant à M. Murdstone :

« Vous pouvez partir si cela vous convient, je garde cet enfant, j'en courrai la chance. S'il est tel que vous dites, il me sera toujours facile de faire pour lui autant que vous avez fait vous-même. Mais je n'en crois pas un mot. Bonjour, monsieur, et bonjour, mademoiselle, ajouta-t-elle en se tournant brusquement du côté de la sœur. Si je vous vois jamais passer avec un âne sur ma pelouse, aussi sûr que vous avez une tête sur les épaules, je vous arracherai votre chapeau et je trépignerai dessus. »

Quand le frère et la sœur furent partis, le visage de ma tante se radoucit un peu, si bien que je m'enhardis jusqu'à la remercier et à l'embrasser. Je donnai ensuite une poignée de main à M. Dick, qui répéta cette cérémonie plusieurs fois de suite, et qui salua l'heureuse issue de l'affaire en éclatant de rire toutes les cinq minutes.

« Vous vous regarderez comme étant de moitié avec moi le tuteur de cet enfant, monsieur Dick, dit ma tante.

— Je serai enchanté, répondit M. Dick, d'être le tuteur du fils de David.

— Très bien, dit ma tante, voilà qui est convenu ; je pensais à une chose, monsieur Dick, c'est que je pourrais l'appeler Trotwood.

— Certainement, certainement, appelez-le Trotwood, fils de David Copperfield.

— Trotwood Copperfield, vous voulez dire ? reprit ma tante.

— Oui, sans doute : oui, Trotwood Copperfield », dit M. Dick un peu embarrassé.

Ma tante fut si enchantée de son idée, qu'elle marqua elle-même avec de l'encre indélébile les chemises que l'on m'acheta toutes faites ce jour-là, avant de me les laisser mettre ; et il fut convenu que le reste de mon trousseau, qu'elle commanda immédiatement, porterait la même marque.

XV

M. Dick et moi, nous fûmes bientôt les meilleurs amis du monde, et nous sortions souvent ensemble pour enlever un grand cerf-volant qu'il avait fabriqué.

Les progrès que je faisais dans l'amitié et l'intimité de M. Dick ne nuisaient en rien à ceux que je faisais dans les bonnes grâces de sa fidèle amie, ma tante. Elle conçut assez d'affection pour moi, au bout de quelques semaines, pour abréger le nom de Trotwood qu'elle m'avait donné, et pour m'appeler Trot ; elle m'encouragea même à espérer que, si je continuais comme j'avais commencé, je pourrais arriver à rivaliser dans son cœur avec ma sœur, Betsy Trotwood.

« Trot, me dit-elle un soir, au moment où l'on venait d'apporter le trictrac pour elle et pour M. Dick, il ne faut pas oublier votre éducation. »

C'était mon seul sujet d'inquiétude, et je fus enchanté de cette ouverture.

« Cela vous ferait-il plaisir d'aller en pension à Cantorbéry ? »

Je lui répondis que cela me plairait d'autant plus que c'était tout près d'elle.

« Bien, dit ma tante, voudriez-vous partir demain ? »

J'étais déjà au fait de la rapidité ordinaire des mouvements de ma tante ; je ne fus donc pas surpris d'une proposition si soudaine et je dis : « Oui. »

« Bien, répéta ma tante. Jeannette, vous demanderez le cheval gris et la petite voiture pour demain, à dix heures du matin, et vous emballerez ce soir les effets de M. Trotwood. »

J'étais à la joie de mon cœur en entendant donner ces ordres, mais je me reprochai mon égoïsme, quand je vis qu'ils affligeaient profondément M. Dick. Il reprit un peu courage en apprenant que je viendrais quelquefois le samedi, et qu'il viendrait lui-même me rendre visite.

Ma tante, parfaitement indifférente à l'opinion publique, conduisit de main de maître le cheval gris à travers Douvres. Elle se tenait droite et raide comme un cocher de cérémonie, et suivait de l'œil les moindres mouvements du cheval, décidée à ne lui laisser faire sa volonté sous aucun prétexte.

Arrivés à Cantorbéry, nous nous arrêtâmes devant une vieille maison qui usurpait sur l'alignement de la rue. Les fenêtres du premier étage étaient en saillie, et les solives avançaient également leurs têtes sculptées au-dessus de la chaussée ; aussi je me demandai un moment si toute la maison ne cédait pas à un mouvement de curiosité, en se penchant aussi en avant pour voir ce qui se passait dans la rue.

Quand la voiture s'arrêta à la porte, j'aperçus en regardant la maison une figure cadavéreuse, qui apparut un moment à une petite fenêtre dans une tourelle, à l'un des angles de la maison, puis disparut. La porte cintrée s'ouvrit alors, et je revis le même visage. Il était aussi pâle que lorsque je l'avais vu à la fenêtre, quoique son teint fût un peu relevé par les taches de son qu'on voit souvent à la peau des personnes rousses ; en effet le personnage était roux, il avait peut-être quinze ans, mais il paraissait beaucoup plus âgé. Cheveux ras, de sourcils point, pas plus de cils. Ses yeux, d'un rouge brun, étaient si dégarnis, si dénudés, que je me demandai comment il pouvait dormir ainsi à découvert. Il était haut des épaules, osseux et anguleux, d'une mise décente, habillé de noir, avec un bout de cravate blanche ; son habit était boutonné jusqu'au cou. Sa main longue et maigre, une vraie main de squelette, attira mon attention pendant que, debout à la tête du poney, il se caressait le menton, et nous regardait dans la voiture.

« M. Wickfield est-il chez lui, Uriah Heep ? dit ma tante.

— M. Wickfield est chez lui, madame ; si vous voulez vous donner la peine d'entrer ici », dit-il en montrant de sa main décharnée la chambre qu'il voulait désigner.

Nous mîmes pied à terre, et laissant Uriah Heep tenir le cheval, nous entrâmes dans un salon un peu bas, de forme oblongue, qui donnait sur la rue. Un monsieur à cheveux blancs nous souhaita la bienvenue, après quelques minutes d'attente.

« Miss Betsy Trotwood, dit-il, entrez, je vous prie. J'étais occupé quand vous êtes arrivée, vous me le pardonnez, vous savez que je n'ai qu'un intérêt au monde. »

Miss Betsy le remercia ; et nous passâmes dans son cabinet, qui, comme un cabinet d'homme d'affaires, était meublé de papiers, de livres, de boîtes d'étain. Je sus bientôt que M. Wickfield était avoué et qu'il régissait les terres d'un riche propriétaire des environs.

« Eh bien ! miss Trotwood, dit M. Wickfield, quel vent vous amène ici ? C'est un bon vent dans tous les cas, j'espère.

— Mais oui, répliqua ma tante, je ne suis pas venue pour des affaires de justice.

— Vous avez raison, mademoiselle, répliqua M. Wickfield ; mieux vaut venir pour autre chose.

— Je viens à propos de mon neveu.

— Je ne savais pas que vous eussiez un neveu, miss Trotwood, dit M. Wickfield.

— Je veux dire mon petit-neveu.

— Je ne savais pas que vous eussiez un petit-neveu, reprit M. Wickfield.

— Je l'ai adopté, ajouta ma tante, montrant par un geste qu'elle s'inquiétait fort peu de ce qu'il savait ou de ce qu'il ne savait pas, et je l'ai amené ici pour le mettre dans une pension où on lui enseigne quelque chose et où il soit bien traité. Dites-moi où je trouverai cette pension, et donnez-moi enfin tous les renseignements nécessaires.

— J'en connais bien une qui vaut mieux que toutes les autres, dit M. Wickfield en réfléchissant, mais votre neveu ne pourrait y être admis pour le moment qu'en qualité d'externe.

— Mais en attendant, dit ma tante, je suppose qu'il pourrait demeurer quelque autre part ? »

M. Wickfield lui répondit en souriant :

« Laissez votre neveu ici pour le moment, il ne me dérangera pas du tout. La maison est justement ce qu'il faut pour étudier tranquillement. Elle est aussi tranquille qu'un couvent, et presque aussi spacieuse. Laissez-le ici. »

La proposition était évidemment du goût de ma tante, mais elle hésitait à l'accepter par délicatesse ; moi de même.

« Allons, miss Trotwood, dit M. Wickfield, ce

n'est qu'un arrangement temporaire. Si cela ne va pas bien, si cela nous gêne les uns ou les autres, nous pouvons toujours nous quitter, et, dans l'intervalle, on aura le temps de lui trouver quelque chose qui convienne mieux. Mais quant à présent, vous n'avez rien de mieux à faire que de le laisser ici.

— Je vous suis très reconnaissante, dit ma tante, et je vois qu'il l'est comme moi, mais...

— Allons ! je sais ce que vous voulez dire, s'écria M. Wickfield. Je ne veux pas vous forcer à accepter de moi des faveurs, miss Trotwood ; vous peyerez sa pension, si vous voulez. Nous ne disputerons pas sur le prix, mais vous payerez si vous voulez.

— Cette condition, dit ma tante, sans diminuer ma reconnaissance, me met plus à mon aise ; je serai enchantée de le laisser ici.

— Alors, dit M. Wickfield, venez voir ma petite ménagère. »

En conséquence, ayant monté un vieil escalier de chêne, nous entrâmes dans un vieux salon un peu sombre. Il y avait, dans les embrasures, des sièges en chêne, qui semblaient venir des mêmes arbres que le parquet ciré et les grandes poutres du plafond. Ce salon avait le même air de tranquillité et de repos qui caractérisait la maison à l'extérieur.

M. Wickfield frappa à une porte vitrée pratiquée

dans un coin de la chambre tapissée de lambris, et une petite fille, à peu près de mon âge, sortit aussitôt et l'embrassa. Elle avait l'air gaie et heureuse, et malgré cela son visage et ses manières respiraient une tranquillité d'âme, une sérénité que je n'ai jamais oubliées, que je n'oublierai jamais.

« Voilà, nous dit M. Wickfield, ma ménagère, ma fille Agnès. »

Lorsque j'entendis le ton dont il prononçait ces paroles, lorsque je vis de quelle manière il lui tenait la main, je compris que c'était elle qui était l'unique but de sa vie.

Elle écouta d'un air d'intérêt ce que son père lui dit de moi, et quand il eut fini, elle proposa à ma tante de monter avec elle, pour voir mon logis. Nous y allâmes tous ensemble ; elle nous montra le chemin et ouvrit la porte d'une vaste chambre ; une magnifique chambre vraiment, avec ses solives de vieux chêne, comme le reste, et ses petits carreaux à facettes, et la belle balustrade de l'escalier qui montait jusque-là. J'étais dans le ravissement.

« Trot, me dit ma tante au moment des adieux, faites honneur à vous- même, à moi et à M. Dick, et que Dieu soit avec vous. »

J'étais très ému, et tout ce que je pus faire ce fut de la remercier, en la chargeant de toutes mes tendresses pour M. Dick.

Il passa là deux heures.

« Ne faites jamais de bassesses, ne mentez jamais, ne soyez pas cruel. Évitez ces trois vices, Trot, et j'aurai toujours bon espoir pour vous. »

Je promis bien sincèrement de ne pas abuser de sa bonté et de ne pas oublier ses recommandations.

On dînait à cinq heures chez M. Wickfield. On remonta dans le salon après le dîner, et, dans le coin le plus commode, Agnès apporta un verre pour son père avec une bouteille de vin de Porto. Je crois qu'il n'aurait pas trouvé à son breuvage favori son parfum accoutumé, s'il lui avait été servi par d'autres mains.

Il passa là deux heures, buvant du vin en assez grande quantité, pendant qu'Agnès jouait du piano, travaillait, et causait avec lui ou avec moi. Il était, la plupart du temps, gai et en train comme nous mais parfois, après l'avoir regardée, il tombait dans le silence et la rêverie. Il me semblait qu'elle s'en apercevait aussitôt, et qu'elle essayait de l'arracher à ses méditations par une question ou une caresse. Alors il sortait de sa rêverie et se versait du vin.

Agnès fit les honneurs du thé, puis le temps s'écoula, comme après le dîner, jusqu'à l'heure du coucher. Son père alors l'embrassa tendrement, puis, après son départ, il demanda des bougies dans son cabinet. Je montai me coucher.

XVI

Le lendemain, après le déjeuner, la vie de pension s'ouvrit de nouveau devant moi. M. Wickfield me conduisit sur le théâtre de mes études futures : c'était un bâtiment grave, le long d'une grand cour, respirant un air scientifique, en harmonie avec les corbeaux et les corneilles qui descendaient des tours de la cathédrale pour se promener d'un pas magistral sur la pelouse.

On me présenta à mon maître, le docteur Strong. Il me parut presque aussi rouillé que la grande grille de fer de sa maison, et presque aussi massif que les grandes urnes de pierre placées, à intervalles égaux, en haut des piliers. Il se tenait pour le moment dans sa bibliothèque ; ses habits étaient mal brossés et ses cheveux mal peignés ; les jarretières de sa culotte courte n'étaient pas attachées, ses guêtres noires n'étaient pas boutonnées. Il me dit qu'il était bien aise de me voir, en me tendant une main dont je ne savais que faire, la voyant si inactive par elle-même.

Mais il y avait auprès du docteur Strong une jeune femme très jolie qui travaillait. Il l'appelait Annie, et je supposai que c'était sa fille. Elle me tira d'embarras en s'agenouillant sur le tapis pour attacher les souliers du docteur Strong et boutonner ses guêtres, besogne qu'elle accomplit avec beaucoup de promptitude et de bonne grâce. Quand elle eut fini, au moment où nous nous rendions à la salle d'étude, je fus très surpris d'entendre M. Wickfield lui dire adieu en l'appelant mistress Strong. C'était peut-être la femme de son fils, mais non ! le docteur Strong n'avait pas de fils, et madame Annie était bien sa femme.

La salle d'étude était grande, et reléguée dans un coin paisible de la maison. On apercevait d'un côté une demi-douzaine de grandes urnes de pierre, et de l'autre un jardin bien retiré, appartenant au docteur. Vingt-cinq élèves, à peu près, étaient en train d'étudier au moment de notre arrivée. Tous se levèrent pour dire bonjour au docteur et restèrent debout en présence de M. Wickfield et de moi.

« Un nouvel élève, messieurs, dit le docteur : Trotwood Copperfield. »

Un jeune homme appelé Adams, qui était à la tête de la classe, quitta sa place pour me souhaiter la bienvenue. Sa cravate blanche lui donnait

l'air d'un jeune ministre anglican : ce qui ne
l'empêchait pas d'être très aimable et d'un caractère enjoué. Il me montra ma place et me présenta
aux différents maîtres avec une bonne grâce qui
m'aurait mis à l'aise, si cela eût été possible.

Il y avait bien longtemps que je ne m'étais
trouvé en pareille camaraderie et que je n'avais
vu d'autres garçons de mon âge que Mick Walker
et Fécule de pomme de terre ; aussi éprouvai-je
un de ces moments de malaise qui ont été si
communs dans ma vie. J'avais passé par une
existence dont ils ne pouvaient avoir aucune idée,
et j'avais un genre d'expérience en désaccord avec
mon âge, ma tournure et ma condition, je le
savais bien, et je me reprochais presque comme
une imposture de me présenter parmi eux comme
un camarade ordinaire. J'avais perdu, pendant le
temps plus ou moins long que j'avais passé chez
Murdstone et Grinby, toute habitude des jeux et
des divertissements des jeunes garçons de mon
âge ; je savais que j'y serais gauche et novice. Le
peu que j'avais pu apprendre jadis s'était si
complètement effacé de ma mémoire, par suite
des soins sordides qui accablaient mon esprit nuit
et jour, qu'après examen il se trouva que je ne
savais rien ; aussi l'on me mit dans la dernière
classe de la pension.

Mais l'influence qui régnait dans la vieille
maison de M. Wickfield commença à agir sur moi

au moment où je frappais à la porte, mes nouveaux livres sous le bras, et je sentis que mes alarmes commençaient à se dissiper. En montant dans ma vieille chambre, si vaste et si bien aérée, l'ombre sérieuse et grave du vieil esaclier de chêne chassa mes doutes et mes craintes, et jeta sur mon passé une obscurité propice. Je restai dans ma chambre à étudier diligemment jusqu'à l'heure du dîner (nous sortions de la pension à trois heures) et je descendis avec l'espéance de faire encore quelque jour un écolier passable.

Agnès était dans le salon, elle attendait son père, retenu dans son cabinet par une affaire. Elle vint au-devant de moi avec son charmant sourire, et me demanda des nouvelles de la pension. Je répondis que j'espérais m'y plaire beaucoup, mais que je ne m'y sentais pas encore bien accoutumé.

« Vous n'avez jamais été en pension, n'est-ce pas ? lui dis-je.

— Bien au contraire, me répondit-elle, car j'y suis tous les jours.

— Ah ! mais, vous voulez dire ici, chez vous ?

— Papa ne pourrait pas se passer de moi, dit-elle en souriant et en hochant la tête. Il faut bien qu'il garde sa ménagère à la maison.

— Il vous aime beaucoup, j'en suis sûr.

— Oh oui ! maman est morte au moment de ma naissance, reprit-elle de son air doux et tranquille. Je ne connais d'elle que son portrait

qui est en bas. Je vous ai vu le regarder hier ;
saviez-vous qui c'était ?

— Oui, lui répondis-je, il vous ressemble tant.

— C'est aussi l'avis de papa, dit-elle d'un ton
satisfait... Ah ! le voilà ! »

Son calme et joyeux visage s'illumina de plaisir ;
elle alla au-devant de lui et ils rentrèrent ensemble
en se tenant par la main. Il me reçut avec
cordialité, et me dit que je serais très heureux
chez le docteur Strong, qui était le meilleur des
hommes.

Après le dîner nous prîmes le chemin du salon
et tout se passa comme la veille. Agnès plaça les
verres et la bouteille dans le même coin. M.
Wickfield s'y établit et but copieusement. Agnès
joua du piano, travailla, causa, et fit avec moi
plusieurs parties de domino. A l'heure exacte elle
fit le thé ; puis, quand j'eus apporté mes livres,
elle y jeta un coup d'œil, et me montra ce qu'elle
en savait (elle était plus instruite qu'elle ne
le disait), et m'indiqua la meilleure manière
d'apprendre et de comprendre. Je vois encore
ses manières paisibles, modestes et régulières ;
j'entends encore sa douce voix au moment où
j'écris ces paroles. L'influence bienfaisante qu'elle
exerça plus tard sur moi commence déjà à se faire
sentir.

Elle se retira à l'heure où elle se couchait
d'habitude. J'allais suivre son exemple, lorsque

M. Wickfield me retint. M'ayant frappé amicalement sur l'épaule, il me dit que quand j'aurais quelque chose à faire le soir après le départ d'Agnès, ou quand je voudrais lire pour mon plaisir, ou quand je désirerais un peu de société pour passer la soirée, je pourrais descendre dans son cabinet toutes les fois qu'il y serait lui-même. Je le remerciai de ses bontés, et je descendis aussitôt, un livre à la main, pour profiter pendant une demi-heure de la permission qu'il venait de me donner.

Mais, apercevant de la lumière dans le petit cabinet circulaire, je me sentis à l'instant attiré par Uriah Heep, qui exerçait sur moi une sorte de fascination. Je le trouvai occupé à lire un gros livre avec une attention si évidente, qu'il suivait chaque ligne de son doigt maigre, laissant en chemin sur la page, a ce qu'il me semblait, des traces gluantes comme un limaçon.

« Vous travaillez bien tard, ce soir, Uriah, lui dis-je.

— Oui, monsieur Copperfield. »

Je pris un tabouret en face de lui pour parler plus à mon aise, et je remarquai qu'il ne savait pas sourire. Il ouvrait seulement la bouche et dessinait, en l'ouvrant, deux rides profondes dans ses joues : c'était tout.

Il reprit : « Je ne travaille pas pour l'étude, monsieur Copperfield.

— Que faites-vous donc alors ?

— Je tâche d'avancer dans la science du droit, monsieur Copperfield. J'étudie en ce moment la pratique du Tidd. Ah ! quel écrivain que ce Tidd, monsieur Copperfield ! »

Mon tabouret était un observatoire si commode, qu'en le regardant reprendre sa lecture après cette exclamation d'enthousiasme, je remarquai que ses narines, minces et pointues, toujours en mouvement, avec une puissance de contradiction et de dilatation surprenante, servaient d'interprètes à sa pensée. Il clignait du nez comme les autres clignent de l'œil ; ses yeux à lui ne disaient rien du tout.

« Je suppose que vous êtes un grand légiste ? lui dis-je après l'avoir observé quelque temps en silence.

— Moi, monsieur Copperfield ! oh non ! je suis dans une situation si humble ! »

Il frottait sans cesse ses mains, comme s'il voulait les sécher et les réchauffer, puis il les essuyait à la dérobée avec son mouchoir.

« Je sais bien, reprit-il modestement, que je suis dans la situation la plus humble, en comparaison des autres. Ma mère est très humble aussi ; nous vivons dans une humble demeure, monsieur Copperfield, et nous avons reçu beaucoup de grâces. La vocation de mon père était très humble, il était fossoyeur.

— Qu'est-il devenu ? lui demandai-je.

— C'est maintenant un corps glorieux, monsieur Copperfield. Mais nous avons reçu de grandes grâces. Quelle grâce du ciel, par exemple, de demeurer avec M. Wickfield ! »

Je demandai à Uriah s'il y était depuis longtemps.

« Il y a bientôt quatre ans, monsieur Copperfield, dit-il en fermant son livre, après avoir soigneusement marqué l'endroit où il s'arrêtait. Je suis entré chez lui un an après la mort de mon père, et quelle grande grâce encore ! Quelle grâce je dois à la bonté de M. Wickfield, car elle me permet de faire gratuitement des études qui auraient été au-dessus des humbles ressources de ma mère et des miennes !

— Alors, lui dis-je, je suppose qu'une fois vos études de droit finies, vous deviendrez procureur en titre ?

— Avec la bénédiction de la Providence, monsieur Copperfield.

— Qui sait si vous ne serez pas un jour l'associé de M. Wickfield, répliquai-je pour lui faire plaisir ; et alors ce sera Wickfield et Heep, ou peut-être Heep, successeur de Wickfield.

— Oh non ! monsieur Copperfield, dit Uriah en hochant la tête, je suis dans une situation beaucoup trop humble pour cela. M. Wickfield, ajouta-t-il, est un excellent homme ; mais si vous le connaissez depuis longtemps, vous en savez certainement là-dessus plus long que je ne pourrais vous en apprendre. »

Je répliquai que j'en étais bien convaincu, mais qu'il n'y avait pas longtemps que je le connaissais, quoique ce fût un ami de ma tante.

« Ah ! en vérité, monsieur Copperfield, dit Uriah, votre tante est une femme bien aimable. »

Quand il voulait exprimer son enthousiasme, il se tortillait de la façon la plus étrange. Je n'ai jamais vu rien de plus laid. Aussi j'oubliai un moment les compliments qu'il me faisait de ma tante pour considérer les sinuosités de serpent qu'il imprimait à tout son corps, depuis les pieds jusqu'à la tête.

« ... Une dame très aimable, monsieur Copperfield, reprit-il ; miss Agnès lui inspire une grande admiration, je crois, monsieur Copperfield ? »

Je répondis « Oui » hardiment, sans en rien savoir, Dieu me pardonne.

« J'espère que vous pensez comme elle, monsieur Copperfield, n'est-il pas vrai ?

— Tout le monde, répondis-je, doit être du même avis là-dessus.

— Oh ! monsieur Copperfield, dit Uriah Heep, je vous remercie de cette remarque, ce que vous dites là est si vrai ! Même dans l'humilité de ma situation, je sais que c'est vrai. Oh ! merci, monsieur Copperfield. »

Et il se tortilla si bien que, dans l'exaltation de

Je suis dans une situation si humble !

ses sentiments, il s'enleva de son tabouret et commença à faire ses préparatifs de départ.

« Ma mère doit m'attendre, dit-il en tirant de sa poche une montre terne et insignifiante. Elle doit commencer à s'inquiéter ; car, si humbles que nous puissions être, monsieur Copperfield, nous avons beaucoup d'attachement l'un pour l'autre. Si vous voulez venir nous voir un jour et prendre une tasse de thé dans notre humble demeure, ma mère serait aussi enchantée que moi de vous recevoir. »

Je répondis que je m'y rendrais avec plaisir.

« Merci, monsieur Copperfield, dit Uriah, en posant son livre sur une tablette. Je suppose que vous êtes ici pour quelque temps, monsieur Copperfield ?

— Je pense que j'habiterai chez M. Wickfield tout le temps que je resterai à la pension.

— Ah ! vraiment ! s'écria Uriah ; il me semble que vous avez beaucoup de chances de devenir un jour l'associé de M. Wickfield. »

Je protestai que je n'y songeais pas le moins du monde, et que personne n'y avait songé pour moi ; mais Uriah s'entêtait à me répondre avec une obstination polie : « Oh que si ! monsieur Copperfield, vous avez beaucoup de chances » et : « Oui, certainement, monsieur Copperfield, rien n'est plus probable ! » Enfin, quand il eut terminé ses préparatifs, il me demanda si je lui permettais d'éteindre la bougie, et, sur ma réponse affirmative, il la souffla à l'instant même, et s'en alla.

Le lendemain, à la pension, je parvins à triompher de ma timidité. Le jour suivant, je me tirai encore mieux d'affaire. Mon embarras disparaissant par degrés, je me trouvai, au bout de quinze jours, parfaitement familiarisé avec mes nouveaux camarades, et très heureux au milieu d'eux. J'étais maladroit à tous les jeux et fort en retard pour mes études. Mais je comptais sur la pratique pour me perfectionner dans les jeux et sur un travail assidu pour faire des progrès dans mes études. En conséquence je me mis activement à l'œuvre, en classe comme à la récréation, et je n'y perdis pas mon temps. La vie que j'avais menée chez Murdstone et Grinby me parut bientôt si loin de moi, que j'y croyais à peine ; mon existence présente m'était devenue si familière, qu'il me semblait l'avoir toujours menée.

La pension du docteur Strong était excellente, et ressemblait aussi peu à celle de M. Creakle que le bien ressemble au mal. Elle était conduite avec beaucoup d'ordre et de gravité, d'après un bon système. En toutes choses, on y faisait appel à l'honneur et à la bonne foi des élèves, avec l'intention avouée de compter sur ces qualités de leur part, tant qu'ils n'avaient pas démérité. Cette confiance produisait les meilleurs résultats. Nous sentions tous que nous avions notre part dans la direction de l'établissement, et que c'était à nous d'en maintenir la réputation et l'honneur. Aussi nous étions tous profondément attachés à la maison ; j'en puis répondre pour mon compte, et je n'ai jamais vu un seul de mes camarades qui ne pensât comme moi. Nous nous livrions de tout notre cœur à l'étude pour faire honneur au docteur. Nous faisions de belles parties de jeu pendant nos récréations, et nous jouissions d'une grande liberté.

Mais je me souviens qu'avec tout cela nous avions bonne réputation dans la ville, et que nos manières et notre conduite faisaient rarement tort à la renommée du docteur Strong et de son institution. Quant au docteur, il était l'idole de tous les élèves, et il aurait fallu que la pension fût bien mal composée pour qu'il en eût été autrement ; car c'était bien le meilleur des hommes.

Une chose charmante à voir, c'étaient les manières du docteur avec sa jeune femme. Il avait une façon paternelle et affectueuse de lui témoigner sa tendresse, qui semblait, à elle seule, résumer toutes les vertus de ce brave homme. On les voyait souvent se promener dans le jardin, près des espaliers, et j'avais parfois l'occasion de les observer de plus près dans le cabinet ou dans le salon. Elle me paraissait prendre grand soin de lui et l'aimer beaucoup. Mais, par exemple, elle me semblait montrer un enthousiasme très modeste pour la grande entreprise du docteur. La grande entreprise du docteur, c'était un *Dictionnaire des racines grecques*. Les poches et la coiffe du chapeau de l'excellent homme étaient toujours encombrées de quelques feuillets de ce grand ouvrage, dont il lui expliquait le plan en se promenant avec elle.

Je voyais souvent mistress Strong ; elle avait pris du goût pour moi le jour où M. Wickfield m'avait présenté à son mari, et elle continua toujours de s'intéresser à moi avec une grande bonté ; en outre elle aimait beaucoup Agnès, et venait souvent la voir.

La mère de mistress Strong me plaisait aussi. Elle s'appelait mistress Markleham ; mais nous avions coutume, à la pension, de l'appeler le Vieux-Troupier, à cause de la tactique savante avec laquelle elle faisait manœuvrer la nombreuse armée de parents qu'elle conduisait en campagne contre le docteur. C'était une petite femme avec des yeux perçants. Elle portait toujours, lorsqu'elle était en grande toilette, un éternel bonnet avec des fleurs artificielles, et deux papillons qui voltigeaient au-dessus des fleurs. Ce bonnet apparaissait, le soir, partout où mistress Markleham faisait son entrée ; elle avait un panier chinois pour l'emporter partout où elle allait passer la soirée ; les papillons avaient

le don de voltiger sur leurs ailes tremblantes,
aussi agiles, aussi actifs que l'abeille diligente,
mais, par exemple, au lieu de miel, ils ne
rapportaient au docteur que des frais.

XVII

J'étais en correspondance réglée avec Peggotty. En lui renvoyant la demi-guinée qu'elle m'avait prêtée, je lui avais conté l'aventure de l'ânier, qui lui avait causé une violente indignation. Depuis, je la tenais au courant de tout ce qui m'arrivait.

Elle n'avait pas encore conçu beaucoup de goût pour ma tante, et je n'en suis pas surpris. Il y avait trop longtemps qu'elle nourrissait contre elle des préventions défavorables. « On ne pouvait, disait-elle, se flatter de connaître les gens à fond. Mais le seul fait de trouver miss Betsy tellement différente de tout ce qu'elle avait paru jusqu'alors était une bonne leçon contre les jugements précipités. » Telle était son expression. Évidemment, elle avait encore peur de miss Betsy, et ce n'est qu'avec une certaine timidité qu'elle me chargeait de lui présenter ses respects. Elle devait se figurer probablement que je ne tarderais pas à reprendre la clef des champs, car chaque fois elle m'offrait

l'argent nécessaire pour venir la retrouver à
Yarmouth.

Elle m'apprit un événement qui produisit sur
moi une vive impression. On avait vendu les
meubles de notre ancienne habitation. M. et miss
Murdstone avaient quitté le pays. Je ne pus
songer, sans une grande tristesse, à cette pauvre
maison abandonnée. M. Barkis, le meilleur
homme du monde, était toujours un peu « serré ».
M. Peggotty se portait bien ; Cham aussi, mistress
Gummidge allait cahin-caha, et la petite Émilie
n'avait pas voulu m'envoyer ses amitiés ; mais
elle avait dit que Peggotty pouvait s'en charger si
elle le voulait. »

Je communiquai toutes ces nouvelles à ma
tante, en neveu soummis. Au commencement de
mon séjour à Cantorbéry, ma tante vint plusieurs
fois me voir, et toujours à des heures où je ne
pouvais l'attendre, dans l'intention, je suppose,
de voir si elle ne me trouverait pas en défaut.
Mais comme elle me trouvait toujours occupé et
ne recevait sur mon compte que d'excellents
témoignages, elle renonça bientôt à ces visites
imprévues. Je la voyais tous les mois quand j'allais
à Douvres, le samedi, pour y passer le dimanche.
Tous les quinze jours M. Dick m'arrivait le
mercredi à midi par la diligence, pour ne repartir
que le lendemain matin.

Ces mercredis étaient les jours les plus heureux

de la vie de M. Dick, et n'étaient pas les moins heureux de la mienne. Il fit bientôt la connaissance avec tous mes camarades, et quoiqu'il ne prît jamais aucune part active à aucun autre jeu que celui du cerf-volant, il portait autant d'intérêt que nous à tous nos amusements.

Tout le monde l'aimait, et son adresse pour les petites choses était incomparable. Il savait découper les oranges de cent façons différentes ; il construisait des petits bateaux avec les matériaux les plus étranges ; il savait faire avec des os de côtelettes des pions pour les échecs, tailler des chars antiques avec des vieilles cartes, fabriquer des roues avec des bobines, et des cages d'oiseaux avec de vieux morceaux de fil de fer ; mais là où il était surtout admirable, c'est lorsqu'il exerçait son talent avec des brins de paille et des bouts de ficelle. Nous étions tous convaincus qu'il lui suffirait de ces vulgaires matériaux pour exécuter tous les ouvrages que peut façonner la main de l'homme.

Le docteur Strong se fit présenter M. Dick, qui se promenait souvent avec lui, et auquel il lisait des passages du fameux Dictionnaire, et mistress Strong l'accueillit avec sa bonté ordinaire. Agnès était devenue aussi une de ses grandes amies, et comme il venait sans cesse à la maison, il finit par faire la connaissance d'Uriah. L'amitié entre l'ami de ma tante et moi allait toujours croissant ;

mais nos relations étaient étranges. M. Dick, qui
était nominalement mon tuteur, et qui venait me
voir en cette qualité, me consultait sur les petites
questions difficiles qui pouvaient l'embarrasser et
suivait toujours mes avis à la lettre. Son respect
pour ma sagacité naturelle s'était considérablement
accru par l'idée que je tenais beaucoup de ma
tante.

Un jeudi matin, au moment où j'allais accompagner M. Dick de l'hôtel où il logeait au bureau
de la diligence, avant de retourner à la pension,
je rencontrai Uriah Heep dans la rue. Il me
rappela que je lui avais promis d'aller prendre le
thé chez sa mère. Je lui dis que j'en parlerais à
M. Wickfield.

M. Wickfield m'ayant accordé la permission,
j'accompagnai le soir même Uriah Heep à son
« humble demeure ».

Le fils et la mère luttèrent d'humilité, et
m'accablèrent de compliments, au point de me
faire rougir et de me mettre mal à l'aise. Si j'avais
été moins jeune et moins naïf, j'aurais vu que toute
cette humilité et tous ces compliments n'avaient
d'autre but que de me mettre hors de garde et de
tirer de moi tous les renseignements qu'ils pouvaient désirer. Il fallait voir avec quelle habileté
le fils ou la mère reprenait le fil du sujet que
l'autre avait mis sur le tapis, et comme ils avaient
bon marché de mon innocence. Je parlai donc

Le docteur lui lisait des passages du Dictionnaire.

beaucoup, sans pouvoir me retenir, sur moi, sur M. Wickfield, sur Agnès. Cependant je ne dis pas un mot de la vie que j'avais menée au service de Murdstone et Grinby.

Je commençais à me sentir mal à mon aise, et je désirais mettre un terme à cette visite, quand une personne qui descendait la rue passa près de la porte, qui était ouverte pour donner de l'air à la chambre, située au rez-de-chaussée. Cette personne revint sur ses pas, regarda, et entra en s'écriant : « Copperfield, est-ce possible ? »

C'était M. Micawber ! M. Micawber avec son lorgnon, sa canne, son col de chemise, son air élégant, et son ton de condescendance. Rien n'y manquait !

« Mon cher Copperfield, dit M. Micawber en me tendant la main, voilà bien, par exemple, une rencontre faite pour imprimer dans l'esprit un sentiment profond de l'instabilité et de l'incertitude des choses humaines..., en un mot, c'est une rencontre très extraordinaire. Je me promenais dans la rue en réfléchissant à la possibilité de trouver une bonne chance, car c'est un point sur lequel j'ai quelques espérances pour le moment, et voilà justement que je me trouve nez à nez avec un jeune ami qui m'est si cher, et dont le souvenir se rattache à l'époque la plus importante de ma vie, celle qui a décidé de mon existence, je puis le dire. Copperfield, mon cher ami, comment vous portez-vous ? »

Je l'avoue franchement, si j'étais heureux de revoir M. Micawber, j'aurais préféré qu'il me trouvât dans une autre compagnie. Néanmoins, je lui donnai de bon cœur une poignée de main, et je lui demandai des nouvelles de mistress Micawber.

Puis M. Micawber désira être présenté, et je le présentai dans les règles. Puis M. Micawber parla un peu trop à mon ami de ses embarras pécuniaires ; puis il fit à ma vie passée des allusions qui me mirent fort mal à mon aise. Ensuite il m'emmena à l'auberge où il avait laissé mistress Micawber.

Quand il nous eut mis en présence l'un de l'autre, il descendit au café pour lire les journaux. Mistress Micawber m'apprit que son mari avait été assez mal accueilli par la branche de sa famille, à elle, qui habitait Plymouth.

Alors M. Micawber avait essayé d'appliquer ses remarquables facultés au commerce du charbon, sur la Medway. Mais il s'était bien vite aperçu qu'il n'arriverait à rien, faute de capitaux. Se trouvant près de Cantorbéry, il avait voulu voir la cathédrale. « Sans compter, ajouta mistress Micawber, que dans une ville ornée d'une cathédrale il y avait beaucoup de probabilités pour rencontrer une bonne chance. M. Micawber était

justement à la recherche d'une bonne chance,
quand il m'avait aperçu chez les Heep.

A quelques jours de là, en regardant par la
fenêtre, je fus un peu surpris et un peu inquiet
de voir passer M. Micawber donnant le bras à
Uriah Heep. Uriah semblait ressentir avec une
profonde humilité l'honneur qu'il recevait, tandis
que M. Micawber prenait plaisir à étendre sur
lui une main protectrice. Mais je fus encore bien
plus surpris quand je me rendis au petit hôtel où
les Micawber m'avaient invité à dîner, d'apprendre que M. Micawber était allé chez Uriah et
qu'il y avait bu un grog à l'eau-de-vie.

M. Micawber était extrêmement gai. Je l'avais
rarement vu d'aussi bonne humeur. Il but tant
de punch, que son visage reluisait comme s'il
avait été verni. Il prit un ton gaiement sentimental
et proposa de boire à la santé de la ville de
Cantorbéry, déclarant qu'il s'y était trouvé très
heureux ainsi que mistress Micawber, et qu'il
n'oublierait jamais les agréables heures qu'il y
avait passées. Il porta ensuite ma santé ; puis
mistress Micawber et moi nous fîmes un retour
sur nos premières relations, entre autres sur la
part que j'avais prise à la vente de tout ce qu'ils
possédaient. Alors je proposai de boire à la
santé de mistress Micawber ; du moins je dis
modestement : « Si vous voulez bien me le permettre, mistress Micawber, j'aurai maintenant le

M. Micawber était extrêmement gai.

plaisir de boire à votre santé, madame. » Sur quoi
M. Micawber se lança dans un éloge pompeux
de mistress Micawber, disant qu'elle avait été
pour lui un guide, un philosophe et une amie, et
qu'il me conseillait, quand je serais en âge de me
marier, d'épouser une femme comme elle, s'il y
en avait encore.

La gaieté de M. Micawber alla en croissant
jusqu'à la dernière minute de ma visite. Par
conséquent, j'étais peu préparé à recevoir le
lendemain matin à sept heures une lettre désespérée, datée de la veille à neuf heures et demie,
un quart d'heure après notre séparation. M.
Micawber, n'ayant pas d'argent pour solder son
compte à l'hôtel, avait fait un billet à quinze jours
de date. « Quand on le présentera, disait M.
Micawber, il ne sera pas payé. Ma ruine est au
bout. La foudre va éclater, l'arbre va être couché
par terre. » Et il signait : « Un malheureux abandonné », en exprimant l'espoir que son exemple
me servirait de leçon.

Je fus si troublé par le contenu de cette lettre
déchirante, que je courus aussitôt du côté du petit
hôtel, dans l'intention d'y entrer, en allant chez
le docteur, pour essayer de calmer et de consoler
M. Micawber. Mais, à moitié chemin, je rencontrai la diligence de Londres ; M. et mistress
Micawber étaient sur l'impériale. M. Micawber
avait l'air parfaitement tranquille et heureux, et

souriait en écoutant sa femme et en mangeant des
noix qu'il tirait d'un sac de papier, pendant qu'on
apercevait une bouteille qui sortait de sa poche
de côté. Ils ne me voyaient pas, et je crus qu'il
valait mieux, tout bien considéré, ne pas attirer
leur attention sur moi. L'esprit soulagé d'un grand
poids, je pris une petite rue qui menait tout droit
à la pension, et je me sentis, au bout du compte,
assez satisfait de leur départ, ce qui ne m'empêchait pas pourtant d'avoir toujours beaucoup
d'amitié pour eux.

XVIII

Mon temps de pension ! Ces jours écoulés en silence ! où la vie glisse et marche sans qu'on s'en aperçoive, sans qu'on le sente, de l'enfance à la jeunesse ! Je veux, en jetant un regard en arrière sur ces ondes rapides, chercher si je ne retrouverai pas encore des traces qui puissent m'en rappeler le cours.

Je me vois d'abord dans la cathédrale, où nous nous rendions tous les dimanches matin, après nous être réunis dans notre salle d'étude. L'odeur terreuse, l'air froid, le sentiment que la porte était fermée sur le monde, le son de l'orgue retentissant sous les arceaux blancs et dans la nef de l'église, voilà les ailes sur lesquelles je me sens emporté pour planer au-dessus de ces jours écoulés, comme si je rêvais à demi éveillé.

Je ne suis plus le dernier élève de la pension. J'ai passé en quelques mois par-dessus plusieurs têtes. Mais Adams me paraît toujours une créature

supérieure, bien loin, bien loin au-dessus de
moi, à des hauteurs inaccessibles, qui me
donnent le vertige, rien que d'y penser. Agnès
me dit que non, je lui dis que si, et elle ne
connaît pas, je le lui répète souvent, les trésors
de science que possède cet être merveilleux,
dont elle prétend que moi, pauvre commençant,
je pourrai un jour remplir la place. Il n'est pas
mon ami particulier et mon protecteur déclaré,
comme Steerforth, mais j'éprouve pour lui un
respect plein de vénération. Je me demande
surtout ce qu'il fera quand il quittera le docteur
Strong, et s'il y aura, dans toute l'humanité,
quelqu'un d'assez présomptueux pour lui disputer n'importe quelle place.

J'obtiens une place encore plus élevée dans ma
classe, et je deviens très fort en vers latins. Un
moment, j'ai donné mon cœur à une certaine
miss Shepherd, une des élèves de miss Nettingal,
et je me suis ruiné en cravates et en gilets pour
lui plaire. Mais miss Shepherd se moque de moi
et me fait la grimace en passant. Je néglige ma
toilette et c'est à peine si je prends la peine
d'attacher les cordons de mes souliers. Le docteur
Strong parle de moi publiquement comme d'un
jeune homme qui donne de grandes espérances.
M. Dick est fou de joie, et ma tante m'envoie
vingt francs par le courrier suivant.

L'ombre d'un jeune homme boucher s'élève

devant moi comme l'apparition de la tête au casque dans *Macbeth*. Qu'est-ce que c'est que ce jeune boucher ? C'est la terreur de la jeunesse de Cantorbéry. Il vilipende la pension Strong, et il provoque David Copperfield. David Copperfield relève la provocation. Il a les yeux pochés en un clin d'œil, mais l'honneur est sauf.

Le temps s'est écoulé sans que j'y prisse garde, car Adams n'est plus à notre tête, il a quitté la pension. Il y a si longtemps de cela, que lorsqu'il revient faire une visite au docteur Strong, il n'y a plus beaucoup d'élèves qui l'aient connu. Adams va entrer dans le barreau : il sera avocat, et il portera perruque. Je suis surpris de le trouver si modeste ; il est d'une apparence moins imposante que je ne me l'étais imaginé. Il n'a pas encore bouleversé le monde, comme je m'y attendais ; car il me semble, autant que j'en puis juger, que le monde suit toujours la même routine depuis l'entrée d'Adams dans la vie active.

Ici, une lacune où les grands guerriers de l'histoire et de la poésie défilent devant moi en armées innombrables ; cela n'en finit pas.

Qu'est-ce qui vient ensuite ? Je suis à la tête de la classe, et je regarde du haut de ma grandeur la longue file de mes camarades, en remarquant avec un intérêt plein de condescendance ceux qui me rappellent ce que j'étais moi-même quand je suis entré à la pension. Il me semble, du reste, que je n'ai plus rien à faire avec cet enfant-là, je me souviens de lui comme de quelque chose qu'on a laissé sur la route de la vie, quelque chose près de quoi j'ai passé, et je pense parfois à lui comme à un étranger.

Et la petite fille que j'ai vue en arrivant chez M. Wickfield, où est-elle ? Elle a disparu aussi. A sa place, une créature qui ressemble parfaitement au portrait de sa mère, et qui n'est plus une enfant, gouverne la maison. Agnès, ma chère sœur, comme je l'appelle dans mes pensées, mon guide, mon amie, le bon ange de tous ceux qui vivent sous son influence de paix, de vertu et de modestie, Agnès est devenue une femme.

Quel nouveau changement s'est opéré en moi ? J'ai grandi, mes traits se sont formés, j'ai recueilli quelque instruction pendant les années qui viennent de s'écouler. Je porte une montre d'or avec une chaîne et une bague au petit doigt, un habit à queue de morue, et j'abuse de la graisse d'ours. Tout cela prouve que j'ai encore donné mon cœur à quelqu'un. Oui, j'ai donné mon cœur à miss Larkins, l'aînée, qui doit avoir quelque chose comme trente ans. J'apprends tout à coup que miss Larkins l'aînée épouse un certain M. Chestle, un grand cultivateur de houblon. Je néglige de nouveau ma toilette, et, devenu très susceptible, je provoque le boucher, et cette fois je le bats

glorieusement. Je reprends ma bague que j'avais
quittée, j'use de nouveau de graisse d'ours,
mais avec modération.

XIX

Je ne sais plus si j'étais triste ou satisfait quand je vis arriver, avec la fin de mes études, le moment de quitter le docteur Strong. J'avais été bien heureux chez lui, et j'avais un véritable attachement pour lui ; en outre, j'étais un personnage éminent dans notre petit monde. Voilà les raisons qui pouvaient me rendre triste. Mais d'autre part, j'avais, pour être bien aise, d'autres raisons, assez peu sérieuses d'ailleurs. La vague idée de devenir un jeune homme, libre de mes actions, le sentiment de l'importance que prend un jeune homme libre de ses actions, le désir de toutes les belles choses que cet animal extraordinaire avait à voir et à faire, l'effet merveilleux qu'il ne pouvait manquer de produire sur la société, c'étaient là les grandes séductions.

Ma tante eut avec moi des délibérations graves et nombreuses pour savoir quelle carrière je choisirais. Depuis un an au moins, je cherchais à trouver une réponse satisfaisante à cette question répétée : « Quelle est votre vocation ? » Mais je ne me reconnaissais aucun goût particulier pour une vocation quelconque.

« Voulez-vous que je vous dise une chose, Trot ? me dit ma tante un matin, quelque temps après ma sortie de pension ; puisque nous n'avons pas encore décidé la grande question, et qu'il faut tâcher de ne pas faire fausse route, je crois que nous ferions mieux de nous donner le temps de respirer. En attendant, tâchez d'envisager l'affaire sous un nouveau point de vue, et non plus en écolier.

— Je tâcherai, ma tante.

— J'ai une idée, repartit ma tante. Il me semble qu'un peu de changement et un coup d'œil jeté sur la vie du monde pourraient vous aider à fixer vos idées et à asseoir plus sérieusement votre jugement. Si vous faisiez un petit voyage ? Si vous alliez, par exemple, dans votre ancien pays, pour y voir... cette femme étrange qui a un nom si sauvage, ajouta-t-elle en se frottant le bout du nez, car elle n'avait pas encore complètement pardonné à Peggotty de s'appeler Peggotty.

— C'est tout ce que je puis souhaiter de plus agréable au monde, ma tante !

— Eh bien ! dit-elle, voilà qui est heureux, car je le désire beaucoup aussi. Mais il est naturel et raisonnable que tout cela vous plaise, et je suis

très convaincue que tout ce que vous ferez, Trot,
sera naturel et raisonnable.

— Je l'espère, ma tante.

— Votre sœur, Betsy Trotwood, dit ma tante,
aurait été la jeune fille la plus naturelle et la plus
raisonnable qu'on puisse voir. Vous serez digne
d'elle, n'est-ce pas ?

— J'espère être digne de vous, ma tante, je
n'en demande pas davantage.

— Ce que je désire vous voir devenir, Trot,
reprit ma tante, je ne veux pas dire physiquement,
car physiquement vous êtes très bien, mais morale-
ment ! Je désire vous voir devenir un homme
ferme : un homme ferme, énergique, avec une
volonté à vous, avec de la résolution, avec de la
détermination, Trot, avec du caractère, un caractère énergique qui ne se laisse influencer qu'à bon
escient. Voilà ce que je veux vous voir devenir.
Voilà ce qu'il aurait fallu à votre père et à votre
mère, Dieu le sait, et ils s'en seraient mieux
trouvés. »

Je manifestai l'espérance de devenir ce qu'elle
disait.

« Afin de vous fournir l'occasion d'agir un peu
par vous-même, et de compter sur vous-même,
dit ma tante, je vous enverrai seul faire votre petit
voyage. J'avais eu un moment l'idée de vous faire
accompagner par M. Dick, mais, réflexion faite,
je le garderai pour prendre soin de moi. »

M. Dick parut un moment un peu désappointé, mais l'idée d'avoir à prendre soin de la plus admirable femme qu'il y eût au monde ramena bientôt la sérénité sur son visage.

En conséquence des bonnes intentions de ma tante, je fus, peu après, pourvu d'une bourse bien garnie et d'une malle, et elle me congédia tendrement pour mon voyage d'exploration. Au moment du départ, elle me donna quelques bons conseils, et beaucoup de baisers, en me disant que, comme son projet était de me fournir l'occasion de regarder autour de moi et de réfléchir un peu, elle me conseillait de passer quelques jours à Londres, si cela me convenait, soit en me rendant dans le Suffolk, soit en en revenant. En un mot, j'étais libre de faire ce qu'il me plairait pendant trois semaines ou un mois, sans autre programme que de réfléchir et de regarder autour de moi. Je m'engageais, en outre, à lui écrire tois fois par semaine, pour la tenir au courant de ce que je ferais.

J'allai d'abord à Cantorbéry pour dire adieu à Agnès et à M. Wickfield, ainsi qu'au bon docteur. Agnès fut enchantée de me voir, et me dit que la maison ne lui semblait plus la même depuis que je l'avais quittée.

« Je ne me trouve plus le même non plus, depuis que je suis loin de vous, lui dis-je. Il me semble que j'ai perdu mon bras droit. Ce n'est pas assez dire, car je ne suis pas plus sûr de ma tête et de mon cœur qui n'ont rien à faire avec mon bras droit. Tous ceux qui vous connaissent vous consultent, et se laissent guider par vous.

— Tous ceux qui me connaissent me gâtent, je crois, dit-elle en souriant.

— Non, c'est parce que vous ne ressemblez à personne. Vous êtes si bonne et d'un caractère charmant ! Comment faites-vous pour être d'un caractère si doux, et pour avoir toujours raison ? »

Elle rougit en souriant et détourna la conversation.

« Trotwood, me dit-elle, il y a quelque chose que je veux vous dire, et que je n'aurai peut-être pas de longtemps l'occasion de vous dire, quelque chose que je ne me déciderais jamais, je crois, à demander à un autre. Avez-vous remarqué chez papa un changement progressif ? »

Je l'avais remarqué, et je m'étais souvent demandé si elle s'en apercevait aussi. Mon visage trahit sans doute le fond de ma pensée, car elle baissa les yeux à l'instant même, et je vis que ses yeux étaient pleins de larmes.

« Dites-moi ce que c'est, reprit-elle à voix basse.

— Je crains... puis-je vous parler en toute franchise, chère Agnès ? Vous savez quelle affection il m'inspire.

— Oui, dit-elle.

— Je crains qu'il ne se fasse mal par cette

habitude qui a fait des progrès tous les jours
depuis que je suis dans cette maison. Il est devenu
très nerveux, du moins je me le figure.

— Vous ne vous trompez pas, dit Agnès en
secouant la tête.

— Sa main tremble, et il ne parle pas nettement, et ses yeux sont hagards. J'ai remarqué
que dans ces moments-là, et quand il n'est pas
dans son état naturel, on vient toujours le demander pour quelque chose.

— Oui, c'est Uriah, dit Agnès.

— Et l'idée qu'il n'est pas en état de la traiter,
qu'il ne l'a pas bien comprise, ou qu'il n'a pas
pu s'empêcher de laisser voir sa situation, semble
le tourmenter tellement, que le lendemain c'est
bien pis, et le surlendemain pis encore ; et de là
vient cet épuisement et cet air effaré. Ne vous
effrayez pas de ce que je dis, Agnès, mais je l'ai
vu l'autre soir dans cet état, la tête sur son
pupitre, et pleurant comme un enfant. »

Le lendemain matin je quittai cette vieille
demeure qu'Agnès avait remplie pour moi de son
influence. J'avais beaucoup de chagrin, mais je
ne voulais pas le laisser voir à Uriah Heep, qui
faisait l'empressé autour de moi. Que Dieu me
pardonne si j'ai manqué de charité envers lui,
mais il me vint à l'idée qu'il était enchanté de me
voir partir.

La seule chose qui m'occupât l'esprit quand je

pris la diligence, c'était de paraître aussi âgé que possible au conducteur et de me faire une grosse voix. J'eus bien du mal à réussir dans cette dernière prétention, mais j'y tenais, parce que c'était un moyen de me grandir.

Cela ne m'empêcha pas, sur une simple suggestion du conducteur, de céder ma place auprès de lui à un individu de mauvaise apparence, sous prétexte que cet individu se connaissait en chevaux. Je le crois bien qu'il se connaissait en chevaux : c'était un maquignon !

J'ai toujours considéré cette concession comme ma première faute dans la vie. Quand j'avais retenu ma place au bureau, j'avais fait écrire à côté de mon nom : « Sur le siège du conducteur », et j'avais donné une demi-couronne au commis. J'avais mis un paletot et un plaid tout neufs pour faire honneur à cette place éminente, et j'étais assez fier de l'effet que je produisais sur le siège ; et voilà qu'au premier relais je me laissais supplanter par un méchant borgne, vêtu d'habits râpés, qui n'avait d'autre mérite que de sentir l'écurie à plein nez, et d'être assez solide sur l'impériale pour passer par-dessus ma tête aussi légèrement qu'une mouche, pendant que les chevaux allaient au grand trot.

En approchant de Londres, quand la diligence passa près de la maison où M. Creakle nous avait si cruellement battus, j'aurais donné tout ce que je possédais pour avoir la permission de descendre, de le rosser d'importance, et de donner la clef des champs à tous ses élèves, pauvres oiseaux en cage.

Nous descendîmes à Charing Cross, à l'hôtel de la Croix d'Or. L'hôtel de la Croix d'Or était une espèce d'établissement moisi et étouffé. Un garçon m'introduisit dans la salle commune, et une servante me montra une petite chambre à coucher, qui exhalait une odeur de fiacre, et qui était aussi hermétiquement close qu'un tombeau de famille. J'avais ma grande jeunesse sur la conscience, je sentais bien que c'était pour cela que personne n'avait l'air de me respecter le moins du monde. La servante ne faisait aucun cas de mon opinion sur aucun sujet, et le garçon se permettait, avec une insolente familiarité, de m'offrir des conseils pour venir en aide à mon inexpérience.

Je lui ordonnai, de ma voix la plus caverneuse, de commander une côtelette de veau avec des pommes de terre et les accessoires, et de demander au bureau s'il n'y avait pas quelque lettre pour Trotwood Copperfield, *esquire*. Je savais très bien qu'il n'y en avait pas, et qu'il ne pouvait pas y en avoir ; mais je pensai que cela me donnerait l'air d'un homme de paraître en attendre.

Il revint me dire qu'il n'y avait rien, ce dont je me montrai très surpris, et il commença à mettre mon couvert sur une table, près du feu. Pendant

qu'il se livrait à cette occupation, il me demanda
ce que je voulais boire. Je répondis « une demi-
bouteille de sherry ». Il trouva, j'en suis sûr, que
c'était une bonne occasion de composer la mesure
de liquide demandée avec le fond de plusieurs
bouteilles en vidange.

J'allai ensuite au théâtre de Covent Garden, où
l'on jouait *Jules César,* et une pantomime nouvelle.
Inutile de dire que je revins émerveillé. Je me
commandai un souper d'huîtres et de porter.

Comme je me levais pour aller me coucher, à
la grande satisfaction du garçon, qui avait envie
de dormir, je passai près d'un beau jeune homme
qui venait d'entrer. Je me retournai, je revins sur
mes pas, et je le regardai de nouveau. Il ne me
reconnaissait pas, mais je le reconnus à l'instant
même.

« Steerforth ! vous ne me reconnaissez pas ? »

Il me regarda (je me rappelais ce regard), mais
il ne parut pas me reconnaître.

« Vous m'avez oublié, j'en ai peur, lui dis-je.

— Mon Dieu, s'écria-t-il tout à coup, c'est le
petit Copperfield ! »

Je lui pris les deux mains, et je ne pouvais me
décider à les lâcher. Sans le respect humain et la
crainte de lui déplaire, je lui aurais sauté au cou
en fondant en larmes.

« Je n'ai jamais été si heureux, mon cher
Steerforth. Que je suis content de vous voir !

— Et moi aussi, j'en suis charmé, dit-il en me serrant cordialement la main. Allons, Copperfield, mon garçon, pas tant d'émotion. Et, ajouta-t-il en me frappant sur l'épaule, comment vous trouvez-vous ici ?

— Je suis arrivé aujourd'hui par la diligence de Cantorbéry. J'ai été adopté par une tante qui est de ce côté-là, et je viens d'y finir mon éducation. Et vous, comment vous trouvez-vous ici ?

— Eh bien ! mais je suis ce qu'on appelle un étudiant d'Oxford, c'est-à-dire que je suis allé m'ennuyer à Oxford trois fois par an, et maintenant je retourne chez ma mère. Vous êtes, ma foi, le plus joli garçon du monde, avec votre mine avenante, Copperfield ; pas changé du tout ; maintenant que je vous regarde, je constate que vous êtes toujours le même.

— Oh ! moi, je vous ai reconnu tout de suite, lui dis-je ; mais vous, on ne vous oublie pas facilement. »

Il se mit à rire en passant sa main dans les boucles épaisses de ses cheveux, et me dit gaiement :

« Vous me voyez en route pour aller rendre mes devoirs à ma mère. Elle demeure près de Londres, mais les routes sont si mauvaises, et on s'ennuie tant chez nous, que je suis resté ici ce soir, au lieu de pousser jusqu'à la maison. Il n'y a que quelques heures que je suis en ville, et j'ai passé mon temps à grogner et à dormir au spectacle.

— Justement j'en viens aussi, j'étais à Covent Garden. Quel magnifique théâtre, Steerforth ! et quelle délicieuse soirée j'ai passée là ! »

Steerforth riait de tout son cœur.

« Mon cher David, dit-il en me frappant de nouveau sur l'épaule, vous êtes une fleur des champs ! La pâquerette au lever du soleil n'est pas plus innocente et plus pure que vous ! J'étais aussi à Covent Garden, et je n'ai jamais rien vu de plus misérable. Garçon ! »

Le garçon, qui avait observé de loin notre reconnaissance avec une grande attention, s'approcha d'un air respectueux.

« Où avez-vous logé mon ami monsieur Copperfield ?

— Pardon, monsieur.

— Où couche-t-il ? quel est le numéro de sa chambre ? Vous savez bien ce que je veux dire, reprit Steerforth.

— Pour le moment, monsieur, dit le garçon d'un air embarrassé, M. Copperfield a le numéro cinquante-quatre, monsieur.

— A quoi pensez-vous donc, répliqua Steerforth, de mettre M. Copperfield dans une petite mansarde au-dessus de l'écurie ?

— Nous ne savions pas, monsieur, répondit le

garçon en continuant à s'excuser, nous ne savions pas que M. Copperfield y attachât la moindre importance. On peut donner à M. Copperfield le numéro soixante-douze, s'il le préfère, à côté de vous, monsieur.

— C'est bien clair qu'il le préfère, dit Steerforth. Allons, dépêchez-vous. »

Le garçon disparut à l'instant pour opérer mon déménagement.

Steerforth m'invita à déjeuner pour le lendemain matin. C'est lui qui savait bien commander et se faire obéir ! En déjeunant il me proposa de l'accompagner chez sa mère, et, naturellement, j'acceptai. Pendant mon séjour, je pus constater que mistress Steerforth était très fière de son fils, qu'elle me considérait comme l'humble protégé de mon ancien camarade, et que son fils ne faisait rien pour démentir cette opinion. Quant à M. Littimer, le valet de chambre de Steerforth, il avait l'air si éminemment respectable, que chaque fois que je le regardais, je me sentais devenir de plus en plus jeune.

XX

J'avais décidé Steerforth à faire avec moi le voyage de Yarmouth. M. Littimer arrangea nos portemanteaux sur la voiture qui devait nous conduire à Londres, de telle sorte qu'ils auraient pu supporter les coups et les contre-coups d'un voyage éternel, et reçut, de l'air le plus calme, la gratification modeste que je lui offris. Son visage exprimait, autant que je pus croire, la conviction que j'étais bien jeune, bien jeune.

J'étais très préoccupé de l'effet que produirait Yarmouth sur Steerforth ; aussi je fus ravi de lui entendre dire, en traversant les rues sombres qui conduisaient à l'hôtel de la Poste, qu'autant qu'il en pouvait juger, c'était un bon petit trou, assez drôle, quoiqu'un peu isolé. Nous allâmes nous coucher en arrivant, et nous déjeunâmes assez tard le lendemain. Steerforth, qui était en bonnes dispositions, s'était promené sur la plage avant mon réveil, et, à ce qu'il me dit, avait fait la

connaissance de la moitié des pêcheurs. Bien
mieux, il croyait avoir vu dans le lointain la
maison de M. Peggotty, avec de la fumée qui
sortait par la cheminée. Il avait été sur le point
d'entrer résolument et de se faire passer pour
moi, en disant qu'il avait tellement grandi qu'il
n'était plus reconnaissable.

« Quand comptez-vous me présenter Pâquerette ? dit-il. Je suis à votre disposition, cela ne
dépend plus que de vous.

— Eh bien ! je me disais que nous pourrions y
aller ce soir, au moment où ils sont assis en rond
autour du feu. Je voudrais vous faire voir ça dans
tout son beau, c'est quelque chose de si curieux.

— Va donc pour ce soir. »

Je le quittai pour aller voir ma vieille bonne ;
il fut convenu qu'il viendrait me retrouver au
bout de deux heures.

« M. Barkis est-il chez lui, madame ? demandai-
je à Peggotty, en prenant une voix de basse-taille.

— Il est à la maison, monsieur, répondit-elle,
mais il est au lit avec des rhumatismes.

— Est-ce qu'il va toujours à Blunderstone,
maintenant ? demandai-je.

— Oui, monsieur, quand il est bien portant,
répondit-elle.

— Et vous, mistress Barkis, y allez-vous quelquefois ? »

Elle me regarda attentivement, et je remarquai un mouvement convulsif dans ses mains.

« Parce que j'aurais quelques renseignements à prendre sur une maison située par là, qu'on appelle... voyons donc... Blunderstone-la-Rookery. »

Elle recula d'un pas en avançant les mains, avec un mouvement d'effroi, comme pour me repousser.

« Peggotty ! m'écriai-je.

— Mon cher enfant ! » Nous fondîmes tous les deux en larmes en nous embrassant.

Je n'ai pas le cœur de dire toutes les extravagances auxquelles elle se livra, les larmes et les éclats de rire qui se succédèrent, l'orgueil et la joie qu'elle me témoignait, le chagrin qu'elle éprouvait en pensant que celle dont j'aurais dû être l'orgueil et la joie n'était pas là pour me serrer dans ses bras. Je n'eus pas seulement l'idée que je me montrais bien enfant, en répondant à toute cette émotion par la mienne. Je crois que je n'avais jamais ri ni pleuré de ma vie, même avec elle, plus franchement que ce matin-là.

« Barkis sera si content ! dit-elle en essuyant ses yeux avec son tablier ; cela lui fera plus de bien que tous ces cataplasmes et toutes ses frictions. Puis-je aller lui dire que vous êtes ici ? Vous monterez le voir, n'est-ce pas, David ? »

Cela allait sans dire ; mais Peggotty ne pouvait

venir à bout de sortir de la chambre, car toutes
les fois qu'elle se trouvait près de la porte, elle se
retournait pour me regarder, et alors elle revenait
rire et pleurer sur mon épaule. Enfin, pour faciliter
les choses, je montai avec elle, et après avoir
attendu un moment à la porte, qu'elle eût préparé
M. Barkis à ma visite, je me présentai devant le
malade.

Il me reçut avec un véritable enthousiasme. Son
rhumatisme ne lui permettant pas de me tendre
la main, il me demanda en grâce de secouer la
mèche de son bonnet de coton, ce que je fis de
tout mon cœur. Quand je fus enfin assis auprès
de son lit, il me dit qu'il croyait encore me
conduire sur la route de Blunderstone et que cela
lui faisait un bien infini.

« Ma chère, dit-il à sa femme, vous allez
préparer un dîner soigné pour aujourd'hui ; quelque chose de bon à manger et à boire, n'est-ce
pas ? pour la compagnie. »

J'allais protester contre l'honneur qu'il voulait
me faire, mais je remarquai que Peggotty, qui
était assise de l'autre côté du lit, désirait extrêmement me voir accepter cette offre. Je gardai donc
le silence.

« J'ai quelques pence par là, ma chère, dit M.
Barkis, mais je suis las maintenant ; si vous voulez
emmener M. David pendant que je vais faire un

petit somme, je tâcherai de trouver ce qu'il vous faut quand je me réveillerai. »

Nous quittâmes la chambre sur cette requête. Peggotty m'apprit que M. Barkis, étant devenu un peu plus serré que par le passé, avait toujours recours à ce stratagème, quand il s'agissait de tirer quelque pièce de monnaie de son coffre, caché sous son lit.

Je préparai Peggotty à l'arrivée de Steerforth, qui parut bientôt. Je suis persuadé qu'elle ne faisait aucune différence entre les bontés qu'il avait eues pour moi, et les services qu'il aurait pu lui rendre. Elle était disposée d'avance à le recevoir avec reconnaissance et dévouement, dans tous les cas. Mais ses manières gaies et franches, sa bonne humeur, sa belle figure, le don naturel qu'il possédait de se mettre à la portée de tous, et de toucher juste, quand cela l'amusait, la corde sensible de chacun, tout cela fit la conquête de Peggotty en cinq minutes. D'ailleurs, ses façons avec moi auraient suffi à la subjuguer. Mais, grâce à toutes ces raisons combinées, je crois, en vérité, qu'elle éprouvait une sorte d'adoration pour lui, quand il sortit de chez elle ce soir-là.

Il resta à dîner chez Peggotty. Si je disais qu'il y consentit volontiers, je n'exprimerais qu'à demi la bonne grâce et la gaieté qu'il mit à accepter. Quand il entra dans la chambre de M. Barkis,

on aurait dit qu'il y apportait le bon air et la
lumière.

Il fut entendu que j'occuperais mon ancienne
chambre chez les Barkis, et que Steerforth resterait
à l'hôtel.

Pendant que nous marchions côte à côte sur la
plage déserte, dans la direction du vieux bateau,
le vent gémissait autour de nous d'une manière
plus lugubre qu'il ne l'avait jamais fait, même le
jour où j'étais apparu pour la première fois sur le
seuil de M. Peggotty.

« Voilà une lumière là-bas, me dit Steerforth,
est-ce le bateau ?

— Oui, c'est le bateau.

— Alors, c'est bien celui que j'ai vu ce matin. »

Nous cessâmes de parler en approchant de la
lumière ; je cherchai la porte, je mis la main sur
le loquet, et faisant signe à Steerforth de rester
tout près de moi, j'entrai.

J'étais au milieu de la famille étonnée, face à
face avec M. Peggotty, lorsque Cham s'écria :
« C'est M. David, c'est M. David ! »

En un instant, il se fit un échange inouï de
poignées de mains, tout le monde parlait à la
fois ; on se demandait des nouvelles les uns des
autres ; on se disait la joie qu'on avait à se revoir.
J'avais présenté Steerforth. M. Peggotty était si
fier et si heureux pour sa part, qu'il ne savait que
dire ; il se bornait à me tendre la main, pour

reprendre ensuite celle de Steerforth, puis la mienne ; il secouait ses cheveux crépus, en riant avec une telle expression de joie et de triomphe, qu'il y avait plaisir à le regarder.

Émilie, d'abord intimidée, se rassura en voyant les manières douces et respectueuses de Steerforth envers elle. Il plus infiniment à tout le monde. Quant à mistress Gummidge, il arracha cette triste victime de la mélancolie à la contemplation de ses chagrins, avec un succès que nul n'avait jamais obtenu depuis la mort de « l'ancien » ; je le tiens de M. Peggotty. Il lui laissa si peu le temps de gémir sur ses misères, qu'elle dit, le lendemain matin, qu'il fallait qu'il l'eût ensorcelée.

Autant que je puis me rappeler, il était près de minuit quand nous prîmes congé d'eux. On nous avait donné à souper des poissons séchés et du biscuit de mer. Steerforth avait tiré de sa poche un flacon de genièvre de Hollande, que nous avions bu entre hommes (je puis dire entre hommes, maintenant, sans rougir).

Comme nous nous en retournions, Steerforth, qui avait témoigné tant de sympathie à mes amis, me dit : « Ce sont de drôles de gens ; je ne suis pas fâché de les avoir vus, cela change. »

Je fus choqué de cette froideur et de ce ton ironique. Alors il tourna la chose en plaisanterie. Mais je fus fâché, au fond du cœur, de ce qu'il avait dit.

XXI

Quelques jours après, pendant le déjeuner, on me remit une lettre de ma tante. Comme elle traitait une question sur laquelle je pensais que les avis de Steerforth vaudraient bien ceux d'un autre, je résolus de discuter cette affaire avec lui pendant notre voyage, car nous étions sur notre départ.

Quand nous fûmes en diligence, nous restâmes quelque temps sans parler, car Steerforth était plongé dans un silence inaccoutumé, et moi je me demandais quand je reverrais tous ces lieux témoins de mon enfance, et quels changements nous aurions subis dans l'intervalle, eux et moi. Enfin Steerforth, reprenant tout à coup sa gaieté et son entrain, grâce à la faculté qu'il possédait de changer de ton et de manières à volonté, me tira par le bras :

« Eh bien, David ! que disait donc cette lettre dont vous me parliez à déjeuner ?

— Ma tante, répondis-je, me demande si j'aurais du goût pour le métier de procureur : qu'en pensez-vous ?

— Mais, je ne sais pas, me dit-il tranquillement ; vous pouvez aussi bien vous faire procureur qu'autre chose. »

Je ne pus m'empêcher de rire en le voyant mettre avec tant d'indifférence toutes les professions sur la même ligne.

Il me demanda ce que je pensais moi-même de la proposition de ma tante. Je lui répondis que je me sentais assez disposé à l'accepter. Ma tante d'ailleurs me laissait parfaitement libre ; elle me disait franchement que cette idée lui était venue pendant une visite qu'elle avait faite à son procureur à la Cour de l'officialité pour régler son testament en ma faveur.

« En tout cas, dit Steerforth quand je lui communiquai cette circonstance, c'est de la part de votre tante un procédé louable et qui mérite encouragement. Pâquerette, mon avis est que vous vous fassiez procureur. »

C'est aussi ce que je résolus. Je dis alors à Steerforth que ma tante m'attendait à Londres, et qu'elle avait pris pour une huitaine un appartement dans un hôtel très tranquille, aux environs de Lincoln's Inn. Ce qui l'avait décidée à choisir cet hôtel, c'est qu'il y avait dans la maison un escalier en pierre et une porte donnant sur le toit ;

ma tante était convaincue que ce n'était pas une
précaution inutile dans une ville comme Londres,
où toutes les maisons devaient prendre feu toutes
les nuits.

Quand nous fûmes au terme de notre voyage,
Steerforth s'en retourna chez lui, et moi je pris le
chemin de Lincoln's Inn. Ma tante, quoiqu'il fût
déjà tard, était encore debout et m'attendait pour
souper.

Si j'avais fait le tour du monde depuis notre
séparation, nous n'aurions pas été, je crois, plus
contents de nous revoir. Ma tante pleurait de tout
son cœur en m'embrassant, et elle me dit, en
faisant semblant de rire, que, si ma pauvre mère
était encore au monde, elle ne doutait pas que sa
petite innocence n'eût versé des larmes.

« Et vous avez donc abandonné M. Dick, ma
tante ? lui demandai-je. J'en suis bien fâché. Ah !
Jeannette, comment vous portez-vous ? »

Pendant que Jeannette me faisait la révérence,
en me demandant des nouvelles de ma santé, je
remarquai que le visage de ma tante s'allongeait
considérablement.

« J'en suis bien fâchée aussi, dit ma tante en se
frottant le nez, mais je n'ai pas eu un moment
l'esprit en repos depuis que je suis ici. »

Elle ne me laissa pas le temps de lui demander
la cause de son inquiétude.

« Je suis convaincue, reprit ma tante, en

appuyant sa main sur la table avec une fermeté mélancolique, je suis convaincue que Dick n'a pas assez de caractère pour chasser les ânes. Décidément il manque d'énergie. J'aurais dû laisser Jeannette à sa place, j'aurais eu l'esprit bien plus tranquille. Si jamais un âne a passé sur ma pelouse, continua-t-elle avec vivacité, il y en avait un cet après-midi à quatre heures ; car j'ai senti un frisson qui m'a couru de la tête aux pieds, et je suis sûre que c'était un âne ! »

J'essayai de la consoler sur ce point ; mais elle rejetait toute consolation.

On nous servit un bon souper bien chaud, quoique la distance fût grande de la cuisine à l'appartement de ma tante ; ma tante, qui avait ses idées sur les comestibles de Londres, ne mangeait presque pas.

Je n'essayai pas de détruire ses préjugés, mais elle fut contente de me voir manger avec appétit. Quand on eut desservi, Jeannette coiffa ma tante, l'aida à mettre son bonnet de nuit, qui était plus élégant que de coutume, en cas d'incendie ; puis elle replia sa robe sur ses genoux, suivant son habitude, pour se chauffer les pieds avant de se coucher.

« Eh bien ! Trot, dit-elle, avez-vous pensé à ma proposition de faire de vous un procureur ? ou bien n'y avez-vous pas encore songé ?

— J'y ai beaucoup pensé, ma chère tante ; j'en

ai beaucoup causé avec Steerforth. Cela me plaît
infiniment.

— Allons, dit ma tante, voilà qui me réjouit.

— Je n'y vois qu'une difficulté, ma tante.

— Laquelle, Trot ?

— Cette corporation, je crois, se compose d'un
petit nombre de membres ; est-ce que l'admission
ne coûte pas horriblement cher ?

— C'est une affaire de mille livres sterling tout
net, dit ma tante.

— Eh bien, ma chère tante, repris-je en me
rapprochant d'elle, voilà ce qui me préoccupe.
C'est une somme considérable. Vous avez beaucoup dépensé pour mon éducation ; et, en toutes
choses, vous avez été, à mon égard, aussi libérale
que possible. Rien ne peut donner idée de votre
générosité envers moi. Mais il y a certainement
des carrières que je pourrais suivre presque sans
dépenser, tout en ayant des chances de réussir
par le travail et la persévérance. Êtes-vous bien
sûre qu'il ne vaudrait pas mieux en essayer ?
Êtes-vous bien sûre de pouvoir faire encore ce
sacrifice ? Et ne ferais-je pas mieux, moi, de vous
l'épargner ? Je vous demande seulement, à vous
qui êtes ma seconde mère, d'y réfléchir avant de
prendre ce parti.

— Trot, mon cher enfant, mon but dans la
vie, c'est de faire de vous un homme vertueux,
sensé et heureux. C'est tout mon désir, et Dick

est de mon avis. Je voudrais que certaines gens de ma connaissance pussent entendre la conversation de Dick sur ce sujet. Il est d'une merveilleuse sagacité, mais il n'y a que moi qui connaisse bien toutes les ressources d'intelligence de cet homme. »

Elle s'arrêta un moment pour prendre ma main dans les siennes, puis elle continua :

« Il est inutile, Trot, de rappeler le passé, quand les souvenirs du passé ne peuvent servir à rien pour le présent. Peut-être aurais-je pu être meilleure pour votre mère, la pauvre enfant, même après le désappointement que m'a causé votre sœur, Betsy Trotwood. Quand vous êtes arrivé chez moi, pauvre petit garçon errant, couvert de poussière et épuisé de fatigue, peut-être me le suis-je dit tout de suite, en vous voyant. Depuis lors jusqu'à présent, Trot, vous m'avez toujours fait honneur. Vous avez été pour moi un sujet d'orgueil et de satisfaction, personne que vous n'a de droits sur ma fortune et vous êtes mon fils adoptif. Je ne vous demande que d'être pour moi un fils affectueux, de supporter mes fantaisies et mes caprices ; et vous ferez pour une vieille femme, dont la jeunesse n'a été ni aussi heureuse ni aussi conciliante qu'elle eût pu l'être, plus que cette vieille femme n'aura jamais fait pour vous. Voilà donc qui est entendu et convenu entre nous, Trot, n'en parlon plus. Embrassez-moi, et demain matin, après le déjeuner, nous irons à la Cour des Doctor's Commons. »

Nous fîmes, le lendemain, notre expédition à l'heure convenue.

On arrivait à la Cour des Doctor's Commons par une porte voûtée un peu basse ; nous avions à peine fait quelques pas dans la rue qui y conduisait, que le bruit de la Cité s'éteignait déjà dans le lointain, comme par enchantement. Des cours sombres et tristes, des allées étroites nous amenèrent bientôt aux bureaux de MM. Spenlow et Jorkins, qui tiraient leur jour d'en haut. Dans le vestibule de ce temple, où les pèlerins pénétraient sans accomplir la cérémonie de frapper à la porte, deux ou trois clercs étaient occupés aux écritures. L'un d'entre eux, un petit homme sec, assis tout seul dans un coin, et porteur d'une perruque brune, qui avait l'air d'être en pain d'épice, se leva pour recevoir ma tante et nous faire entrer dans le cabinet de M. Spenlow.

M. Spenlow était un petit homme blond, avec des bottes irréprochables, une cravate blanche et un col de chemise tout raide d'empois. Son habit était boutonné jusqu'en haut, bien serré à la taille ; et ses favoris devaient lui avoir pris beaucoup de temps pour leur donner une frisure si élégante ; il portait une énorme chaîne de montre en or. Il était tellement tiré à quatre épingles, et si raide par conséquent, qu'il pouvait à peine se courber.

Quand il était assis et qu'il voulait regarder des papiers sur son bureau, il était obligé de remuer son corps tout d'une pièce, depuis la naisance de l'épine dorsale, comme Polichinelle.

Ma tante m'avait présenté à M. Spenlow, qui m'avait reçu très poliment. Il reprit ensuite :

« Ainsi, monsieur Copperfield, vous avez quelque idée d'embrasser notre profession. J'ai dit par hasard à miss Trotwood, quand j'ai eu le plaisir de la voir l'autre jour... (ici, un salut de Polichinelle), qu'il y avait chez moi une place vacante. Miss Trotwood a eu la bonté de m'apprendre qu'elle avait un neveu qu'elle avait adopté, et qu'elle cherchait à lui assurer une bonne situation. C'est le neveu que j'ai le plaisir de... » (Encore Polichinelle.)

Je fis un salut de remerciement et je lui dis que je ne pourrais pourtant pas m'engager définitivement avant de mieux connaître la question. « Et la prime est de mille livres sterling ?

— Et la prime, enregistrement compris, est de mille livres sterling, comme je l'ai dit à miss Trotwood, répondit M. Spenlow. Je ne suis point dirigé par des considérations pécuniaires ; il y a peu d'hommes qui y soient moins sensibles que moi, je crois. Mais mon associé, M. Jorkins, a son avis sur ce sujet, et je suis obligé de respecter l'avis de M. Jorkins. En un mot, Jorkins trouve que mille livres sterling, ce n'est pas grand'chose. »

J'étais très effrayé de l'idée de ce terrible
Jorkins. Mais je découvris plus tard que c'était
un homme doux, un peu lourd et dont le rôle
dans l'association consistait à se tenir toujours au
second plan, et à prêter son nom pour qu'on le
représentât comme le plus endurci et le plus cruel
des hommes.

Il fut entendu que je commencerais le mois
d'essai quand cela me conviendrait, sans que ma
tante eût besoin de rester à Londres, ou d'y
revenir au terme de cette épreuve ; il serait facile
de lui envoyer le traité à signer.

Quand nous fûmes rentrés à notre hôtel, ma
tante et moi, nous eûmes encore une longue
conversation sur mes projets d'avenir. Comme je
savais que ma tante était pressée de retourner
chez elle, et qu'entre le feu, les comestibles et les
voleurs elle ne passait pas agréablement une demi-
heure à Londres, je lui demandai de ne pas
s'inquiéter de moi et de me laisser me tirer
d'affaire tout seul.

« Ne croyez pas, mon cher enfant, répliqua-
t-elle, que je sois à Londres depuis huit jours sans
y avoir songé. Il y a, dans Adelphi, un petit
appartement meublé à louer qui doit vous convenir
à merveille. »

Après cette courte préface, elle tira de sa poche
une annonce soigneusement découpée dans un
journal. Cette annonce déclarait qu'il y avait à

louer, dans Buckingham Street, Adelphi, un très joli petit appartement de garçon, meublé, avec vue sur la rivière, fraîchement décoré, particulièrement propre à servir de résidence à un jeune gentleman, membre de l'une des corporations légales, ou autres, pour entrer immédiatement en jouissance. Prix modéré. On pouvait louer au mois.

Nous partîmes. L'écriteau disait qu'il fallait s'adresser à mistress Crupp ; et nous tirâmes la sonnette de service que nous supposions devoir aboutir au logis de cette dame. C'est seulement après avoir sonné deux ou trois fois que nous décidâmes mistress Crupp à entrer en communication avec nous. Enfin pourtant elle arriva sous la forme d'une grosse commère, bourrée d'un jupon de flanelle, qui passait sous une robe de nankin. Nous montâmes l'escalier.

L'appartement était situé au haut de la maison, grand avantage aux yeux de ma tante, puisqu'il était facile d'arriver sur le toit, en cas d'incendie. Il se composait d'une antichambre avec imposte vitrée, où l'on ne voyait pas du tout, d'un petit salon et d'une chambre à coucher. Les meubles étaient un peu fanés, mais je n'étais pas difficile ; et puis la rivière passait sous les fenêtres.

J'étais enchanté. Ma tante et mistress Crupp se retirèrent dans l'office pour discuter les conditions, pendant que je restais assis sur le canapé du salon, osant à peine croire possible que je fusse destiné

Mistress Crupp était une grosse commère.

à habiter une résidence aussi cossue. Après un combat singulier qui dura quelque temps, les deux champions reparurent, et je lus avec joie, sur la figure de mistress Crupp comme sur celle de ma tante, que l'affaire était conclue.

XXII

N'était-ce pas une bien belle chose que d'être chez moi, dans ce bel appartement, et d'éprouver, quand j'avais refermé la porte d'entrée, le même sentiment de fière indépendance que Robinson Crusoé, quand il avait escaladé ses fortifications et retiré son échelle derrière lui ? N'était-ce pas une belle chose aussi de me promener dans la ville avec la clef de ma maison dans ma poche, et de savoir que je pourrais inviter qui je voudrais à venir chez moi, sans avoir à craindre de gêner personne, lorsque cela ne me dérangerait pas moi-même ? N'était-ce pas une belle chose que de pouvoir entrer et sortir, aller et venir, sans rendre de comptes à personne, et, d'un coup de sonnette, faire monter mistress Crupp tout essoufflée des profondeurs de la terre, quand j'avais besoin d'elle... et quand il lui convenait de venir ? Certainement oui, c'était une bien belle chose, mais je dois dire aussi qu'il y avait des moments où c'était bien triste.

C'était charmant le matin, surtout quand il faisait beau. C'était une vie très agréable et très libre en plein jour, surtout quand il y avait du soleil ; mais quand le jour baissait, le charme de l'existence baissait aussi d'un cran. Je ne sais pas comment cela se faisait, mais elle perdait beaucoup de ses avantages à la chandelle. A cette heure-là, j'éprouvais le besoin d'avoir quelqu'un à qui parler. Agnès me manquait et c'était une grande privation pour moi que de ne pas voir son aimable sourire. Mistress Crupp me faisait l'effet d'être à cent lieues.

Après deux jours et deux nuits, il me semblait qu'il y avait un an que j'étais dans cet appartement, et pourtant je n'avais pas vieilli d'une heure, et j'étais aussi tourmenté que jamais de mon extrême jeunesse.

Un matin, au moment où j'allais sortir, je reçus le billet suivant :

« Mon cher Trotwood, je suis chez l'homme d'affaires de mon père, M. Waterbrook, Elyplace, Holborn. Pouvez-vous venir me voir aujourd'hui ? J'y serai à l'heure qu'il vous conviendra de m'indiquer.

« Toute à vous, très affectueusement.

« AGNÈS. »

Je me présentai sur les quatre heures. Les affaires courantes de M. Waterbrook se faisaient au rez-de-chaussée, et les affaires d'un ordre plus relevé, fort nombreuses dans sa clientèle, se traitaient au premier étage. On me fit entrer dans un joli salon, un peu étouffé, où je trouvai Agnès tricotant une bourse.

J'avais bien souvent pensé qu'elle était mon bon ange ; je le lui avais déjà dit, et j'éprouvai le besoin de le lui dire encore.

Elle sourit un peu tristement, à ce qu'il me sembla, et secoua la tête.

« Oui, Agnès, mon bon ange, toujours mon bon ange !

— Si cela était véritablement, dit-elle, il y a une chose qui me tiendrait bien au cœur. Je voudrais vous mettre en garde contre votre mauvais ange.

— Ma chère Agnès, si vous voulez parler de Steerforth...

— Oui, Trotwood, répondit-elle.

— Alors, Agnès, vous lui faites grand tort. D'après quoi le jugez-vous ?

— D'après beaucoup de petites circonstances qui sont des bagatelles en elles-mêmes, mais dont l'ensemble a de l'importance. Je le juge, Trotwood, en partie d'après ce que vous m'avez dit de lui, vous-même, d'après votre carrière, d'après l'influence qu'il a sur vous. »

Sa voix douce et modeste semblait faire résonner en moi une corde qui ne vibrait qu'à ce son. Cette voix était toujours pénétrante, mais lorsqu'elle était émue comme en ce moment, elle avait un accent qui allait jusqu'au fond de mon cœur. Je restais là, sur ma chaise, à l'écouter encore, tandis qu'elle baissait les yeux sur son ouvrage ; et l'image de Steerforth, en dépit de mon attachement pour lui, s'obscurcissait au son de sa voix.

« Je suis bien hardie, reprit Agnès, moi qui ai toujours vécu dans la retraite, et qui connais si peu le monde, de vous donner mon avis avec tant d'assurance, peut-être même d'avoir un avis si décidé. Néanmoins, je suis sûre de ne pas me tromper, j'en suis absolument sûre. »

Je la regardais toujours, et je l'écoutais encore après qu'elle eut fini de parler, et l'image de Steerforth, quoique gravée encore dans mon cœur, se couvrit de nouveau d'un nuage sombre.

Au bout de quelques instants, Agnès reprit de son ton ordinaire : « Je ne suis pas assez déraisonnable pour espérer que vous puissiez changer tout d'un coup de sentiments et de conviction, surtout quand il s'agit d'un sentiment qui a sa source dans votre nature confiante. D'ailleurs ce n'est pas une chose que vous deviez faire à la légère. Je vous demande seulement, Trotwood, quand vous penserez à moi, de vous rappeler le conseil que je vous donne. Me pardonnerez-vous tout ce que je vous dis là ?

— Je vous pardonnerai, Agnès, quand vous aurez fini par rendre justice à Steerforth, et à l'aimer comme je l'aime.

— Pas avant ? »

Je vis passer comme une ombre sur sa figure, quand je prononçai le nom de Steerforth ; mais elle me sourit bientôt, et nous reprîmes notre confiance d'autrefois.

Hélas ! l'avenir donna raison à Agnès, et Steerforth justifia toutes ses craintes et au-delà ! Mal élevé par une mère orgueilleuse, qui l'idolâtrait parce qu'il flattait son orgueil, Steerforth abusa cruellement, pour satisfaire tous ses caprices, de ses dons naturels ; il fit souffrir des innocents, il finit par se brouiller avec sa mère, voyagea pour s'éloigner d'elle et la torturer par son absence, et périt dans un naufrage.

Agnès me demanda si j'avais vu Uriah.

« Uriah Heep ? dis-je. Non ; est-ce qu'il est à Londres ?

— Il vient tous les jours ici dans les bureaux du rez-de-chaussée, répondit Agnès. Il était à Londres depuis huit jours quand j'y suis venue. Trotwood, je crains que ce ne soit pour quelque affaire désagréable.

— Quelque affaire qui vous inquiète, Agnès je le vois. Qu'est-ce donc ? »

Elle posa son ouvrage, et me répondit en croisant ses mains, et en me regardant d'un air pensif, avec ses beaux yeux si doux :

« Je crois qu'il va devenir l'associé de mon père.

— Qui ? Uriah ! Le misérable aurait-il réussi sur ses bassesses insinuantes à se glisser dans un si beau poste ! m'écriai-je avec indignation. N'avez-vous pas essayé de quelques remontrances, Agnès ? Songez aux relations qui vont s'ensuivre. Il faut parler ; votre devoir est de ne pas laisser votre père faire une démarche aussi imprudente. Empêchez cela, Agnès, pendant qu'il en est temps.

— Vous vous rappelez, me dit-elle, notre dernière conversation au sujet de papa ? Ce fut peu de temps après... deux ou trois jours peut-être, qu'il me laissa entrevoir pour la première fois ce que je vous apprends aujourd'hui. C'était bien triste de le voir lutter contre lui-même ; il voulait me faire croire que c'était une affaire de son choix, mais il avait bien de la peine à me cacher qu'il avait la main forcée. J'en ai bien du chagrin.

— La main forcée ! Agnès ! Qu'est-ce qui lui force la main ?

— Uriah, répondit-elle après un moment d'hésitation, Uriah s'est arrangé pour lui devenir indispensable. Il est fin et vigilant. Il a deviné les faiblesses de mon père ; il les a encouragées ; il en a profité. Enfin, s'il faut que je vous dise le fond de ma pensée, Trotwood, papa a peur de lui. Son ascendant sur papa est très grand. Il professe beaucoup d'humilité et de reconnaissance ; peut-être est-il sincère. Mais il a pris une position qui lui donne une grande puissance, et cette puissance, j'ai peur qu'il n'en use durement.

— Lui ! ce n'est qu'un chacal ; m'écriai-je, et l'énonciation de ce jugement me fit du bien.

— Au moment où papa me fit la confidence que vous savez, Uriah lui avait dit qu'il allait le quitter ; qu'il en était bien fâché, mais qu'on lui faisait de très belles propositions. Papa était très abattu ; mais il a semblé soulagé par cet expédient d'association, quoiqu'il parût en même temps blessé et humilié.

— Et comment avez-vous pris la chose ?

— J'ai fait ce que je devais, je l'espère. Il fallait, pour la tranquillité de papa, que ce sacrifice s'accomplît ; j'en étais sûre ; je l'ai donc prié de le faire. Je lui ai dit que ce serait un grand poids de moins pour lui... puissé-je avoir dit vrai ! et que cela me donnerait encore plus d'occasions que par le passé de lui tenir compagnie. Oh ! Trotwood, s'écria-t-elle en couvrant son visage de ses deux mains pour cacher ses larmes, il me semble presque que j'ai joué envers mon père le rôle d'une ennemie, plutôt que celui d'une fille pleine de tendresse ; car les changements que nous avons remarqués en lui ne viennent que de son dévouement pour moi. Je sais que s'il a rétréci le cercle de ses devoirs et de ses affections, c'était pour les concentrer uniquement sur moi. Je sais toutes les privations qu'il s'est imposées pour moi ; je sais combien sa sollicitude a assombri sa vie, énervé ses forces et son énergie, en concentrant toutes ses pensées sur un seul objet. Ah ! si je pouvais réussir à le relever, moi qui ai été la cause innocente de son abaissement ! »

Je ne l'avais jamais vue pleurer. J'avais bien vu des larmes dans ses yeux, chaque fois que je rapportais de nouveaux prix de la pension ; j'en avais vu encore la dernière fois que nous avions parlé de son père. Je l'avais vue détourner son doux visage quand nous nous étions séparés, mais je n'avais jamais été témoin d'une pareille explosion de chagrin. J'étais troublé au point de ne trouver à lui dire que des enfantillages pour la consoler, comme ces simples paroles : « Je vous en prie, Agnès, je vous en prie, ne pleurez pas, ma chère sœur ! »

La sérénité angélique de ses manières reparut bientôt, comme lorsqu'un nuage s'efface d'un ciel serein.

« Nous ne serons probablement pas seuls bien longtemps, me dit Agnès, et puisque j'en ai l'occasion, permettez-moi de vous demander instamment, Trotwood, de montrer de la bienveillance pour Uriah ; ne le rebutez pas. Ne lui en voulez pas s'il y a si peu de ressemblance et de sympathie entre vos caractères. Après tout, ce ne sera peut-être que lui rendre strictement justice, car nous ne savons rien de positif contre lui. En tout cas, pensez d'abord à papa et à moi ».

Agnès n'eut pas le temps d'en dire davantage, car la porte s'ouvrit et mistress Waterbrook entra. Après quelques mots de conversation banale, elle m'invita à dîner pour le lendemain et je pris congé presque aussitôt. En sortant je demandai Uriah dans les bureaux ; comme il était absent, je laissai ma carte.

Quand j'arrivai pour le dîner, le lendemain, la porte de la rue, en s'ouvrant, me permit de pénétrer dans un bain de vapeur, parfumé d'une odeur de mouton ; d'où je conclus que je n'étais pas le seul invité.

Je trouvai dans M. Waterbrook un monsieur entre deux âges, le cou très court, avec un col de chemise très vaste ; il ne lui manquait que d'avoir le nez noir pour ressembler parfaitement à un roquet. Il me dit qu'il était heureux d'avoir l'honneur de faire ma connaissance ; et je déposai ensuite mes hommages aux pieds de mistress Waterbrook.

Je trouvai Uriah Heep vêtu de noir, au milieu de la compagnie. Il était plein d'humilité et me dit, quand je lui donnai une poignée de main, qu'il était fier de ce que je voulais bien faire

Le dîner des Waterbrook.

attention à lui, et qu'il m'était très obligé de ma condescendance. J'aurais voulu qu'il en fût un peu moins touché, car, dans l'excès de sa reconnaissance, il ne fit que rôder autour de moi, et chaque fois que je disais un mot à Agnès, j'étais sûr d'apercevoir dans un coin ses yeux vitreux et sa face de cadavre.

Les autres invités me firent l'effet d'avoir été frappés à la glace, comme le champagne. Je fus heureux, par contraste, de retrouver, parmi cette société réfrigérante, la bonne figure de mon ancien camarade Tommy Traddles. M. Waterbrook, voyant que nous nous connaissions, me parla du pauvre Tommy comme d'un homme de loi très insignifiant, que l'on avait invité le matin même pour combler un vide.

Le dîner fut très long, et la conversation roula uniquement sur l'aristocratie de naissance, sur ce que l'on appelle... le sang ! Mistress Waterbrook nous répéta plusieurs fois que si elle avait un faible, c'était pour le sang.

Il me vint plusieurs fois à l'esprit que nous n'en aurions pas été plus mal, si nous avions été moins comme il faut. Nous étions tellement comme il faut, que le cercle de la conversation se trouvait réellement par trop restreint.

Le sang ! le sang ! on aurait pu se croire à un dîner d'ogres, tant la conversation prenait un ton sanguinaire.

Après le départ des dames, la conversation fut encore plus insipide qu'auparavant. Aussi, avec quel plaisir je rejoignis Agnès dans le salon. J'allai causer avec elle dans son coin et je lui présentai Traddles. Traddles était très timide, mais en même temps très aimable, et toujours aussi bon enfant qu'autrefois. Il nous quitta de bonne heure, parce qu'il partait le lendemain matin pour un mois. Je ne pus donc causer avec lui aussi longtemps que je l'aurais voulu ; mais, en échangeant nos adresses, nous nous promîmes de nous revoir à son retour.

Comme Agnès, pendant son séjour à Londres, était entourée de gens avec lesquels il me semblait qu'elle ne devait pas se trouver à son aise, je fus presque content de lui entendre dire qu'elle devait retourner chez elle au bout de quelques jours ; et cependant je regrettais vivement sa société. L'idée de cette séparation prochaine m'engagea à rester jusqu'à la fin de la soirée, pour parler avec elle du bon vieux temps.

Je partis le dernier ; je me trompe, j'avais sur les talons Uriah, qui n'avait pas cessé de rôder autour de nous. Il sortit donc de la maison derrière moi, et je le vois encore glisser ses doigts de squelette dans des gants trop longs.

Je n'étais pas en humeur de jouir de sa société ; mais je me souvins de la prière d'Agnès, et je lui demandai s'il voulait venir chez moi prendre une tasse de café.

Il accepta avec un empressement servile. J'eus à me repentir amèrement de lui avoir offert l'hospitalité ; car, outre que sa seule présence m'était odieuse, il eut l'épouvantable effronterie de me dire, dans le cours d'une conversation, qu'il ferait un de ces jours à Agnès l'honneur de lui demander sa main.

XXIII

Je ne revis plus Uriah Heep jusqu'au jour du départ d'Agnès. J'étais au bureau de la diligence pour lui dire adieu et la voir partir, et je le trouvai là, qui retournait à Cantorbéry par le même véhicule. J'éprouvai du moins une malicieuse petite satisfaction à voir cette redingote marron, trop courte de taille, étroite et mal fagotée, en compagnie d'un parapluie qui ressemblait à une tente, plantés au bord du siège de l'impériale, par-derrière, tandis qu'Agnès avait naturellement une place d'intérieur. Mais je méritais bien cette petite compensation pour la peine que je pris de faire l'aimable avec lui, pendant qu'Agnès pouvait nous voir. A la portière de la diligence, de même qu'au dîner de mistress Waterbrook, il planait autour de nous sans relâche comme un grand vautour, dévorant chaque parole que nous échangions.

Dans l'état de trouble où m'avait jeté la confidence qu'il m'avait faite au coin du feu, j'avais souvent réfléchi aux paroles d'Agnès : « J'ai fait, j'espère, ce que je devais faire. Je savais qu'il était nécessaire, pour le repos de papa, que ce sacrifice s'accomplît, et je l'ai engagé à le consommer. » J'étais poursuivi par l'idée que son amour pour son père lui donnerait le courage et la force d'accomplir tout autre sacrifice, par exemple celui d'épouser Uriah. Je savais combien sa nature était délicate. J'avais appris d'elle-même qu'elle se regardait comme la cause innocente des erreurs de M. Wickfield, et qu'elle croyait avoir ainsi contracté envers lui une dette qu'elle désirait ardemment acquitter. Je ne trouvais aucune consolation à constater quelle différence il y avait entre elle et le misérable rousseau en redingote marron ; car le plus grand danger, je le sentais, venait précisément de la différence qu'il y avait entre la pureté de son âme et sa soif de dévouement, et la bassesse sordide de celle d'Uriah. Il le savait bien, et il avait sans doute spéculé là-dessus dans ses calculs hypocrites.

J'avais tout le temps de me torturer, car quand je n'étais pas à la Cour des Commons, je me trouvais presque toujours seul. Autre tourment : je crois que je commençais à me méfier de Steerforth.

Cependant les jours et les semaines s'écoulaient. J'avais décidément pris place chez MM. Spenlow et Jorkins. Ma tante me donnait quatre-vingts livres sterling par an, payait mon loyer et beaucoup d'autres dépenses. Elle avait loué mon appartement pour un an, et quoiqu'il m'arrivât encore de le trouver un peu triste le soir, j'avais fini par me faire une espèce de mélancolie uniforme et par me résigner au café de mistress Crupp.

Le jour de mon installation définitive chez MM. Spenlow et Jorkins ne fut marqué par aucune autre réjouissance, si ce n'est que je régalai les clercs du bureau de sandwiches et de xérès. Une quinzaine de jours après, M. Spenlow me dit que si je voulais lui faire le plaisir de venir à sa maison de campagne de Norwood, le samedi suivant, il en serait extrêmement heureux. Je répondis naturellement que j'étais tout prêt à lui donner ce plaisir, et il fut convenu qu'il m'emmènerait et me ramènerait dans son phaéton. Chemin faisant, il m'apprit qu'il avait une fille, que cette fille sortait d'un pensionnat français, et qu'elle résidait à Norwood.

Un très joli jardin s'étendait devant la maison, et quoique la saison ne fût pas favorable pour voir un jardin, tout était si bien tenu, que je fus enchanté. La pelouse était charmante, et j'apercevais dans l'obscurité des groupes d'arbres et de longues tonnelles que le retour du printemps couvrirait de fleurs et de plantes grimpantes.

« C'est là, me dis-je, que miss Spenlow va se promener à l'écart. »

Nous entrâmes dans la maison, qui était joyeusement éclairée, et je me trouvai dans un vestibule rempli de chapeaux, de paletots, de gants, de fouets et de cannes. « Ou est miss Dora ? » demanda M. Spenlow au domestique. « Dora, pensai-je ; quel joli nom ! »

Nous entrâmes dans une pièce voisine, et j'entendis une voix qui disait : « Ma fille Dora, et mademoiselle l'amie de confiance de ma fille Dora, je vous présente M. Copperfield.

— J'ai déjà vu M. Copperfield », dit une voix bien connue, pendant que je saluais, en murmurant quelques mots.

Ce n'était pas Dora qui parlait, non ! c'était l'amie de confiance, miss Murdstone !

« Comment vous portez-vous, miss Murdstone ? murmurai-je quand je fus revenu de ma surprise. J'espère que votre santé est bonne ?

— Très bonne, répondit-elle.

— Et comment va M. Murdstone ?

— Mon frère se porte à merveille ; je vous remercie. »

M. Spenlow, qui avait, je suppose, été surpris de me voir en pays de connaissance, plaça ici son mot :

« Je suis bien aise de voir, Copperfield, que

miss Murdstone et vous, vous soyez d'anciennes connaissances.

— Nous sommes alliés, M. Copperfield et moi, dit miss Murdstone d'un ton calme et sévère. Nous nous sommes un peu connus, autrefois, dans son enfance ; les circonstances nous ont séparés depuis ; je ne l'aurais pas reconnu. »

Je répondis que je l'aurais reconnue n'importe où, ce qui était vrai.

« Miss Murdstone a eu la bonté, me dit M. Spenlow, d'accepter l'office... si elle veut bien me permettre de l'appeler ainsi, d'amie confidentielle de ma fille Dora. Ma fille Dora étant malheureusement privée de sa mère, miss Murdstone veut bien lui accorder sa compagnie et sa protection. »

Je regardai miss Dora, et il me sembla voir dans ses manières un peu volontaires et capricieuses qu'elle n'était pas très disposée à mettre sa confiance dans sa compagne et protectrice, miss Murdstone. Mais une cloche sonna ; M. Spenlow dit que c'était le premier coup pour le dîner, et me conduisit à ma chambre.

Au lieu de m'habiller, je songeai à miss Dora, et j'aime autant avouer tout de suite que je lui avais donné mon cœur à première vue, et que désormais mon seul but au monde serait d'obtenir la main de miss Dora.

La cloche sonna si vite le second coup, que j'eus à peine le temps d'enfiler mes habits à la diable, au lieu d'accomplir cette opération avec le soin que j'aurais voulu y apporter dans cette circonstance, et je descendis.

Je ne me rappelle pas les autres convives, je ne me rappelle que Dora. J'étais assis près d'elle, je lui parlais ; elle avait la plus douce petite voix, le petit rire le plus gai, les petites manières les plus charmantes et les plus séduisantes. En tout, c'était une petite miniature.

Quand nous rejoignîmes miss Dora et son amie de confiance au salon (il n'y avait pas d'autres dames), miss Murdstone me fit signe de venir lui parler.

« David Copperfield, un mot ! me dit-elle ; je n'ai pas besoin de m'étendre sur nos affaires de famille, le sujet n'est pas séduisant.

— Loin de là, mademoiselle.

— Loin de là, répéta miss Murdstone. Je n'ai aucun désir de rappeler des querelles passées et des injures oubliées. Je n'essayerai pas de vous dissimuler que je me suis fait une opinion défavorable sur votre compte, dans votre enfance. Je me suis peut-être trompée, ou bien vous avez cessé de justifier cette manière de voir ; ce n'est pas la question pour le moment... Je fais partie d'une famille remarquable, je crois, pour sa fermeté et je ne suis sujette ni à changer d'avis, ni à me laisser gouverner par les circonstances. Je puis avoir mon opinion sur votre compte, vous pouvez avoir la vôtre sur le mien. »

J'inclinai la tête.

« Mais, poursuivit miss Murdstone, il n'est pas nécessaire que ces opinions en viennent à une collision ici même. Dans les circonstances présentes, il vaut mieux pour tout le monde qu'il n'en soit rien. Puisque les hasards de la vie nous ont rapprochés, et que d'autres occasions de ce genre peuvent se présenter, je suis d'avis que nous nous traitions l'un l'autre comme de simples connaissances. Nos relations de famille éloignées sont une raison suffisante pour expliquer ce genre de rapports entre nous, et il est inutile que nous nous fassions remarquer. Êtes-vous de cet avis ?

— Miss Murdstone, répliquai-je, je trouve que M. Murdstone et vous, vous en avez usé cruellement à mon égard, et que vous avez traité ma mère avec une grande dureté : je conserverai cette opinion toute ma vie. Mais je souscris complètement à votre proposition. »

Tout ce que je sais du reste de la soirée, c'est que j'entendis Dora chanter des ballades merveilleuses, composées en français et dont la moralité était généralement qu'en tout état de cause il fallait toujours danser, tra, la, la ! tra, la, la ! Elle s'accompagnait sur un instrument enchanté qui ressemblait à une guitare. Quand miss Murdstone vint l'arrêter pour l'emmener, elle sourit et me tendit sa charmante petite main.

Le lendemain matin je rencontrai miss Dora au jardin. Elle me dit :

« Vous n'êtes pas lié, n'est-ce pas, avec miss Murdstone ?

— Non, répondis-je, pas du tout.

— Elle est bien ennuyeuse, reprit-elle en faisant la moue. Je ne sais pas à quoi a pu penser papa, d'aller prendre quelqu'un d'aussi insupportable pour me tenir compagnie. Ne semble-t-il pas qu'on ait besoin d'être protégée ! Ce n'est pas moi toujours. Jip est un bien meilleur protecteur que miss Murdstone ; n'est-ce pas, Jip ? »

Jip était son petit chien favori. Il se contenta de fermer les yeux négligemment pendant qu'elle déposait un baiser sur sa petite caboche.

« Papa l'appelle mon amie de confiance, mais ce n'est pas vrai du tout, n'est-ce pas, Jip ? Nous n'avons pas l'intention de donner notre confiance à des gens si grognons, n'est-ce pas Jip ? Nous avons l'intention de la placer où il nous plaira, et de chercher nos amis nous-mêmes, sans qu'on aille à la découverte pour nous ; n'est-ce pas, Jip ? »

Jip fit, en réponse, un petit bruit qui ressemblait assez à celui d'une bouilloire à thé sur le feu.

« C'est un peu dur, parce que nous n'avons pas une maman bien bonne, d'être obligée de traîner une vieille femme ennuyeuse et maussade comme miss Murdstone, toujours à notre suite, n'est-ce pas Jip ? Mais ne t'inquiète pas, Jip ; nous ne lui accorderons pas notre confiance, et nous nous donnerons autant de bon temps que nous pourrons en dépit d'elle, et nous la ferons enrager ; c'est tout ce que nous pouvons faire pour elle ; n'est-ce pas Jip ? »

Je trouvais tout cela charmant et plein d'esprit.

Miss Murdstone nous cherchait. Elle nous rejoignit dans la serre et présenta sa joue disparate à la joue de Dora, pour qu'elle embrassât ses rides remplies de poudre de riz. Puis elle saisit le bras de son amie confidentielle, et en avant marche ! Nous emboîtâmes le pas pour nous rendre à la salle à manger, comme si nous allions à l'enterrement d'un militaire.

Je ne sais pas le nombre de tasses de thé que j'acceptai parce que c'était Dora qui l'avait fait. Un peu plus tard nous nous rendîmes à l'église ; miss Murdstone se plaça entre nous deux ; mais j'entendais chanter Dora, et je ne voyais plus la congrégation. On fit un sermon... sur Dora, naturellement... et voilà, j'en ai bien peur, tout ce que je retirai du service divin.

La journée se passa paisiblement. Il ne vint personne ; on alla se promener, puis on dîna en famille, et nous passâmes la soirée à regarder des

Je rencontrai miss Dora au jardin.

livres et des gravures, sous la surveillance de miss
Murdstone.

Nous partîmes de bonne heure le lendemain.
Dora, non moins matinale que nous, était déjà à
table pour nous faire le thé ; et j'eus le triste
plaisir de lui ôter son chapeau du haut du phaéton,
pendant qu'elle se tenait sur le seuil de la porte,
avec Jip entre ses bras.

A partir de ce moment, je devins difficile sur le
choix de mes cravates, je portai des gants clairs
et des souliers trop étroits.

XXIV

Un mois s'était écoulé depuis la soirée de M. Waterbrook. Je m'avisai que Traddles devait être de retour, et je me mis à sa recherche.

La rue où il demeurait, près de l'École vétérinaire, à Camdentown, laissait quelque chose à désirer. J'aurais voulu pour Traddles qu'elle lui donnât plus d'agrément. Je trouvai que les habitants ne se gênaient pas assez pour jeter au beau milieu du chemin tout ce dont ils ne savaient que faire. Aussi, outre que cette rue était boueuse et nauséabonde, il y régnait un grand désordre de feuilles de choux. Ce n'était pas tout d'ailleurs : les végétaux, ce jour-là, s'étaient recrutés d'une vieille savate, d'une casserole défoncée, d'un chapeau de femme en satin noir et d'un parapluie, arrivés à différents degrés de décomposition.

Enfin je trouvai le numéro de Traddles. L'apparence générale du local me rappela vivement le temps où je demeurais chez M. et mistress

Micawber. Un certain air indéfinissable d'élégance
déchue distinguait la maison de toutes ses voisines ; une conversation à laquelle j'assistai à la
porte ne fit qu'ajouter à la vivacité de la réminis-
cence.

« Voyons, disait le laitier à une très jeune
servante, a-t-on pensé à ma petite note ?

— Oh ! monsieur dit qu'il va s'en occuper tout
de suite.

— Parce que... reprit le laitier, en continuant
comme s'il n'avait pas reçu de réponse ; d'après
son ton et les regards furieux qu'il lançait dans
l'autre chambre à l'intention d'une personne
invisible, il me sembla qu'il parlait pour cette
personne invisible putôt que pour la petite servante... parce que voilà si longtemps que cette
note va son train, que j'ai bien peur qu'elle ne
finisse par prendre la clef des champs ; et puis,
cours après ! Or vous comprenez que cela ne peut
pas se passer comme cela ! » Il criait de plus en
plus fort ; toute la maison raisonnait.

La voix de la petite servante s'affaiblit ; mais il
me sembla, d'après le mouvement de ses lèvres,
qu'elle murmurait qu'on allait s'occuper tout de
suite de la note.

« Je vais vous dire, reprit le laitier en fixant les
yeux sur elle pour la première fois, et en la
prenant par le menton : aimez-vous le lait ?

— Oui, beaucoup.

— Eh bien ! continua le laitier, vous n'en aurez
pas demain ; vous n'aurez pas une goutte de lait
demain. »

Elle me sembla soulagée d'apprendre qu'elle en
aurait au moins aujourd'hui. Le laitier, après un
signe de tête de mauvais augure, lui lâcha le
menton et, penchant son pot au lait, remplit celui
de la famille. Puis il s'éloigna en grommelant, et
se remit à crier son lait, dans la rue, d'un ton
furieux.

« Est-ce ici que demeure M. Traddles ? »
demandai-je.

Du fond du corridor une voix mystérieuse me
répondit : « Oui. » Sur quoi la petite servante
répéta : « Oui ! »

— Est-il chez lui ? »

La voix mystérieuse répondit de nouveau affir-
mativement, et la petite servante fit écho. Là-
dessus j'entrai, et d'après les indications de la
petite bonne, je montai, suivi, à ce qu'il me
semblait, par un œil mystérieux, appartenant sans
doute à la même personne que la voix mystérieuse.
Cette voix elle-même partait d'une petite pièce,
située sur le derrière de la maison.

Je trouvai Traddles sur le palier. La maison
n'avait qu'un seul étage, et la chambre dans
laquelle il m'introduisit avec une grande cordialité
était située sur le devant. Elle était très propre,
quoique pauvrement meublée. Je vis qu'elle com-

posait tout son appartement car il y avait un lit canapé ; les brosses et le cirage étaient cachés au milieu des livres, derrière un dictionnaire, sur la tablette la plus élevée. Sa table était couverte de papiers ; il était vêtu d'un vieil habit et travaillait de tout son cœur. Il y avait une église peinte sur son encrier de porcelaine. Divers arrangements ingénieux de son cru, pour dissimuler sa commode et pour loger ses bottes et son miroir à barbe, me rappelaient avec une exactitude toute particulière les anciennes habitudes de Traddles.

Une fois assis, je lui donnai une seconde poignée de mains, et je lui dis : « Traddles, je suis enchanté de vous voir.

— C'est moi qui suis enchanté de vous voir, Copperfield. Oh oui ! je suis bien heureux de vous voir. Je me suis bien aperçu chez les Waterbrook que vous étiez toujours le même bon garçon, et c'est pour cela que je vous ai donné mon adresse ici et non pas à mon étude.

— Ah ! vous avez une étude d'avocat ?

— C'est-à-dire que j'ai le quart d'une étude et d'un corridor, et aussi le quart d'un clerc, repartit Traddles. Nous nous sommes cotisés à quatre pour louer une étude, afin d'avoir l'air de faire des affaires, et nous payons de même le clerc entre nous. Il me coûte bel et bien deux shillings par semaine. »

Dans le sourire qui accompagnait cette explication, je retrouvai la simplicité de son caractère, et aussi son guignon habituel.

« Ce n'est pas le moins du monde par orgueil, vous comprenez, Copperfield, que je ne donne pas en général mon adresse ici. C'est uniquement dans l'intérêt des personnes qui ont affaire à moi, et à qui cela pourrait bien ne pas plaire. J'ai déjà fort à faire pour percer dans le monde, et je ne dois pas songer à autre chose.

— Vous vous destinez au barreau, à ce que m'a dit M. Waterbrook.

— Oui, oui, dit-il en se frottant lentement les mains, j'étudie pour le barreau. Le fait est que j'ai commencé à prendre mes inscriptions, quoique un peu tard. Il y a déjà quelque temps que je suis inscrit. Mais les cent livres sterling à payer, c'est une grosse affaire, ajouta-t-il en faisant la grimace, comme s'il venait de se faire arracher une dent.

— Savez-vous à quoi je ne puis m'empêcher de songer en vous regardant, Traddles ?

— Non, dit-il.

— A ce costume bleu de ciel que vous portiez.

— Oui, oui, s'écria-t-il en riant ; un peu étroit des manches et des jambes, n'est-ce pas ? Eh bien ! ma foi ! c'était le bon temps ! qu'en dites-vous ?

— Je crois que si notre maître nous avait

rendus un peu plus heureux, il n'y aurait pas eu grand mal à cela.

— Peut-être, dit-il. Mais c'est égal, on s'amusait bien. Vieux Creakle, va ! je voudrais bien le revoir.

— Mais c'était une vraie brute pour vous, Traddles, m'écriai-je avec indignation ; car sa bonne humeur me rendait furieux, comme si je venais de le voir battre sous mes yeux.

— Vous croyez ? repartit Traddles. Vraiment ? Peut-être bien ; mais il y a si longtemps que tout cela est fini, vieux Creakle, va !

— N'était-ce pas un oncle qui s'occupait alors de votre éducaction ?

— Certainement ; c'est celui auquel je devais toujours écrire, et à qui je n'écrivais jamais ! Ah ! ah ! ah ! oui, certainement j'avais un oncle. Il est mort très peu de temps après ma sortie de pension.

— Vraiment !

— Oui, c'était... c'était... comment appelez-vous ça ? un marchand de draps retiré, et il m'avait fait son héritier... ; mais je n'ai plus du tout été de son goût en grandissant.

— Que voulez-vous dire ? demandai-je ; car je ne pouvais pas croire qu'il me parlât si tranquillement d'avoir été déshérité.

— Eh ! mon Dieu oui, Copperfield, c'est comme ça, répliqua Traddles. C'était un malheur, mais je n'étais pas du tout de son goût. Il avait, disait-il, espéré tout autre chose, et, de dépit, il épousa sa femme de charge.

— Et qu'avez-vous fait alors ?

— Oh ! rien de particulier. J'ai demeuré avec eux un bout de temps, en attendant qu'il me poussât un peu dans le monde ; mais malheureusement sa goutte lui est remontée un jour dans l'estomac et il est mort. Alors elle a épousé un jeune homme, et je me suis trouvé sans position.

— Mais, enfin, est-ce qu'il ne vous a rien laissé ?

— Oh ! si, vraiment, dit Traddles, il m'a laissé cinquante guinées. Comme mon éducation n'avait pas été dirigée vers un but spécial, je ne savais d'abord comment me tirer d'affaire. Enfin je commençai, avec le secours du fils d'un avoué qui avait été à Salem-House, vous savez bien, Yawler... celui qui avait le nez tout de travers. Vous vous rappelez ?

— Non, il n'a pas été à Salem-House avec moi ; il n'y avait de mon temps que des nez droits.

— Au reste, peu importe, reprit Traddles ; grâce à son aide, je commençai par copier des papiers de procédure. Comme cela ne me rapportait pas grand'chose, je me mis à rédiger et à faire des extraits, et autres travaux de ce genre. Je travaille comme un bœuf, vous savez, Copperfield ; si bien que j'expédiai lestement la besogne...

Eh bien ! je me mis alors dans la tête de m'inscrire pour étudier le droit, et voilà le reste de mes cinquante guinées parti. Yawler m'avait pourtant recommandé dans deux ou trois études ; celle de M. Waterbrook, entre autres, et j'y fis assez bien mes petites affaires. Je fus présenté aussi à un éditeur qui travaille à la publication d'une encyclopédie, et il m'a donné de l'ouvrage. Tenez ! au fait, je travaille justement pour lui en ce moment. Je ne suis pas trop mauvais compilateur, ajouta-t-il, en jetant sur sa table le même regard de confiance sereine ; mais je n'ai pas la moindre imagination, je n'en ai pas l'ombre. Je ne crois pas que l'on puisse rencontrer un jeune homme plus dépourvu d'originalité que moi. »

Pour lui faire plaisir, j'opinai du bonnet, et il continua avec la même bonhomie :

« Ainsi donc, peu à peu, en vivant modestement, je suis enfin venu à bout d'amasser les cent livres sterling, et grâce à Dieu, c'est payé, quoique le travail ait été... ait certainement été... » Ici Traddles fit une nouvelle grimace, comme s'il venait de se faire arracher une seconde dent... « un peu rude. Je vis donc de tout ça, et j'espère arriver à écrire un de ces jours dans un journal ; pour le coup, ce serait mon bâton de maréchal. »

Dans le cours de la conversation, il m'apprit qu'il était fiancé (fiancé ! ô Dora). Il était fiancé à la fille d'un pasteur du Devonshire, qui avait dix enfants. La fiancée de Traddles, un peu plus âgée que lui, était selon lui « une si bonne fille » ! Ils pensaient qu'ils auraient à attendre longtemps avant de se marier, mais ils attendraient patiemment tout le temps qu'il faudrait.

« Voilà, dit-il, la fin de tous ces ennuyeux détails personnels, je me tire donc d'affaire de mon mieux. Je ne gagne pas beaucoup d'argent, mais je n'en dépense pas beaucoup non plus. En général, je prends mes repas à la table des gens du rez-de-chaussée, qui sont des gens très aimables. M. et mistress Micawber connaissent la vie et sont de très bonne compagnie.

— Mon cher Traddles, m'écriai-je, qu'est-ce que vous me dites là ? »

Traddles me regarda comme s'il ne savait pas, à son tour, ce que je disais là.

« M. et mistress Micawber, répétai-je, mais je suis intimement lié avec eux. »

Justement on frappa à la porte de la rue un double coup ; je reconnus tout de suite la main de M. Micawber. Je priai Traddles de demander à son propriétaire de monter. En conséquence, Traddles se pencha sur la rampe de l'escalier, pour appeler M. Micawber, qui apparut bientôt. Il n'était point changé ; son pantalon collant, sa canne, le col de sa chemise et son lorgnon étaient toujours les mêmes ; et il entra dans la chambre

de Traddles avec un certain air de jeunesse et
d'élégance.

« Je vous demande pardon, monsieur Traddles,
dit M. Micawber avec la même inflexion de voix
que jadis, en cessant tout à coup de chantonner
un petit air ; je ne savais pas trouver dans votre
sanctuaire un individu étranger à ce domicile. »

M. Micawber me fit un léger salut, et remonta
le col de sa chemise.

« Comment vous portez-vous, lui dis-je, monsieur Micawber ?

— Monsieur, dit M. Micawber, vous êtes bien
bon. Je suis dans le *statu quo*.

— Mistress Micawber, repris-je.

— Monsieur, dit M. Micawber, elle est aussi,
grâce à Dieu, dans le *statu quo*.

— Et les enfants ? monsieur Micawber.

— Monsieur, dit M. Micawber, je suis heureux
de pouvoir vous dire qu'ils jouissent aussi de la
meilleure santé. »

Jusque-là, M. Micawber, quoiqu'il fût debout
en face de moi, ne m'avait pas reconnu du tout.
Mais, en me voyant sourire, il examina mes traits
avec plus d'attention, fit un pas en arrière et
s'écria :

« Est-ce possible ? est-ce bien Copperfield que
j'ai le plaisir de revoir ? » Et il me serrait les deux
mains de toute sa force.

« Bonté divine ! monsieur Traddles, dit M.

Micawber, quelle surprise de vous trouver lié avec l'ami de ma jeunesse, mon compagnon des temps passés ! Ma chère, criait-il par-dessus la rampe à mistress Micawber, pendant que Traddles semblait, avec quelque raison, un peu étonné des dénominations qu'il venait de m'appliquer, il y a dans l'appartement de M. Traddles un gentleman qu'il désire avoir l'honneur de vous présenter, mon amour ! »

M. Micawber reparut à l'instant, et me donna une nouvelle poignée de main.

« Et comment se porte notre bon docteur, Copperfield, dit M. Micawber, et tous nos amis de Cantorbéry ?

— Je n'ai reçu d'eux que de bonnes nouvelles.

— J'en suis ravi, dit M. Micawber. C'est à Cantorbéry que nous nous sommes vus pour la dernière fois. A l'ombre de cet édifice religieux, pour me servir du style figuré, immortalisé par Chaucer, de cet édifice qui a été autrefois le but du pèlerinage de tant de voyageurs des lieux les plus... en un mot, dit M. Micawber, tout près de la cathédrale.

— C'est vrai », lui dis-je. M. Micawber continuait à parler avec la plus grande volubilité ; mais il me semblait deviner sur ma physionomie qu'il se préoccupait de certains sons, partis de la chambre voisine. On aurait dit que mistress Micawber se lavait les mains, qu'elle ouvrait et refermait précipitamment des tiroirs dont le jeu n'était pas facile.

Enfin elle apparut, les mains couvertes d'une paire de gants bruns.

« Ma chère, dit M. Micawber en l'amenant vers moi, voici un gentleman du nom de Copperfield, qui voudrait renouveler connaissance avec vous. »

Il eût mieux valu, à ce qu'il paraît, épargner cette surprise à mistress Micawber, car elle eut comme une faiblesse, et M. Micawber fut obligé de courir à la pompe de la cour et de remplir une cuvette pour lui baigner les tempes. Pourtant elle se remit bientôt et manifesta un vrai plaisir de me revoir. Nous restâmes encore à causer tous ensemble pendant une demi-heure. Je demandai à mistress Micawber des nouvelles des deux jumeaux. Ils étaient, selon son expression, « aussi grands que père et mère ». Quant à maître Micawber et à mademoiselle sa sœur, elle me les représenta comme de vrais géants, mais ils ne parurent pas dans cette occasion.

M. Micawber insista beaucoup pour me retenir à dîner. J'aurais accepté volontiers, si je n'avais pas cru lire dans les yeux de mistress Micawber un peu d'inquiétude, pendant qu'elle calculait mentalement la quantité de viande froide contenue dans le buffet. Je déclarai que j'étais engagé ailleurs, et remarquant que l'esprit de mistress

Micawber semblait soulagé d'un grand poids, je résistai à toutes les insistances de son époux.

Mais je dis à mes amis que je ne m'en irais pas sans avoir obtenu d'eux la promesse de venir dîner tous ensemble chez moi. Les occupations qui tenaient Traddles à la chaîne nous obligèrent à fixer une époque assez éloignée.

M. Micawber, sous prétexte de me montrer un chemin plus court que celui par lequel j'étais venu, m'accompagna jusqu'au coin de la rue.

« Mon cher Copperfield, me dit-il, je n'ai pas besoin de vous dire que c'est pour nous, dans les circonstances présentes, une grande consolation que d'avoir sous notre toit une âme comme celle qui resplendit, si je puis m'exprimer ainsi, oui, qui resplendit en votre ami Traddles. Avec une blanchisseuse qui vend des galettes pour plus proche voisine, et un sergent de ville comme habitant de la maison d'en face, vous pouvez concevoir que sa société est une grande douceur pour mistress Micawber et pour moi. Je suis en ce moment occupé, mon cher Copperfield, à faire la commission pour les blés. Cette profession n'est point rémunératrice ; en d'autres termes, elle ne rapporte rien. Des embarras pécuniaires d'une nature temporaire ont été la conséquence de cet état de choses. Je suis heureux pourtant de vous dire que j'ai en perspective la chance de voir arriver quelque chose (excusez-moi si je ne puis

vous dire dans quel genre, je ne suis pas libre de
vous livrer ce secret), quelque chose qui me
permettra de me tirer d'affaire, ainsi que votre ami
Traddles, auquel je porte un véritable intérêt. »

M. Micawber me donna alors une nouvelle
poignée de main, et me quitta.

XXV

Pour recevoir mes amis, je me procurai tout simplement une paire de soles, un petit gigot de mouton et un pâté de pigeons. Je préparai ensuite les éléments d'un bol de punch, dont je comptais confier l'exécution à M. Micawber. Je me procurai un flacon d'eau de lavande, deux bougies, un paquet d'épingles assorties et une pelote à l'intention de mistress Micawber. Puis, ayant mis le couvert moi-même, j'attendis avec calme l'effet de mes préparatifs.

A l'heure dite, mes trois invités arrivèrent ensemble. Le col de chemise de M. Micawber était plus grand qu'à l'ordinaire, et il avait mis un ruban neuf à son lorgnon. Mistress Micawber avait enveloppé son bonnet dans du papier gris. Traddles portait le paquet et donnait le bras à mistress Micawber. Ils furent tous enchantés de mon appartement. Quand je conduisis mistress Micawber devant ma toilette, et qu'elle eut vu les préparatifs que j'avais faits en son honneur, elle fut dans le ravissement.

J'appris à M. Micawber que je comptais sur lui pour faire un bol de punch, et je lui montrai les citrons. L'instant d'avant, il était mélancolique, presque désespéré prace qu'on lui avait supprimé l'eau de la ville, faute par lui de payer ce qu'il devait à la compagnie. Son abattement disparut en un clin d'œil. Je n'ai jamais vu un homme jouir du parfum de l'écorce de citron, du sucre, du rhum et de la vapeur d'eau bouillante comme M. Micawber ce jour-là. C'était plaisir de voir resplendir son visage au milieu du nuage formé par ces évaporations délicates, pendant qu'il mêlait, remuait et goûtait. On aurait dit qu'au lieu de préparer du punch, il s'occupait à faire une fortune considérable, destinée à enrichir sa famille de génération en génération. Quant à mistress Micawber, était-ce l'effet du bonnet ou de l'eau de lavande, ou des épingles, ou du feu ou des bougies, le fait est qu'elle sortit de ma chambre relativement charmante, et gaie comme un pinson.

Je suppose, mais je n'ai jamais osé le demander, je suppose qu'après avoir fait frire les soles, mistress Crupp se trouva mal, parce que le dîner s'arrêta là. Le gigot arriva tout rouge à l'intérieur, et tout pâle à l'extérieur, sans compter qu'il était couvert d'une substance étrangère, d'une nature poudreuse, d'où l'on pouvait conclure qu'il était tombé dans les cendres. Peut-être le jus nous aurait-il fourni là-dessus quelques renseignements, mais il n'y en avait pas. La « jeune personne » qui nous servait l'avait répandu jusqu'à la dernière goutte sur l'escalier, où il formait une longue traînée, qui, par parenthèse, resta là tant qu'elle voulut, sans être dérangée par personne.

Le pâté de pigeons n'avait pas trop mauvaise mine, mais c'était un pâté trompeur. La croûte ressemblait à des crânes désespérants pour le phrénologue, pleins de bosses et de proéminences sous lesquelles il n'y a rien du tout. En un mot, le banquet fit fiasco, et j'aurais été très malheureux, si je n'avais été consolé par la bonne humeur de mes hôtes, et par une idée lumineuse de M. Micawber.

« Mon cher Copperfield, me dit-il, il arrive des accidents dans les maisons les mieux tenues ; mais dans les ménages qui ne sont pas gouvernés par cette influence souveraine qui sanctifie et rehausse le... la..., en un mot par l'influence de la femme revêtue du saint caractère de l'épouse, on peut les attendre à coup sûr, et il faut savoir les supporter avec philosophie. Permettez-moi de vous faire remarquer qu'il y a peu de comestibles supérieurs à une grillade. Avec la division du travail, nous pourrons arriver à un excellent résultat, si la jeune personne qui vous sert peut seulement nous procurer un gril. Je vous réponds qu'alors ce petit malheur sera bientôt réparé. »

Il y avait dans l'office un gril sur lequel on faisait cuire ma tranche de lard tous les matins ; on l'apporta et nous mîmes à exécution l'idée de M. Micawber. Voici la division du travail, telle qu'il l'avait conçue : Traddles coupait le mouton par tranches, M. Micawber couvrait les tranches de poivre, de sel et de moutarde. Je les plaçais sur le gril, je les retournais avec une fourchette, puis je les enlevais sous la direction de M. Micawber, pendant que mistress Micawber faisait chauffer et remuait constamment la sauce aux champignons dans une petite écuelle. Quand nous eûmes assez de tranches pour commencer, nous tombâmes dessus avec nos manches encore retroussées, et nous mîmes une nouvelle série de grillades devant le feu. Nous partagions notre attention entre le mouton en activité de service sur nos assiettes, et celui qui cuisait encore.

Nous nous amusions comme des fous, et il ne resta bientôt plus du gigot que l'os. Je suis convaincu que M. et mistress Micawber n'auraient pas trouvé la fête plus réjouissante, quand ils auraient vendu un lit pour la payer. Traddles riait, mangeait et travaillait avec le même entrain, et nous en faisions tous autant. Jamais vous n'avez vu un succès plus complet.

« Le punch, me dit M. Micawber, en goûtant

une dernière fois sa mixture, est comme le vent et la marée, il n'attend personne. Ah ! sentez-vous ce parfum ? Il est pour le moment à point. Mon amour, voulez-vous nous donner votre avis ? »

Mistress Micawber déclara que le punch était excellent. « Alors, dit M. Micawber, je vais boire, si notre ami Copperfield veut bien me permettre de prendre cette liberté... je vais boire au temps où mon ami Copperfield et moi nous étions plus jeunes, et où nous luttions côte à côte contre les difficultés de ce monde, pour percer chacun de notre côté. »

M. Micawber but un coup ; nous fîmes tous de même. Traddles était plongé dans une stupéfaction profonde, et se demandait à quelle époque lointaine M. Micawber avait pu m'avoir pour compagnon dans cette grande lutte du monde où nous avions combattu côte à côte.

Au bout de quelques verres, mistress Micawber me dit : « Comme nous sommes ici entre nous, je voudrais bien avoir votre opinion sur l'avenir de M. Micawber. M. Micawber a tenté la fortune dans le commerce du charbon et dans la commission pour le blé ; il n'a eu que des déceptions. Il a demandé un emploi subalterne dans les brasseries et dans les banques ; les brasseries et les banques ont répondu à sa demande avec mépris. Et cependant M. Micawber est un esprit supérieur.

Malgré tant de titres, voilà M. Micawber sans position et sans emploi qui lui conviennent. Sur qui retombe la responsabilité ? Évidemment sur la société. Voilà pourquoi je voudrais divulguer un fait aussi honteux, pour sommer hardiment la société de réparer ses torts. Il me semble, mon cher monsieur Copperfield, poursuivit mistress Micawber avec énergie, que M. Micawber n'a rien autre chose à faire que de jeter le gant à la société, et de dire positivement : Voyons, qui le ramassera ? Y a-t-il quelqu'un qui se présente ? »

Je m'aventurai à demander à mistress Micawber comment cela pourrait se faire.

« En mettant une réclame dans les journaux, dit mistress Micawber. Il me semble que M. Micawber se doit à lui-même, qu'il doit à sa famille, et je dirai même à la société qui l'a laissé de côté pendant si longtemps, de mettre une réclame dans les journaux, de décrire nettement sa personne et ses connaissances, en ajoutant : *A présent, c'est à vous* à m'employer d'une manière lucrative. S'adresser, franco, à W. M., poste restante, Camdentown.

« Mon cher Copperfield, dit M. Micawber en rapprochant de son menton les pointes de son col de chemise, et en me regardant du coin de l'œil, l'idée émise par mistress Micawber est la solution à laquelle je faisais allusion la dernière fois en

vous disant que je voyais jour à tomber sur
quelque bonne chance.

— Les annonces coûtent cher, me hasardai-je
à dire avec quelque hésitation.

— Précisément, dit mistress Micawber, toujours du même ton de logicien. Vous avez bien
raison, mon cher monsieur Copperfield. J'ai fait
la même observation à M. Micawber. C'est
précisément pour cette raison que, selon moi, M.
Micawber se doit à lui-même, à sa famille et à la
société de se procurer une certaine somme d'argent
sur un billet. »

Au seul mot de billet, je regardai Traddles, qui
regardait innocemment le feu, en buvant son
punch.

« M. Micawber, conclut mistress Micawber,
présentera ce billet à ma famille, pour le négocier.
Si ma famille refuse de le négocier, M. Micawber
le présentera à quelqu'un de la Cité, et en tirera
ce qu'il pourra. »

Il était à peu près de dix heures et demie quand
mistress Micawber se leva pour envelopper son
bonnet dans son papier gris et remettre son
chapeau. M. Micawber saisit le moment où
Traddles endossait son paletot, pour me glisser
une lettre dans la main, en me priant tout bas de
la lire quand j'en aurais le temps. Je saisis à mon
tour le moment où je tenais une bougie au-dessus
de la rampe pour les éclairer, pendant que M.

Micawber descendait le premier en conduisant mistress Micawber, et je retins Traddles qui les suivait déjà, le paquet de papier gris à la main.

« Traddles, lui dis-je, M. Micawber n'a pas de mauvaises intentions, le pauvre homme ; mais, si j'étais à votre place, je ne lui prêterais rien.

— Mon cher Copperfield, dit Traddles en souriant, je n'ai rien à prêter.

— Vous avez toujours votre nom, vous savez ?

— Ah ! vous appelez cela quelque chose à prêter ? dit Traddles d'un air pensif.

— Certainement.

— Oh ! dit Traddles, oui, c'est bien sûr. Je vous suis très obligé, Copperfield, mais j'ai peur de le lui avoir déjà prêté.

— Pour le billet qui est un placement sûr ?

— Non, dit Traddles, pas pour celui-là. C'est la première fois que j'en entends parler. Je pensais qu'il me proposerait peut-être de signer celui-là, en retournant à la maison. Le mien, c'est autre chose.

— J'espère qu'il n'y a pas de danger ?

— J'espère que non, dit Traddles, je ne le crois pas, parce qu'il m'a dit l'autre jour qu'il y avait pourvu. C'est l'expression de M. Micawber : ''J'y ai pourvu.'' »

M. Micawber levant les yeux en ce moment, je n'eus que le temps de répéter ma recommandation au pauvre Traddles, qui me remercia et descendit.

Mais, en regardant l'air de bonne humeur avec lequel il portait le bonnet et donnait le bras à mistress Micawber, j'avais grand'peur qu'il ne se laissât livrer, pieds et poings liés, aux gens d'affaires.

J'étais rentré dans ma chambre et je me déshabillais, quand la lettre de M. Micawber tomba par terre. Elle était datée d'une heure et demie avant le dîner. Toutes les fois que M. Micawber se trouvait dans une situation désespérée, il employait une sorte de phraséologie légale qu'il semblait regarder comme une manière de liquider ses affaires ;

« Monsieur... car je n'ose dire mon cher Copperfield,

Il est nécessaire que vous sachiez que le soussigné est enfoncé. Vous remarquerez peut-être qu'il aura fait quelques efforts pour vous épargner une découverte prématurée de sa malheureuse position ; mais toute espérance a disparu de l'horizon et le soussigné est enfoncé.

La présente communication est écrite en présence (je ne veux pas dire dans la société) d'un individu plongé dans un état voisin de l'ivresse, et qui est employé par un prêteur sur gages. Cet individu est en possession légale de ces lieux, par défaut de payement de loyer. L'inventaire qu'il a dressé comprend non seulement toutes les propriétés personnelles de tout genre, appartenant au soussigné, locataire à l'année de cette demeure, mais aussi tous les effets et propriétés de M. Thomas Traddles, sous-locataire, membre de l'honorable corporation du Temple.

Si une goutte d'amertume pouvait manquer à la coupe déjà débordante qui s'offre maintenant (comme le dit un écrivain immortel) aux lèvres du soussigné, elle se trouverait dans ce fait douloureux qu'un billet endossé en faveur du soussigné par le susnommé M. Thomas Traddles pour la somme de vingt-trois livres, quatre shillings et neuf pence est échu et qu'il n'y a pas été pourvu.

« Après les détails ci-dessus, ce serait une œuvre de surérogation d'ajouter que les cendres et la poussière couvrent à tout jamais
« la
   « tête
      « de
         « WILKINS MICAWBER. »

Pauvre Traddles ! Je connaissais assez M. Micawber pour être sûr qu'il se relèverait de ce coup, mais mon repos fut troublé cette nuit-là par le souvenir de Traddles, et de la fille du pasteur du Devonshire, père de dix enfants bien vivants.

XXVI

Ma bonne Peggotty m'ayant fait savoir que M. Barkis était au plus mal, je partis aussitôt pour Yarmouth.

Peggotty me serra dans ses bras, et me remercia mille et mille fois d'être venu la consoler ainsi dans ses chagrins (ce furent ses propres paroles). Elle me pria ensuite de monter avec elle, et me dit en sanglotant que M. Barkis m'aimait toujours ; qu'il avait souvent parlé de moi avant de perdre connaissance, et que, dans le cas où il reviendrait à lui, elle était sûre que ma présence lui ferait plaisir, s'il pouvait encore prendre plaisir à quelque chose en ce monde.

Nous restions là à le regarder ; le temps s'écoulait, les heures passaient. Je ne puis dire quelle mystérieuse influence ma présence exerçait sur lui ; mais quand il commença à murmurer quelques mots dans son délire, il parlait de me conduire à la pension.

« Il revient à lui », dit Peggotty.

Mais il franchit le passage de la vie à la mort sans avoir repris sa connaissance.

Quand tout fut fini au cimetière, je m'occupai des affaires de Peggotty et je crains bien d'avoir éprouvé une satisfaction toute professionnelle à examiner le testament de M. Barkis. Comme Peggotty avait besoin de venir à Londres pour le règlement de la succession, je lui offris l'hospitalité, au grand mécontentement de mistress Crupp, qui tendait toutes sortes de pièges dans l'escalier, avec l'intention de faire choir ma vieille bonne.

Les affaires des Micawber et de Traddles s'étaient arrangées tant bien que mal, les miennes avaient tourné à mon entière satisfaction. Je veux dire que j'avais revu Dora plusieurs fois, et que j'avais fini par la décider à m'accepter comme son fiancé.

J'écrivis à Agnès aussitôt que nous fûmes engagés, Dora et moi. J'essayai de lui faire comprendre combien j'étais heureux, et combien Dora était charmante, en un mot tout ce que l'on dit en pareil cas. Je désirais vivement que ma conseillère habituelle approuvât mon choix.

En attendant sa réponse, je faisais voir Londres à ma bonne vieille Peggotty. Un jour, en montant l'escalier, je lui fis remarquer que les embûches de mistress Crupp avaient soudainement disparu, et qu'en outre on distinguait des traces récentes de pas. Nous fûmes tous deux fort surpris, en montant toujours, de voir ouverte la première porte, que j'avais fermée en sortant, et d'entendre des voix chez moi.

Nous nous regardâmes avec étonnement sans savoir que penser et nous entrâmes dans le salon. Quelle fut ma surprise d'y rencontrer les gens que j'attendais le moins, ma tante et M. Dick ! Ma tante était assise sur une quantité de malles, la cage de ses oiseaux devant elle, et son chat sur ses genoux, comme un Robinson Crusoé féminin, buvant une tasse de thé ! M. Dick s'appuyait d'un air pensif sur un grand cerf-volant, et il était entouré d'une petite cargaison de caisses.

« Ma chère tante, quel plaisir inattendu ! »

Nous nous embrassâmes tendrement ; je donnai une cordiale poignée de main à M. Dick, et mistress Crupp, qui était occupée à faire le thé et à nous prodiguer ses attentions, dit vivement qu'elle savait bien d'avance quelle serait la joie de M. Copperfield en voyant ses chers parents.

« Allons ! allons ! dit ma tante à Peggotty, qui frémissait en sa terrible présence, comment vous portez-vous ?

— Peggotty, lui dis-je, vous vous souvenez de ma tante ?

— Au nom du ciel, mon garçon ! s'écria ma tante, ne donnez plus à cette femme ce nom sauvage ! Puisque en se mariant elle s'en est débarrassée, pourquoi ne pas lui accorder au moins les bénéfices du changement ? Comment vous appelez-vous maintenant, P. ? dit ma tante en usant de ce compromis abréviatif pour éviter le nom qui lui déplaisait tant.

— Barkis, madame, dit Peggotty en faisant la révérence.

— Eh bien, Barkis, reprit ma tante, comment vous portez-vous ? J'espère que vous allez bien ? »

Peggotty prit avec empressement la main que ma tante lui tendait, avec une révérence de remerciement.

Ma tante me demanda une tasse de thé, je la lui versai, et je m'aventurai à lui faire remarquer que l'on est mal assis sur une malle.

Ma tante, au lieu de me répondre, regarda mistress Crupp en face et lui dit : « Vous n'avez pas besoin de vous donner la peine d'attendre, madame. »

Mistress Crupp essaya de plusieurs stratagèmes pour rester, afin de satisfaire sa curiosité, mais ma tante la congédia péremptoirement.

Ensuite elle se fit servir une nouvelle tasse de thé par Peggotty.

Je connaissais assez ma tante pour deviner qu'elle avait quelque chose d'important à m'apprendre, et que son arrivée en disait plus long qu'un étranger n'eût pu le supposer. Je remarquai que ses regards étaient constamment attachés sur moi, lorsqu'elle me croyait occupé d'autre chose, et qu'elle était dans un état d'agitation et d'indécision intérieures mal dissimulées par le calme et la raideur de son maintien. Je commençai à me demander si j'avais fait quelque chose qui pût l'offenser ; et ma conscience me dit tout bas que je ne lui avais pas parlé de Dora. Ne serait-ce pas cela, par hasard ?

J'étais d'autant plus inquiet, que M. Dick, appuyé sur le grand cerf-volant, derrière ma tante, saisissait toutes les occasions où l'on ne faisait pas attention à nous, pour me faire des signes de tête mystérieux, en me montrant ma tante.

« Trot, me dit-elle, quand elle eut fini son thé,... vous n'avez pas besoin de vous en aller, Barkis !... Trot, avez-vous acquis plus de confiance en vous-même ?

— Je l'espère, ma tante.

— Mais en êtes-vous bien sûr ?

— Je le crois, ma tante.

— Alors, mon cher enfant, me dit-elle en me regardant fixement, savez-vous pourquoi je tiens tant à rester assise sur mes bagages ? »

Je secouai la tête, comme un homme qui jette sa langue aux chiens.

« Parce que c'est tout ce qui me reste, dit ma tante, parce que je suis ruinée, mon enfant. »

Si la maison était tombée dans la rivière, avec

nous dedans, je crois que le coup n'eût pas été pour moi plus violent.

« Oui, mon cher Trot, dit tranquillement ma tante en me posant la main sur l'épaule, je suis ruinée. Tout ce que je possède au monde est ici, excepté ma petite maison, que j'ai chargé Jeannette de louer. Barkis, afin d'éviter la dépense, vous pourriez peut-être arranger ici quelque chose pour la nuit, n'importe quoi. C'est pour cette nuit seulement ; nous parlerons de ceci plus au long. »

Je fus tiré du chagrin que j'éprouvais pour elle... pour elle, j'en suis certain, en la voyant tomber dans mes bras ; elle disait qu'elle n'en était fâchée qu'à cause de moi. Mais une minute lui suffit pour dompter son émotion, et elle me dit d'un air plutôt triomphant qu'abattu :

« Il faut supporter bravement les revers, sans nous laisser effrayer, mon enfant ; il faut soutenir son rôle jusqu'au bout, il faut braver le malheur jusqu'à la fin, Trot. »

XXVII

Dès que j'eus recouvré ma présence d'esprit, je proposai de conduire M. Dick chez un marchand de chandelles, qui avait précisément une petite chambre à louer. Mistress Crupp avait déclaré d'un air indigné qu'elle connaissait bien la chambre du marchand de chandelles, qu'elle était trop petite, qu'il n'y avait pas seulement de quoi faire danser un chat. La chambre plut à M. Dick, et comme il disait avec beaucoup de raison, assis sur le lit et caressant une de ses jambes :

« Vous savez bien, Trotwood, que je n'ai aucun besoin de faire danser un chat ; je ne fais jamais danser de chat ; par conséquent, qu'est-ce que cela me fait à moi ? »

M. Dick ignorait les causes qui avaient produit un si grand bouleversement. Tout ce qu'il pouvait dire, c'est que ma tante l'avait ainsi apostrophé l'avant-veille : « Voyons, Dick, êtes-vous vraiment aussi philosophe que je le crois ?

— Oui, avait-il répondu, je m'en flatte. » Là-dessus ma tante lui avait dit : « Je suis ruinée. » Alors il s'était écrié : « Oh ! vraiment ! » Puis ma tante lui avait donné de grands éloges, ce qui lui avait fait plaisir. Et ils étaient venus me trouver, en mangeant des sandwiches et en buvant du porter en route.

M. Dick avait l'air tellement radieux, sur le pied de son lit, en caressant sa jambe, et en me disant tout cela, les yeux grands ouverts et avec un sourire de surprise, que je m'impatientai, je regrette de le dire, et je me laissai aller à lui expliquer qu'il ne savait peut-être pas que la ruine entraîne à sa suite la détresse, le besoin, la faim. Mais je fus bientôt cruellement puni de ma dureté, en voyant son teint devenir pâle, son visage s'allonger et des larmes couler sur ses joues. Et en même temps il jetait sur moi un regard tellement empreint de désespoir, qu'il eût adouci le cœur le plus dur. J'eus beaucoup plus de peine à le remonter que je n'en avais eu à l'abattre, et je compris bientôt ce que j'aurais dû deviner dès le premier moment. S'il avait d'abord montré tant de confiance, c'est qu'il avait une foi inébranlable dans la sagesse merveilleuse de ma tante, et dans les ressources infinies de mes facultés intellectu-elles. Car je crois qu'il me regardait comme capable de lutter contre toutes les infortunes qui n'entraînaient pas la mort.

Je proposai de conduire M. Dick.

« Trotwood, me dit-il, que pouvons-nous faire ?

— La seule chose que nous avons à faire, monsieur Dick, c'est d'avoir l'air serein, et de ne pas laisser voir à ma tante combien nous sommes préoccupés de ses affaires. »

Mais la peur que je lui avais faite était probablement trop forte pour qu'il pût la cacher. Il contemplait ma tante avec inquiétude, comme s'il s'attendait à la voir maigrir subitement. Je le vis regarder, pendant le souper, le petit pain qui était sur la table, comme s'il ne restait plus que cela entre nous et la famine. Comme ma tante insistait pour le faire manger comme d'habitude, je m'aperçus qu'il mettait dans sa poche des morceaux de pain et de fromage, sans doute pour nous rendre à l'existence, quand nous serions exténués par la faim.

Ma tante était d'un calme qui pouvait nous servir d'exemple à tous. Elle était très aimable pour Peggotty, et, malgré sa répugnance bien connue pour Londres, elle semblait parfaitement à son aise. Toujours avec le calme le plus parfait, elle fit ses préparatifs pour la nuit. Elle introduisit cependant une réforme dans ses habitudes. Elle prenait d'ordinaire une rôtie dans un verre de vin chaud ; elle remplaça le vin par l'ale et déclara même que c'était meilleur que le vin, et moins bilieux.

« Gardez votre vin, me dit-elle, pour le cas où

il y aurait quelqu'un de malade. Il ne faut pas le gaspiller.

« Trot, reprit-elle en trempant tranquillement ses rôties dans l'ale chaude ; en général, je n'aime pas les nouveaux visages ; mais votre Barkis ne me déplaît pas, savez-vous ?

— Rien, ma tante, ne peut me faire plus de plaisir que de vous voir l'apprécier.

— Elle vous aime de tout son cœur, Trot.

— Il n'y a rien au monde qu'elle ne fût prête à faire pour m'en donner la preuve.

— Rien, c'est vrai, dit ma tante ; croiriez-vous que la pauvre folle était là, tout à l'heure, me suppliant à mains jointes d'accepter une partie de son argent, parce qu'elle en a trop ? Voyez un peu l'idiote ! »

En disant cela, ma tante avait les larmes aux yeux.

Il y avait au bas d'une des rues attenant au Strand d'anciens bains romains (ils y sont peut-être encore), où j'avais l'habitude d'aller me plonger dans l'eau froide. Le lendemain je m'habillai le plus doucement possible, et, laissant à Peggotty le soin de s'occuper de ma tante, j'allai me précipiter dans l'eau la tête la première, puis je pris le chemin de Hampstead. J'espérais par ce traitement énergique me rafraîchir un peu l'esprit, et je crois réellement que j'en éprouvai quelque bien, car je ne tardai pas à décider que la première chose à faire était de voir si je ne pourrais pas faire résilier mon traité avec M. Spenlow, et recouvrer les mille livres sterling.

Dans mon ardeur, j'étais arrivé fort en avance et j'eus à attendre M. Spenlow. Quand il arriva, je lui demandai la permission de le suivre dans son cabinet. Il commença par mettre sa robe, et se regarda dans un miroir accroché derrière la porte d'une armoire.

« Je suis fâché d'avoir à vous apprendre, lui dis-je, que j'ai reçu de mauvaises nouvelles de ma tante.

— Vraiment, j'en suis bien fâché ! Ce n'est pas une attaque de paralysie, j'espère.

— Monsieur, repris-je, il ne s'agit pas de sa santé. Elle a fait de grandes pertes, ou plutôt, il ne lui reste presque plus rien.

— Vous m'é... ton... nez, Copperfield ! » s'écria M. Spenlow.

Je secouai la tête.

« La situation est tellement changée, monsieur, que je voulais vous demander s'il ne serait pas possible... en sacrifiant une partie de la somme payée pour mon admission ici, bien entendu (je n'avais point prémédité cette offre généreuse, mais je l'improvisai en voyant l'expression d'effoi qui se peignit sur sa physionomie), s'il ne serait pas possible d'annuler les arrangements que nous avons pris ensemble. »

Personne ne peut s'imaginer tout ce qu'il m'en coûtait de faire cette proposition. C'était demander comme une grâce d'être déporté loin de Dora.

« Annuler nos arrangements, Copperfield ! annuler ! »

J'expliquai avec une certaine fermeté que j'étais aux expédients, que je ne savais comment subsister, si je n'y pourvoyais pas par moi-même, que je ne craignais rien pour l'avenir, et j'appuyai là-dessus pour prouver que je serais un jour un gendre fort à rechercher, mais que, pour le moment, j'en étais réduit à me tirer d'affaire tout seul.

M. Spenlow me déclara que, s'il était seul en cause, il annulerait volontiers l'engagement, mais que M. Jorkins n'y consentirait jamais. J'allai voir M. Jorkins, qui naturellement refusa, puisque, comme je l'appris plus tard, son rôle unique dans l'association était de refuser, sans donner la moindre explication, tout ce que M. Spenlow jugeait à propos de ne pas accorder.

Je quittai l'étude dans un état de découragement que je ne me rappelle pas sans remords, car je sais que c'était l'égoïsme qui en faisait le fond ; en effet, la ruine de ma tante serait certainement un obstacle sérieux à mon mariage avec Dora.

Le lecteur français sera sans doute surpris de voir qu'il n'ait pas été fait mention de Dora dans mon entretien avec son père. Selon la coutume anglaise, Dora et moi nous nous étions engagés de notre chef, sauf à faire approuver notre engagement par M. Spenlow. Les circonstances étaient devenues si défavorables, que M. Spenlow ferait certainement des objections, et des objections trop fondées. Voilà pourquoi j'étais triste, et voilà pourquoi j'ai dit et je répète que l'égoïsme était le fond de ma tristesse.

Je travaillais à familiariser mon esprit avec ce qui pourrait arriver de pis, et je tâchais de me présenter les arrangements qu'il faudrait prendre, si l'avenir se présentait à nous sous les couleurs les plus sombres, lorsque je rencontrai Agnès. Elle me dit qu'elle allait voir ma tante, et nous fîmes route ensemble.

Ma tante lui avait écrit un de ces étranges et comiques petits billets qui n'étaient pas beaucoup plus longs qu'un billet de banque : elle poussait rarement plus loin sa verve épistolaire. C'était pour lui annoncer qu'elle avait eu des malheurs, à la suite desquels elle quittait décidément Douvres, mais qu'elle en avait très bien pris son parti et qu'elle se portait très bien. Là-dessus Agnès était venue à Londres pour voir ma tante qu'elle aimait et qui l'aimait depuis de longues années. Elle n'était pas seule à Londres. Son père était avec elle, ainsi que Uriah Heep.

« Ils sont associés maintenant ? lui dis-je. Que le Ciel le confonde !

— Oui, dit Agnès. Ils avaient quelques affaires ici, et j'ai saisi cette occasion pour venir aussi à Londres. Je ne veux pas vous laisser croire, Trotwood, que ma visite est tout à fait amicale et désintéressée ; car Dieu me pardonne si mes préjugés sont injustes, mais je n'aime pas à laisser papa aller seul avec lui.

— Exerce-t-il toujours la même influence sur M. Wickfield ? »

Agnès secoua tristement la tête.

« Tout est tellement changé entre nous, dit-elle, que vous ne reconnaîtriez plus notre chère vieille maison. Ils demeurent avec nous maintenant.

— Qui donc ? lui demandai-je.

— M. Heep et sa mère. Il occupe votre ancienne chambre, dit-elle en me regardant.

— Je voudrais, répliquai-je, être chargé de lui fournir ses rêves ; il n'y coucherait pas longtemps.

— J'ai gardé mon ancienne petite chambre, reprit Agnès, celle où j'apprenais mes leçons. Je me la suis exclusivement réservée ; mais vous savez, je ne puis pas toujours laisser mistress Heep toute seule. Je suis obligée de lui tenir compagnie, et ce n'est pas un plaisir pour moi. Mais je n'ai pas d'autre sujet de plainte contre elle. Si elle me fatigue quelquefois de l'éloge de son fils, quoi de plus naturel chez une mère ? C'est un très bon fils. »

Je la regardai pendant qu'elle me parlait, et je

vis bien qu'elle ne soupçonnait pas les intentions d'Uriah.

« Le plus grand inconvénient de leur présence chez nous, reprit-elle, c'est que je ne puis pas être aussi souvent que je le voudrais avec papa, car Uriah Heep est toujours entre nous. Je ne puis donc pas veiller sur lui d'aussi près que je le voudrais. Mais si l'on emploie contre lui la fraude et la trahison, j'espère que mon affection fidèle finira toujours par en triompher. »

Comme nous approchions de la rue où j'habitais, elle me demanda si je savais par suite de quelles circonstances ma tante se trouvait ruinée. Sur ma réponse négative, Agnès devint pensive, et il me sembla que je sentais trembler le bras qui reposait sur le mien.

Nous trouvâmes ma tante toute seule et un peu agitée. Elle avait eu une escarmouche avec mistress Crupp. Ma tante avait coupé court à la dispute en déclarant à mistress Crupp qu'elle sentait l'eau-de-vie, qu'elle me volait, et l'avait mise à la porte. Mistress Crupp avait annoncé l'intention d'en appeler au *Juridique*, c'est-à-dire au *Jury*.

Cependant ma tante avait eu le temps de se remettre pendant que Peggotty était sortie pour montrer les gardes à cheval à M. Dick ; de plus, elle était enchantée de voir Agnès : aussi ne pensait-elle plus à sa querelle que pour tirer une certaine vanité de la manière dont elle en était sortie à son honneur ; elle nous reçut donc de la meilleure humeur possible.

Nous nous mîmes à parler des affaires de ma tante, je lui racontai la démarche inutile que j'avais faite le matin même.

« Ce n'était pas judicieux, Trot, mais l'intention était bonne. Vous êtes un brave enfant, je crois que je devrais dire plutôt à présent un brave jeune homme, et je suis fière de vous, mon ami. Maintenant, Trot et Agnès, regardons en face la situation de Betsy Trotwood, et voyons où elle en est. »

Je vis Agnès pâlir, pendant qu'elle regardait ma tante avec une attention soutenue. Ma tante regardait aussi attentivement Agnès. Tout en caressant son chat, elle reprit :

« Betsy Trotwood, qui avait toujours gardé pour elle ses affaires d'argent, avait une certaine fortune. Betsy plaça pendant un certain temps sa fortune en rentes ; puis, sur l'avis de son homme d'affaires, elle la plaça sur hypothèques. Cela allait très bien, le revenu était considérable, mais on purgea les hypothèques, et on remboursa Betsy. Si bien donc que Betsy, obligée de chercher un autre placement, se figura cette fois qu'elle en savait plus long que son homme d'affaires, qui n'était plus aussi avisé que par le passé... Elle mena donc, comme on dit, ses cochons bien loin au marché, et elle n'en fut pas la bonne marchande.

D'abord elle fit des pertes dans les mines, puis dans des pêcheries particulières, puis elle perdit encore dans les mines, et à la fin des fins elle perdit dans une banque. Betsy n'a plus le sou. Ce qu'il y a de mieux à faire, c'est de n'en plus parler ! »

Ma tante termina ce récit sommaire et philosophique en nous regardant avec un air de triomphe.

Agnès, toute pâle au commencement, reprenait peu à peu ses couleurs.

« Chère miss Trotwood, dit Agnès, est-ce là toute l'histoire ?

— J'espère que c'est bien suffisant, répondit ma tante. S'il y avait eu plus d'argent à perdre, ce ne serait pas tout peut-être. Mais il n'y avait plus d'argent, et l'histoire finit là. »

Agnès avait craint, sans doute, que son malheureux père ne fût pour quelque chose dans ce revers de fortune.

« Que faut-il faire ? reprit ma tante. Ma maison pourra rapporter environ soixante-dix livres sterling par an. Je crois que nous pouvons absolument compter là-dessus. Eh bien ! c'est tout ce que nous avons.

« De plus, reprit-elle après un moment de silence, il y a Dick. Il a mille livres sterling par an, mais il va sans dire qu'il faut que ce soit réservé pour sa dépense personnelle. Quoique je sois la seule personne au monde qui l'apprécie à sa juste valeur, j'aimerais mieux le renvoyer, plutôt que de le garder à la condition de ne pas dépenser son revenu uniquement pour lui. Comment ferons-nous, Trot et moi, pour nous tirer d'affaire avec nos soixante-dix livres ! Qu'en dites-vous, Agnès ?

Je ne laissai pas le temps à Agnès de répondre, et je m'écriai :

« Je dis, ma tante, qu'il faut que je fasse quelque chose.

— Vous enrôler comme soldat, n'est-ce pas ? repartit ma tante alarmée, ou entrer dans la marine ? Je ne veux pas entendre parler de cela. Vous serez procureur. Je ne veux pas de tête cassée dans la famille, avec votre permission, monsieur. »

Agnès, me coupant la parole à son tour, me demanda si j'avais un long bail pour mon appartement.

« Vous touchez au cœur de la question, ma chère, dit ma tante ; nous avons l'appartement pour six mois, à moins qu'on ne puisse le sous-louer, ce que je n'espère pas. J'ai un peu d'argent comptant, et je crois que le mieux est de finir le terme ici, en louant tout près une chambre à coucher pour Dick. »

J'objectai que ma tante vivrait dans état constant de guerre et d'embuscades avec mistress Crupp. Elle répondit qu'au premier signal d'hostilité elle ferait à mistress Crupp une peur dont elle garderait un tremblement jusqu'à la fin de ses jours.

« Je pensais, Trotwood, dit Agnès, que si vous aviez du temps...

— J'ai beaucoup de temps à moi, Agnès, beaucoup plus de temps qu'il ne m'en faut.

— Je pense, reprit-elle, que vous n'auriez peut-être pas de goût pour un emploi de secrétaire.

— Pas de goût, ma chère Agnès, et pourquoi ? »

Agnès reprit : « Le docteur Strong s'est enfin décidé à prendre sa retraite. Il est venu s'établir à Londres, et il a demandé à papa s'il ne pourrait pas lui recommander un secrétaire. Il lui serait certainement agréable d'avoir près de lui son élève favori plutôt qu'un étranger.

— Ma chère Agnès, m'écriai-je, que deviendrais-je sans vous ? Vous êtes toujours mon bon ange. Je vous l'ai déjà dit. Je ne pense jamais à vous que comme à mon bon ange. »

Elle me répondit en riant que j'avais assez d'un bon ange ; je rougis, comprenant qu'elle faisait allusion à Dora. Elle me rappela que le docteur avait coutume de travailler dans son cabinet de grand matin et pendant la soirée, et que probablement les quelques heures dont je pouvais disposer lui conviendraient à merveille.

J'écrivis aussitôt au docteur pour lui demander

la permission de me présenter chez lui le lendemain, à dix heures du matin.

Quelqu'un ayant frappé à la porte : « Je pense
que c'est papa, dit Agnès en devenant pâle ; il
m'a promis de venir. »

J'ouvris la porte, et je vis entrer non seulement
M. Wickfield, mais encore Uriah Heep. Il y
avait déjà quelque temps que je n'avais vu M.
Wickfield. Je m'attendais bien à le trouver changé,
d'après ce qu'Agnès m'avait dit, mais je fus
douloureusement surpris en le voyant.

Sans doute il avait bien vieilli, quoique toujours
vêtu avec la même propreté scrupuleuse ; sans
doute il avait le teint échauffé, ce qui donnait
mauvaise idée de sa santé ; sans doute ses mains
étaient agitées d'un mouvement nerveux, j'en
savais mieux la cause que personne ; mais rien
de tout cela ne montrait plus clairement sa
dégradation que la domination impudente exercée
sur lui par cette personnification de la bassesse,
Uriah Heep. C'était le spectacle le plus pénible
qu'on puise imaginer.

Il n'en avait que trop conscience lui-même.
Quand il entra, il demeura la tête basse, comme
s'il s'en rendait bien compte. Ce fut l'affaire d'un
instant, car Agnès lui dit très doucement : « Papa,
voilà miss Trotwood et Trotwood que vous n'avez
pas vus depuis longtemps. » Alors il s'approcha
et tendit la main à ma tante, d'un air embarrassé,

et serra les miennes cordialement. Pendant cet instant de trouble, je vis un sourire de malignité sur les lèvres d'Uriah. Agnès le vit aussi, je crois, car elle fit un mouvement en arrière, comme pour s'éloigner de lui.

« Eh bien ! Wickfield, dit ma tante, et il la regarda pour la première fois. J'ai raconté à votre fille le bel usage que j'ai fait de mon argent, parce que je ne pouvais plus vous le confier depuis que vous vous étiez un peu rouillé en affaires. Nous avons tenu une consultation ensemble, et, tout considéré, nous nous tirerons de là ; Agnès, à elle seule, vaut les deux associés, à mon avis.

— S'il m'est permis de faire une humble remarque, dit Uriah Heep en se tortillant, je suis parfaitement d'accord avec miss Betsy Trotwood, et je serais très heureux d'avoir aussi miss Agnès pour associée.

— Contentez-vous d'être associé vous-même, lui dit brusquement ma tante ; il me semble que cela doit vous suffire. Comment vous portez-vous, monsieur ? »

En réponse à cette question qui lui était adressée du ton le plus sec, M. Heep, secouant d'un air embarrassé le sac de papiers qu'il portait, répliqua qu'il se portait bien, et remercia ma tante en lui disant qu'il espérait qu'elle se portait bien aussi.

« Et vous, Copperfield... je devrais dire monsieur Copperfield, continua Uriah, j'espère que

vous allez bien. Je suis heureux de vous voir,
monsieur Copperfield, même dans les circonstances actuelles » ; et, en effet, les circonstances
actuelles avaient l'air assez de son goût. « Elles
ne sont pas, reprit-il, tout ce que vos amis
pourraient désirer pour vous, monsieur Copperfield ; mais ce n'est pas l'argent qui fait l'homme,
c'est... je ne suis réellement pas en état d'expliquer
cela nettement avec mes faibles moyens, dit-il en
faisant un geste de basse complaisance, mais ce
n'est pas l'argent. »

Là-dessus, il me donna une poignée de main,
non pas d'après le système ordinaire, mais en se
tenant à quelques pas, comme s'il avait peur. Il
levait et il abaissait ma main tour à tour comme
la poignée d'une pompe.

« Que dites-vous de notre santé, Copperfield...
pardon, je devrais dire monsieur Copperfield ?
M. Wickfield n'a-t-il pas bonne mine, monsieur ?
Les années passent inaperçues chez nous, monsieur Copperfield, si ce n'est qu'elles élèvent les
humbles, comme ma mère et moi, et qu'elles
développent, ajouta-t-il, la beauté et les grâces,
particulièrement chez miss Agnès. »

Il se tortilla après ce compliment, d'une façon
si intolérable, que ma tante qui le regardait en
face perdit complètement patience.

« Que le diable l'emporte ! dit-elle brusquement. Qu'est-ce qu'il a donc ? Pas de mouvements galvaniques, monsieur !

— Je vous demande pardon, miss Trotwood, dit Uriah ; je sais bien que vous êtes nerveuse.

— Laissez-nous tranquilles, reprit ma tante, que cette impertinence n'avait pas contribué à apaiser ; je vous prie de vous taire : sachez que je ne suis pas nerveuse du tout, et si vous êtes une anguille, monsieur, à la bonne heure. Mais si vous êtes un homme, maîtrisez un peu vos mouvements, monsieur ! Vive Dieu ! continua-t-elle dans un élan d'indignation, je n'ai pas envie qu'on me fasse perdre la tête à se tortiller comme un serpent ou comme un tire-bouchon ! »

M. Heep fut un peu troublé par cette explosion, qui tirait une nouvelle force de l'air indigné dont ma tante recula sa chaise, en secouant la tête, comme si elle allait se jeter sur lui pour le mordre. Mais il me dit à part d'une voix doucereuse :

« Je sais bien, monsieur Copperfield, que miss Trotwood, avec toutes ses excellentes qualités, est très vive ; j'ai eu le plaisir de la connaître avant vous, du temps où j'étais encore pauvre petit clerc, et il est assez naturel qu'elle ne soit pas adoucie par les circonstances actuelles. Je m'étonne, au contraire, que ce ne soit pas encore pis. J'étais venu ici vous dire que, si nous pouvions vous être bons à quelque chose, ma mère et moi, ou bien Wickfield et Heep, nous en serions ravis.

Pas de mouvements galvaniques, monsieur !

Je ne m'avance pas trop, je suppose ? dit-il à son associé, avec un affreux sourire.

— Uriah Heep, dit M. Wickfield d'une voix sourde et monotone, est très actif en affaires, Trotwood. Ce qu'il dit, je l'approuve pleinement : vous savez qu'il y a longtemps que je vous porte intérêt. Mais, indépendamment de cela, ce qu'il dit, je l'approuve pleinement.

— Oh ! quelle récompense ! dit Uriah en relevant une de ses jambes, au risque de s'attirer une nouvelle algarade de la part de ma tante ; combien je suis heureux de cette confiance absolue ! Mais j'espère, il est vrai, que je réussis un peu à le soulager du poids des affaires, monsieur Copperfield.

— Uriah Heep est un grand soulagement pour moi, dit M. Wickfield de la même voix sourde et triste ; c'est un grand poids de moins pour moi, Trotwood, que de l'avoir pour associé. » Je savais que c'était ce vilain renard rouge qui lui faisait dire tout cela, pour justifier ce qu'il m'avait dit lui-même, le soir où il m'avait avoué qu'il aspirait à la main d'Agnès. Je vis le même sourire faux et sinistre errer sur ses traits, pendant qu'il me regardait avec attention.

« Vous ne nous quittez pas, papa ? dit Agnès d'un ton suppliant. Ne voulez-vous pas revenir à pied, avec Trotwood et moi ? »

Je crois qu'il aurait regardé Uriah avant de

répondre, si ce digne personnage ne l'avait pas
prévenu.

« J'ai un rendez-vous d'affaires, dit-il, sans quoi
j'aurais été heureux de rester avec mes amis. Mais
je laisse mon associé pour représenter la maison.
Miss Agnès, votre très humble serviteur ! Je vous
souhaite le bonsoir, monsieur Copperfield, et
je présente mes très humbles respects à miss
Trotwood. »

Il nous quitta là-dessus, en nous envoyant des
baisers de sa grande main de squelette, avec un
sourire de satyre.

Nous restâmes encore une heure ou deux à
causer du bon vieux temps. M. Wickfield, laissé
seul avec Agnès, reprit bientôt quelque gaieté,
quoique toujours en proie à un abattement dont
il ne pouvait s'affranchir. Il finit pourtant par
s'animer, et prit plaisir à nous rappeler les petits
événements de notre vie passée, dont il se souve-
nait très bien. Il nous dit qu'il se croyait encore à
l'époque de ses bons jours, en se retrouvant seul,
avec Agnès et avec moi, et qu'il voudrait bien
qu'il n'y eût rien de changé. Je suis sûr qu'en
voyant le visage serein de sa fille et en sentant la
main qu'elle posait sur son bras, il en éprouvait
un bien infini.

J'allai dîner avec eux. Après le dîner, Agnès
s'assit près de lui, comme autrefois, et lui versa
du vin. Il prit ce qu'elle lui donnait, pas davantage,

comme un enfant. Ensuite nous restâmes tous les trois près de la fenêtre, tant qu'il fit jour. Quand la nuit vint, il s'étendit sur le canapé, elle arrangea les coussins et resta penchée sur lui, un moment. Quand elle revint près de la fenêtre, malgré l'obscurité, je vis briller des larmes dans ses yeux.

En quels termes elle me parla de Dora, pendant que nous étions assis près de la fenêtre ! Comme elle justifia mes éloges, en y ajoutant les siens ! Comme elle jeta sur la petite fée qui m'avait ensorcelée les rayons de sa pure lumière, qui la faisaient paraître encore plus innocente et plus pure à mes yeux !

XXVIII

Je commençai la journée en allant me plonger dans l'eau des bains romains, puis je pris le chemin de Highgate, pour aller chez le docteur Strong. J'étais sorti de mon abattement. Toute ma manière de considérer mon malheur était changée. Ce que j'avais à faire, c'était de prouver à ma tante que ses bontés passées n'avaient pas été prodiguées à un être ingrat et insensible. Ce que j'avais à faire, c'était de profiter maintenant de l'apprentissage pénible de mon enfance et de me mettre à l'œuvre avec courage et résolution. Ce que j'avais à faire, c'était de prendre résolument la hache du bûcheron à la main pour m'ouvrir une voie à travers la forêt des difficultés où je me trouvais égaré, en abattant devant moi les arbres qui me séparaient encore de Dora ; et je marchais à grands pas, comme si c'était un moyen d'arriver plus tôt à mon but.

J'étais dans de tels transports de courage, que

je regrettais que mon habit ne fût pas plus râpé ;
il me tardait de commencer à abattre des arbres
dans la forêt des difficultés, et cela avec assez de
peine pour prouver ma vigueur. Je m'agitais si
bien, j'étais si complément hors d'haleine, qu'il
me semblait que j'avais gagné je ne sais combien
d'argent. J'étais dans cet état, lorsque j'entrai
dans une petite maison qui était à louer, et je
l'examinai scrupuleusement, sentant qu'il était
nécessaire de devenir un homme pratique. C'était
précisément tout ce qu'il nous fallait à Dora et à
moi. Il y avait un petit jardin devant la maison,
pour que Jip pût y courir à son aise et aboyer
contre les fournisseurs à travers les palissades. Je
sortis de là plus échauffé que jamais, et je repris
d'un pas si précipité le chemin de Highgate, que
j'y arrivai une heure trop tôt.

En approchant de la demeure du docteur,
cottage un peu ancien, où il avait dû dépenser de
l'argent, à en juger par les réparations et les
embellissements qui paraissaient encore tout frais,
je l'aperçus qui se promenait dans le jardin.

Je savais bien que ce serait peine perdue que
de chercher à attirer son attention à cette distance ;
je pris donc la liberté d'ouvrir la barrière, et
d'aller à sa rencontre, afin de me trouver face à
face avec lui quand il se retournerait. Quand il se
retourna et s'approcha de moi, il me regarda d'un
air pensif pendant un moment, évidemment sans

me voir. Puis sa physionomie bienveillante exprima la plus grande satisfaction, et il me prit les deux mains.

« Comment, mon cher Copperfield, mais vous voilà un homme ! Vous portez-vous bien ? Je suis ravi de vous voir. Mais comme vous avez gagné, mon cher Copperfield ! Vous voilà vraiment... Est-il possible ? »

Je lui demandai de ses nouvelles et de celles de mistress Strong.

« Très bien, dit le docteur, Annie va très bien ; elle sera enchantée de vous voir. Vous avez toujours été son favori. Elle me le disait encore hier au soir, quand je lui ai montré votre lettre. Maintenant, mon cher Copperfield, causons de votre proposition. Elle me fait grand plaisir, et me convient parfaitement. Mais ne serait-ce pas grand dommage de consacrer le printemps de votre vie à une occupation comme celle que j'ai à vous offrir ? »

Je pressai le docteur de céder, en lui rappelant que j'avais déjà d'ailleurs une profession.

« Oui, oui, dit le docteur, c'est vrai ; certaine-ment cela fait une différence, puisque vous avez une profession, et que vous étudiez pour y réussir. Mais, mon cher ami, qu'est-ce que soixante-dix livres sterling par an ?

— Cela double notre revenu, docteur Strong.

— Vraiment, dit le docteur, qui aurait cru

cela ? Ce n'est pas que je veuille dire que le traitement sera strictement réduit à soixante-dix livres sterling ; car j'ai toujours eu l'intention de faire, en outre, un présent à celui de mes jeunes amis que j'occuperais de cette manière. Certainement, dit le docteur en se promenant toujours de long en large, la main sur mon épaule, j'ai toujours fait entrer en ligne de compte un présent annuel.

— Mon cher maître, lui dis-je, j'ai contracté envers vous des obligations que je ne pourrai jamais reconnaître. Si vous voulez accepter mes services pendant le temps que j'ai de libre, c'est-à-dire le matin et le soir, et si vous croyez que cela vaut soixante-dix livres par an, vous me ferez un plaisir que je ne saurais exprimer.

— Vraiment, dit le docteur d'un air naïf. Quoi ! si peu de chose peut-il faire tant de plaisir ! vraiment, vraiment ! Mais, promettez-le-moi, le jour où vous trouverez quelque chose de mieux, vous le prendrez. Vous m'en donnez votre parole ? dit le docteur, du même ton avec lequel il en appelait autrefois à notre honneur, en classe, quand nous étions petits garçons.

— Je vous en donne ma parole, monsieur.

— En ce cas, c'est une affaire faite, dit le docteur en me frappant sur l'épaule, et en continuant de s'y appuyer pendant notre promenade.

— Et je serai encore vingt fois plus heureux,

lui dis-je avec une flatterie innocente, si vous m'occupez au Dictionnaire. »

Le docteur s'arrêta, me frappa de nouveau sur l'épaule en souriant, et s'écria d'un air de triomphe ravissant à voir, comme si j'étais un puits de sagacité humaine :

« Vous l'avez deviné, cher ami, c'est pour le Dictionnaire. »

Il fut convenu que nous commencerions le lendemain matin, à sept heures. Nous devions travailler deux heures tous les matins, et deux ou trois heures le soir, excepté le samedi, qui serait un jour de congé pour moi. Je devais aussi me reposer le dimanche ; la besogne n'était donc pas bien pénible.

J'avais néanmoins fort à faire. J'étais sur pied à cinq heures du matin, et je ne rentrais qu'à neuf ou dix heures du soir. Mais j'avais un plaisir infini à me trouver à la tête de tant de besogne, et je ne marchais jamais lentement. Il me semblait que plus je me fatiguais, plus je faisais d'efforts pour mériter Dora. Elle ne m'avait pas encore vu dans cette nouvelle phase de mon caractère, et je me réservais de tout lui dire la première fois que je la verrais. En attendant, j'avais fort réduit ma consommation de graisse d'ours, j'avais absolument renoncé au savon parfumé et à l'eau de lavande, et j'avais vendu, avec une perte énorme, trois gilets que je considérais comme beaucoup trop élégants pour une vie aussi austère que la mienne.

Je n'étais pas encore satisfait ; je brûlais de faire plus encore, et j'allai voir Traddles, qui demeurait pour le moment sur le derrière d'une maison de Castle Street, Holborn. Je lui demandai comment il fallait s'y prendre pour rendre compte, dans un jouranl, des débats parlementaires. Il me dit, d'un air découragé, qu'il fallait savoir la sténographie, et qu'il était impossible de savoir la sténographie en moins de deux ou trois ans ; d'où il conclut que ce n'était pas mon affaire. Mais moi, dans mon ardeur, je ne vis là que quelques grands arbres de plus à abattre pour arriver jusqu'à Dora, et je pris à l'instant le parti de m'ouvrir un chemin à travers le fourré, la hache à la main.

« Je vous remercie beaucoup, mon cher Traddles, lui dis-je, je vais commencer demain. »

Traddles me regarda d'un air étonné, ce qui était assez naturel, car il ne savait pas encore à quel degré d'enthousiasme j'étais arrivé.

« J'achèterai, lui dis-je, un traité de sténographie, et j'y travaillerai à la Cour, où je n'ai pas moitié assez d'ouvrage, et je sténographierai les plaidoyers pour m'excuser. Traddles, mon ami, j'en viendrai à bout.

— Eh bien ! s'écria Traddles en ouvrant les

yeux de toute sa force, je n'avais pas idée que vous fussiez doué de tant de décision, Copperfield. »

Je ne sais pas comment il aurait pu en avoir idée, puisque c'était encore un problème pour moi.

Comme M. Dick tenait absolument à se rendre utile, je demandai au bon Traddles de lui fournir des actes à copier.

Je ne sais pas, pendant toute la visite, lequel était le plus content, de Traddles ou de moi.

« Vraiment, me dit-il tout d'un coup, en tirant une lettre de sa poche, j'avais complètement oublié M. Micawber. »

La lettre m'était adressée, et portait en suscription : « Confiée aux bons soins de T. Traddles, esq. du Temple. »

« Mon cher Copperfield,

« Vous ne serez peut-être pas très étonné d'apprendre que j'ai rencontré une bonne chance, car, si vous vous le rappelez, je vous avais prévenu, il y a quelque temps, que j'attendais prochainement quelque événement de ce genre.

« Je vais m'établir dans une ville de province de notre île fortunée. La société de cette ville peut être décrite comme un heureux mélange des éléments agricoles et ecclésiastiques, et j'y aurai des rapports directs avec une des professions savantes. Mistress Micawber et notre progéniture m'accompagneront. Nos cendres se trouveront

probablement déposées un jour dans le cimetière
dépendant d'un vénérable sanctuaire, qui a porté
la réputation du lieu dont je parle, de la Chine
au Pérou, si je puis m'exprimer ainsi.

« En disant adieu à la moderne Babylone, où
nous avons supporté bien des vicissitudes avec
quelque courage, mistress Micawber et moi, nous
ne nous dissimulons pas que nous quittons peut-
être pour bien des années, peut-être pour toujours,
une personne qui se rattache par des souvenirs si
puissants à l'autel de nos dieux domestiques. Si,
à la veille de notre départ, vous voulez bien
accompagner notre ami commun, M. Thomas
Traddles, à notre résidence présente, pour échanger les vœux ordinaires en pareil cas, vous ferez
le plus grand plaisir à

« Un

   « homme

      « qui

         « vous

           « sera

             « toujours fidèle,

                 « WILKINS MICAWBER. »

Je fus heureux d'apprendre que M. Micawber
avait enfin rencontré une bonne chance. Je sus
par Traddles que l'invitation était précisément
pour ce soir même et j'exprimai mon intention
d'y faire honneur. Nous prîmes donc ensemble le

chemin du logis de M. Micawber. Ce logis, qu'il occupait sous le nom de M. Mortimer, pour dérouter ses créanciers, était situé au haut de Gray's Inn Road.

Les ressources du mobilier loué à M. Micawber étaient très limitées. Aussi nous trouvâmes les jumeaux, qui avaient alors quelque chose comme huit ou neuf ans, endormis dans un lit-armoire, au salon. C'est là que M. Micawber nous attendait avec un pot à eau rempli du fameux breuvage qu'il excellait à confectionner. J'eus le plaisir de renouveler connaissance avec maître Micawber, jeune garçon de douze ou treize ans qui promettait beaucoup. Malheureusement il était sujet déjà à cette agitation convulsive de tous les membres, qui n'est pas un phénomène sans exemple chez les jeunes gens de son âge. Je revis aussi sa sœur, miss Micawber, en qui « sa mère ressuscitait sa jeunesse passée, comme le phénix », à ce que nous apprit M. Micawber.

« Mon cher Copperfield, me dit-il, M. Traddles et vous, vous nous trouvez sur le point d'émigrer ; vous excuserez les petites incommodités qui résultent de la situation. »

En jetant un coup d'œil autour de moi avant de faire une réponse convenable, je vis que les effets de la famille étaient déjà emballés, et que leur volume n'avait rien d'effrayant. Je fis compliment à mistress Micawber sur le changement qui allait avoir lieu dans sa position.

« Mon cher monsieur Copperfield, me dit-elle, je sais tout l'intérêt que vous voulez bien prendre à nos affaires. Ma famille peut regarder cet éloignement comme un exil, si cela lui convient ; mais je suis femme et mère, et je n'abandonnerai jamais M. Micawber.

— Ma chère, s'écria M. Micawber avec un peu d'impatience, qui vous a jamais parlé de cela ?

— Je sais, mon cher Copperfield, reprit mistress Micawber, que c'est maintenant au milieu des étrangers que je dois planter ma tente. Je sais que les divers membres de ma famille auxquels M. Micawber a écrit dans les termes les plus polis, pour leur annoncer ce fait, n'ont pas seulement répondu à sa communication. A vrai dire, c'est peut-être une superstition de ma part, mais je crois M. Micawber prédestiné à ne jamais recevoir de réponse à la grande majorité des lettres qu'il écrit. Je suppose, d'après le silence de ma famille, qu'elle a des objections à la résolution que j'ai prise ; mais je ne me laisserais pas détourner de la voie du devoir, même par papa et maman, s'ils vivaient encore, monsieur Copperfield. »

Je déclarai que cela pouvait s'appeler marcher dans le droit chemin.

« On me dira que c'est s'immoler, reprit mistress Micawber, que d'aller s'enfermer dans une ville presque ecclésiastique. Mais certes, monsieur Copperfield, pourquoi ne m'immolerais-je pas, quand je vois un homme doué des facultés que possède M. Micawber consommer un sacrifice bien plus grand encore.

— Oh ! dis-je, vous allez vivre dans une ville ecclésiastique ? »

M. Micawber, qui venait de nous servir à la ronde avec son pot à eau, répliqua :

« A Cantorbéry. Le fait est, mon cher Copperfield, que j'ai pris des arrangements en vertu desquels je suis lié par un contrat avec notre ami Heep, pour l'aider et le servir en qualité de... clerc de confiance. »

Je regardai avec étonnement M. Micawber, qui jouissait grandement de ma surprise.

« Le gant que j'avais jeté à la société, reprit-il d'un air officiel, c'est notre ami Heep qui l'a relevé. Je veux parler avec tout le respect possible de mon ami Heep, qui est un homme d'une finesse remarquable. Mon ami Heep n'a pas fixé le salaire régulier à une somme très considérable, mais il m'a rendu de grands services pour me délivrer des embarras pécuniaires où je me trouvais, comptant d'avance sur mes services, et il a eu raison. Je me fais un point d'honneur de lui rendre des services sérieux. L'intelligence et l'adresse que je puis posséder seront tout entières au service de mon ami Heep. J'ai déjà quelque connaissance du droit, ayant eu à soutenir, pour mon compte, plusieurs procès civils, et je vais m'occuper immédiatement d'étudier les commentaires de l'un des plus éminents et des plus remarquables juristes anglais. Il est inutile, je crois, d'ajouter que je parle de M. le juge de paix Blackstone. »

Comme j'étais trop préoccupé de mes intentions désespérées pour taire le changement survenu dans ma situation, je racontai tout à M. et à mistress Micawber. Cela redoubla leur cordialité et l'aisance de leurs manières.

A un certain moment, M. Micawber dit avec emphase : « Ce serait un fardeau insupportable pour moi de quitter cette métropole et mon ami M. Thomas Traddles sans m'acquitter de la partie pécuniaire de mes obligations envers lui. J'ai donc préparé, et je tiens en ce moment à la main, un document qui répondra à mes désirs sur ce point. Je demande à mon ami M. Thomas Traddles la permission de lui remettre mon billet pour la somme de quarante et une livres dix shillings onze pence et demi, et, cela fait, je rentre avec bonheur en possession de toute ma dignité morale, car je sens que je puis marcher la tête levée devant les hommes, mes semblables. »

Après avoir débité cette préface avec une vive émotion, M. Micawber remit son billet entre les

mains de Traddles, et l'assura de ses bons souhaits
pour toutes les circonstances de la vie. J'en suis
bien persuadé, non seulement cette transaction
faisait à M. Micawber le même effet que s'il eût
payé en argent, mais Traddles lui-même ne se
rendit bien compte de la différence qu'après avoir
pris le temps d'y penser.

XXIX

Ma nouvelle vie durait depuis huit jours déjà, et j'étais plus que jamais pénétré de ces terribles résolutions pratiques que je regardais comme impérieusement exigées par les circonstances. Je continuais à marcher extrêmement vite avec une vague idée que je faisais mon chemin. J'étais enfin une véritable victime de moi-même ; j'en vins jusqu'à me demander si je ne ferais pas bien de me nourrir de légumes, avec l'idée vague qu'en devenant un animal herbivore je deviendrais, par ce sacrifice volontaire, plus digne de la main de Dora.

Nous étions alors complètement établis à Buckingham Street. M. Dick copiait des actes avec une joie sans égale. Ma tante avait remporté une victoire signalée sur mistress Crupp, qui n'osait plus se montrer, encore moins tendre des pièges dans l'escalier. Avec ses habitudes d'ordre et son esprit inventif, ma tante introduisit tant d'améliorations dans nos arrangements intérieurs, que nous avions plutôt l'air d'avoir un héritage que d'avoir perdu notre argent. J'étais l'objet de toute sa sollicitude, et ma pauvre mère elle-même n'eût pu m'aimer davantage, ni se donner plus de peine pour me rendre heureux.

Le temps était venu où Peggotty devait nous quitter.

« Ainsi donc, adieu, Barkis ! lui dit ma tante ; soignez-vous bien. Je n'aurais jamais cru éprouver tant de regrets à vous voir partir. »

Je conduisis Peggotty au bureau de la diligence, et je la mis en voiture.

« Et maintenant, mon cher David, me dit-elle les larmes aux yeux, si, pendant votre stage, vous aviez besoin d'argent pour vos dépenses, ou si, votre temps expiré, mon cher enfant, il vous fallait quelque chose pour vous établir, dans l'un ou l'autre cas, ou dans l'un et l'autre, qui est-ce qui aurait autant de droits à vous le prêter que la pauvre vieille bonne de ma pauvre chérie ? »

Je l'assurai que, si j'empruntais jamais de l'argent à personne, ce serait à elle que je m'adresserais.

« Et puis, mon cher enfant, reprit-elle tout bas, dites à miss Dora que j'aurais bien voulu la voir, ne fût-ce qu'une minute ; dites-lui aussi qu'avant son mariage avec mon garçon je viendrai vous arranger votre maison comme il faut, si vous le permettez. »

Je devais précisément, ce soir-là, aller passer la soirée dans une maison amie où j'étais sûr de rencontrer Dora.

Je fus assez sot pour ne pas la préparer à entendre ce que j'avais à lui dire, et je lui demandai de but en blanc si elle pourrait se décider à épouser un mendiant.

Jugez de son épouvante ! le mot mendiant, pour elle, représentait un visage ridé, surmonté d'un bonnet de coton, avec accompagnement de béquilles, d'une jambe de bois, ou d'un chien tenant à la gueule une sébile. Aussi me regarda-t-elle tout effarée avec un air d'étonnement tout à fait drôle.

« Dora, lui dis-je sérieusement, je suis ruiné. »

Elle me regarda d'abord avec un air de trouble et d'épouvante, et se mit à pleurer. Je ne savais plus ni que dire ni que faire. Je lui proposai, comme c'était mon devoir, de rompre notre engagement. Elle se contenta de me dire : « Ne soyez pas si effrayant. Ne me parlez pas de devenir pauvre et de travailler comme un nègre.

— Une croûte de pain, lui dis-je, gagnée à la sueur de notre front, est quelque chose de plus doux qu'un festin payé avec un héritage.

— Je ne veux pas entendre parler de croûtes de pain, reprit-elle avec véhémence, et il faut à

Jip tous les jours sa côtelette de mouton à midi,
sans quoi il mourrait ! »

Je lui expliquai que Jip aurait sa côtelette de
mouton avec toute la régularité accoutumée. Je
lui dépeignis la vie modeste et indépendante que
nous mènerions, grâce à mon travail. Je lui parlai
de la petite maison que j'avais vue à Highgate,
avec la chambre au premier pour ma tante, et
alors je lui demandai si elle me trouvait encore
bien effrayant.

« Oh ! non, non ! s'écria-t-elle. Mais j'espère
que votre tante restera souvent dans sa chambre,
et puis, que ce n'est pas une vieille grognon. »

Elle était charmante ; mais je ne pus m'empêcher de sentir qu'elle ne m'était pas bonne à
grand'chose dans le cas présent. Ma nouvelle
ardeur se refroidissait, je le comprenais, en voyant
combien il était difficile de la lui communiquer.
Je fis un nouvel effort. Quand elle se fut tout à
fait remise, et qu'elle eut pris Jip sur ses genoux
pour rouler ses oreilles autour de ses doigts, je
repris ma gravité :

« Dora, puis-je vous dire un mot ?

— Oh ! je vous en prie, ne parlons pas de la
vie pratique. Si vous saviez comme cela me fait
peur !

— Mais il n'y a pas de quoi vous effrayer. Je
voudrais vous faire envisager la chose autrement.

Je voudrais, au contraire, que cela vous inspirât du courage et de l'énergie.

— Oh ! mais, c'est précisément ce qui me fait peur.

— Avec de la persévérance et de la force de caractère, on supporte des choses bien plus pénibles.

— Mais je n'ai pas de force du tout, dit-elle en secouant ses boucles. N'est-ce pas, Jip ? Oh, voyons, embrassez Jip, et soyez aimable. »

J'embrassai Jip, et aussitôt je repris :

« J'ai encore quelque chose à vous dire. »

Elle joignit les mains et me supplia de ne plus lui faire peur.

« Mais, enfant, je ne veux pas vous faire peur. Seulement, si vous vouliez quelquefois penser, pour vous habituer à cette idée, que vous êtes la fiancée d'un homme pauvre.

— Non, non, je vous en prie, c'est trop effrayant.

— Mais pas du tout, ma chère petite, lui dis-je gaiement ; si vous voulez seulement y penser quelquefois, et vous occuper de temps en temps des affaires du ménage de votre papa, pour tâcher de prendre quelque habitude... des comptes par exemple... »

La pauvre enfant accueillit cette idée par un petit cri qui ressemblait à un sanglot.

J'insistai néanmoins ; je parlai d'un petit livre de cuisine que je lui enverrais...

Mais elle eut un véritable accès de désespoir et je me demandai si je ne ferais pas mieux, pour le moment du moins, de renoncer à mon projet de réformes.

Je fus obligé de partir de bonne heure à cause de mon travail du lendemain. Il me fallut donner des explications, parler de mon travail, et de l'obligation où j'étais de me lever à cinq heures du matin. Dora se figura probablement que j'étais veilleur de nuit dans quelque établissement particulier ; cette nouvelle fit sur elle une grande impression.

Elle y pensait encore quand je lui dis adieu ; elle me dit, de son petit air câlin, comme si elle parlait à sa poupée :

« Voyons, ne vous levez pas à cinq heures, cela n'a pas de bon sens.

— J'ai à travailler, mon enfant.

— Eh bien ! ne travaillez pas. Pour quoi faire, travailler ?

— Mais, pour vivre.

— Oh ! que c'est ridicule !

— Et comment vivrions-nous sans cela ? lui demandai-je.

— Comment ? reprit-elle ; mais n'importe comment ! »

Elle avait l'air si parfaitement convaincue, qu'il était inutile d'essayer de raisonner avec elle.

Mais, tout en travaillant beaucoup, tout en battant le fer pendant qu'il était chaud, cela ne m'empêchait pas parfois, le soir, quand je me trouvais en face de ma tante, de réfléchir à l'effroi que j'avais causé à Dora ce jour-là.

Et je me demandais comment je ferais pour percer d'outre en outre la forêt des difficultés, une guitare à la main. A force de songer à tout cela, il me semblait que mes cheveux en devenaient tout blancs.

XXX

Je m'empressai de mettre immédiatement à exécution le plan que j'avais formé relativement aux débats du Parlement.

J'achetai un traité célèbre sur l'art de la sténographie (il me coûta bien dix bons shillings) et je me plongeai dans un océan de difficultés, qui, au bout de quelques semaines, m'avaient rendu presque fou.

A mesure que je parvenais à me fourrer dans la tête ce misérable grimoire, je m'apercevais que je ne savais plus du tout le commencement. Je le rapprenais donc, et alors j'oubliais le reste. Si je cherchais à le retrouver, c'était aux dépens de quelque autre bribe du système qui m'échappait. En un mot c'était navrant.

Au bout de trois ou quatre mois, je me crus en état de tenter une épreuve sur un de nos braillards de la Chambre des Communes. Jamais je n'oublierai comment, pour mon début, mon braillard s'était déjà rassis avant que j'eusse seulement commencé, et laissa son crayon imbécile se trémousser sur le papier, comme s'il avait eu des convulsions.

Cela ne pouvait pas aller : c'était bien évident, j'avais visé trop haut ; il fallait en rabattre. Je recourus à Traddles pour quelques conseils : il me proposa de me dicter des discours, tout doucement, en s'arrêtant de temps en temps, pour me faciliter la chose. J'acceptai son offre avec la plus vive reconnaissance, et tous les soirs, pendant bien longtemps, nous eûmes dans Buckingham Street une sorte de Parlement privé, lorsque j'étais revenu de chez le docteur.

Le résultat de tant de travaux fut que je finis par suivre assez bien Traddles. Il ne manquait plus qu'une chose à mon triomphe, c'était de reconnaître après ce que signifiaient mes notes. Mais je n'en avais pas la moindre idée. Une fois qu'elles étaient écrites, loin de pouvoir en rétablir le sens, c'était comme si j'avais copié les inscriptions chinoises qu'on trouve sur les boîtes de thé.

Ce que j'avais de mieux à faire, c'était de me mettre courageusement à l'œuvre. C'était bien dur ; mais je recommançai, en dépit de mon ennui, à parcourir de nouveau, laborieusement et méthodiquement, tout le chemin que j'avais déjà fait, marchant à pas de tortue, m'arrêtant pour examiner minutieusement la plus petite marque, et faisant des efforts désespérés pour déchiffrer ces caractères perfides, partout où je les rencontrais. J'étais très exact à mon bureau, très exact aussi chez le docteur, enfin je travaillais comme un vrai cheval de fiacre.

Un jour que je me rendais à la Chambre des Communes comme à l'ordinaire, je trouvai sur le seuil de la porte M. Spenlow, l'air très grave et se parlant à lui-même. Comme il se plaignait souvent de maux de tête, et qu'il avait le cou très court avec des cols de chemise trop empesés, je ne pus m'empêcher de penser qu'il avait le cerveau un peu pris.

Le samedi matin, en arrivant à mon bureau, je fus surpris de voir les garçons de caisse sur le seuil de la porte, engagés dans une conversation animée. Quelques passants regardaient les fenêtres, qui étaient toutes fermées. Je pressai le pas, et, surpris de ce que je voyais, j'entrai en toute hâte.

Les employés étaient à leur poste, mais personne ne travaillait. Le vieux Tiffey était assis, peut-être pour la première fois de sa vie, sur la chaise d'un de ses collègues, et il n'avait pas même accroché son chapeau.

« Quel affreux malheur, monsieur Copperfield ! me dit-il au moment où j'entrais.

— Quoi donc ? m'écriai-je. Qu'est-ce qu'il y a ?

— Vous ne savez donc pas ? cria Tiffey, et tous les employés m'entourèrent.

— Non, répondis-je, en les regardant tous, l'un après l'autre.

— M. Spenlow, dit Tiffey.

— Eh bien ?

— Il est mort ! »

Je crus que la terre croulait sous mes pieds ; je chancelai ; un des commis me soutint dans ses bras. On me fit asseoir ; on dénoua ma cravate et l'on me donna un verre d'eau. Je n'ai aucune idée du temps que tout cela dura.

« Mort ? répétai-je.

— Il a dîné en ville hier, et il conduisait lui-même son phaéton, dit Tiffey. Il avait renvoyé son groom par la diligence, comme il faisait quelquefois, vous savez...

— Eh bien !

— Le phaéton est arrivé vide à sa maison de campagne. Les chevaux se sont arrêtés à la porte de l'écurie. Le palefrenier est accouru avec une lanterne. Il n'y avait personne dans la voiture.

— Est-ce que les chevaux s'étaient emportés ?

— Ils n'avaient pas chaud, dit Tiffey en mettant ses lunettes, pas plus chaud, dit-on, qu'à l'ordinaire quand ils rentrent. Les guides étaient cassées, mais c'était évidemment pour avoir traîné par terre. Toute la maison a été aussitôt sur pied ;

trois domestiques ont parcouru la route. On l'a retrouvé à un demi-mille de la maison.

— A plus d'un mille, monsieur Tiffey, insinua un jeune employé.

— Croyez-vous ? Vous avez peut-être raison, dit Tiffey, à plus d'un mille, pas loin de l'église. Il était étendu, le visage contre terre ; une partie de son corps reposait sur la grand'route, l'autre sur la contre-allée. Personne ne sait si c'est une attaque qui l'a fait tomber de voiture, ou s'il est descendu parce qu'il se sentait indisposé. On ne sait même pas s'il était tout à fait mort quand on l'a retrouvé ; ce qu'il y a de sûr, c'est qu'il était parfaitement insensible. Peut-être respirait-il encore, mais il n'a pas prononcé une seule parole. On s'est procuré des médecins aussitôt qu'on a pu ; mais tout a été inutile. »

Je fis prendre des nouvelles de Dora ; naturellement elle était très accablée. Elle ne voulait entendre parler d'autre chose que de son père.

M. Jorkins vint au bureau quelques jours après ; il était resté à Norwood depuis l'événement. Tiffey et lui demeurèrent enfermés ensemble quelque temps, puis Tiffey ouvrit la porte et me fit signe d'entrer.

« Oh ! dit M. Jorkins, monsieur Copperfield, nous allons, M. Tiffey et moi, examiner le pupitre, les tiroirs et tous les papiers du défunt, pour mettre les scellés sur ses papiers personnels et chercher son testament. Nous n'en trouvons de trace nulle part. Soyez assez bon pour nous aider. »

J'étais, depuis l'événement, dans des transes mortelles pour savoir dans quelle situation se trouverait Dora, quel serait son tuteur, etc. etc., et la proposition de M. Jorkins me donnait l'espoir de dissiper mes doutes. Nous nous mîmes de suite à l'œuvre. M. Jorkins ouvrait les pupitres et les tiroirs, et nous en sortions tous les papiers. Nous placions d'un côté tous ceux du bureau, et de l'autre tous ceux qui étaient personnels au défunt, et ils n'étaient pas nombreux. Tout se passait avec la plus grande gravité ; et quand nous trouvions un cachet ou un porte-crayon, ou une bague, ou d'autres menus objets destinés à son usage personnel, nous baissions instinctivement la voix.

Nous avions déjà scellé plusieurs paquets, et nous continuions en silence, au milieu de la poussière, quand M. Jorkins dit :

« M. Spenlow n'était pas homme à se laisser détourner facilement des traditions et des sentiers battus. On n'aime pas d'ordinaire à faire son testament, et on se laisse surprendre par la mort. Eh bien ! je suis porté à croire qu'il n'a pas fait de testament. »

Le fait est qu'il n'y avait pas de testament. On ne trouva dans les papiers ni le moindre projet,

ni le moindre mémorandum annonçant qu'il eût
jamais eu l'intention de faire un testament. Ce
qui me surprit presque autant, c'est que ses
affaires étaient dans le plus grand désordre. On
ne pouvait se rendre compte ni de ce qu'il devait,
ni de ce qu'il avait payé, ni de ce qu'il possédait.
Probablement, depuis plusieurs années, il ne s'en
faisait pas lui-même la moindre idée. Peu à peu
on découvrit que, poussé par le désir de briller
parmi les procureurs des *Doctor's Commons,* il avait
dépensé au-delà du revenu de son étude, qui ne
s'élevait pas bien haut, et il avait fait une brèche
importante à ses ressources personnelles, qui
n'avaient jamais été bien considérables. On fit
une vente de tout le mobilier de Norwood ; on
sous-loua la maison, et Tiffey me dit, sans se
douter de l'intérêt que je prenais à la chose, qu'une
fois les dettes du défunt payées, et déduction faite
de la part des associés dans l'étude, il ne donnerait
pas mille livres sterling de tout le reste. Je n'appris
cela qu'au bout de six semaines.

Dora n'avait pas d'autres parents que deux
tantes, sœurs de M. Spenlow, qui n'étaient pas
mariées et qui demeuraient à Putney. Depuis de
longues années elles n'avaient eu que de rares
communications avec leur frère.

Ces deux dames sortirent de leur retraite pour
proposer à Dora de venir demeurer avec elles à
Putney. Dora se suspendit à leur cou en pleurant

et en souriant : « Oh oui ! mes bonnes tantes, leur dit-elle, emmenez-moi à Putney avec Jip ! » Elles s'en retournèrent donc ensemble, quelques jours après l'enterrement.

XXXI

Ma tante commençait, je suppose, à concevoir
de sérieuses inquiétudes à propos de l'abattement
où j'étais tombé. C'est pour cela sans doute qu'elle
imagina de m'envoyer à Douvres, sous prétexte
de voir si tout allait bien dans son cottage, et
pour renouveler le bail avec le locataire actuel.
Jeannette était entrée au service de mistress
Strong, et je la voyais tous les jours.

Bien qu'il m'en coûtât de m'éloigner de Londres, où j'avais de temps en temps des nouvelles
de Dora, j'entrai assez volontiers dans les intentions de ma tante ; cela me permettait de passer
quelques heures paisibles auprès d'Agnès. Je
demandai au bon docteur si je pouvais faire une
absence de trois jours : il me conseilla de la
prolonger ; mais j'avais le cœur trop à l'ouvrage
pour prendre un aussi long congé. Enfin je me
décidai à partir.

Quant à mon bureau des Doctor's Commons,

je n'avais pas grande raison de m'inquiéter de ce que je pouvais y avoir à faire. L'étude dégringolait depuis la mort de M. Spenlow, et je commençais à regretter plus amèrement que jamais les mille livres sterling de ma tante.

A Douvres, je trouvai tout en bon état, et même je pus flatter la petite manie de ma tante en lui racontant que son locataire avait hérité de ses antipathies, et faisait aux ânes une guerre acharnée. Je passai une nuit à Douvres, pour terminer quelques petites affaires, puis je me rendis le lendemain matin de bonne heure à Cantorbéry. Nous étions en hiver ; le temps frais et le vent piquant ranimèrent un peu mes esprits.

Arrivé à la porte de M. Wickfield, je trouvai M. Micawber occupé à faire courir sa plume avec la plus grande activité, dans la pièce du rez-de-chaussée où se tenait autrefois Uriah Heep. Il était tout de noir habillé, et sa massive personne remplissait complètement le petit bureau où il travaillait.

M. Micawber parut à la fois charmé et un peu embarrassé de me voir. Il voulait me mener immédiatement chez Uriah, mais je m'y refusai.

« Je connais cette maison, de vieille date, lui dis-je ; je saurai bien trouver mon chemin. Eh bien ! qu'est-ce que vous dites du droit, monsieur Micawber ?

— Mon cher Copperfield, me répondit-il, pour

un homme doué d'une imagination transcendante,
les études de droit ont un très mauvais côté ; elles
le noient dans les détails. Même dans notre
correspondance d'affaires, ajouta-t-il en jetant les
yeux sur des lettres qu'il écrivait, l'esprit n'est
pas libre de prendre un essor d'expression sublime
qui puisse le satisfaire. Malgré ça, un grand
travail, un grand travail ! »

Il était devenu locataire de la vieille maison
d'Uriah Heep, et il m'assura que mistress Micawber serait ravie de me recevoir encore une fois
sous son toit.

« C'est une humble demeure, dit M. Micawber,
pour me servir d'une expression favorite de mon
ami Heep ; mais peut-être nous servira-t-elle de
marchepied pour nous élever à des agencements
domiciliaires plus ambitieux. »

Je lui demandai s'il était satisfait de la façon
dont le traitait son ami Heep. Il commença par
s'assurer si la porte était bien fermée, puis il me
répondit à voix basse :

« Mon cher Copperfield, quand on est sous le
coup d'embarras pécuniaires, on se trouve vis-à-
vis de la plupart des gens dans une situation très
fâcheuse. Et puis, ce qui n'améliore pas cette
situation, c'est lorsque ces embarras pécuniaires
vous obligent à demander vos émoluments avant
leur échéance légale. Tout ce que je puis vous
dire, c'est que mon ami Heep a répondu à des

appels auxquels je ne veux pas faire une plus
ample allusion, d'une façon qui fait également
honneur à sa tête et à son cœur.

— Je ne le croyais pas si prodigue de son
argent.

— Pardonnez-moi, dit M. Micawber d'un air
contraint, j'en parle par expérience.

— Je suis charmé, répondis-je, que l'expérience
vous ait si bien réussi.

— Vous êtes bien bon, mon cher Copperfield,
dit M. Micawber, et il se mit à fredonner un air.

— Voyez-vous souvent M. Wickfield ? demandai-je pour changer de sujet.

— Pas très souvent, répondit M. Micawber
d'un air méprisant. M. Wickfield est, à coup sûr,
rempli des meilleures intentions, mais... mais...
Bref, il n'est plus bon à rien.

— J'ai peur que son associé ne fasse tout ce
qu'il faut pour cela.

— Mon cher Copperfield ! reprit M. Micawber
après plusieurs évolutions qu'il exécutait sur son
escabeau d'un air embarrassé, permettez-moi de
vous présenter une observation. Je suis ici sur un
pied d'intimité, j'occupe un poste de confiance ;
mes fonctions m'interdisent de traiter certains
sujets, même avec mistress Micawber, elle qui a
été si longtemps la compagne des vicissitudes de
ma vie, et qui est d'une remarquable lucidité
d'intelligence. Je prendrai donc la liberté de vous

faire observer que, dans nos rapports amicaux qui ne seront jamais troublés, j'espère, je désire faire deux parts. D'un côté, reprit-il en traçant une ligne sur son pupitre, nous placerons tout ce que peut atteindre l'intelligence humaine, avec une seule petite exception ; de l'autre se trouvera cette petite exception, c'est-à-dire les affaires de Wickfield et Heep, et tout ce qui y a trait. J'ai l'espoir que je n'offense pas le compagnon de ma jeunesse, en faisant à son jugement éclairé et discret une semblable proposition. »

Je voyais bien que M. Micawber avait changé d'allures : on aurait dit que ses nouveaux devoirs lui imposaient une gêne pénible ; mais cependant je n'avais pas le droit de me sentir offensé, et je le lui dis. Il parut soulagé et me tendit la main.

« Je suis enchanté de miss Wickfield, Copperfield, je vous le jure, dit M. Micawber. C'est une charmante personne, pleine de charmes, de grâce et de vertu. Sur mon honneur, reprit-il en faisant le salut le plus galant, comme pour envoyer un baiser. Je rends hommage à miss Wickfield ! Hum !

— J'en suis charmé », lui dis-je.

Je le quittai bientôt, en le priant de transmettre tous mes souvenirs à sa famille. Il reprit sa place et sa plume, et se frotta le front, comme pour se remettre à son travail. Décidément il y avait, dans ses nouvelles fonctions, quelque chose qui nous empêcherait d'être désormais aussi intimes que par le passé.

Il n'y avait personne dans le vieux salon ; mais mistress Heep y avait laissé des traces de son passage. J'ouvris la porte de la chambre d'Agnès. Agnès était assise près du feu, occupée à écrire devant son vieux bureau en bois sculpté.

« Ah ! lui dis-je, Agnès, quand nous fûmes assis l'un à côté de l'autre, vous m'avez bien manqué depuis quelque temps.

— Vraiment ? répondit-elle. Il n'y a pourtant pas longtemps que nous nous sommes quittés ! »

Je secouai la tête.

« Je ne sais pas comment cela se fait, Agnès, mais il me manque une faculté que je voudrais avoir. Vous m'aviez si bien habitué à vous laisser penser pour moi dans le bon vieux temps, je venais si naturellement m'inspirer de vos conseils et chercher votre aide, que je crains vraiment d'avoir perdu l'usage d'une faculté dont je n'avais pas besoin près de vous.

— Mais qu'est-ce donc ? dit-elle gaiement.

— Je ne sais pas quel nom lui donner, répondis-je ; je crois que je suis sérieux et persévérant.

— J'en suis sûre, dit Agnès.

— Et patient, Agnès ? repris-je avec un peu d'hésitation.

— Oui, dit-elle, assez patient.

— Et cependant, ajoutai-je, je suis quelquefois

si malheureux et si agité, je suis si irrésolu et si incapable de prendre un parti qu'évidemment il me manque, comment dire cela ? qu'il me manque un point d'appui !

— Soit ! dit Agnès.

— Tenez ! repris-je, vous n'avez qu'à voir vous-même. Vous venez à Londres, je me laisse guider par vous, aussitôt je trouve un but et une direction. Ce but vient à me manquer, je viens ici, et en un instant je suis un autre homme. Les circonstances qui m'affligeaient n'ont pas changé depuis que je suis entré dans cette chambre ; mais, dans ce court espace de temps, j'ai subi une influence qui me transforme, qui me rend meilleur ! Qu'est-ce donc, Agnès, quel est donc votre secret ? »

Elle avait la tête penchée, le regard fixé sur le feu.

« C'est toujours ma vieille histoire, repris-je. Ne riez pas si je vous dis que c'est maintenant pour les grandes choses comme c'était jadis pour les petites. Mes chagrins d'autrefois étaient des enfantillages, ceux d'aujourd'hui sont sérieux ; mais toutes les fois que j'ai quitté ma sœur adoptive... »

Elle leva la tête et me tendit la main. Quel céleste visage !

Alors je lui racontai tout ce qui s'était passé depuis notre dernière entrevue.

« Et maintenant, lui dis-je, je compte entièrement sur vous.

— Mais, Trotwood, ce n'est pas sur moi qu'il
faut compter, c'est sur Dora.

— Mais, Agnès, lui répondis-je, avec un peu
d'embarras, je ne vous ai pas dit qu'il est difficile
non pas de compter sur Dora, car elle est la
droiture même, mais enfin, il est difficile..., je ne
sais comment m'exprimer, Agnès... Elle est
timide, elle se trouble et s'effarouche aisément.
Quelque temps avant la mort de son père, j'ai
cru devoir lui parler. Mais si vous avez la patience
de m'écouter, je vous raconterai tout. »

Je lui racontai tout, et elle me gronda doucement
de ma brusquerie envers une enfant timide et sans
expérience.

« Que dois-je faire maintenant ?

— Je crois que la seule marche honorable à
suivre, c'est d'écrire aux tantes. Ne croyez-vous
pas qu'il serait indigne de faire des cachotteries ? »

J'en convins, et je décidai d'écrire la lettre le
jour même. Mais auparavant je descendis voir M.
Wickfield et Uriah Heep.

Je trouvai Uriah installé dans un nouveau
cabinet, qui exhalait une odeur de plâtre encore
frais, et qu'on avait construit dans le jardin.
Jamais mine plus basse ne figura au milieu d'une
masse pareille de livres et de papiers. Il me reçut
avec sa servilité accoutumée, faisant semblant de

n'avoir pas appris mon arrivée par M. Micawber,
ce dont je me permis de douter. Il me conduisit
dans le cabinet de M. Wickfield, ou plutôt dans
l'ombre de son ancien cabinet, car on l'avait
dépouillé d'une foule de commodités au profit
du nouvel associé. M. Wickfield et moi nous
échangeâmes nos politesses, tandis qu'Uriah se
tenait debout devant le feu, se frottant le menton
de sa main osseuse.

« Vous allez demeurer chez nous, Trotwood,
tout le temps que vous resterez à Cantorbéry ?
dit M. Wickfield, non sans jeter à Uriah un
regard qui semblait demander son approbation.

— Avez-vous de la place pour moi ? lui dis-je.

— Je suis prêt, maître Copperfield, je devrais
dire monsieur, mais c'est un mot de camaraderie
qui me vient tout naturellement à la bouche, dit
Uriah, je suis prêt à vous rendre votre ancienne
chambre, si cela peut vous être agréable.

— Non, non, dit M. Wickfield, pourquoi vous
déranger ? il y a une autre chambre, il y a une
autre chambre.

— Oh ! mais, reprit Uriah, en faisant une assez
laide grimace, je serais véritablement enchanté ! »

Pour en finir, je déclarai que j'accepterais
l'autre chambre, ou que j'irais loger ailleurs ; on
se décida donc pour l'autre chambre, puis je pris
congé des associés, et je remontai.

J'espérais ne trouver en haut d'autre compagnie

qu'Agnès, mais mistress Heep avait demandé la permission de venir s'établir près du feu avec son tricot, sous prétexte que la chambre d'Agnès était mieux exposée. Dans la salle à manger ou dans le salon, elle souffrait cruellement de ses rhumatismes. Je l'aurais bien volontiers et sans le moindre remords exposée à toute la furie du vent sur le clocher de la cathédrale, mais il fallait faire de nécessité vertu, et je lui dis bonjour d'un ton amical.

Tout le temps, elle avait l'air de nous surveiller, Agnès et moi. Pendant le dîner, elle continua sa surveillance. Après le dîner, son fils prit sa place, et une fois que nous fûmes seuls, au dessert, M. Wickfield, lui et moi, il se mit à m'observer du coin de l'œil, tout en se livrant à ses hideuses contorsions. Dans le salon nous retrouvâmes la mère, fidèle à son tricot et à sa surveillance. Tant qu'Agnès chanta et fit de la musique, la mère resta installée près du piano. Une fois elle demanda à Agnès de chanter une ballade que son Ury aimait à la folie (pendant ce temps-là, ledit Ury bâillait dans son fauteuil). Puis elle le regardait et racontait à Agnès qu'il était dans l'enthousiasme. Elle n'ouvrait presque jamais la bouche sans faire l'éloge de son fils. Il devint évident pour moi que c'était une consigne qu'on lui avait donnée.

Cela dura jusqu'à l'heure du coucher ; le lendemain cela recommença. Je ne pus trouver

dix minutes pour parler à Agnès : c'est à peine si
j'eus le temps de lui montrer ma lettre aux tantes
de Dora. Je lui proposai de sortir avec moi, mais
mistress Heep répéta tant de fois qu'elle était très
souffrante qu'Agnès eut la charité de rester pour
lui tenir compagnie.

A dîner, Uriah parla beaucoup, il était en
verve. Il demanda à sa mère s'il n'était pas bientôt
temps qu'il songeât à se marier ; et une fois il
lança sur Agnès un tel regard, que j'aurais donné
tout au monde pour qu'il me fût permis de
l'assommer.

Lorsque nous restâmes seuls après dîner, M.
Wickfield, lui et moi, Uriah, pour se venger de
son humilité passée, devint presque insolent. Il
avait l'air de vouloir faire parade devant moi de
l'empire qu'il avait pris dans la maison.

M. Wickfield avait porté plusieurs santés, et à
chaque santé il avait vidé deux fois son verre.
« Allons, mon brave associé, dit enfin Uriah, à
mon tour de vous en proposer une ; mais je
demande humblement qu'on nous donne de
grands verres : buvons à la plus divine de son
sexe. »

Le père d'Agnès avait à la main son verre vide.
Il le posa, fixa ses regards sur le portrait de sa
fille, porta la main à son front, puis retomba dans
son fauteuil.

« Je ne suis qu'un bien humble personnage

pour vous proposer sa santé, reprit Uriah, mais je l'admire, ou plutôt je l'adore. »

Quelle angoisse que celle de ce père qui pressait convulsivement sa tête grise dans ses deux mains, pour y comprimer une souffrance intérieure, plus cruelle mille fois à voir que toutes les douleurs physiques imaginables !

Il se mit à sangloter.

« Je ne sais pas, dit-il, ce que j'ai pu faire dans ma folie, mais il le sait, lui qui s'est toujours tenu à mes côtés pour me souffler ce que je devais faire. Vous voyez le boulet qu'il m'a mis au pied ; vous le trouvez installé dans ma maison, vous le trouvez fourré dans toutes mes affaires. Vous l'avez entendu il y a un moment. Que pourrais-je dire de plus ? »

Agnès vint chercher son père, et l'emmena doucement, en le consolant. Uriah, décontenancé, voulut s'excuser auprès de moi.

Je ne lui répondis pas un mot, et je montai dans la tranquille petite chambre où Agnès était si souvent venue s'asseoir près de moi, pendant que je travaillais. J'y restai assez tard, sans que personne vînt m'y tenir compagnie. Je pris un livre et j'essayai de lire ; j'entendis sonner minuit, et je lisais encore sans savoir ce que je lisais, quand Agnès me toucha doucement l'épaule.

« Vous partez demain de bonne heure, Trotwood, je viens vous dire adieu. »

Elle avait pleuré, mais son visage avait repris sa beauté et sa sérénité habituelles.

« Que Dieu vous bénisse ! me dit-elle en me tendant la main.

— Ma chère Agnès, répondis-je, je vois que vous ne voulez pas que je vous *en* parle ce soir ; mais n'y a-t-il rien à faire ?

— Se confier en Dieu ! reprit-elle.

— Ne puis-je rien faire, moi qui viens vous ennuyer de mes pauvres chagrins ?

— Vous en rendez les miens moins amers », me répondit-elle avec douceur.

Il faisait encore nuit le lendemain matin quand je montai sur l'impérial de la diligence, à la porte de l'auberge. Nous allions partir et le jour commençait à poindre, lorsque, au moment où ma pensée se portait vers Agnès, j'aperçus Uriah qui grimpait auprès de moi.

« Copperfield, me dit-il à voix basse, tout en s'accrochant à la voiture, j'ai pensé que vous seriez bien aise d'apprendre, avant votre départ, que tout est arrangé. Je suis allé dans sa chambre et je vous l'ai rendu doux comme un mouton. Voyez-vous, j'ai beau être humble, je lui suis utile, et quand il n'est pas en ribote, il comprend ses intérêts. Quel homme aimable, après tout, n'est-ce pas, maître Copperfield ? »

Je pris sur moi de lui dire que j'étais bien aise qu'il eût fait ses excuses.

XXXII

Nous eûmes ce soir-là, à Buckingham Street, une conversation très sérieuse sur les événements domestiques que j'ai racontés en détail. Ma tante y prenait le plus grand intérêt, et, pendant plus de deux heures, elle arpenta la chambre, les bras croisés. Toutes les fois qu'elle avait quelque sujet particulier de déconvenue, elle accomplissait une prouesse pédestre de ce genre, et l'on pouvait toujours mesurer l'étendue de cette déconvenue à la durée de sa promenade. Ce jour-là, elle était tellement émue, qu'elle jugea à propos d'ouvrir la porte de sa chambre à coucher, pour se donner du champ, parcourant les deux pièces d'un bout à l'autre. Tandis que M. Dick et moi nous étions paisiblement assis près du feu, elle passait et repassait à côté de nous, toujours en ligne droite, avec la régularité d'un balancier de pendule.

M. Dick nous quitta bientôt pour aller se coucher ; je me mis à recopier le brouillon de ma lettre aux vieilles tantes de Dora. Ma tante à moi, fatiguée de sa promenade, finit par venir s'asseoir auprès du feu. Toutes les fois que je levais les yeux, j'étais sûr de rencontrer ses regards.

« Je vous aime de tout mon cœur, Trotwood, me répétait-elle, mais je suis agacée et triste ! » Le lendemain matin elle lut ma lettre aux deux vieilles dames et l'approuva. Je la mis à la poste ; il ne me restait plus rien à faire qu'à attendre la réponse.

Je la reçus à la fin. Les tantes présentaient leurs compliments à M. Copperfield et le priaient de venir conférer avec elles sur le contenu de sa lettre ; M. Copperfield pouvait, s'il le jugeait à propos, se faire accompagner d'une personne de confiance.

M. Copperfield répondit immédiatement à cette lettre qu'il présentait à mesdemoiselles Spenlow ses compliments respectueux, qu'il aurait l'honneur de leur rendre visite au jour désigné, et qu'il se ferait accompagner, comme elles avaient bien voulu le lui permettre, de son ami M. Thomas Traddles, du Temple. Une fois cette lettre expédiée, M. Copperfield tomba dans un état d'agitation nerveuse qui dura jusqu'au jour fixé !

Les tantes de Dora étaient deux vieilles petites dames qui ressemblaient à deux diminutifs ratatinés de M. Spenlow. Après m'avoir fait subir une sorte d'examen, elles me permirent de voir Dora, et m'autorisèrent à venir dîner chez elles, tous les dimanches, à trois heures, et à venir prendre le thé, dans la semaine, à six heures et demie.

Tout cela était très satisfaisant, comme me le dit Traddles. Ce qui était moins satisfaisant, c'est que les tantes de Dora la traitaient en joujou et ne faisaient rien pour lui ôter son horreur de la vie pratique.

Je redoublai d'ardeur dans mes études de sténographie, pour répondre à l'attente de Dora et à la confiance de ses tantes. J'ajouterai seulement à ce que j'ai dit déjà de ma persévérance à cette époque, et de la patiente énergie qui commençait alors à devenir le fond de mon caractère, que c'est à ces qualités que j'ai dû plus tard le bonheur de réussir. J'ai eu beaucoup de bonheur dans les affaires de cette vie ; bien des gens ont travaillé plus que moi, sans avoir autant de succès. Mais je n'aurais jamais pu faire ce que j'ai fait, sans les habitudes de ponctualité, d'ordre et de diligence que je commençai à contracter, et surtout sans la faculté que j'acquis alors de concentrer toute mon attention sur un seul objet à la fois, sans m'inquiéter de celui qui allait lui succéder peut-être à l'instant même. Dieu sait que je n'écris pas cela pour me vanter. Il est probable que j'ai mal usé, comme un autre, de tous les dons que j'avais reçus ; ce que je veux dire simplement, c'est que, depuis ce temps-là, tout ce que j'ai eu à faire dans le monde, j'ai essayé de le bien faire, que je me suis dévoué entièrement à ce que j'ai entrepris, et que, dans les petites comme dans les grandes choses, j'ai toujours sérieusement marché à mon but.

Je veux répéter ici combien je dois de reconnaissance à Agnès dans la pratique de ces préceptes.

Elle vint faire chez mistress Strong une visite de quinze jours ; M. Wickfield était un ami de l'excellent docteur, qui désirait le voir pour tâcher de lui faire du bien. Agnès lui avait parlé de son père à sa dernière visite, et le docteur les avait invités tous les deux. Naturellement, je profitai de la présence d'Agnès pour lui faire faire la connaissance de Dora.

Dora, par avance, avait grand'peur d'Agnès. Mais quand elle vit Agnès qui la regardait de ses yeux si sérieux et si gais, si pensifs et si bons, elle poussa un petit cri de joyeuse surprise, se jeta dans ses bras et posa sa joue innocente contre la sienne.

A la fin de la visite, pendant qu'Agnès se préparait à partir, Dora me dit : « N'est-ce pas que si j'avais eu une pareille amie, depuis bien longtemps j'aurais plus d'esprit que je n'en ai ?

— Mon enfant, quelle folie !

— Croyez-vous que ce soit une folie ? en êtes-vous bien sûr ?

— Mais parfaitement sûr. »

L'omnibus devait nous déposer, Agnès et moi, près de Covent-Garden, et là nous avions à prendre une autre voiture pour arriver à Highgate. J'attendais impatiemment le moment où je me trouverais seul avec Agnès, pour savoir ce qu'elle me dirait de Dora. Ah ! quel éloge elle en fit ! Avec quelle tendresse et quelle bonté elle me félicita d'avoir gagné l'affection de cette charmante petite créature, qui avait déployé devant elle toute sa grâce innocente ! Avec quel sérieux elle me rappela, sans en avoir l'air, la responsabilité qui pesait sur moi !

Pendant que le docteur avait ses hôtes chez lui, je remarquai que le facteur apportait tous les matins deux ou trois lettres à Uriah Heep, qui était resté à Highgate aussi longtemps que les autres, vu que c'était le moment des vacances. L'adresse de ces lettres était toujours de l'écriture officielle de M. Micawber, qui, pour les affaires, avait adopté la ronde. De ces indices j'avais conclu avec plaisir que M. Micawber allait bien. Je fus donc très surpris de recevoir un jour la lettre suivante de son aimable femme :

« Cantorbéry, lundi soir.

« Vous serez certainement bien étonné, mon cher monsieur Copperfield, de recevoir cette lettre. Peut-être le serez-vous encore plus du contenu, et peut-être plus encore de la demande de secret absolu que je vous adresse. Mais, en ma double qualité d'épouse et de mère, j'ai besoin d'épancher mon cœur, et comme je ne veux pas consulter ma famille (déjà peu favorable à M. Micawber), je ne connais personne à qui je puisse m'adresser avec plus de confiance qu'à mon ami et ancien locataire.

« Vous savez peut-être, mon cher monsieur Copperfield, qu'il y a toujours eu une parfaite confiance entre moi et M. Micawber (que je n'abandonnerai jamais). Je ne dis pas que M. Micawber n'ait pas parfois signé un billet sans me consulter, ou ne m'ait pas induite en erreur sur l'époque de l'échéance. C'est possible ; mais en général M. Micawber n'a jamais rien eu de caché pour moi, il a toujours, à l'heure du repos, récapitulé devant moi les événements de la journée.

« Vous pouvez vous représenter, mon cher monsieur Copperfield, toute l'amertume de mon cœur, quand je vous apprendrai que M. Micawber a changé du tout au tout. Il fait le réservé. Il fait le discret. Sa vie est un mystère pour la compagne de ses joies et de ses chagrins. Je ne sais pas plus ce qu'il fait toute la journée, dans son bureau, que je ne suis au courant de l'existence de cet homme miraculeux, au sujet duquel on raconte aux petits enfants qu'il vivait de lécher les murs.

« Mais ce n'est pas tout. M. Micawber est morose ; il est sévère ; il vit éloigné de notre fils aîné, de notre fille ; il ne parle plus avec orgueil de ses jumeaux. Il jette même un regard glacial sur l'innocent étranger qui est venu dernièrement s'ajouter à notre cercle de famille. Je n'obtiens de lui qu'avec la plus grande difficulté les ressources pécuniaires qui me sont indispensables pour subvenir à des dépenses bien réduites, je vous assure. Il me menace sans cesse d'aller se faire planteur (c'est son expression), et il refuse avec barbarie de me donner la moindre raison d'une conduite qui me navre.

« C'est bien dur à supporter ; mon cœur se brise. Si vous voulez me donner quelque avis, vous ajouterez une obligation de plus à toutes celles que je vous ai déjà. Vous connaissez mes faibles ressources ; dites-moi comment je puis les employer dans une situation si équivoque. Mes enfants me chargent de mille tendresses pour vous ; le petit étranger qui a le bonheur, hélas ! d'ignorer encore toutes choses vous sourit, et moi, mon cher monsieur Copperfield, je suis

« Votre amie bien affligée,

« EMMA MICAWBER. »

XXXIII

J'ai atteint ma majorité ! J'ai vingt et un ans. J'ai apprivoisé cet art sauvage qu'on appelle la sténographie : j'en tire un revenu très respectable ; je suis au nombre de douze sténographes qui recueillent les débats du parlement pour un journal du matin.

Mon cher ami Traddles s'est essayé au même travail, mais ce n'est pas son affaire. Il prend son échec de la meilleure humeur du monde, et me rappelle qu'il a toujours eu la tête dure. Les éditeurs de mon journal l'emploient parfois à recueillir des faits, qu'ils donnent ensuite à des metteurs en œuvre plus habiles. Il entre au barreau, et à force de patience et de travail il amasse cent livres sterling, pour les offrir à un procureur dont il fréquente l'étude.

J'ai fait une autre tentative ; j'ai tâté avec crainte et tremblement du métier d'auteur. J'ai envoyé mon premier essai à une revue qui l'a publié. Depuis lors j'ai pris courage, et j'ai publié quelques autres petits travaux ; ils commencent à me rapporter quelque chose. Mon revenu monte à trois cent cinquante livres sterling ; ce n'est, ma foi, pas une plaisanterie.

Nous avons quitté Buckingham Street, pour nous établir dans une jolie petite maison, tout près de celle que j'admirais tant jadis. Ma tante a bien vendu sa maison de Douvres ; mais elle ne compte pourtant pas rester avec nous ; elle veut aller s'installer dans un cottage du voisinage, plus modeste que le nôtre. Qu'est-ce que cela veut dire ? S'agirait-il de mon mariage ? Mon Dieu, oui !

Miss Savinia et miss Clarissa, les tantes de Dora, ont donné leur consentement ; et elles se trémoussent comme de vieux petits oiseaux, à propos du trousseau et du mobilier. Sur la demande de Dora, on achète pour Jip un petit pavillon chinois, avec des clochettes en haut. Jip est très long à s'habituer à sa nouvelle niche ; il ne peut entrer ni sortir sans que les petites clochettes se mettent en branle, ce qui lui fait une peur horrible.

Peggotty arrive pour se rendre utile, et se met aussitôt à l'œuvre. Son département, c'est le nettoyage à perpétuité.

Pourquoi Traddles a-t-il l'air si important ce matin en venant me trouver aux Doctor's Commons, où je vais encore parfois quand j'ai le temps ? C'est que mes rêves vont se réaliser, je vais prendre une licence de mariage.

Jamais si petit document n'a représenté tant de choses ; et Traddles le contemple sur mon pupitre avec une admiration mêlée d'épouvante.

Le grand jour arrive enfin, et je me marie, entouré de tous ceux que j'aime.

XXXIV

Je crois que deux tout petits oiseaux en auraient
su autant sur l'art de tenir un ménage que nous
en savions, Dora et moi. Nous avions une servante,
et, comme de raison, c'était elle qui tenait notre
ménage. Je suis entièrement convaincu que ce
devait être une fille de mistress Crupp, déguisée.
Comme elle nous rendait la vie dure, Marie-
Jeanne !

Elle nous avait présenté un certificat grand
comme une affiche ; à en croire ce document, elle
savait tout faire au monde, et bien d'autres choses
encore. C'était une femme dans la force de l'âge,
d'une physionomie rébarbative, et sujette à une
sorte de rougeole perpétuelle, qui la mettait en
combustion.

On nous avait garanti que ce trésor était sobre
et honnête. Je suis donc disposé à croire qu'elle
avait une attaque de nerfs le jour où je la trouvai

couchée sous la marmite, et que c'était le boueur qui avait négligé de nous rendre les cuillers à thé.

Mais elle nous faisait une peur terrible. Nous sentions notre inexpérience, et nous étions hors d'état de nous tirer d'affaire. Je dirais que nous étions à sa merci, si le mot merci ne rappelait pas l'indulgence, et c'était une femme sans pitié. C'est elle qui fut cause de la première castille que j'eus avec Dora.

« Ma chère amie, lui dis-je un jour, croyez-vous que Marie-Jeanne connaisse l'heure ?

— Pourquoi ? demanda innocemment Dora en levant la tête.

— Mon amour, parce qu'il est cinq heures et que nous devions dîner à quatre. »

Dora regarda la pendule d'un petit air inquiet, et insinua qu'elle croyait bien que la pendule avançait.

« Au contraire, mon amour, lui dis-je en regardant à ma montre, elle retarde de quelques minutes. Ne croyez-vous pas, ma chère, que vous feriez bien d'en parler à Marie-Jeanne ?

— Oh non ! David, je vous en prie, dit Dora, je ne pourrai jamais.

— Pourquoi donc ? lui demandai-je doucement.

— Oh ! s'écria Dora, parce que je ne suis qu'une petite sotte, et qu'elle le sait bien. »

Je ne pus m'empêcher de froncer le sourcil.

« Oh ! la vilaine ride sur le front, s'écria Dora ; méchant que vous êtes !

— Mais, mon amour...

— Oh non ! non ! je vous en prie, s'écria Dora, ne faites pas le Barbe-Bleue ; ne prenez pas cet air sérieux.

— Mais, mon enfant, il faut pourtant bien être sérieux quelque fois. Venez vous asseoir sur cette chaise, près de moi. Vous savez, ma chérie, qu'il n'est pas très agréable de s'en aller sans avoir dîné. Voyons, qu'en pensez-vous ?

— Non, répondit-elle faiblement.

— Mon enfant, comme vous tremblez !

— Parce que je *sais* que vous allez me gronder, s'écria-t-elle d'un ton lamentable.

— Mon amour, je vais seulement tâcher de vous parler raison.

— Oh ! mais c'est bien pis que de gronder ! s'écria Dora au désespoir. Je ne me suis pas mariée pour qu'on me parle raison. Si vous voulez raisonner avec une pauvre petite créature comme moi, vous auriez dû m'en prévenir, méchant que vous êtes ! »

J'essayai de la calmer, mais elle se cachait le visage, et elle secouait de temps en temps ses boucles en disant : « Oh ! méchant, méchant que vous êtes ! » Je ne savais plus que faire, je me mis à marcher par la chambre, puis je me rapprochai d'elle.

« Dora, mon enfant !

— Non, je ne suis pas votre enfant. Vous êtes certainement fâché de m'avoir épousée, sans cela vous ne voudriez pas me parler raison ! »

Ce reproche me parut d'une telle inconséquence, que cela me donna le courage de lui dire :

« Allons, ma Dora, ne soyez pas si enfant, vous dites là des choses qui n'ont pas de bon sens. Vous vous rappelez certainement qu'hier j'ai été obligé de sortir avant la fin du dîner, et que la veille le veau m'a fait mal, parce qu'il n'était pas cuit et que j'avais été obligé de l'avaler en courant. Aujourd'hui je ne dîne pas du tout, et je n'ose pas dire combien de temps nous avons attendu le déjeuner ; et encore l'eau pour le thé n'était seulement pas bouillante. Je ne veux pas vous faire de reproches, ma chère petite, mais tout cela n'est pas très agréable.

— Oh ! méchant, méchant que vous êtes, comment pouvez-vous me dire que je suis une femme désagréable !

— Ma chère Dora, vous savez bien que je n'ai jamais dit ça !

— Vous avez dit que tout ça n'était pas très agréable.

— J'ai dit que la manière dont on tenait notre ménage n'était pas agréable.

— C'est exactement la même chose », s'écria

Dora. Elle le croyait réellement, car elle versait des larmes amères.

« Je ne vous accuse pas, Dora. Nous avons tous deux beaucoup à apprendre. Je voudrais seulement vous prouver qu'il faut, véritablement il le faut (j'étais décidé à ne pas céder sur ce point), vous habituer à surveiller Marie-Jeanne et aussi un peu à agir par vous-même, dans votre intérêt comme dans le mien.

— Je suis vraiment étonnée de votre ingratitude, dit Dora en sanglotant. Vous savez bien, l'autre jour, vous aviez dit que vous voudriez bien avoir un petit morceau de poisson ; j'ai été moi-même, bien loin, en commander pour vous faire une surprise.

— C'est très gentil à vous, ma chérie. J'en ai été très reconnaissant, au point de ne pas vous dire que vous aviez eu tort d'acheter un saumon, parce que c'est trop gros pour deux personne, et qu'il avait coûté une livre six shillings, ce qui était trop cher pour nous.

— Vous l'avez trouvé très bon », dit Dora en pleurant toujours.

Je fis ce que je pus pour la consoler ; mais j'avais blessé trop profondément ce pauvre petit cœur. J'étais obligé de partir bien vite ; je ne revins que très tard, le cœur bourrelé de remords.

Il était près de deux heures du matin quand

je rentrai. Je trouvai chez moi ma tante qui m'attendait.

« Est-ce qu'il y a quelque chose, ma tante ? lui dis-je avec inquiétude.

— Non, Trot, répondit-elle. Asseyez-vous, asseyez-vous. Seulement Petite Fleur (c'est ainsi qu'elle appelait Dora) était un peu triste, et je suis restée pour lui tenir compagnie, voilà tout. »

J'appuyai ma tête sur ma main, et je demeurai immobile, les regards fixés sur le feu. J'étais très triste et très abattu. Je rencontrai enfin les regards de ma tante fixés sur moi.

Elle avait d'abord l'air inquiet, mais son visage se rasséréna bientôt.

« Je vous assure, ma tante, que j'ai été malheureux tout le temps, de penser que Dora avait du chagrin. Mais mon intention était bonne ; je voulais lui parler doucement et tendrement de nos petites affaires. »

Ma tante m'encouragea d'un signe de tête.

« Trot, dit-elle, il y faut mettre de la patience.

— Certainement, ma tante, Dieu sait que je n'ai pas l'intention d'être déraisonnable.

— Non, non ; dit-elle, mais Petite Fleur est très délicate, il faut que le vent souffle doucement sur elle. »

Je remerciai, du fond de mon cœur, ma bonne tante de sa tendresse pour ma femme, et je suis sûr qu'elle s'en aperçut bien.

« Ne croyez-vous pas, ma tante, lui dis-je après avoir de nouveau contemplé le feu, pouvoir de temps en temps donner quelques conseils à Dora ? Cela nous serait bien utile.

— Trot, reprit ma tante avec émotion, non ! ne me demandez jamais cela. Vous ne savez pas combien je pourrais rendre notre Petite Fleur malheureuse, si je me mêlais de votre ménage ; je veux que ce cher bijou m'aime et qu'elle soit gaie comme un papillon. Rappelez-vous votre mère et son second mariage, et ne me refaites jamais une proposition qui me rappelle, pour elle et pour moi, de trop cruels souvenirs. »

Je compris tout de suite que ma tante avait raison, et je compris aussi la générosité de ses scrupules en ce qui touchait ma petite Dora.

« Vous en êtes au début, Trot, continua-t-elle, et Paris n'a pas été bâti en un jour, ni même en un an. Vous avez fait votre choix vous-même, en toute liberté ; vous avez même choisi une charmante petite créature qui vous aime beaucoup. Je ne veux pas vous faire un sermon, mais je veux simplement vous dire ceci : Ce sera votre devoir comme aussi votre bonheur de l'apprécier, telle que vous l'avez choisie, pour les qualités qu'elle a, et non pour les qualités qu'elle n'a pas. Tâchez de développer celles qui lui manquent. Et, si vous ne réussissez pas, mon enfant (ici ma tante se frotta le nez), il faudra vous accoutumer à vous en passer. Mais rappelez-vous, mon ami, que votre avenir est une affaire à régler entre vous deux. Personne ne peut vous aider, c'est à vous à faire comme pour vous, c'est là le mariage, Trot, et que Dieu vous bénisse l'un et l'autre, car vous êtes un peu comme deux petits enfants perdus dans les bois. »

La réconciliation fut facile entre Dora et moi.

Quelle plaie que les domestiques ! Le cousin de Marie-Jeanne déserta, et vint se cacher chez nous, dans le trou au charbon. Il en fut retiré, à notre grand étonnement, par un piquet de ses camarades, qui l'emmenèrent, les fers aux mains ; notre jardin en fut couvert de honte. Cela me donna le courage de me débarrasser de Marie-Jeanne. Elle prit si doucement, si doucement son renvoi, que j'en fus surpris. Mais bientôt je sus où avaient passé nos cuillers à thé. De plus, on me révéla que Marie-Jeanne avait l'habitude d'emprunter, sous mon nom, de petites sommes à nos fournisseurs. Elle fut remplacée momentanément par mistress Kidgerbury, vieille bonne femme qui prétendait faire des ménages, mais qui était trop faible pour en venir à bout. Puis nous trouvâmes un autre trésor d'un caractère charmant. Mais malheureusement ce trésor-là ne faisait pas autre chose que de dégringoler du haut en bas de l'escalier avec le plateau dans les mains ou de faire le plongeon par terre dans le salon avec le service à thé, comme on pique une tête dans la rivière.

Les ravages commis par cette infortunée nous obligèrent à la renvoyer. Elle fut suivie, avec de nombreux intermèdes de mistress Kidgerbury, d'une série d'être incapables. A la fin, nous tombâmes sur une jeune fille de très bonne mine, qui se rendit à la foire de Greenwich avec le chapeau de Dora. Ensuite je ne me rappelle plus qu'une foule d'échecs successifs.

Nous semblions destinés à être attrapés par tout le monde. Dès que nous paraissions dans une boutique, on nous offrait des marchandises avariées. Si nous achetions un homard, il était plein d'eau. Notre viande était coriace et nos pains n'avaient que de la mie. Par suite d'une incompréhensible fatalité, nous ne pouvions attraper le juste milieu entre de la viande saignante ou de la viande calcinée.

Tous ces désastres, j'en suis bien convaincu, nous coûtaient beaucoup plus cher qu'une série de triomphes. En étudiant nos comptes, je m'apercevais que nous avions dépensé en beurre de quoi bitumer le rez-de-chaussée de notre maison. Au train dont nous y allions pour remplir nos poivriers, il fallait nécessairement que bien des familles fussent privées de poivre, pour nous céder leur part. Et ce qu'il y a de plus merveilleux, c'est que nous n'avions jamais rien dans la maison.

Plusieurs fois la blanchisseuse mit notre linge en gage, et vint, dans un état d'ivresse pénitente, implorer notre pardon.

Après un de nos nombreux échecs culinaires, dont le bon Traddles avait été victime, Dora me dit : « Je suis fâchée ! voulez-vous m'enseigner un peu à faire quelque chose !

— Hélas, ma chère petite, il me faudrait commencer par apprendre, car je n'en sais pas plus long que vous.

— J'aurais dû, reprit-elle avec un grand sérieux, m'établir à la campagne, et passer un an avec Agnès.

— Pourquoi donc ? lui demandai-je.

— Je crois qu'elle m'aurait fait du bien, et qu'avec elle j'aurais appris quelque chose.

— Tout vient en son temps, mon amour. Depuis de longues années, vous savez, Agnès a eu à prendre soin de son père. Même dans le temps où ce n'était encore qu'une toute petite fille, c'était déjà l'Agnès que vous connaissez.

— Voulez-vous m'appeler du nom que je vais vous dire ? me demanda-t-elle.

— Quel nom ? lui dis-je en souriant.

— C'est un nom stupide, me répondit-elle en secouant ses boucles ; mais, c'est égal, appelez-moi votre *femme-enfant*.

— Et pourquoi vous appellerais-je ma femme-enfant ?

— Mais, êtes-vous nigaud ! me répondit-elle. Je ne vous demande pas de me donner ce nom au lieu de m'appeler Dora. Je vous prie seulement, quand vous songez à moi, de vous dire que je suis votre femme-enfant. Quand vous avez envie de vous fâcher contre moi, vous n'avez qu'à vous dire : ''Bah ! c'est ma femme-enfant.'' Quand je vous mettrai la tête à l'envers, dites-vous encore : ''Ne savais-je pas bien depuis longtemps que ça ne serait jamais qu'une petite femme-enfant !'' Quand je ne serai pas tout ce que je voudrais être, et ce que je ne serai peut-être jamais, dites-vous toujours : ''Cela n'empêche pas que cette petite sotte de femme-enfant-là m'aime tout de même.'' »

Je lui promis de faire selon ses désirs, et elle fut tout de suite consolée.

Elle me dit quelques jours après qu'elle allait devenir une excellente femme de ménage. En conséquence, elle sortit son ardoise du tiroir, tailla son crayon, acheta un immense livre de comptes, rattacha soigneusement toutes les feuilles du livre que Jip avait déchirées, et fit un effort desespéré pour « être sage », comme elle disait. Mais les chiffres avaient un grand défaut : ils ne voulaient pas se laisser additionner. Quand elle avait rempli deux ou trois colonnes de son livre de comptes, et ce n'était pas sans peine, Jip venait se promener sur la page et barbouiller tout avec sa queue ; et puis elle se remplissait les doigts d'encre : c'était le plus clair de l'affaire.

Quelquefois, le soir quand j'étais rentré, et que je travaillais (car j'écrivais beaucoup et je commençais à me faire un nom comme auteur), je posais ma plume, et j'observais ma femme-enfant, qui tâchait « d'être sage ». D'abord elle posait sur la table son immense livre de comptes, et poussait un profond soupir ; puis elle l'ouvrait à l'endroit effacé par Jip la veille au soir, et appelait Jip pour lui montrer les traces de son crime : c'était le signal d'une diversion en faveur de Jip, et on lui mettait de l'encre au bout du nez comme châtiment. Ensuite elle disait à Jip de se coucher sur la table « tout de suite, comme un lion ». C'était un de ses tours de force, bien qu'à mes yeux l'analogie ne fût pas frappante. S'il était de bonne humeur, Jip obéissait. Alors elle prenait une plume et commençait à écrire ; mais il y avait un cheveu dans la plume : elle en prenait une autre, mais celle-là faisait des pâtés ; alors elle en prenait une troisième et recommençait à écrire, en se disant à voix basse : « Oh ! mais celle-là grince et va déranger David ! » Bref, elle finissait par y renoncer, par reporter le livre de comptes à sa place, après avoir fait mine de le jeter à la tête du lion.

Une autre fois, quand elle se sentait d'humeur plus brave, elle prenait son ardoise et un petit panier plein de notes et autres documents qui ressemblaient plus à des papillotes qu'à toute autre chose, et elle essayait d'en tirer un résultat quelconque. Elle les comparait très sérieusement ; elle posait sur l'ardoise des chiffres qu'elle effaçait, elle comptait dans tous les sens sur les doigts de sa main gauche ; après quoi elle avait l'air si vexée, si découragée et si malheureuse, que je m'affligeais de voir s'assombrir, pour me satisfaire, ce charmant petit visage, et j'essayais de lui venir en aide. Mais elle ne me prêtait qu'une attention distraite ; je finissais toujours par la prier de prendre sa guitare.

C'était donc sur moi que retombaient toutes les difficultés et tous les soucis de notre vie, elle n'en prenait pas sa part. Notre ménage était à peu près dans le même gâchis qu'au début ; je m'y étais habitué, et j'avais le plaisir de voir que Dora ne s'attristait plus comme autrefois. Elle avait recouvré toute sa gaieté folâtre et s'amusait comme un enfant.

Quand les débats des Chambres avaient été d'une longueur assommante, et que je rentrais tard, Dora m'attendait au lieu d'aller se mettre au lit, et descendait toujours pour me recevoir. Quand je n'avais pas à m'occuper des Chambres, et que je travaillais pour mon propre compte, elle venait s'asseoir tranquillement auprès de moi, si tard que ce pût être, et elle se tenait si tranquille que je la croyais endormie. Mais en général, quand je levais la tête, je voyais ses yeux bleus fixés sur moi avec une attention silencieuse.

Une nuit, elle me dit : « Est-ce que vous serez bien fâché si je vous dis quelque chose de bien niais, plus niais encore qu'à l'ordinaire ?

— Voyons cette merveille.

— Laissez-moi vous donner vos plumes à mesure que vous en aurez besoin. J'ai envie d'avoir quelque chose à faire pour vous, pendant ces longues heures où vous êtes occupé. Voulez-vous que je les prenne pour vous les donner ? »

Le souvenir de sa joie charmante quand je lui dis oui me fait venir les larmes aux yeux. Je faisais semblant, de temps à autre, d'avoir besoin d'elle pour me copier une ou deux pages de manuscrit. Alors elle était dans toute sa gloire. Il fallait la voir se préparer pour cette grande entreprise, mettre son tablier, emprunter des chiffons à la cuisine pour essuyer sa plume, et le temps qu'elle y mettait, et le nombre de fois qu'elle en lisait des passages à Jip ; puis enfin elle signait sa page, comme si l'œuvre eût été menacée de rester incomplète sans le nom du copiste. Ensuite elle me l'apportait, toute joyeuse d'avoir achevé son devoir.

Peu de temps après, elle prit possession des clefs, qu'elle promenait par toute la maison dans un petit panier attaché à sa ceinture. En général

Laissez-moi vous donner vos plumes.

les armoires n'étaient pas fermées, et les clefs
n'eurent bientôt plus d'autre usage que d'amuser
Jip. Mais Dora était contente, et cela me suffisait.

C'est ainsi que se passait notre vie. Dora
témoignait presque autant de tendresse à ma tante
qu'à moi, et lui parlait souvent du temps où elle
la regardait comme une vieille grognon.

XXXV

J'avais si bien réussi depuis quelque temps dans mes essais littéraires, que je crus pouvoir, sans imprudence, après un nouveau succès, échapper enfin à l'ennui de sténographier les débats parlementaires.

A cette époque, il y avait à peu près un an que nous étions mariés. Après diverses expériences, nous avions trouvé que ce n'était pas la peine de diriger notre maison. Elle se dirigeait toute seule, avec l'aide pourtant d'un page, dont la principale fonction était de se disputer avec la cuisinière.

Il vivait au milieu d'une averse continuelle de casseroles. Sa vie était un combat. On l'entendait crier au secours dans les occasions les plus incommodes, par exemple quand nous avions du monde à dîner ou quelques amis, le soir. Ou bien il s'élançait en hurlant de la cuisine, et tombait sous le poids d'une partie de nos ustensiles de ménage que son ennemie jetait après lui. Nous désirions nous en débarrasser, mais il nous était si attaché qu'il ne voulait pas nous quitter. Il larmoyait sans cesse, et, quand il était question de nous séparer de lui, il poussait de telles lamentations que nous étions contraints de le garder. Il n'avait pas de mère, et, pour tous parents, il ne possédait qu'une sœur, qui s'était embarquée pour l'Amérique le jour où il était entré à notre service ; il nous restait donc sur les bras, comme un petit idiot que sa famille est bien obligée d'entretenir. Il sentait vivement son infortune et s'essuyait constamment les yeux avec la manche de sa veste, quand il n'était pas occupé à se moucher dans un coin de son petit mouchoir, que pour rien au monde il n'aurait tiré tout entier de sa poche. Ce qu'il en faisait, c'était par économie et par discrétion.

Ce diable de page, que nous avions eu le malheur d'engager à notre service, moyennant six livres sterling par an, était pour moi une source continuelle d'anxiété. Je l'observais, je le regardais grandir, et je songeais avec angoisse au temps où il aurait de la barbe, à celui où il serait chauve. Je ne voyais pas le moindre jour à me défaire jamais de lui ; je pensais combien il nous gênerait quand il serait vieux.

Je ne songeais guère au procédé qu'employa l'infortuné pour me tirer d'embarras. Il vola la montre de Dora, qui naturellement n'était jamais

à sa place, comme tout ce qui nous appartenait.
Il en fit de l'argent et dépensa le produit (pauvre
idiot !) à se promener toujours et sans cesse sur
l'impériale de l'omnibus de Londres à Cambridge.
Il allait accomplir son quinzième voyage, quand
un policeman l'arrêta : on ne trouva sur lui que
quatre shillings, avec un flageolet d'occasion, dont
il ne savait pas jouer.

Cette découverte et toutes ses conséquences ne
m'auraient pas aussi désagréablement surpris, s'il
n'avait pas été si repentant ! Mais c'est qu'il
l'était, au contraire, d'une façon toute particulière.. pas en gros, si vous voulez, c'était plutôt
en détail. Par exemple, le lendemain du jour où
je fus forcé de déposer contre lui, il fit certains
aveux concernant un panier de vin, que nous
supposions plein et qui ne contenait plus que des
bouteilles vides. Nous espérions que c'était fini
cette fois, qu'il s'était déchargé la conscience et
qu'il n'avait plus rien à nous apprendre sur le
compte de la cuisinière. Mais deux ou trois jours
après, ne voilà-t-il pas un nouveau remords de
conscience qui le prend et le pousse à nous
confesser que la cuisinière avait une petite fille
qui venait tous les jours, de grand matin, dérober
notre pain, et qu'on l'avait suborné lui-même
pour fournir de charbon le laitier. Deux ou trois
jours après, les magistrats m'informèrent qu'il
avait fait découvrir des aloyaux entiers au milieu

des restes de rebut, et des draps dans le panier aux chiffons. Puis, au bout de quelque temps, le voilà sur une nouvelle piste, et il se met à nous dénoncer le garçon du café voisin, comme ayant l'intention de faire une descente chez nous. On arrête le garçon. J'étais tellement confus du rôle de victime qu'il me faisait jouer par ces tortures répétées, que je lui aurais donné tout l'argent qu'il m'aurait demandé pour se taire ; ou bien j'aurais volontiers donné une somme ronde pour qu'on lui permît de se sauver. Ce qu'il y avait de pis, c'est qu'il n'avait pas la moindre idée du désagrément qu'il me causait. Il croyait, au contraire, à chaque découverte, me faire une réparation de plus.

A la fin, je pris le parti de me sauver moi-même toutes les fois que j'apercevais un émissaire de la police, chargé de me transmettre quelque révélation nouvelle, et je vécus pour ainsi dire en cachette, jusqu'au jour où ce malheureux garçon passa en jugement et fut condamné à la déportation. Même alors il ne pouvait se tenir en repos, et il nous écrivait constamment. Il voulut absolument voir Dora avant de s'en aller. Dora se laissa faire ; elle y alla et s'évanouit en voyant la grille de fer de la prison se refermer sur elle.

Tout cela me fit faire de sérieuses réflexions et me présenta nos erreurs sous un nouvel aspect.

Je ne pus m'empêcher d'en parler à Dora, un soir, en dépit de ma tendresse pour elle.

« Mon amour, lui dis-je, il m'est très pénible de penser que la mauvaise administration de nos affaires ne nuit pas à nous seulement (nous en avons pris notre parti), mais qu'elle fait tort à d'autres.

— Voilà bien longtemps, dit Dora, que vous n'aviez parlé de rien ; est-ce que vous allez redevenir grognon ?

— Non, vraiment, ma chérie ! Laissez-moi vous expliquer ce que je veux dire.

— Je n'ai pas envie de le savoir.

— Mais il faut que vous le sachiez, mon amour. Mettez Jip par terre. »

Dora posa le nez de Jip sur le mien, en disant : « Boh ! Boh ! » pour tâcher de me faire rire ; mais, voyant qu'elle n'y réussissait pas, elle renvoya le chien dans sa pagode, et s'assit devant moi, les mains jointes, de l'air le plus résigné.

« Le fait est, mon enfant, repris-je, le fait est que voilà notre mal qui se gagne ; nous le donnons à tout le monde autour de nous ! Non seulement, ma chérie, nous perdons, par notre négligence, de l'argent et du bien-être, non seulement notre caractère souffre parfois, mais encore nous avons le tort grave de gâter tous ceux qui entrent à notre service ou qui ont affaire à nous.

— Oh ! quelle accusation ! s'écria Dora en

écarquillant les yeux ; voulez-vous dire que vous
m'avez jamais vue voler des montres en or. Oh !

— Ma chérie, ne disons pas de bêtises ! Qui
est-ce qui vous parle de montres ?

— C'est vous ! reprit Dora, vous le savez bien.
Vous avez dit que je n'avais pas bien tourné non
plus, et vous m'avez comparée à lui.

— A qui ? lui demandai-je.

— A notre page, dit-elle en sanglotant. Oh !
quel méchant homme vous faites, de comparer
une femme qui vous aime tendrement à un page
qu'on vient de déporter ! Pourquoi ne m'avoir
pas dit ce que vous pensiez de moi avant de
m'épouser ? Oh ! quelle horrible opinion vous
avez de moi, Dieu du ciel !

— Voyons, Dora, repris-je, en essayant tout
doucement de lui ôter le mouchoir qu'elle tenait
sur ses yeux, non seulement ce que vous dites là
est ridicule, mais c'est mal. D'abord ce n'est pas
vrai.

— C'est cela ! Vous l'avez toujours accusé en
effet de dire des mensonges ; et elle pleurait de
plus belle ; et voilà que vous dites la même chose
de moi. Oh ! que vais-je devenir ? que vais-je
devenir ?

— Ma chère enfant, repris-je, je vous supplie
très sérieusement d'être un peu raisonnable. Ma
chère Dora, si nous ne remplissons pas nos devoirs
envers ceux qui nous servent, ils n'apprendront

jamais à faire leur devoir envers nous. J'ai peur
que nous ne donnions aux autres des occasions
de mal faire. Nous corrompons véritablement les
autres. Nous sommes obligés, en conscience, d'y
faire attention. Je ne puis m'empêcher d'y songer,
Dora ; et cette pensée me tourmente beaucoup.
Voilà tout, ma chérie ! »

Tout le résultat de mon éloquence, c'est que
Dora fut au désespoir. Évidemment elle ne comprenait pas mes paroles. Alors il me vint à l'idée
de procéder autrement, et de commencer par lui
« former l'esprit ».

Je me mis immédiatement à l'œuvre. Quand je
voyais Dora faire l'enfant, et que j'aurais eu
grande envie de faire comme elle, j'essayais d'être
grave... et je n'arrivais qu'à la déconcerter, et
moi aussi. Je lui parlais des sujets qui m'occupaient
dans ce temps-là ; je lui lisais Shakespeare, et
alors je la fatiguais au dernier point. Je tâchais
de lui insinuer, comme par hasard, quelques
notions utiles, ou quelques opinions sensées, et,
dès que j'avais fini, vite elle se dépêchait de
m'échapper, comme si je l'avais tenue dans un
étau. J'avais beau prendre l'air le plus naturel
quand je voulais *former l'esprit* de ma petite femme,
je voyais bien qu'elle devinait tout de suite où
j'en voulais venir, et qu'elle tremblait d'avance.
En particulier, il était évident pour moi qu'elle

regardait Shakespeare comme un terrible fâcheux. Décidément elle ne se formait pas vite.

De guerre lasse, j'abandonnai mon projet ; à quoi bon imposer à Dora et à moi-même une contrainte inutile ? Un beau jour j'achetai pour ma femme-enfant une jolie paire de boucles d'oreilles, avec un collier pour Jip, et je retournai chez moi, décidé à rentrer dans ses bonnes grâces.

Dora fut enchantée de ces petits présents, et plus enchantée encore quand je lui dis que je l'aimais telle qu'elle était ; que, par conséquent, je n'essayerais plus jamais, jamais d'essayer de « former son esprit » et de changer son caractère.

« Et vous me promettez, dit-elle, de ne pas être fâché si les choses vont quelquefois un peu de travers ?

— Je vous le promets. Nous tâcherons de faire de notre mieux.

— Et vous ne me direz plus que nous gâtons ceux qui nous approchent, n'est-ce pas ? ajouta-t-elle d'un petit air câlin. C'est si méchant.

— Non, non !

— Mieux vaut encore une Dora stupide qu'une Dora désagréable, n'est-ce pas ?

— Mieux vaut cent fois une Dora qui soit elle-même. »

Secouant gaiement la tête, elle tourna vers moi des yeux ravis, se mit à rire, et sauta pour attraper Jip et lui essayer son nouveau collier.

L'année en s'écoulant avait diminué les forces de Dora. Vers la fin, elle devint si languissante, que je ne pouvais la regarder sans concevoir de tristes pressentiments.

Un jour, étendue sur le canapé, Dora dit à ma tante : « Quand je pourrai recommencer à courir comme autrefois, je ferai sortir Jip, il devient trop lourd et trop paresseux.

— Ma chère, répondit ma tante qui travaillait tranquillement à côté de ma femme, je soupçonne qu'il y a une maladie plus grave que la paresse : c'est son âge.

— Vous croyez qu'il est vieux ? dit Dora avec surprise. Oh ! comme c'est drôle que Jip soit vieux !

— C'est une maladie à laquelle nous sommes tous exposés, petite, à mesure que nous avançons dans la vie. Je m'en ressens plus qu'autrefois, je vous assure.

— Mais Jip ! dit Dora en le regardant d'un air de compassion, quoi ? le petit Jip aussi ! pauvre ami ! »

Elle s'était penchée sur le bord du canapé pour regarder Jip. Le pauvre animal répondait à ses caresses en se tenant sur les pattes de derrière et s'efforçait, malgré son asthme, de grimper sur sa maîtresse.

« Je crois qu'il vivra encore lontemps, Petite Fleur, dit ma tante en embrassant Dora. Je ferai

Je ferai sortir Jip, il devient trop lourd.

doubler sa niche de flanelle l'hiver prochain, et je suis sûre qu'au printemps il sera plus frais que jamais, comme les fleurs. Vilain petit animal ! il serait doué d'autant de vies qu'un chat, et sur le point de les perdre toutes, qu'il userait certainement son dernier souffle à aboyer contre moi ! »

Dora avait aidé Jip à grimper sur le canapé. De là il avait l'air de défier ma tante avec tant de furie, qu'il ne voulait pas se tenir en place, et ne cessait d'aboyer en côté. Plus ma tante le regardait plus il devenait provocant, sans doute parce qu'elle avait récemment arboré des lunettes, et que Jip, pour des raisons à lui connues, considérait ce procédé comme une insulte personnelle.

« Il a encore un bon creux, dit gaiement ma tante, et la vivacité de ses antipathies montre bien qu'il n'a rien perdu de sa force. Il a bien des années devant lui, je vous assure. »

Jip se tenait contre sa maîtresse, et lui léchait languissamment la main.

« Vous n'êtes pas encore assez vieux pour abandonner votre maîtresse, n'est-ce pas, Jip ? dit Dora. Nous nous tiendrons compagnie encore quelque temps. »

Ma jolie petite Dora ! Quand elle descendit à table, le dimanche d'après, et se montra si ravie de revoir Traddles, qui dînait toujours avec nous le dimanche, nous croyions que dans quelques jours elle se mettrait à courir partout, comme par le passé. On nous disait : « Attendez quelques jours » ; puis : « quelques jours encore ». Mais elle ne se mettait ni à courir, ni à marcher. Elle était bien jolie et bien gaie ; mais ses petits pieds qui dansaient jadis si joyeusement autour de Jip restaient faibles et sans mouvement.

Je pris l'habitude de la descendre dans mes bras tous les matins, et de la remonter tous les soirs. Elle passait ses bras autour de mon cou et riait tout le long du chemin, comme s'il se fût agi d'une gageure. Jip nous précédait en aboyant, et s'arrêtait tout essoufflé sur le palier, pour voir si nous arrivions. Ma tante, la meilleure et la plus gaie des gardes-malades, nous suivait, en portant un chargement de châles et d'oreillers. M. Dick n'aurait cédé à personne le droit d'ouvrir la marche, un flambeau à la main. Traddles se tenait souvent au pied de l'escalier, à recevoir tous les messages folâtres dont Dora le chargeait pour « la meilleure fille du monde ». Nous avions l'air d'une joyeuse procession, et ma femme-enfant était plus joyeuse que personne.

Mais parfois, quand je l'enlevais dans mes bras, et que je la sentais devenir chaque jour plus légère, un vague sentiment de tristesse s'emparait de moi ; il me semblait que je marchais vers une contrée glaciale qui m'était inconnue, et dont l'idée assombrissait ma vie. Je cherchais à étouffer cette pensée, je me la cachais à moi même, mais

un soir, après avoir entendu ma tante lui crier :
« Bonne nuit, Petite Fleur », je restai seul assis
dans mon cabinet, et je pleurai en me disant :
« Nom fatal ! si la fleur allait se flétrir sur sa tige,
comme font les fleurs ! »

XXXVI

Je reçus un matin, par la poste, une lettre étrange de M. Micawber : il ne s'agissait pas d'affaires pécuniaires ; mais M. Micawber, en un style noble et obscur, parlait de la paix de son cœur qui était à jamais détruite, du pouvoir qu'il avait de lancer la foudre vengeresse, du besoin qu'il éprouvait de changer d'air ; finalement, il nous donnait rendez-vous, à Traddles et à moi, pour le surlendemain, à sept heures, près du mur de clôture de la prison du Banc du Roi.

Tout ahuri, je tenais encore la lettre à la main, et je faisais de vains efforts pour la comprendre, lorsque Traddles entra.

« Mon cher Traddles, lui dis-je, j'ai reçu la plus singulière lettre de M. Micawber.

— Vraiment ? s'écria Traddles. Et moi j'en ai reçu une de mistress Micawber. »

— Là-dessus Traddles me tendit sa lettre et prit la mienne. La lettre de mistress Micawber

ressemblait beaucoup à celle qu'elle m'avait écrite
à moi-même. Seulement ses plaintes étaient plus
vives, parce que M. Micawber était devenu de
plus en plus froid envers les siens, de plus en plus
bizarre et de plus en plus violent. « Monsieur
Traddles, disait mistress Micawber, n'aura pas
besoin que je m'étende sur ma douleur, quand je
lui dirai que j'entends sans cesse M. Micawber
m'affirmer qu'il s'est vendu au diable. Si je lui
adresse la question la plus simple, comme par
exemple celle-ci : ''Que voulez-vous pour votre
dîner ?'' il me déclare qu'il va demander une
séparation de corps et de biens.

« L'œil de l'affection voit clair, surtout chez
nous autres femmes. M. Micawber va à Londres.
Quoiqu'il ait cherché, ce matin, à se cacher de
moi, tandis qu'il écrivait une adresse pour la
petite malle brune qui a connu nos jours de
bonheur, le regard d'aigle de l'anxiété conjugale
a su lire la dernière syllabe : *dres*. Sa voiture
descend à la Croix d'Or. Puis-je conjurer monsieur
Traddles de voir mon époux qui s'égare, et
de chercher à le ramener ? Puis-je demander à
monsieur Traddles de venir en aide à une famille
désespérée ? Oh non ! ce serait trop d'importu-
nité !

« Si M. Copperfield, dans sa gloire, se souvient
encore d'une personne aussi obscure que moi,
monsieur Traddles voudra-t-il bien lui transmettre

mes compliments ? En tout cas, je le prie de vouloir bien *regarder cette lettre comme exclusivement particulière, et n'y faire aucune allusion, sous aucun prétexte, en présence de M. Micawber.* Si Monsieur Traddles daignait jamais me répondre (ce qui me semble entièrement improbable), une lettre adressée à E. M., poste restante, Cantorbéry, aura, sous cette adresse moins de douloureuses conséquences que sous toute autre, pour celle qui a l'honneur d'être, avec le plus profond désespoir,

« Très respectueusement votre amie suppliante,

« EMMA MICAWBER. »

« Que pensez-vous de cette lettre ? me dit Traddles en levant les yeux sur moi.

— Et vous, que pensez-vous de l'autre ? » Car il la lisait d'un air d'anxiété.

« Je dis, Copperfield, que ces deux lettres ensemble me paraissent plus significatives que ne le sont en général les épîtres des Micawber, mais je ne sais pas trop ce qu'elles veulent dire. Pauvre femme ! ajouta-t-il en regardant la lettre de mistress Micawber, tandis que nous comparions les deux missives ; en tout cas, il faut avoir la charité de lui écrire et de lui dire que nous ne manquerons pas de voir M. Micawber. »

J'écrivis une lettre consolante à mistress Micawber, et nous la signâmes tous les deux. Nous sortîmes pour la mettre à la poste, et, chemin faisant, nous nous livrâmes, Traddles et moi, à une foule de suppositions qu'il est inutile de rapporter ici. Nous appelâmes ma tante en conseil ; mais le seul résultat positif de notre conférence, ce fut la résolution de ne pas manquer au rendez-vous fixé par M. Micawber.

En effet, nous arrivâmes au lieu convenu un quart d'heure d'avance. M. Micawber y était déjà. Il se tenait debout, les bras croisés, appuyé contre le mur, et il regardait d'un air sentimental les pointes en fer qui le surmontent, comme si c'était les branches entrelacées des arbres qui l'avaient abrité durant les jours de sa jeunesse.

Quand nous fûmes près de lui, nous lui trouvâmes l'air plus embarrassé et moins élégant qu'autrefois. Il avait mis de côté ce jour-là son costume noir ; il portait son vieux paletot et son pantalon collant, mais ce n'était plus avec la même grâce que par le passé. A mesure que nous causions, il retrouvait peu à peu ses anciennes manières. Mais son lorgnon ne pendait plus avec la même aisance, et son col de chemise retombait plus négligemment.

Si M. Micawber nous avait donné rendez-vous près de la prison pour dettes, c'est qu'il considérait cet endroit comme le lieu où il avait passé les plus douces années de son existence. Prévoyant un discours sentimental sur ce sujet, nous essayâmes, à plusieurs reprises, de changer le cours des idées de M. Micawber, mais il tenait à son discours.

Par exemple, je lui demandai des nouvelles de mistress Micawber.

« Merci, répondit M. Micawber, dont le visage s'était assombri, elle va comme ci comme ça. Voilà donc, reprit-il en baissant la tête, voilà donc le Banc du Roi ! voilà ce lieu où, pour la première fois, depuis de longues années, le douloureux fardeau d'engagements pécuniaires n'a pas été proclamé chaque jour par des voix importunes qui assiégeaient ma demeure ; où il n'y avait pas à la porte de marteau qui permît aux créanciers de frapper ; où on n'exigeait aucun service personnel ; où ceux qui vous détenaient en prison attendaient à la grille. Si je ne puis vous dissimuler mes sentiments, veuillez m'excuser.

— Monsieur Micawber, lui dis-je, nous avons tous fait du chemin en ce monde, depuis ce temps-là.

— Monsieur Copperfield, me répondit-il avec amertume, lorsque j'habitais cette retraite, je pouvais regarder mon prochain en face, je pouvais l'assommer s'il venait à m'offenser. Mon prochain et moi, nous ne sommes plus sur ce glorieux pied d'égalité. »

M. Micawber s'éloigna d'un air abattu, et prenant le bras de Traddles d'un côté, pendant que de l'autre il s'appuyait sur le mien, il continua ainsi :

« Il y a sur la voie qui mène à la tombe des bornes qu'on voudrait n'avoir jamais franchies, si l'on ne sentait qu'un pareil vœu serait impie. Tel est le Banc du Roi, dans ma vie bigarrée !

— Monsieur Micawber, dit Traddles, vous êtes bien triste.

— Oui, monsieur, repartit M. Micawber.

— J'espère, reprit Traddles, que ce n'est pas parce que vous avez pris le droit en dégoût, car je suis avocat, comme vous savez. »

M. Micawber ne répondit pas un mot.

« Comment va notre ami Heep ? lui demandai-je après un moment de silence.

— Mon cher Copperfield, répondit-il (il paraissait en proie à une vive émotion, il était devenu tout pâle), si vous appelez *votre* ami celui qui m'emploie, j'en suis fâché pour vous ; si vous l'appelez *mon* ami, je vous réponds par un rire sardonique. Quelque nom que vous donniez à ce monsieur, je vous demande la permission de vous répondre simplement qu'il a l'air d'un renard, pour ne pas dire d'un diable. Vous me permettrez de ne pas m'étendre davantage, comme individu, sur un sujet qui, comme homme public, m'a entraîné presque au bord de l'abîme. »

Je lui exprimai mon regret d'avoir abordé

bien innocemment un thème de conversation qui semblait l'émouvoir si vivement.

« Puis-je vous demander, sans courir le risque de commettre la même faute, comment vont mes vieux amis M. et mistress Wickfield ?

— Miss Wickfield, dit M. Micawber, et son visage se colora d'une vive rougeur, miss Wickfield est ce qu'elle a toujours été, un modèle, un exemple radieux. Mon cher Copperfield, c'est la seule étoile qui brille au milieu d'une profonde nuit. Mon respect pour cette jeune fille, l'admiration que sa vertu m'inspire, mon dévouement à sa personne... tant de bonté, de tendresse, de fidélité... Emmenez-moi dans un endroit écarté, dit-il enfin. Sur mon âme, je ne suis plus maître de moi ! »

Nous le conduisîmes dans une étroite ruelle ; il s'appuya contre le mur et tira son mouchoir. Si je le regardais d'un air aussi grave que le faisait Traddles, notre compagnie ne devait pas être propre à lui rendre courage.

« Je suis condamné, dit M. Micawber en sanglotant, mais sans oublier de sangloter avec quelque reste de son élégance d'autrefois, je suis condamné, messieurs, à souffrir de tous les bons sentiments que renferme la nature humaine. L'hommage que je viens de rendre à miss Wickfield m'a percé le cœur. Tenez ! laissez-moi plutôt errer sur la terre, triste vagabond que je suis. Je vous réponds que les vers ne mettront pas longtemps à régler mon compte. »

Sans répondre à cette invocation, nous attendîmes qu'il eût remis son mouchoir dans sa poche, tiré son col de chemise, et sifflé de l'air le plus dégagé pour tromper les passants qui auraient pu remarquer ses larmes. Bien décidé à ne pas le perdre de vue, pour ne pas perdre en même temps le secret que nous voulions savoir, je lui dis que je serais charmé de le présenter à ma tante ; nous avions à Highgate un lit à son service.

Nous prîmes ensemble l'omnibus et nous arrivâmes sans encombre à Highgate. J'étais fort embarrassé, je ne savais que dire ni que faire ; Traddles était aussi embarrassé que moi. M. Micawber était sombre. Ma tante accueillit M. Micawber avec une gracieuse cordialité. M. Micawber lui baisa la main, se retira dans l'embrasure d'une fenêtre, et, tirant son mouchoir de sa poche, se livra à une lutte intérieure contre lui-même.

M. Dick, qui avait toujours pitié des gens affligés, lui donna une série de poignées de mains. M. Micawber fut touché jusqu'aux larmes, mais il garda son secret pour lui.

Je proposai à M. Micawber de nous préparer un punch. Il se mit à peler les citrons que j'avais fait placer sur la table avec tous les autres ingrédients dont il avait besoin. Il s'absorba dans son occupation favorite, mais il était facile de voir que son esprit était ailleurs. Il mettait l'écorce de citron dans la bouilloire, le sucre dans le plateau aux mouchettes, l'esprit-de-vin dans la carafe ; il prenait le chandelier pour verser l'eau bouillante, enfin il avait recours aux procédés les plus étranges. Je voyais bien que nous touchions à une crise ; la crise éclata enfin. Il repoussa loin de lui tous ces matériaux et tous ces ustensiles, se leva, tira son mouchoir, et fondit en larmes.

« Mon cher Copperfield, me dit-il tout en s'essuyant les yeux, cette occupation demande plus que toute autre du calme et le respect de soi-même. Je ne suis pas capable de m'en charger. C'est une chose indubitable.

— Monsieur Micawber, lui dis-je, qu'est-ce que vous avez donc ? Parlez, je vous en prie ; il n'y a ici que des amis.

— Des amis ! monsieur, répéta M. Micawber, et le secret que jusque-là il avait contenu à grand'peine lui échappa tout à coup ! Grand Dieu ! c'est justement parce que je suis entouré d'amis que vous me voyez en cet état. Ce que j'ai, et ce qu'il y a, messieurs ? Demandez-moi plutôt ce qu'il n'y a pas. Il y a de la méchanceté, il y a de la bassesse ; il y a de la déception, de la fraude et des complots ; et le nom de cette masse d'atrocités, c'est... Heep ! »

Ma tante frappa ses mains l'une contre l'autre, et nous tressaillîmes tous comme des possédés.

La crise éclata enfin.

« Non, non, plus de combats, plus de luttes avec moi-même, dit M. Micawber en gesticulant violemment avec son mouchoir, et en étendant, par moments, ses deux bras devant lui, comme s'il nageait dans un océan de difficultés surhumaines. Je ne saurais mener plus longtemps une pareille vie, je suis trop misérable ; on m'a enlevé ce qui rend l'existence supportable. Rendez-moi ma femme, rendez-moi mes enfants ; remettez Micawber à la place du malheureux qui marche aujourd'hui dans mes bottes, et puis dites-moi d'avaler demain un sabre, et je le ferai, vous verrez de quel appétit ! »

Je m'approchai de lui, et je lui tendis la main ; mais il m'écarta d'un signe et reprit :

« Non, Copperfield !... Point de communication entre nous... jusqu'à ce que miss Wickfield... ait obtenu réparation... du tort que lui a causé cet adroit coquin de Heep ! Qu'un secret inviolable soit gardé !... Pas d'exception !... D'aujourd'hui en huit, à l'heure du déjeuner... que tous ceux qui sont ici présents... y compris la tante... et cet excellent monsieur... se trouvent réunis à l'hôtel de Cantorbéry... Ils y rencontreront mistress Micawber et moi... Nous changerons en chœur le souvenir des beaux jours enfuis, et... je démasquerai cet épouvantable scélérat de *Heep* ! Je n'ai rien de plus à dire, rien de plus à entendre... Je m'élance immédiatement... car la société me pèse... sur les traces de ce traître, de ce scélérat, de ce brigand de *Heep* ! »

Après avoir prononcé ces paroles, M. Micawber se précipita hors de la maison, nous laissant dans un tel état d'excitation, d'attente et d'étonnement, que nous n'étions guère moins haletants, moins essoufflés que lui.

XXXVII

Quand nous fûmes arrivés à la veille du jour pour lequel M. Micawber nous avait donné un si mystérieux rendez-vous, nous nous consultâmes, ma tante et moi, pour savoir ce que nous ferions ; car ma tante n'avait nulle envie de quitter Dora. Hélas ! qu'il m'était facile de monter Dora dans mes bras, maintenant ! Mais Dora s'obstina à ne pas garder ma tante auprès d'elle ; elle prétendait qu'elle aurait bien assez de Jip pour la soigner. Ma tante, M. Dick, Traddles et moi, nous prîmes ce soir-là la malle-poste de Cantorbéry.

Le lendemain matin, après le premier déjeuner, auquel nous ne fîmes guère honneur, sauf M. Dick, je me mis à la fenêtre, pour avertir les autres dès que j'apercevrais M. Micawber. Je n'eus pas longtemps à attendre ; neuf heures et demie sonnaient lorsque je le vis paraître dans la rue.

« Le voilà, m'écriai-je, et il n'a pas son habit noir ! »

Ma tante renoua les brides de son chapeau, et mit son châle comme si elle s'apprêtait à un événement qui demandait toute son énergie. Traddles boutonna sa redingote d'un air déterminé. M. Dick, ne comprenant rien à ces préparatifs menaçants, enfonça son chapeau sur sa tête de toutes ses forces, puis l'ôta immédiatement pour dire bonjour à M. Micawber.

« Messieurs et dame, dit M. Micawber, bonjour ! Mon cher monsieur, ajouta-t-il en s'adressant à M. Dick, qui lui avait donné une vigoureuse poignée de main, vous êtes bien bon.

— Avez-vous déjeuné ? lui demanda M. Dick. Voulez-vous une côtelette ?

— Pour rien au monde, mon cher monsieur, s'écria M. Micawber en l'empêchant de sonner ; depuis longtemps, monsieur Dixon, l'appétit et moi nous sommes étrangers l'un à l'autre. »

M. Dixon fut si charmé de son nouveau nom, qu'il donna à M. Micawber une nouvelle poignée de main, en riant comme un enfant.

« Dick, lui dit ma tante, attention ! »

M. Dick rougit et se redressa.

« Maintenant, monsieur, dit ma tante à M. Micawber, tout en mettant ses gants, nous sommes prêts à partir.

— Monsieur Traddles, dit M. Micawber en

s'adressant à Traddles, vous me permettez, n'est-ce pas ? de faire savoir à nos amis que nous avons eu quelques communications, vous et moi.

— C'est un fait, Copperfield, dit Traddles, que je regardais d'un air surpris, M. Micawber m'a consulté sur ce qu'il comptait faire, et je lui ai donné mon avis, aussi bien que j'ai pu.

— A moins que je ne me fasse illusion, monsieur Traddles, continua M. Micawber, ce que j'ai l'intention de découvrir ici est très important.

— Extrêmement important, dit Traddles.

— Je vous demande, dit M. Micawber, de vouloir bien me laisser vous devancer de cinq minutes ; puis soyez assez bons pour venir rendre visite à miss Wickfield, au bureau de Wickfield et Heep, où je suis commis salarié. »

Nous partîmes au bout de cinq minutes, et nous trouvâmes M. Micawber à son bureau du rez-de-chaussée, dans la petite tourelle ; il avait l'air de travailler activement. Sa grande règle était cachée dans son gilet, mais une des extrémités dépassait, comme un jabot d'une espèce nouvelle.

Voyant que c'était à moi à prendre la parole, je dis tout haut :

« Comment allez-vous, monsieur Micawber.

— Monsieur Copperfield, dit gravement M. Micawber, j'espère que vous vous portez bien ?

— Miss Wickfield est-elle chez elle ?

— M. Wickfield est au lit, monsieur, il a la

fièvre rhumatismale. Mais miss Wickfield sera
charmée, j'en suis sûr, de revoir d'anciens amis.
Voulez-vous entrer, monsieur ? »

Il nous précéda dans la salle à manger ; puis,
ouvrant la porte de la pièce qui servait jadis de
bureau à M. Wickfield, il annonça d'une voix
retentissante :

« Miss Trotwood, M. David Copperfield, M.
Thomas Traddles, et M. Dixon. »

Il y avait assez longtemps que je n'avais vu
Uriah Heep. Évidemment notre visite l'étonnait
autant qu'elle nous étonnait nous-mêmes. Il ne
fronça pas les sourcils, parce qu'il n'avait pas de
sourcils à froncer, mais il plissa son front de
manière à fermer presque complètement ses petits
yeux, tandis qu'il portait sa main hideuse à son
menton, d'un air de surprise et d'anxiété. Ce ne
fut que l'affaire d'un moment ; je l'entrevis en le
regardant par-dessus l'épaule de ma tante. La
minute d'après, il était aussi humble et aussi
rampant que jamais.

« Ah vraiment, dit-il, voilà un plaisir bien
inattendu ! C'est une fête sur laquelle je ne
comptais guère, tant d'amis à la fois ! Monsieur
Copperfield, vous allez bien, j'espère ? et si je
peux m'exprimer humblement ainsi, vous êtes
toujours bienveillant envers vos anciens amis !
Mistress Copperfield va mieux, j'espère, mon-

sieur ? Nous avons été bien inquiets de sa santé depuis quelque temps, je vous assure. »

Je me souciais fort peu de lui laisser prendre ma main, mais comment faire ?

Il reprit, en s'adressant à ma tante, avec son sourire le plus piteux : « Les choses ont bien changé ici, miss Trotwood, depuis le temps où je n'étais qu'un humble commis, et où je tenais votre poney. Mais moi, je n'ai pas changé, miss Trotwood.

— A vous parler franchement, monsieur, dit ma tante, si toutefois cela peut vous être agréable, je vous dirais que vous avez tenu tout ce que vous promettiez dans votre jeunesse.

— Merci de votre bonne opinion, miss Trotwood, dit Uriah avec ses contorsions accoutumées.

— Micawber, voulez-vous avertir miss Agnès et ma mère ? Ma mère va être dans tous ses états en voyant si brillante compagnie ! ajouta-t-il en nous offrant des chaises.

— Vous n'êtes pas occupé, monsieur Heep ? dit Traddles, dont le regard venait de rencontrer l'œil fauve du renard qui le regardait à la dérobée d'un air interrogateur.

— Non, monsieur Traddles, répondit Uriah en reprenant sa place officielle et en serrant l'une contre l'autre deux mains osseuses entre deux genoux non moins osseux ; pas autant que je le voudrais ; mais les jurisconsultes sont comme les

requins et les sangsues, vous savez : il n'est pas
aisé de les satisfaire ! Ce n'est pas que M.
Micawber et moi nous n'ayons assez à faire,
monsieur, depuis que M. Wickfield ne peut plus
se livrer à aucun travail, pour ainsi dire, mais
nous trouvons que c'est un plaisir aussi bien qu'un
devoir de travailler pour *lui*. Vous n'êtes pas lié
avec M. Wickfield, je crois, monsieur Traddles ?
Il me semble n'avoir eu moi-même l'honneur de
vous voir qu'une seule fois.

— Non, je ne suis pas lié avec M. Wickfield ;
sans cela j'aurais peut-être eu l'occasion de vous
rendre visite plus tôt. »

Il y avait dans le ton de Traddles quelque chose
qui inquiéta de nouveau Uriah ; il jeta les yeux
sur lui d'un air sinistre et soupçonneux. Mais il
se remit en voyant la physionomie ouverte de
Traddles, ses manières simples et ses cheveux
hérissés, et il continua en sautant sur sa chaise :

« J'en suis fâché, monsieur Traddles, vous
l'auriez apprécié comme moi. Ses petits défauts
n'auraient fait que vous le rendre plus cher. Mais
si vous voulez entendre l'éloge de mon associé,
adressez-vous à Copperfield. D'ailleurs toute la
famille de M. Wickfield est un sujet sur lequel
son éloquence ne tarit pas. »

Je n'eus pas le temps de décliner le compliment,
quand bien même j'aurais été disposé à le faire :
Agnès venait d'entrer, suivie de mistress Heep.

Elle n'avait pas l'air aussi calme qu'à l'ordinaire ; évidemment elle avait eu à supporter beaucoup d'anxiété et de fatigue. Mais sa cordialité empressée et sa sereine beauté n'en étaient que plus frappantes.

Je vis Uriah l'observer pendant qu'elle nous disait bonjour ; il me rappela la laideur des mauvais génies épiant une bonne fée. Puis M. Micawber fit un signe à Traddles, qui sortit.

« Vous n'avez pas besoin de rester ici, Micawber », dit Uriah.

Mais M. Micawber restait devant la porte, une main appuyée sur la règle qu'il avait passée dans son gilet. Il tenait ses regards fixés sur son abominable patron.

« Qu'est-ce que vous attendez ? dit Uriah. Micawber, n'avez-vous pas entendu que je vous ai dit de ne pas rester ici ?

— Si, dit Micawber, toujours immobile.

— Alors, pourquoi restez-vous ?

— Parce que... parce que cela me convient », répondit M. Micawber, qui ne pouvait plus se contenir.

Les joues d'Uriah perdirent toute couleur et se couvrirent d'une pâleur mortelle, faiblement illuminée par le rouge de ses paupières.

« Vous n'êtes qu'un pauvre sujet, tout le monde le sait bien, dit-il en s'efforçant de sourire, et j'ai peur que vous ne m'obligiez à me débarrasser de vous. Sortez ! je vous parlerai tout à l'heure.

— S'il y a en ce monde un scélérat, dit M. Micawber en éclatant tout à coup avec une violence inouïe, un coquin auquel je n'ai que trop parlé de ma vie, ce gredin-là se nomme... Heep ! »

Uriah recula comme s'il eût été mordu par un reptile venimeux. Il promena lentement ses regards sur nous, de l'air le plus sombre et le plus méchant, puis il dit à voix basse :

« Ah ! ah ! c'est un complot ! Vous vous êtes donné rendez-vous ici ; vous voulez vous entendre avec mon commis, Copperfield, à ce qu'il paraît ? Mais prenez garde. Vous ne réussirez pas ; nous nous connaissons, vous et moi ; nous ne nous aimons guère. Depuis votre dernière visite ici, vous avez toujours fait le chien hargneux, vous êtes jaloux de mon élévation, n'est-ce pas ? Mais je vous en avertis : pas de complots contre moi, ou les miens vaudront les vôtres. Micawber, sortez, j'ai deux mots à vous dire.

— Monsieur Micawber, dis-je, il s'est fait un changement dans ce drôle. Il en est venu à dire la vérité sur un point : c'est qu'il se sent relancé. Traitez-le comme il le mérite !

— Vous êtes d'aimables gens, reprit Uriah, toujours du même ton, en essuyant de sa longue main les gouttes de sueur gluante qui lui coulaient sur le front, de venir acheter mon commis, l'écume de la société ; un homme, en un mot, tel que vous étiez jadis, Copperfield, avant qu'on vous eût fait la charité, et de le payer pour me diffamer par des mensonges. Miss Wickfield, au nom de l'affection que vous portez à votre père, ne vous joignez pas à cette bande, si vous ne voulez pas que je le ruine. Et maintenant, Micawber, venez-y ! je vous tiens entre mes griffes. Regardez-y à deux fois, si vous ne voulez pas être écrasé. Je vous conseille de vous éloigner, pendant qu'il en est encore temps. Mais où est ma mère ? dit-il en ayant l'air de remarquer avec une certaine alarme l'absence de Traddles, et en tirant brusquement le cordon de la sonnette. La jolie scène à venir faire chez les gens !

— Mistress Heep est ici, monsieur, dit Traddles, qui reparut, suivi de la digne mère de ce digne fils. J'ai pris la liberté de me faire connaître d'elle.

— Et qui êtes-vous, pour vous faire connaître ? dit Uriah ; que venez-vous faire ici ?

— Je suis l'ami et l'agent de M. Wickfield, dit Traddles d'un ton grave et calme. Et j'ai dans ma poche ses pleins pouvoirs pour agir comme procureur en son nom, quoi qu'il arrive.

— Le vieux baudet aura bu jusqu'à en perdre l'esprit, dit Uriah, qui devenait de plus en plus affreux à voir, et on lui aura soutiré cet acte par des moyens frauduleux.

— Je sais qu'on lui a soutiré quelque chose par des moyens frauduleux, reprit doucement Traddles, et vous le savez aussi bien que moi, monsieur Heep. Nous laisserons à M. Micawber le soin de traiter cette question, si vous le voulez bien.

— Uriah ! dit mistress Heep d'un air inquiet.

— Taisez-vous ! lui répondit-il, moins on parle, moins on se trompe.

— Mais, mon ami...

— Voulez-vous me faire le plaisir de vous taire, et de me laisser la parole ? »

Je savais bien, depuis longtemps, que sa servilité n'était qu'une feinte, et qu'il n'y avait en lui que fourberie et fausseté. Mais jusqu'au moment où il laissa tomber son masque, je ne m'étais fait aucune idée de l'étendue de son hypocrisie. J'avais beau le connaître depuis de longues années, et le détester cordialement, je fus surpris de la facilité avec laquelle il cessa de mentir quand il reconnut que le mensonge était inutile ; de la malice, de l'insolence et de la haine qu'il laissa éclater ; de sa joie, en songeant, même dans un pareil moment, à tout le mal qu'il avait fait. Je croyais savoir à quoi m'en tenir sur son compte, et pourtant ce fut toute une révélation pour moi, car, en même temps qu'il affectait de triompher, il était au désespoir, et ne savait comment se tirer de ce mauvais pas.

Je ne dis rien du regard qu'il me lança, pendant qu'il se tenait là, debout, à nous dévisager les uns après les autres, car je savais bien qu'il m'avait toujours haï. Mais quand ses yeux se fixèrent sur Agnès, ils avaient une expression de rage qui me fit frémir : il sentait qu'elle lui échappait. Était-il possible qu'Agnès eût été exposée à vivre, ne fût-ce qu'une heure, dans la compagnie d'un pareil homme !

M. Micawber tira de son sein la grande règle (sans doute pour s'en faire une arme défensive), sortit de sa poche un volumineux document écrit sur papier ministre, et se mit à le lire avec emphase. Il racontait d'abord comment ses embarras pécuniaires l'avaient mis au pouvoir de Heep.

« Un jour, disait-il sous le coup de l'ignominie de la misère, de l'affiction et de la folie combinées, j'entrai dans le bureau de l'association connue sous le nom de *Wickfield* et *Heep*, mais en réalité dirigée par *Heep* tout seul. HEEP le seul HEEP est le grand ressort de cette machine ; HEEP, le seul HEEP est un faussaire et un fripon. »

Uriah devint bleu, de pâle qu'il était ; il bondit pour s'emparer de la lettre et la mettre en morceaux. M. Micawber, avec une dextérité couronnée de succès, lui allongea un bon coup de règle sur les doigts.

« Que le diable vous emporte ! cria Uriah, en se tordant de douleur, je vous revaudrai ça.

M. Micawber lui allongea un bon coup de règle.

— Approchez seulement, vous, vous Heep, tas d'infamie, s'écria M. Micawber, et si votre tête est une tête d'homme, et non de diable, je la mets en pièces. Approchez, approchez ! »

Je n'ai jamais rien vu, je crois, de plus risible que cette scène. M. Micawber faisait le moulinet avec sa règle, en criant : « Approchez ! approchez ! » tandis que Traddles et moi nous le poussions dans un coin, dont il voulait absolument sortir, en faisant tous les efforts imaginables.

Son ennemi grommelait entre ses dents, en frottant sa main meurtrie. Il se rassit sur sa table, les yeux baissés, d'un air sombre.

Après quelques phrases pleines d'éloquence, de sentiment et de fleurs de rhétorique, M. Micawber arriva au passage suivant :

« Voici ce dont j'accuse *Heep* » ; il regarda Uriah, et plaça sa règle sous son bras gauche, de façon à pouvoir la retrouver en cas de besoin.

Nous retenions tous notre respiration, *Heep*, je crois, plus que personne.

« D'abord, quand les facultés de M. W... devinrent, pour des causes qu'il est inutile de rappeler, troubles et faibles, *Heep* s'étudia à compliquer toutes les transactions officielles. Plus M. W... était incapable de s'occuper d'affaires, plus *Heep* voulait le contraindre à s'en occuper. C'est dans de tels moments qu'il fit signer à M. W... des documents d'une grande importance, pour

d'autres qui n'en avaient aucune. Il amena M.
W... à lui donner l'autorisation d'employer une
somme considérable qui lui avait été confiée,
prétendant qu'on avait à payer des charges très
onéreuses, lesdites charges étant déjà liquidées ou
n'ayant jamais existé. Et, en même temps, il
mettait sur le compte de M. W... l'invention
d'une indélicatesse criante, dont il s'est servi
depuis pour torturer M. W... et le contraindre à
lui céder sur tous les points. »

« Vous aurez à prouver tout cela, Copperfield !
grogna Uriah en secouant la tête d'un air menaçant. Patience !

— Monsieur Traddles, dit M. Micawber en
s'interrompant dans sa lecture, demandez donc à
Heep qui est-ce qui a demeuré dans sa maison
après lui, voulez-vous ?

— Un imbécile qui y demeure encore », répondit Uriah d'un air dédaigneux.

M. Micawber reprit : « Demandez à *Heep* s'il
n'a pas, par hasard, possédé certain agenda dans
cette maison. Voulez-vous ? »

Uriah cessa tout à coup de se gratter le menton.

« Ou bien, demandez-lui, poursuivit M. Micawber, s'il n'en a pas brûlé un dans cette maison ?
S'il vous dit oui, et s'il vous demande où sont les
cendres de cet agenda, adressez-le à Wilkins
Micawber, et il apprendra des choses qui lui
seront peu agréables. »

M. Micawber prononça ces paroles d'un air si triomphant qu'il parvint à alarmer sérieusement la mère. Elle s'écria avec la plus vive agitation :

« Uriah ! Uriah ! Soyez humble et tâchez d'arranger l'affaire, mon enfant !

— Mère, répliqua-t-il, voulez-vous vous taire ? Vous avez peur, et vous ne savez pas ce que vous dites. Humble ! répéta-t-il, en me regardant d'un air méchant. Je les ai humiliés depuis longtemps, tout humble que je suis ! »

M. Micawber rentra tout doucement son menton dans sa cravate, puis il reprit :

« Secundo, *Heep* a plusieurs fois, à ce que je puis croire et savoir, fait des faux en imitant dans divers papiers, livres et documents la signature de M. W..., particulièrement dans une circonstance dont je pourrai donner la preuve, par exemple de la manière suivante : M. W... était malade ; il était probable que sa mort amènerait des découvertes propres à détruire l'influence de *Heep* sur la famille W..., à moins qu'il ne pût obtenir de sa fille de renoncer par affection filiale à toute investigation sur le passé. Dans cette prévision, le susdit *Heep* jugea prudent d'avoir un acte tout prêt, comme lui venant de M. W..., établissant que les sommes ci-dessus mentionnées avaient été avancées par *Heep* à M. W... pour le sauver du déshonneur. La vérité est que cette somme n'a jamais été avancée par lui. C'est *Heep* qui a forgé

les signatures de ce document ; il y a mis le nom
de M. W... et, en dessous, une attestation de
Wilkins Micawber. J'ai en ma possession, dans
son agenda, plusieurs imitations de la signature
de M. W... un peu endommagées par les flammes,
mais encore lisibles. Jamais de ma vie je n'ai
soussigné un pareil acte. J'ai en ma possession le
document original, c'est-à-dire, je l'avais encore
quand j'ai écrit ceci, mais depuis je l'ai remis à
M. Traddles. »

Mistress Heep recommanda encore à son fils
d'être humble ; mais il la fit taire comme les
autres fois.

Enfin, d'après le mémorandum de M. Micawber, Heep avait absolument ruiné M. Wickfield
par des manœuvres frauduleuses. Il avait établi
de faux états du domaine dont M. Wickfield
répondait, puis avait simulé un emprunt à des taux
fabuleux, après avoir frauduleusement soustrait à
M. Wickfield la somme qu'il devait, mais qu'il
avait en caisse.

Il y avait dans le cabinet un coffre-fort en fer ;
je l'avais déjà remarqué dès ma première visite.
La clef était sur la serrure. Un soupçon soudain
vint à Uriah ; il jeta un regard sur M. Micawber,
s'élança vers le coffre-fort, et l'ouvrit avec fracas.
Le coffre-fort était vide.

« Où sont les livres ? s'écria-t-il avec une

effroyable expression de rage. Un voleur a dérobé mes livres ! »

M. Micawber se donna un petit coup de règle sur les doigts :

« C'est moi ; vous m'avez remis la clef comme à l'ordinaire, un peu plus tôt même que de coutume, et j'ai ouvert le coffre.

— Soyez sans inquiétude, dit Traddles. Ils sont en ma possession. J'en prendrai soin, d'après les pouvoirs que j'ai reçus.

— Vous êtes donc un recéleur ! cria Uriah.

— Dans des circonstances comme celles-ci, certainement oui », répondit Traddles.

Quel fut mon étonnement quand je vis ma tante, qui jusque-là avait écouté avec un calme parfait, ne faire qu'un bond vers Uriah Heep et le saisir au collet !

« Vous savez ce qu'il me faut ? dit ma tante.

— Une camisole de force ! répondit-il.

— Non, ma fortune ! Agnès, ma chère, tant que j'ai cru que c'était votre père qui l'avait laissé perdre, je n'ai pas soufflé mot. Trot lui-même n'a pas su qu'elle était déposée entre les mains de M. Wickfield. Mais maintenant, comme c'est cet individu qui en répond, je veux la ravoir. »

Heep me dit avec un regard féroce :

« Que voulez-vous que je fasse ?

— Je m'en vais vous le dire, répondit Traddles. D'abord vous allez me remettre, ici même, l'acte

par lequel M. Wickfield vous fait l'abandon de
ses biens.

— Et si je ne l'ai pas ?

— Vous l'avez. Ensuite, il faut vous préparer
à rendre gorge, à restituer jusqu'au dernier sou
tout ce que votre rapacité a fait passer entre vos
mains. Nous garderons en notre possession tous
les livres et tous les papiers de l'association ; tous
vos livres et papiers, tous vos comptes et reçus,
en un mot, tout ce qui est ici.

— Vraiment ? Je ne suis pas décidé à cela, dit
Uriah. Il faut me donner le temps d'y penser.

— Certainement, répondit Traddles ; mais en
attendant, et jusqu'à ce que ce point soit réglé à
notre satisfaction, nous prendrons possession de
toutes les garanties, et nous vous prierons, ou au
besoin nous vous contraindrons de rester dans
votre chambre, sans communiquer avec qui que
ce soit. »

Uriah voulut regimber, mais on lui parla d'envoyer chercher des policemen, et il se soumit en
grondant.

M. Micawber nous pria d'assister à sa réconciliation avec mistress Micawber. Nous lui devions
trop pour lui refuser cette petite satisfaction.

En voyant la nombreuse famille de M. Micawber, ma tante, femme pratique, demanda au chef
de famille pourquoi, au lieu de vivre d'expédients

en Angleterre, il n'émigrait pas avec les siens en Australie.

« Madame, répondit M. Micawber, c'était le rêve de ma jeunesse, c'est encore le trompeur espoir de mon âge mûr. » Et à propos de cela, je suis pleinement convaincu qu'il n'y avait jamais pensé. « Mais des fonds ? madame, des fonds ?

— On vous en fournira.

— Le climat de l'Australie est sain ? demanda mistress Micawber.

— Le plus beau climat du monde, répondit ma tante.

— Parfaitement, reprit mistress Micawber. Alors, voici ce que je vous demande : l'état du pays est-il tel qu'un homme distingué comme M. Micawber puisse espérer de s'élever dans l'échelle sociale ? Je ne prétends pas dire qu'il puisse être d'emblée gouverneur ou quelque chose comme cela ; mais trouverait-il un champ assez vaste pour le développement expansif de ses grandes facultés ?

— Il ne saurait y avoir nulle part un plus bel avenir pour un homme qui a de la conduite et de l'activité.

— Pour un homme qui a de la conduite et de l'activité, répéta tendrement mistress Micawber. Précisément. Il est évident pour moi que l'Australie est le lieu où M. Micawber trouvera la sphère d'action légitime pour donner carrière à ses grandes facultés.

— Je suis convaincu, ma chère madame, dit
M. Micawber, que c'est, dans les circonstances
actuelles, le pays, le seul pays où je puisse établir
ma famille ; quelque chose d'extraordinaire nous
est réservé sur ce rivage inconnu. La distance
n'est rien, à proprement parler ; et, bien qu'il
soit convenable de réfléchir à votre généreuse
proposition, je vous assure que c'est purement
une affaire de forme. »

XXXVIII

Je pleure en écrivant ces lignes. Ma petite femme-enfant, après avoir langui encore quelque temps, s'est éteinte entre les bras d'Agnès. Ce n'est pas le moment de dépeindre l'état de mon âme. Sous l'influence de cet horrible événement, j'en vins à croire que l'avenir était fermé pour moi, que j'avais perdu à jamais toute activité et toute énergie, et qu'il n'y avait plus pour moi qu'un refuge : le tombeau. Je n'arrivai que par degrés à ce marasme languissant.

Il se passa un certain temps avant que je comprisse toute l'étendue de mon malheur. Je croyais presque avoir traversé déjà mes plus douloureuses angoisses, et je trouvais une consolation à méditer sur tout ce qu'il y avait de beau et de pur dans cette histoire touchante qui venait de finir pour toujours.

A présent, je ne me rappelle pas distinctement l'époque où l'on me parla de faire un voyage, ni

comment nous fûmes amenés à penser que je ne
trouverais que dans le changement de lieu et de
distractions la consolation et le repos dont j'avais
besoin. Agnès exerçait une telle influence sur nos
pensées et nos résolutions, pendant ces jours de
deuil, que je crois pouvoir lui attribuer ce projet.
Mais cette influence s'exerçait si paisiblement,
que je n'en sais pas davantage.

Je devais donc voyager. C'était, à ce qu'il
paraît, une résolution arrêtée entre nous dès les
premiers moments. La terre, ayant reçu tout ce
qui pouvait périr de celle qui m'avait quitté, il ne
me restait qu'à attendre ce que M. Micawber
appelait le dernier acte de la pulvérisation de
Heep, et le départ des émigrants.

Sur la demande de Traddles, qui fut pour moi,
pendant mon affliction, le plus tendre et le plus
dévoué des amis, nous retournâmes à Cantorbéry,
ma tante, Agnès et moi. Nous nous rendîmes tout
droit chez M. Micawber, qui nous attendait.

M. Micawber était résolu à émigrer, il le dit
nettement à ma tante. Puis, consultant un carnet
qu'il avait tiré de sa poche, il dit de son ton
officiel :

« Quant à l'assistance pécuniaire qui doit nous
permettre de lancer notre frêle canot sur l'océan
des entreprises, j'ai pesé de nouveau ce point
capital, et je vous propose l'arrangement suivant
que j'ai libellé, je n'ai pas besoin de le dire, sur

Ma petite femme-enfant s'est éteinte entre les bras d'Agnès.

papier timbré, d'après les prescriptions des divers
actes du Parlement relatifs à cette sorte de garanties. J'offre le remboursement aux échéances ci-
dessous indiquées, dix-huit mois, deux ans et deux
ans et demi.

— Arrangez cela comme il vous plaira, monsieur, dit ma tante.

— Quant à nos préparatifs intérieurs, reprit M.
Micawber avec un sentiment d'orgueil, permettez-
moi de vous dire comment nous cherchons à nous
préparer au sort qui nous sera désormais dévolu.
Ma fille aînée se rend tous les matins à cinq heures
dans un établissement voisin pour y acquérir le
talent, si j'ose m'exprimer ainsi, de traire les
vaches. Mes plus jeunes enfants étudient, d'aussi
près que les circonstances le permettent, les mœurs
des porcs et des volailles que l'on élève dans les
quartiers les moins élégants de cette cité. Deux
fois déjà on les a rapportés à la maison, écrasés
pour ainsi dire par des charrettes. J'ai moi-même,
la semaine passée, donné toute mon attention à
l'art de la boulangerie. Quant à mon fils Wilkins,
il s'est consacré à conduire des bestiaux, toutes
les fois que les grossiers individus payés pour cet
emploi lui ont permis de leur rendre gratis quelques services en ce genre. Je regrette, pour
l'honneur de notre espèce, d'être obligé d'ajouter
que de telles occasions se présentent rarement ;

J'ai donné toute mon attention à l'art de la boulangerie.

en général, on lui ordonne, avec des jurements effroyables, de s'éloigner au plus vite. »

Mistress Micawber avait employé son temps à correspondre avec sa famille, pour amener une réconciliation entre ladite famille et M. Micawber. « Mon impression à moi, dit-elle d'un air profond, c'est que le gouffre qui sépare M. Micawber de ma famille a été creusé par ce fait : ma famille a craint que M. Micawber n'eût besoin d'assistance pécuniaire.

— Eh bien, madame, répondit ma tante un peu brusquement, je crois que vous avez raison. »

Là-dessus, M. Micawber offrit le bras à mistress Micawber et, jetant un coup d'œil sur le tas de papiers et de livres placés sur la table, déclara qu'ils allaient se retirer pour nous laisser libres ; ce qu'ils firent de l'air le plus cérémonieux.

« Je dois rendre justice à M. Micawber, dit Traddles ; s'il n'a pas su travailler utilement pour son propre compte, il est infatigable quand il s'agit des affaires d'autrui : je n'ai jamais rien vu de pareil. M. Dick aussi a fait merveilles ! Aussitôt qu'il a été délivré du souci de veiller sur Uriah Heep, ce qu'il a fait avec un zèle inouï, il s'est dévoué aux intérêts de M. Wickfield, et il nous a réellement rendu les plus grands services, en nous aidant dans nos recherches, en faisant pour nous mille petites commissions, en nous copiant tous les documents dont nous avions besoin.

— Dick est un homme très remarquable, s'écria ma tante, je l'ai toujours dit, Trot, vous le savez.

— Je suis heureux de dire, miss Wickfield, poursuivit Traddles, avec une délicatesse et un sérieux vraiment touchants, que pendant votre absence l'état de M. Wickfield s'est grandement amélioré. Délivré du poids qui l'accablait depuis si longtemps et des craintes terribles qu'il éprouvait, ce n'est plus le même homme. »

Après avoir ainsi rassuré Agnès, Traddles rendit compte des résultats de son travail. M. Wickfield n'était pas en déficit, et il pouvait se retirer des affaires le front haut. Seulement il lui restait à peine quelques centaines de livres sterling pour vivre.

« Je ne suis pas inquiète, dit Agnès ; j'ai mon projet. Rien ne peut me rendre plus heureuse que la pensée d'être désormais chargée de notre avenir, si ce n'est le sentiment que mon père ne sera plus accablé par une trop pesante responsabilité : je suis sûre de réussir. Tout le monde me connaît ici et l'on ne me veut que du bien. Ne craignez pas pour moi. Nos besoins ne sont pas grands. Si je puis louer notre chère vieille maison et tenir une école, je serai heureuse de me sentir utile.

— A présent, miss Trotwood, dit Traddles, nous avons à nous occuper de votre fortune.

— Eh bien, monsieur, répondit ma tante en soupirant, tout ce que je peux vous en dire, c'est que si elle n'existe plus, je saurai en prendre mon parti ; et que si elle existe encore, je serai bien aise de la retrouver.

— Elle existe encore.

— Tant mieux », répondit tranquillement ma tante.

Traddles expliqua alors comment, grâce au zèle et aux efforts de M. Micawber, on avait pu tirer l'argent des griffes d'Uriah.

« Qu'est-il devenu ? demanda ma tante.

— Je n'en sais rien, répondit Traddles. Il est parti avec sa mère, qui ne faisait que crier, supplier, confesser tout. Ils sont partis pour Londres, par la diligence du soir, et je ne sais rien de plus sur son compte.

— Et M. Micawber ?

— Je vous ai déjà dit, miss Trotwood, quel zèle il a déployé. Il ne faut pas oublier que s'il a si bien agi, c'est par pur dévouement ; quand on songe à ce qu'il aurait pu obtenir d'Uriah Heep en se faisant payer son silence !

— Et maintenant, que faut-il lui donner ? demanda ma tante.

— M. Micawber a souscrit des billets au profit de Heep pour les avances qu'il lui faisait.

— Eh bien ! dit ma tante, il faut les rembourser.

— Oui, mais je ne sais pas quand on voudra s'en servir contre lui ni où ils sont, répondit Traddles en écarquillant les yeux ; je crains fort

que d'ici à son départ M. Micawber ne soit
constamment arrêté ou saisi pour dettes.

— Alors il faudra constamment le mettre en
liberté, et faire lever chaque saisie, dit ma tante.
A combien cela monte-t-il en tout ?

— M. Micawber a porté avec beaucoup d'exactitude ces transactions (il appelle ça des transactions) sur son grand-livre, reprit Traddles en
souriant, et cela monte à cent trois livres sterling
cinq shillings.

— Voyons, que lui donnerons-nous, cette
somme-là comprise ? dit ma tante. Combien
dirons-nous ? cinq cents livres ? »

Traddles et moi nous insistâmes pour qu'on ne
remît à M. Micawber qu'une petite somme à la
fois. Sans rien lui promettre d'avance, on solderait,
au fur et à mesure, ce qu'il devait à Uriah. On
payerait le passage et les frais d'installation de la
famille, on leur donnerait en outre cent livres
sterling ; on aurait l'air de prendre au sérieux
l'arrangement proposé par M. Micawber pour
payer ces avances ; il lui serait salutaire de se
sentir sous le coup de cette responsabilité.

On fit rentrer M. et mistress Micawber et on
leur expliqua ce qui avait été convenu entre nous
à leur sujet. Ils furent dans le ravissement.

M. Micawber, ayant eu à sortir pour quelque
emplette pressée, revint cinq minutes après,
escorté d'un agent du shériff, et nous annonça en

sanglotant que tout était perdu. Comme nous étions préparés à cet évènement, et que nous avions prévu la vengeance d'Uriah Heep, nous payâmes aussitôt la somme.

La soirée avait été bien remplie. Nous étions sur les dents, sans compter que ma tante et moi nous devions retourner à Londres le lendemain. Il fut convenu que les Micawber nous y rejoindraient, après avoir vendu leur mobilier ; que les affaires de M. Wickfield seraient réglées le plus promptement possible, sous la direction de Traddles, et qu'Agnès viendrait ensuite à Londres. Nous passâmes la nuit dans la vieille maison, qui, délivrée maintenant de la présence des Heep, semblait purgée d'une pestilence, et je couchai dans mon ancienne chambre, comme un pauvre naufragé qui est revenu au gîte.

Le lendemain, nous retournâmes chez ma tante, parce que je n'avais pas le courage de rentrer chez moi. Le soir, au retour d'une course, nous trouvâmes un petit billet de M. Micawber. Il nous annonçait, le désespoir dans l'âme, qu'il venait d'être arrêté une seconde fois. Il avait rouvert sa lettre pour nous faire savoir que Traddles l'avait tiré d'affaire, par suite de quoi sa famille et lui étaient au comble du bonheur.

XXXIX

Nos pauvres amis d'Yarmouth avaient éprouvé de grands chagrins et de grands malheurs. Par un instinct naturel, ils avaient résolu de fuir le lieu où ils avaient été si affreusement éprouvés. Ils avaient donc pris la résolution d'émigrer en Australie. Comme ils devaient s'embarquer sur le même bateau que les Micawber, je les présentai les uns aux autres, afin qu'ils pussent mutuellement se rendre service pendant la traversée et après leur arrivée à destination.

M. Micawber fut encore arrêté une fois avant son départ, tomba dans un morne désespoir, et finalement me sauta au cou avec véhémence lorsque j'eus congédié, après l'avoir payé, l'agent du shériff.

Nous fîmes la conduite aux émigrants jusqu'à bord du navire. Les derniers adieux sont échangés, voilà qu'on donne le signal de quitter le pont à ceux qui ne doivent pas partir. Ma bonne vieille

Peggotty pleure à côté de moi ; mistress Gummidge s'occupe activement d'arranger les affaires de M. Peggotty.

Je dis adieu à mistress Micawber ; tout le temps, la pauvre femme avait espéré voir arriver quelque membre de sa famille, chargé de souhaiter un heureux voyage aux émigrants, mais personne n'était venu. Ses dernières paroles furent qu'elle n'abandonnerait jamais M. Micawber.

Nous redescendîmes dans la barque qui nous avait amenés, nous nous arrêtâmes pour voir le vaisseau prendre son élan. Le soleil se couchait. Le navire flottait entre nous et le ciel rougeâtre, on distinguait le plus mince de ses cordages sur ce fond éclatant. C'était si beau, si triste, et en même temps si encourageant, de voir ce glorieux vaisseau, immobile encore sur l'onde doucement agitée, avec tout son équipage, tous ses passagers, rassemblés en foule sur le pont, silencieux et tête nue, que je n'avais jamais rien vu de pareil.

Le silence ne dura qu'un moment. Le vent gonfla les voiles, le vaisseau s'ébranla ; trois hurrahs retentissants, partis de toutes les barques, et répétés à bord, vinrent d'écho en écho mourir sur le rivage.

Je quittai l'Angleterre à mon tour, sans bien comprendre encore la lourdeur du fardeau que j'avais à supporter. Je quittai donc tous ceux qui m'étaient chers, et je m'en allai ; je croyais que

j'en étais quitte et que tout était fini comme cela.
De même que, sur un champ de bataille, un soldat
vient de recevoir une balle mortelle sans savoir
seulement qu'il est blessé, de même, laissé seul
avec mon cœur indiscipliné, je ne me doutais pas
non plus de la profonde blessure contre laquelle il
allait avoir à lutter. Je le compris enfin, mais non
pas tout d'un coup ; ce ne fut que petit à petit.
Le sentiment de désolation que j'emportais en
m'éloignant ne fit que devenir plus vif et plus
profond d'heure en heure. Ce n'était d'abord
qu'un sentiment vague et pénible de chagrin et
d'isolement. Mais il se transforma, par degrés
imperceptibles, en un regret sans espoir de tout
ce que j'avais perdu, en un mot du rêve entier de
ma vie. Que me restait-il désormais ? Un vaste
désert, qui s'étendait autour de moi sans limites,
presque sans horizon.

Je ne voyais aucune issue à ces abîmes de
tristesse où j'étais tombé. J'errais de place en
place, portant partout mon fardeau avec moi. J'en
sentais tout le poids, je pliais sous le faix, et je
me disais dans mon cœur que jamais il ne pourrait
être allégé.

Dans ces moments de crise et de découragement,
je croyais que j'allais mourir. Parfois je me disais
que je voulais du moins mourir près des miens,
et je revenais sur mes pas. Parfois je continuais
mon chemin, j'allais de ville en ville, poursuivant

je ne sais quoi devant moi, et voulant laisser derrière moi je ne sais quoi non plus.

Il me serait impossible de retracer une à une toutes les phases douloureuses que j'eus à traverser dans ma détresse. C'est comme un rêve, quand j'y repense. Je revois dans ce rêve des villes inconnues, des palais, des cathédrales, des temples, des tableaux, des châteaux et des tombes, puis des rues fantastiques, en un mot tous les vieux monuments de l'histoire et de l'imagination.

Pendant plusieurs mois je voyageai ainsi, avec ce nuage obscur sur l'esprit. Il semblait que des raisons mystérieuses m'empêchaient de reprendre le chemin de mon pays natal, et m'engageaient à poursuivre mon pèlerinage. Tantôt je prenais ma course de pays en pays, sans me reposer, sans m'arrêter nulle part. Tantôt je restais longtemps au même endroit, sans savoir pourquoi.

J'étais en Suisse, je revenais d'Italie par un des grands passages à travers les Alpes, où j'errais avec un guide, dans les sentiers écartés des montagnes. Si ces solitudes majestueuses parlaient à mon cœur, en vérité je n'en savais rien. J'avais trouvé quelque chose de merveilleux et de sublime dans ces hauteurs prodigieuses, dans ces précipices horribles, dans ces torrents mugissants, dans ce chaos de neige et de glace, mais c'était tout ce que j'y avais vu.

Un soir, je descendais, avant le coucher du

soleil, au fond d'une vallée où je devais passer la nuit. Pendant que je suivais le sentier, autour de la montagne d'où je venais de voir le soleil bien au-dessus de moi, je crus sentir le goût du beau et l'instinct d'un bonheur tranquille s'éveiller en moi, sous la douce influence de ce spectacle paisible, et ranimer dans mon cœur une faible lueur de ces émotions que je ne connaissais plus depuis longtemps. Je m'arrêtai, je m'en souviens, ayant dans l'âme une espèce de chagrin qui ne ressemblait plus à l'accablement et au désespoir. Alors je fus tenté d'espérer un bienheureux changement au fond de mon cœur.

Je descendis dans la vallée au moment où le soleil du soir dorait les cimes couvertes de neige, qui allaient bientôt en masquer la splendeur. La base de la montagne qui formait la gorge où se trouvait situé le petit village était tapissée d'une riche verdure ; au-dessus de cette riante végétation se dressaient de sombres forêts de pins, qui fendaient les masses de neige comme un coin, et retenaient les avalanches. Plus haut, on voyait des rochers grisâtres, des sentiers raboteux, des glaçons, et de petites oasis de pâturage qui allaient se perdre dans la neige dont les montagnes étaient couronnées. Çà et là, sur le revers de la montagne, quelques points dans la neige, et chaque point était une maison. Tous ces chalets solitaires, écrasés par la grandeur sublime des cimes gigantes-

ques, ressemblaient à des jouets d'enfant. Il en
était de même du village, dans la vallée, avec son
pont de bois jeté sur le ruisseau qui tombait en
cascade sur les rochers brisés, et courait à grand
bruit au milieu des arbres. On entendait au loin,
dans le calme du soir, une espèce de chant :
c'étaient les voix des bergers. Un nuage empourpré
par les feux du soleil couchant flottait à mi-hauteur
du flanc de la montagne. Je croyais presque
entendre sortir de son sein les accents de cette
musique sereine qui n'avait rien de terrestre. Tout
d'un coup, au milieu de cette grandeur imposante,
la voix, la grande voix de la nature me parla.
Cédant à son influence secrète, je posai sur le
gazon ma tête fatiguée, et je pleurai comme je
n'avais jamais pleuré depuis la mort de Dora.

J'avais trouvé, quelques minutes auparavant,
un paquet de lettres qui m'attendaient, et j'étais
sorti du village pour les lire pendant qu'on
préparait mon souper. D'autres paquets s'étaient
égarés, et je n'en avais pas reçu depuis longtemps ;
sauf une ligne ou deux pour donner des nouvelles
de ma santé et dire que j'étais arrivé à tel ou tel
endroit, je n'avais eu ni le courage ni la force
d'écrire une seule lettre depuis mon départ.

Le paquet était entre mes mains ; je l'ouvris,
et je reconnus l'écriture d'Agnès.

Elle était heureuse, comme elle nous l'avait
dit, de se sentir utile. Elle réussissait dans son

entreprise, comme elle l'avait espéré. C'était tout ce qu'elle me disait sur son propre compte ; le reste avait rapport à moi.

Elle ne me donnait pas de conseils ; elle ne me parlait pas de mes devoirs ; elle me disait seulement, avec sa bonté accoutumée, qu'elle avait confiance en moi. Elle savait, disait-elle, qu'avec mon caractère je ne manquerais pas de tirer une leçon salutaire du chagrin même qui m'avait frappé. Elle savait que les épreuves et la douleur ne feraient qu'élever et fortifier mon âme. Elle était sûre que je donnerais à tous mes efforts un but plus noble et plus assuré, après le malheur dont j'avais été frappé. Elle qui était si fière du nom que je m'étais déjà fait, et qui attendait avec tant d'impatience les succès destinés à l'illustrer encore, elle savait bien que je continuerais à travailler. Elle savait que l'affliction augmente, au lieu de la diminuer, l'énergie des caractères bien trempés, comme le mien. Elle me remettait d'ailleurs entre les mains de Dieu, de Celui qui avait recueilli dans son repos mon innocent trésor. Elle me répétait qu'elle m'aimait toujours comme une sœur, et que sa pensée me suivait partout. Elle était fière de ce que j'avais fait, mais infiniment plus fière encore de ce que j'étais destiné à faire un jour.

Je relus bien des fois sa lettre, et je lui répondis avant de me coucher. Je lui dis que j'avais toujours eu grand besoin de son aide, que, sans elle, je n'aurais jamais été ce qu'elle croyait, mais qu'elle me donnait l'ambition de l'être, et le courage de l'essayer.

Je l'essayai en effet. Encore trois mois, et il y aurait un an que j'avais été si douloureusement frappé. Je décidai de ne prendre aucune résolution avant l'expiration de ces trois mois, mais d'essayer seulement de répondre à la bonne opinion d'Agnès. Je passai tout ce temps-là dans la petite vallée et dans les environs.

Les trois mois écoulés, je résolus de rester encore quelque temps loin de mon pays et de m'établir provisoirement en Suisse, car la Suisse m'était devenue chère par le souvenir de cette soirée, de reprendre ma plume, et de me remettre au travail.

Je travaillais ferme et dur ; je commençais de bonne heure et je finissais tard. J'écrivais une nouvelle dont le sujet avait un certain rapport avec mes chagrins récents. Je l'envoyai à Traddles, qui s'entremit, pour la publication, d'une façon très avantageuse à mes intérêts. Le bruit de ma réputation croissante arriva jusqu'à moi, par le flot de voyageurs que je rencontrais sur mon chemin. Après avoir pris un peu de repos et de distraction, je me remis à l'œuvre, avec mon ardeur d'autrefois, sur mon nouveau sujet qui me plaisait infiniment. A mesure que j'avançais dans l'accomplissement de cette tâche, je m'y attachais de plus en plus, et je mettais toute mon énergie à réussir. C'était mon troisième essai en ce genre. J'en avais écrit la moitié à peu près, quand je songeai, dans un intervalle de repos, à retourner en Angleterre.

Depuis longtemps, sans que cela nuisît à mon travail patient, et à mes études incessantes, je m'étais habitué à des exercices robustes. Ma santé, gravement altérée au moment où j'avais quitté l'Angleterre, s'était entièrement rétablie. J'avais beaucoup vu, j'avais beaucoup voyagé, et j'espère que j'avais acquis quelque chose pendant mes voyages.

XL

Je débarquai à Londres par une froide soirée
d'automne. Il faisait sombre et il pleuvait ; en
une minute je vis plus de brouillard et de boue
que je n'en avais vu sur le continent pendant plus
d'une année. J'allai à pied de la Douane à
Charing-Cross sans trouver de voiture. Quoiqu'on
aime toujours à revoir d'anciennes connaissances,
en retrouvant sur mon chemin les toits en saillie
et les goutières engorgées comme autrefois, je
ne pouvais m'empêcher de regretter que mes
anciennes connaissances ne fussent pas un peu
plus propres.

Voici une chose que j'ai souvent remarquée, et
je suppose que tout le monde en a fait autant. Au
moment où vous quittez un lieu qui vous est
familier, il semble que votre départ y donne le
signal d'une foule de changements à vue. En
regardant par la portière de la voiture, je songeai
à une vieille maison de Fish-Street, qui depuis

plus d'un siècle n'avait certainement jamais vu ni
maçon, ni peintre, ni menuisier ; elle avait été
jetée par terre pendant mon absence. Une rue
voisine, célèbre par son insalubrité et ses inconvé-
nients de tout genre, que leur antiquité avait
rendus respectables, se trouvait assainie et élargie.
Je m'attendais presque à trouver la cathédrale de
Saint-Paul plus vieille encore qu'autrefois.

Je savais qu'il s'était opéré des changements
dans la situation de plusieurs de mes amis. Ma
tante était depuis longtemps retournée à Douvres,
et Traddles avait commencé à se faire une petite
clientèle, peu de temps après mon départ. Il
occupait maintenant un petit appartement dans
Gray's-Inn. Dans une de ses dernières lettres,
il me disait qu'il avait quelque espoir d'être
prochainement uni à la « meilleure fille du
monde ».

On m'attendait pour Noël, mais j'avais devancé
l'époque de mon retour. J'avais pressé à dessein
mon arrivée, afin d'avoir le plaisir de leur faire
une surprise. Et pourtant, j'étais assez injuste
pour sentir un frisson glacé, comme si j'étais
désappointé de ne voir personne venir au-devant
de moi, et de rouler tout seul en silence à travers
les rues assombries.

Cependant la vue des boutiques et de leurs
brillants étalages me remit un peu ; et lorsque
j'arrivai à la porte du café de Gray's-Inn, j'avais

repris de l'entrain. Au premier moment, cela me rappela cette époque de ma vie, bien différente pourtant, où j'étais descendu à la Croix-d'Or, et les changements survenus depuis ce temps-là ; c'était bien naturel.

« Savez-vous où demeure M. Traddles ? demandai-je au garçon, en me chauffant à la cheminée du café.

— Holborn-Court, monsieur, n° 2.

— M. Traddles commence à être connu parmi les avocats, n'est-il pas vrai ?

— C'est probable, monsieur, mais je n'en sais rien. »

Ce garçon, qui était entre deux âges et assez maigre, se tourna vers un garçon d'un âge supérieur, presque une autorité, un vieux serviteur robuste, puissant, avec un double menton, une culotte courte et des bas noirs. Il se leva de la place qu'il occupait au bout de la salle, dans une espèce de banc de sacristain où il était en compagnie d'une boîte de menue monnaie, d'un *Almanach des adresses,* d'une *Liste des gens de loi,* et de quelques autres livres ou papiers.

« M. Traddles ? dit le garçon maigre, n° 2, dans la cour. »

Le vieillard majestueux lui fit signe de la main qu'il pouvait s'en aller et se tourna gravement de mon côté.

« Je demandais, lui dis-je, si M. Traddles, qui

demeure au n° 2 dans la cour, ne commence pas
à se faire un nom parmi les avocats ?

— Je n'ai jamais entendu prononcer ce nom-
là », dit le garçon d'une riche voix de basse-taille.

Je me sentis humilié pour Traddles.

« C'est sans doute un tout jeune homme, répondit l'imposant vieillard en fixant sur moi un regard
sévère. Combien y a-t-il qu'il plaide à la Cour ?

— Pas plus de trois ans », répondis-je.

On ne devait pas s'attendre à voir un garçon
qui m'avait tout l'air d'avoir résidé depuis au
moins quarante ans dans le même coin du même
café s'arrêter plus longtemps à un sujet aussi
insignifiant. Il me demanda donc ce que je voulais
pour mon dîner.

Je sentis que j'étais revenu en Angleterre, et
Traddles me fit de la peine. Il n'avait pas de
chance. Je demandai timidement un peu de
poisson et un bifteck, et je me tins debout devant
le feu, à méditer sur l'obscurité de mon pauvre
ami.

Tout en suivant des yeux le garçon en chef,
qui allait et venait, je ne pouvais m'empêcher de
me dire que le jardin où s'était épanouie une fleur
si prospère était pourtant d'une nature bien
ingrate. Tout y avait un air si raide, si antique,
si cérémonieux, si solennel ! Je regardai autour
de la pièce, dont le parquet était couvert de sable,
probablement comme à l'époque où le garçon en

chef était encore un petit garçon, si jamais il l'avait été, ce qui me paraissait invraisemblable. Je contemplais les tables luisantes, où je voyais mon image réfléchie jusqu'au fin fond de l'antique acajou ; les lampes bien frottées, qui n'avaient pas une seule tache ; les bons rideaux verts, avec leurs bâtons de cuivre poli, fermant bien hermétiquement chaque compartiment séparé ; les deux grands feux de charbon bien allumés ; les carafes rangées dans le plus bel ordre, et remplies jusqu'au goulot, afin de montrer qu'à la cave elles n'étaient pas embarrassées pour trouver des tonneaux entiers de porto, première qualité.

Et je me disais, en contemplant tout cela, qu'en Angleterre la renommée aussi bien qu'une place honorable au barreau n'étaient pas faciles à prendre d'assaut. Je montai dans ma chambre pour me changer, car mes vêtements étaient trempés. Et cette vaste pièce toute en boiseries (elle donnait sur l'arcade qui conduisait à Gray's-Inn), et ce lit paisible dans son immensité, flanqué de ses quatre piliers, à côté duquel se pavanait, dans sa gravité indomptable, une commode massive, semblaient de concert prophétiser un pauvre avenir à Traddles, comme à tous les jeunes audacieux qui voulaient aller trop vite.

Je descendis me mettre à table, et tout, dans cet établissement, depuis l'ordre solennel du service, jusqu'au silence qui régnait... faute de convives,

car la Cour était encore en vacances, tout semblait
condamner avec éloquence la folle présomption
de Traddles, et lui prédire qu'il en avait encore
pour une vingtaine d'années avant de gagner sa
vie dans son état.

Je n'avais rien vu de semblable sur le continent
depuis mon départ, et toutes mes espérances pour
mon ami s'évanouirent. Le garçon en chef m'avait
délaissé pour se vouer au service d'un vieux
monsieur, revêtu de longues guêtres. On servit à
ce vieux monsieur un flacon particulier de porto,
qui sembla sortir de lui-même du fond de la cave,
car le vieux monsieur n'avait rien commandé. Le
second garçon me dit à l'oreille que ce vieux
gentleman était un homme d'affaires retiré, qui
demeurait dans le square. Il avait une grande
fortune ; on disait aussi qu'il avait dans son
bureau un service complet d'argenterie, tout terni
faute d'usage ; et pourtant, de mémoire d'homme,
on n'avait jamais vu chez lui qu'une cuiller et
une fourchette dépareillées.

Pour le coup, je regardai décidément Traddles
comme perdu, et je ne conservai plus la moindre
espérance. Comme tout cela ne m'empêchait pas
de désirer impatiemment d'aller bien vite serrer
la main à ce brave garçon, je dépêchai mon dîner,
ce qui me compromit sans doute gravement dans
l'opinion du chef de la valetaille, et je me dépêchai
de sortir par la porte de derrière.

J'arrivai bientôt au n° 2, dans la cour, et je lus
une inscription destinée à informer qui de droit
que M. Traddles occupait un appartement au
dernier étage.

Je montai l'escalier, un vieil escalier délabré,
faiblement éclairé, à chaque palier, par un quin-
quet fumeux dont la mèche, couronnée de champignons, se mourait tout doucement dans sa petite
cage de verre crasseux.

Tout en trébuchant contre les marches, je crus
entendre des éclats de rire : ce n'était pas un rire
de procureur ou d'avocat, ni même celui d'un
clerc d'avocat ou de procureur, mais celui de deux
ou trois jeunes filles en gaieté. Mais, en m'arrêtant
pour prêter l'oreille, j'eus le malheur de mettre le
pied dans un trou où l'honorable *Société de Gray's-
Inn* avait oublié de faire remettre une planche. Je
fis du bruit en tombant, et, quand je me relevai,
les rires avaient cessé.

Je grimpai lentement, et avec plus de précaution, le reste de l'escalier. Mon cœur battait bien
fort quand j'arrivai à la porte extérieure où on
lisait le nom de Traddles : elle était ouverte. Je
frappai, j'entendis un grand tumulte à l'intérieur ;
mais ce fut tout. Je frappai une seconde fois. Un
petit bonhomme à mine éveillée, moitié commis
et moitié domestique, se présenta, tout hors
d'haleine, mais en me regardant effrontément,

comme pour me défier de prouver légalement qu'il était hors d'haleine.

« Monsieur Traddles est-il chez lui ?

— Oui, monsieur, mais il est occupé.

— Je désire le voir. »

Après m'avoir examiné encore un moment, le petit espiègle se décida à me laisser entrer. Alors, ourant la porte toute grande, il me conduisit d'abord dans un vestibule en miniature, puis dans un petit salon. Là je me trouvai en présence de mon vieil ami, qui lui aussi était hors d'haleine. Malgré cela, il était gravement assis devant une table, le nez dans des papiers.

« Bon Dieu ! s'écria Traddles en levant les yeux sur moi : c'est Copperfield ! » Et il se jeta dans mes bras, où je le retins longtemps enlacé.

« Tout va bien, mon cher Traddles ?

— Tout va bien, mon cher, mon bon Copperfield, et je n'ai que de bonnes nouvelles à vous donner. »

Nous pleurions de joie tous les deux.

« Mon cher ami, dit Traddles qui s'ébouriffait les cheveux dans l'excès de sa satisfaction, quoique ce ne fût guère nécessaire, mon cher Copperfield, mon excellent ami, que j'avais perdu depuis si longtemps, et que je retrouve enfin, comme je suis content de vous voir ! comme vous êtes bruni ! comme je suis content ! Ma parole d'honneur, mon bien-aimé Copperfield, je n'ai jamais été si joyeux ! non, jamais. »

De mon côté, je ne pouvais pas non plus exprimer mon émotion, j'étais hors d'état de dire un mot.

« Mon cher ami ! reprit Traddles. Et vous êtes devenu si célèbre ! Mon illustre Copperfield ! Bon Dieu ! mais d'où venez-vous ? Quand êtes-vous arrivé ? Qu'est-ce que vous étiez devenu ? »

Pour me laisser le temps de répondre à chacune de ses questions, Traddles m'avait installé dans un grand fauteuil, près du feu. D'une main il s'occupait à remuer vigoureusement les charbons ; de l'autre il me tirait par ma cravate, la prenant sans doute pour ma redingote. Puis, sans prendre le temps de déposer les pincettes, il me serrait à grands bras, et je le serrais à grands bras, et nous riions tous les deux, et nous nous essuyions les yeux. Puis, nous rasseyant, nous nous donnions par-devant la cheminée des masses de poignées de main qui n'en finissaient pas.

« Quand on pense, dit Traddles, que vous étiez si près de votre retour, et que vous n'avez pas assisté à la cérémonie !

— Quelle cérémonie ? mon cher Traddles.

— Comment ! s'écria-t-il en écarquillant les yeux comme autrefois. Vous n'avez donc pas reçu ma dernière lettre ?

— Certainement non, s'il y était question d'une cérémonie.

— Mais, mon cher Copperfield, dit Traddles en passant ses doigts dans ses cheveux, pour les redresser sur sa tête avant de rabattre ses mains sur ses genoux, je suis marié !

— Marié ! lui dis-je en poussant un cri de joie.

— Eh oui, Dieu merci ! dit Traddles ; marié par le révérend Horace, avec Sophie, en Devonshire. Mais, mon cher ami, elle est là, derrière le rideau de la fenêtre. Regardez. »

A ma grande surprise, la meilleure fille du monde sortit, riant et rougissant à la fois, de sa cachette. Jamais vous n'avez vu mariée plus gaie, plus aimable, plus honnête, plus heureuse, plus charmante, et je ne pus m'empêcher de le lui dire sur-le-champ. Je l'embrassai, en ma qualité de vieille connaissance (car elle avait assisté à mon mariage), et je leur souhaitai du fond du cœur toutes sortes de prospérités.

« Mais quelle délicieuse réunion ! dit Traddles. Comme vous êtes bruni, mon cher Copperfield ! Mon Dieu ! mon Dieu ! que je suis donc heureux !

— Et moi donc ! lui dis-je.

— Et moi donc ! ajouta Sophie, riant et rougissant de plus belle.

— Nous sommes tous aussi heureux que possible, dit Traddles. Jusqu'à ces demoiselles qui sont heureuses ! Mais, à propos, je les oubliais.

— Comment cela ?

— Oui, ces demoiselles, reprit Traddles, les sœurs de Sophie. Elles demeurent avec nous. Elles sont venues voir Londres. Le fait est que... est-ce vous qui êtes tombé dans l'escalier, Copperfield ?

— Oui, vraiment ! lui répondis-je en riant.

— Eh bien ! quand vous êtes tombé dans l'escalier, nous étions en train de nous amuser comme des fous. Le fait est que nous jouions à cache-cache. Mais comme cela ne paraîtrait pas convenable à Westminster Hall, et qu'il faut respecter le décorum de sa profession devant les clients, elles ont bien vite décampé. Et maintenant, ajouta-t-il, je suis sûr qu'elles nous écoutent. » Et il jeta un coup d'œil du côté de la porte de l'autre chambre.

« Je suis fâché, lui dis-je en riant de nouveau, d'avoir été la cause d'une pareille débandade.

— Sur ma parole, reprit Traddles d'un air ravi, vous ne diriez pas ça si vous les aviez vues se sauver, quand elles vous ont entendu frapper ; et puis revenir au galop ramasser leurs peignes qu'elles avaient laissé tomber, et disparaître de nouveau, comme de petites folles. Mon amour, voulez-vous les appeler ? »

Sophie sortit en courant, et nous entendîmes rire aux éclats dans la pièce voisine.

« Quelle agréable musique, n'est-ce pas, mon cher Copperfield ? dit Traddles. C'est charmant à entendre ; il faut ça pour égayer ce vieil appartement. Pour un malheureux garçon qui a vécu seul toute sa vie, c'est délicieux ; c'est charmant. Pauvres filles ! elles ont tant perdu en perdant Sophie !... car c'est bien, je vous assure, Copperfield, la meilleure fille du monde. Aussi je suis charmé de les voir s'amuser. La société de ces jeunes filles est quelque chose de délicieux, Copperfield. Ce n'est pas précisément conforme au décorum de ma profession ; mais c'est égal, c'est délicieux. »

Je remarquai qu'il me disait tout cela avec un peu d'embarras. Je compris que, par bonté de cœur, il craignait de me faire de la peine, en me dépeignant trop vivement ses joies domestiques, et je me hâtai de le rassurer, en abondant dans son sens, avec une vivacité d'expression qui parut le charmer.

« Mais à dire vrai, reprit-il, nos arrangements domestiques, d'un bout à l'autre, ne sont pas trop d'accord avec ma profession, mon cher Copperfield. Même le séjour de Sophie ici, ce n'est pas trop conforme non plus au décorum de ma profession, mais nous n'avons pas d'autre logement. Nous nous sommes embarqués sur un radeau, et nous sommes décidés à ne pas faire les difficiles. D'ailleurs Sophie est une si bonne ménagère ! Vous serez surpris de voir comme elle a casé ses sœurs. C'est à peine si je le comprends moi-même.

— Combien en avez-vous donc ici ? lui demandai-je.

— L'aînée, la Beauté, est ici, me répondit Traddles en baissant la voix ; Caroline et Sarah aussi, vous savez, celle qui avait quelque chose dans l'épine dorsale ; mais elle va infiniment mieux. Et puis, après cela, les deux plus jeunes, que Sophie a élevées, sont aussi avec nous. Et Louisa donc, elle est ici !

— En vérité ! m'écriai-je.

— Oui, dit Traddles. Eh bien ! l'appartement n'a que trois chambres ; mais Sophie a arrangé cela d'une façon merveilleuse, et elles sont toutes casées aussi commodément que possible. Trois dans cette pièce, ajouta-t-il, en m'indiquant une porte, et deux dans celle-là. »

Je ne pus m'empêcher de regarder autour de moi, pour chercher où pouvaient se loger M. et mistress Traddles. Traddles me comprit.

« Ma foi, reprit-il, comme je vous le disais tout à l'heure, nous ne sommes pas difficiles ; la semaine dernière, nous avons improvisé un lit ici, sur le plancher. Mais il y a une petite chambre sous les toits... une jolie petite chambre... quand une fois on y est arrivé. Sophie y a collé elle-même du papier pour me faire une surprise ; et c'est notre chambre, à présent. C'est un charmant petit trou. On a de là une si belle vue !

— Et enfin, vous voilà marié, Traddles. Que je suis content !

— Merci ! mon cher Copperfield, dit Traddles en me donnant une poignée de main. Oui, je suis aussi heureux qu'on peut l'être. Tout notre mobilier est simple et commode. Quant à l'argenterie, mon Dieu ! nous n'avons pas même une petite cuiller.

— Eh bien ! vous en gagnerez, dis-je gaiement.

— C'est cela, répondit Traddles, on en gagnera. Nous avons, naturellement, des espèces de petites cuillers pour remuer notre thé ; mais c'est du métal anglais.

— L'argenterie n'en sera que plus brillante, le jour où vous en aurez.

— C'est justement ce que nous disons, s'écria Traddles. Voyez-vous, mon cher Copperfield, et il reprit de nouveau son ton confidentiel, quand j'ai eu plaidé le procès de *Doe dem Gipes* contre *Wigzell*, où j'ai bien réussi, je suis allé en Devonshire, pour avoir une conversation sérieuse avec le révérend Horace. J'ai appuyé sur ce fait que Sophie, qui est, je vous assure, Copperfield, la meilleure fille du monde...

— J'en suis certain.

— Ah ! vous avez bien raison. Mais, je m'éloigne, ce me semble, de mon sujet. Je crois que je vous parlais du révérend Horace ?

— Vous me disiez que vous aviez appuyé sur le fait...

— Ah oui !... sur le fait que nous étions fiancés depuis longtemps, Sophie et moi, et que Sophie, avec la permission de ses parents, ne demandait pas mieux que de m'épouser... sur le pied actuel, c'est-à-dire avec le métal anglais. J'ai donc proposé au révérend Horace de consentir à notre union. C'est un excellent pasteur, Copperfield, on devrait en faire un évêque, ou tout au moins lui donner de quoi vivre à son aise. Je lui demandai de consentir à nous unir, si je pouvais seulement me voir à la tête de deux cent cinquante livres sterling dans l'année, avec l'espérance, pour l'année prochaine, de me faire encore quelque chose de plus, et de me meubler en sus un petit appartement. Comme vous voyez, je pris la liberté de lui représenter que nous avions attendu bien longtemps, et que d'aussi bons parents ne pouvaient pas s'opposer à l'établissement de leur fille, uniquement parce qu'elle leur était extrêmement utile à la maison... Vous comprenez ?

— Certainement, ce ne serait pas juste.

— Je suis bien aise que vous soyez de mon avis, Copperfield, reprit Traddles, parce que, sans faire le moindre reproche au vénérable Horace, je crois que les pères, les frères, etc., sont souvent égoïstes en pareil cas. Je lui ai fait aussi remarquer que je ne désirais rien tant au monde que d'être utile, moi aussi, à la famille, et que si je faisais mon chemin... à supposer qu'il lui arrivât quelque chose... je parle du révérend Horace.

— Je vous comprends.

— Ou à mistress Crewler, je serais trop heureux de servir de père à leurs filles. Il m'a répondu d'une manière admirable, et très flatteuse pour moi, en me promettant d'obtenir le consentement de mistress Crewler. On a eu bien de la peine avec elle, ça lui montait des jambes à la poitrine, et puis à la tête...

— Qu'est-ce qui lui remontait comme ça ? demandai-je.

— Son chagrin, reprit Traddles d'un air sérieux. Tous ses sentiments sont de même. C'est une femme supérieure, mais elle a perdu l'usage de ses membres. Quand quelque chose la tracasse, ça la prend tout de suite par les jambes ; mais dans cette occasion c'est remonté à la poitrine, et puis à la tête, enfin cela a monté partout, de façon à compromettre le système entier de la manière la plus alarmante. Cependant on est parvenu à la remettre, à force de soins et d'attentions, et il y a eu hier six semaines que nous nous sommes mariés. Vous ne sauriez vous faire une idée, Copperfield, de tous les reproches que je me suis adressés en voyant la famille entière pleurer et se trouver mal dans tous les coins de la maison ! Mistress Crewler n'a pas pu se résoudre à me voir avant notre départ. Elle ne pouvait pas me pardonner de lui enlever son enfant, mais au fond c'est une si bonne femme ! elle se résigne maintenant. J'ai reçu d'elle, ce matin, une lettre charmante.

— En un mot, lui dis-je, mon cher ami, vous êtes aussi heureux que vous méritez de l'être.

— Oh ! comme vous me flattez ! s'écria Traddles en riant. Mais le fait est que mon sort est digne d'envie. Je travaille beaucoup et je lis du droit toute la journée. Je suis sur pied tous les jours dès cinq heures du matin, et je n'y pense seulement pas. Pendant la journée, je cache ces demoiselles à tous les regards, et le soir, nous nous amusons tant et plus. Je vous assure que je suis désolé de les voir partir mardi, la veille de la Saint-Michel. Mais les voilà ! »

Coupant court à ses confidences, il me dit d'un ton plus élevé :

« Monsieur Copperfield, miss Crewler, miss Sarah, miss Louisa, Margaret et Lucy ! »

C'était un vrai bouquet de roses ; elles étaient si fraîches et si bien portantes, et toutes jolies. Miss Caroline était très belle, mais il y avait dans le regard brillant de Sophie une expression si tendre, si gaie, si sereine, que j'étais sûr que mon ami ne s'était pas trompé dans son choix. Nous

nous établîmes tous près du feu, tandis que le petit espiègle, qui s'était probablement essoufflé à tirer des cartons les papiers pour les étaler sur la table, s'empressait maintenant de les enlever pour les remplacer par le thé ; puis il se retira en fermant la porte de toutes ses forces. Mistress Traddles, toujours tranquille et gaie, se mit à faire le thé et à surveiller les rôties qui grillaient dans un coin, devant le feu.

Tout en se livrant à cette occupation, elle me dit qu'elle avait vu Agnès. Tom l'avait menée dans le Kent, pour leur voyage de noces ; elle avait vu ma tante, qui se portait très bien, ainsi qu'Agnès, et l'on n'avait parlé que de moi. Tom n'avait pas cessé de penser à moi, disait-elle, tout le temps de mon absence. Tom était son autorité en toutes matières ; Tom était évidemment l'idole de sa vie, et il n'y avait pas de secousse au monde capable d'ébranler cette idole-là sur son piédestal ; elle y avait trop grande confiance.

La déférence que Traddles et elle témoignaient à la Beauté me plaisait beaucoup. Je ne sais pas si je trouvais cela bien raisonnable, mais c'était encore un trait délicieux de leur caractère, en harmonie avec le reste. Je suis sûr que si Traddles regrettait parfois de n'avoir pas encore pu se procurer les petites cuillers en argent, c'était seulement quand il passait une tasse de thé à la Beauté. Si sa douce petite femme était capable de se glorifier de quelque chose au monde, je suis convaincu que c'était uniquement d'être la sœur de la Beauté. Je remarquai que les caprices de cette jeune personne étaient envisagés par Traddles et sa femme comme un droit légitime qu'elle tenait naturellement de ses avantages physiques. Si elle était née la reine de la ruche, et eux de simples abeilles ouvrières, je suis sûr qu'ils n'auraient pas reconnu avec plus de plaisir la supériorité de son rang.

Mais c'était surtout leur abnégation qui me charmait. Rien ne pouvait mieux faire leur éloge que l'orgueil avec lequel tous deux parlaient de leurs sœurs, et leur parfaite soumission à toutes les fantaisies de ces demoiselles. A chaque instant on appelait Traddles, pour le prier d'apporter ceci ou d'emporter cela, de monter une chose ou d'en descendre une autre, ou d'en aller chercher une troisième.

Quant à Sophie, les autres ne pouvaient rien faire sans elle. Une des sœurs était-elle décoiffée, Sophie seule pouvait lui remettre les cheveux en ordre. Une autre avait-elle oublié un air, il n'y avait que Sophie qui pût la remettre sur la voie. On cherchait le nom d'un village du Devonshire, seule Sophie pouvait le savoir. S'il s'agissait d'écrire aux parents, on comptait sur Sophie pour trouver le temps d'écrire, le matin avant le déjeuner ; quand l'une d'elles laissait échapper

une maille dans son tricot, vite Sophie était mise
en réquisition pour réparer l'erreur. C'étaient
elles qui avaient la haute main dans la maison,
Sophie et Traddles n'étaient là que pour les servir.

Combien d'enfants Sophie avait-elle bien pu
soigner dans son temps ? Je n'en sais rien ; mais
il n'y a jamais eu de chanson d'enfant qu'elle ne
connût sur le bout du doigt ; elle en chantait à la
douzaine, l'une après l'autre, d'une jolie petite
voix la plus claire du monde, au commandement
des sœurs. Chacun voulait la sienne, sans oublier
la Beauté, qui ne restait pas en arrière des autres ;
j'étais vraiment enchanté. Avec tout cela, au
milieu de toutes leurs exigences, la plus grande
tendresse et le plus grand respect pour Sophie et
pour son mari.

Quand je me retirai, Traddles voulut m'accompagner jusqu'à l'hôtel ; je crois n'avoir jamais vu
une tête, surtout une tête avec une chevelure si
obstinée, rouler entre tant de mains pour recevoir
une pareille averse de baisers. Bref, c'était une
scène à laquelle je ne pus m'empêcher de penser
avec plaisir longtemps après avoir dit bonsoir à
Traddles. Je ne crois pas que la vue d'un millier
de roses épanouies dans une mansarde du vieux
bâtiment de Gray's-Inn eût pu jamais l'égayer
autant.

L'idée seule de ces jeunes filles du Devonshire
cachées au milieu de tous ces vieux jurisconsultes

et de ces graves études de procureurs, occupées à
faire griller des rôties et à chanter tout le jour
parmi les parchemins poudreux, la ficelle rouge,
les vieux pains à cacheter, les bouteilles d'encre,
la papier timbré, les baux et procès-verbaux, les
assignations et les comptes de frais et de fourni-
tures, c'était pour moi un rêve aussi amusant et
aussi fantastique que de voir, par exemple, la
fabuleuse famille du sultan inscrite sur le tableau
des avocats, avec l'oiseau qui parle, l'arbre qui
chante et le fleuve qui roule des paillettes d'or,
installés dans Gray's-Inn-Hall. Ce qu'il y a de
sûr, c'est que lorsque j'eus quitté Traddles, et
que je me retrouvai dans mon café, je ne songeais
plus le moins du monde à plaindre mon vieux
camarade. Je commençai à croire à ses succès
futurs en dépit de tous les garçons en chef du
Royaume-Uni.

Assis au coin du feu, pour penser à lui à loisir,
je tombai bientôt de ces réflexions consolantes et
de ces douces images dans la contemplation vague
du charbon flamboyant, dont les transformations
capricieuses me rappelaient fidèlement les vicissitudes de ma vie. Depuis que j'avais quitté l'Angleterre, trois ans auparavant, je n'avais pas revu
un feu de charbon ; mais que de fois, en observant
les bûches qui tombaient en cendre blanchâtre,
pour se mêler à la légère poussière du foyer, j'avais

cru voir avec leur braise consumée s'évanouir mes
espérances, éteintes à tout jamais !

Maintenant, je me sentais capable de songer au
passé, gravement, mais sans amertume ; je pouvais
contempler l'avenir avec courage.

Je songeais à tout cela, quand tout à coup
j'aperçus une figure qui semblait sortir tout exprès
du feu que je contemplais, pour raviver mes plus
anciens souvenirs.

Le petit docteur Chillip, celui-là même à qui
ma tante avait jeté son chapeau à la tête la nuit
de ma naissance, était assis à l'autre coin de la
salle, lisant son journal. Il avait bien un peu
souffert du progrès des ans ; mais c'était un petit
homme si doux, si calme et si paisible, qu'il n'y
paraissait guère. Je me figurai qu'il n'avait pas
dû changer depuis le jour de ma naissance.

M. Chillip avait quitté Blunderstone depuis
cinq ou six ans, et je ne l'avais jamais revu depuis.
Il était là à lire tranquillement son journal, la tête
penchée d'un côté et un verre de vin chaud près
de lui. Il y avait dans toute sa personne quelque
chose de si conciliant, qu'il avait l'air de faire ses
excuses au journal, de la liberté grande qu'il
prenait de le lire.

Je m'approchai de l'endroit où il était assis, en
lui disant :

« Comment cela va-t-il, monsieur Chillip ? »

Il parut fort troublé de cette interpellation

inattendue de la part d'un étranger, et répondit lentement, selon son habitude :

« Je vous remercie, monsieur, vous êtes bien bon. Merci, monsieur ; et vous, j'espère que vous allez bien ?

— Vous ne vous souvenez pas de moi ?

— Mais, monsieur, reprit M. Chillip en souriant de l'air le plus doux et en secouant la tête, j'ai quelque idée que j'ai vu votre figure quelque part, monsieur, mais je ne peux pas mettre la main sur votre nom, en vérité.

— Et cependant, répondis-je, vous m'avez connu longtemps avant que je me connusse moi-même.

— Vraiment, monsieur ? dit M. Chillip. Est-ce qu'il se pourrait que j'eusse eu l'honneur de présider à votre naissance ?

— Justement.

— Vraiment ! s'écria M. Chillip. Vous avez probablement pas mal changé depuis lors, monsieur ?

— Probablement.

— Alors, monsieur, continua M. Chillip, j'espère que vous m'excuserez si je suis forcé de vous prier de me dire votre nom ? »

En entendant mon nom, il fut très ému. Il me serra la main, ce qui était pour lui un procédé violent, car en général il vous glissait timidement, à deux pouces environ de sa hanche, un doigt ou

deux, et paraissait tout décontenancé lorsque
quelqu'un lui faisait l'amitié de les serrer un peu
fort. Même en ce moment, il fourra, bien vite
après, sa main dans la poche de sa redingote, et
parut tout rassuré de l'avoir mise en lieu de
sûreté.

« En vérité, monsieur, dit M. Chillip, après
m'avoir examiné, la tête toujours penchée du
même côté. Quoi ? c'est monsieur Copperfield ?
Eh bien ! monsieur, je crois que je vous aurais
reconnu si j'avais pris la liberté de vous regarder
de plus près. Vous ressemblez beaucoup à votre
pauvre père, monsieur.

— Je n'ai jamais eu, lui répondis-je, le bonheur
de voir mon père.

— C'est vrai, monsieur, dit M. Chillip du ton
le plus doux. Et c'est un grand malheur sous tous
les rapports. Nous n'ignorons pas votre renommée
dans ce petit coin du monde, monsieur, ajouta
M. Chillip, en secouant de nouveau, tout doucement, sa petite tête. Vous devez avoir là, monsieur
(il se tapa sur le front), une grande excitation ; je
suis sûr que vous trouvez ce genre d'occupation
bien fatigant, n'est-ce pas ?

— Où demeurez-vous, maintenant ? lui demandai-je en m'asseyant auprès de lui.

— Je me suis établi à quelques milles de Bury-
Saint-Edmunds, dit M. Chillip. Mistress Chillip
a hérité d'une petite terre dans les environs,

Comment cela va-t-il, Monsieur Chillip ?

d'après le testament de son père. Je m'y suis installé, et j'y fais assez bien mes affaires, comme vous serez bien aise de l'apprendre. Ma fille est une grande personne, monsieur, ajouta M. Chillip en secouant de nouveau sa petite tête ; sa mère a été obligée de défaire deux plis de sa robe, la semaine dernière. Ce que c'est ! comme le temps passe. »

Comme le petit homme portait à ses lèvres son verre vide, en faisant cette réflexion, je lui proposai de le faire remplacer, et d'en demander un pour moi, afin de lui tenir compagnie.

« C'est plus que je n'ai l'habitude d'en prendre, monsieur, dit-il avec sa lenteur accoutumée, mais je ne puis me refuser le plaisir de votre conversation. Il me semble que ce n'est que d'hier que j'ai eu celui de vous soigner pendant votre rougeole. Vous vous en êtes parfaitement tiré, monsieur. »

Je le remerciai de ce compliment, et je demandai deux verres de bischoff, qu'on nous apporta bientôt.

« Quel excès ! dit M. Chillip ; mais comment résister à une bonne fortune si extraordinaire ? Vous n'avez pas d'enfant, monsieur ? »

Je secouai la tête.

« Je savais que vous aviez fait une perte, il y a quelque temps, monsieur, dit M. Chillip. Je l'ai appris de la sœur de votre beau-père ; un caractère bien décidé, monsieur !

— Mais oui, fièrement décidé, répondis-je. Où l'avez-vous vue, monsieur Chillip ?

— Ne savez-vous pas, monsieur, reprit M. Chillip avec son sourire le plus affable, que votre beau-père est redevenu mon plus proche voisin ?

— Je n'en savais rien.

— Mais oui, vraiment, monsieur. Il a épousé une jeune personne de ce pays, qui avait une jolie petite fortune, la pauvre femme ! Mais votre tête, monsieur ? Ne trouvez-vous pas que votre genre de travail doit vous fatiguer beaucoup le cerveau ? reprit-il en me regardant d'un air d'admiration.

Je ne répondis pas à cette question, et j'en revins aux Murdstone.

« Je savais qu'il s'était remarié. Est-ce que vous êtes le médecin de la maison ?

— Pas régulièrement, répondit M. Chillip ; mais il me fait appeler quelquefois. La bosse de la fermeté est terriblement développée chez M. Murdstone et chez sa sœur, monsieur ! »

Je répondis par un regard si expressif, que M. Chillip, par l'effet combiné de cet encouragement et du bischoff, imprima à sa tête deux ou trois mouvements saccadés et répéta d'un air pensif :

« Ah ! mon Dieu ! ce temps-là est déjà bien loin de nous, monsieur Copperfield !

— Le frère et la sœur continuent leur manière de vivre ? lui demandai-je.

— Ah ! monsieur, répondit M. Chillip, un médecin va beaucoup dans l'intérieur des familles ; il ne doit, par conséquent, avoir des yeux et des oreilles que pour ce qui concerne sa profession ; mais pourtant, je dois vous le dire, monsieur, ils sont très sévères pour cette vie comme pour l'autre.

— Oh ! l'autre saura bien se passer de leur concours, j'aime à le croire, répondis-je ; mais que font-ils de celle-ci ? »

M. Chillip secoua la tête, remua son bischoff, et en but une petite gorgée.

« C'était une charmante femme, monsieur, reprit-il d'un ton de compassion.

— La nouvelle mistress Murdstone ?

— Charmante, monsieur, dit M. Chillip, aussi aimable que possible ! L'opinion de mistress Chillip, c'est qu'on lui a changé le caractère depuis son mariage, et qu'elle est à peu près folle de chagrin. Les dames, continua-t-il avec un rire craintif, les dames ont l'esprit d'observation, monsieur.

— Je suppose qu'ils ont voulu la soumettre et la rompre à leur détestable humeur. Que Dieu lui vienne en aide ! Et elle s'est donc laissé faire ?

— Mais, monsieur, il y a eu d'abord de violentes querelles, je puis vous l'assurer, dit M.

Chillip ; mais maintenant ce n'est plus que l'ombre d'elle-même. Oserai-je, monsieur, vous dire en confidence que, depuis que la sœur s'en est mêlée, ils ont, à eux deux, réduit la pauvre femme à un état voisin de l'imbécillité ? »

Je lui dis que je n'avais pas de peine à le croire.

« Je n'hésite pas à dire, continua M. Chillip, prenant une nouvelle gorgée de bischoff pour se donner du courage, et ceci entre nous, monsieur, que sa mère en est morte. Leur tyrannie, leur humeur sombre, leur persécutions ont rendu mistress Murdstone presque imbécile. Avant son mariage, monsieur, c'était une jeune femme qui avait beaucoup d'entrain ; ils l'ont abrutie avec leur austérité sinistre. Ils la suivent partout, plutôt comme des gardiens d'aliénés, que comme un mari et une belle-sœur. C'est ce que disait mistress Chillip, pas plus tard que la semaine dernière. Et, je vous assure, monsieur, que les dames ont l'esprit d'observation ; mistress Chillip surtout.

— Et a-t-il toujours la prétention de donner à cette humeur lugubre le nom... cela me coûte à dire... le nom de religion ?

— Patience, monsieur, n'anticipons pas, dit M. Chillip, dont les paupières s'étaient enluminées sous l'influence du stimulant inaccoutumé où il puisait tant de hardiesse. Une des remarques les plus frappantes de mistress Chillip, une remarque qui m'a électrisé, continua-t-il de son ton le plus

lent, c'est que M. Murdstone met sa propre image
sur un piédestal, et qu'il appelle ça la nature
divine. Quand mistress Chillip m'a fait cette
remarque, monsieur, j'ai manqué tomber à la
renverse ; il ne s'en est pas fallu de cela ! Oh ! oui,
les dames ont l'esprit d'observation, monsieur !

— D'observation intuitive, lui dis-je à sa grande
satisfaction.

— Je suis bien heureux, monsieur, de vous
voir corroborer mon opinion, reprit-il. Il ne
m'arrive pas souvent, je vous assure, de me
hasarder à en exprimer une qui ne touche point à
ma profession. M. Murdstone fait parfois des
discours en public, et on dit, en un mot, monsieur,
j'ai entendu dire à mistress Chillip, que plus il
vient de tyranniser sa femme avec méchanceté,
plus il se montre féroce dans sa doctrine religieuse.

— Je crois que mistress Chillip a parfaitement
raison.

— Mistress Chillip va jusqu'à dire, continua
le plus doux des hommes, encouragé par mon
assentiment, que ce qu'ils appellent faussement
leur religion n'est qu'un prétexte pour se livrer
librement à toute leur mauvaise humeur et à toute
leur arrogance. Et savez-vous, monsieur, continua-
t-il en penchant sa tête tout d'un côté, je ne
trouve rien dans le Nouveau Testament qui puisse
autoriser M. et miss Murdstone à une pareille
rigueur.

— Ni moi non plus.

— En attendant, monsieur, dit M. Chillip, ils se font détester, et comme ils ne se gênent pas pour condamner au feu éternel, de leur autorité privée, quiconque les déteste, nous avons pas mal de damnés dans notre voisinage. Cependant, comme le dit mistress Chillip, monsieur, ils en sont bien punis eux-mêmes à toute heure. Ils subissent le supplice de Prométhée, monsieur, à cela près que ce sont eux-mêmes qui se dévorent le cœur, et comme leur cœur ne vaut rien, ça ne doit pas être très régalant, mais maintenant, monsieur, parlons un peu de votre cerveau. Si vous voulez bien me permettre d'y revenir, ne l'exposez-vous pas souvent, monsieur, à un peu trop d'excitation ? »

Dans l'état d'excitation où M. Chillip avait mis mon propre cerveau par des libations répétées, je n'eus pas beaucoup de peine à détourner son attention de ce sujet et à le ramener à sa propre affaire. Il m'en parla, pendant une demi-heure, avec loquacité. Il me donna à entendre, entre autres détails intimes, que s'il était en ce moment même au café de Gray's-Inn, c'était pour déposer, devant une commission d'enquête, sur l'état d'un malade dont le cerveau s'était dérangé par suite de l'abus des liquides.

« Et je vous assure, monsieur, que dans ces occasions-là je suis extrêmement agité. Je ne pourrais pas suporter d'être tracassé. Il n'en faudrait pas davantage pour me mettre hors de moi-même. Savez-vous qu'il m'a fallu du temps pour me remettre de l'algarade de cette dame si farouche, la nuit où vous êtes né, monsieur Copperfield ? »

Je lui dis que je partais justement le lendemain matin pour aller voir ma tante, ce terrible dragon dont il avait eu si grand'peur ; que, s'il la connaissait mieux, il saurait que c'était la plus affectueuse et la meilleure des femmes. A la seule idée de se retrouver jamais face à face avec elle, il fut terrifié. Il me répondit avec un pâle sourire :

« Vraiment, monsieur ? Vraiment ? » et demanda presque immédiatement un bougeoir pour aller se coucher, comme s'il éprouvait le besoin de se mettre en lieu de sûreté. Il ne chancelait pas précisément, en montant l'escalier, mais je crois que son pouls, généralement si calme, devait avoir, ce soir-là, deux ou trois pulsations de plus à la minute que le jour où ma tante, dans le paroxysme de son désappointement, lui avait jeté son chapeau à la tête.

A minuit, j'allai aussi me coucher, extrêmement fatigué ; le lendemain, je pris la diligence de Douvres.

J'arrivai sain et sauf dans le vieux salon de ma tante, où je tombai comme la foudre, pendant qu'elle prenait le thé. Je fus reçu à bras ouverts

avec des larmes de joie par elle, par M. Dick, et
par ma chère vieille Peggotty, maintenant femme
de charge dans la maison.

Lorsque nous pûmes causer un peu tranquillement, je racontai à ma tante mon entrevue avec
M. Chillip, et la terreur qu'elle lui inspirait
encore aujourd'hui, ce qui la divertit extrêmement.
Peggotty et elle en avaient long à dire sur le
second mari de ma mère, et « cet assassin femelle
qu'on appelle sa sœur ». Je crois que rien au
monde, ni arrêts du Parlement, ni pénalité judi-
ciaire, n'aurait pu décider ma tante à donner à
cette femme un nom de baptême, de famille ou
de n'importe quoi.

XLI

Nous causâmes en tête-à-tête, ma tante et moi, bien avant dans la nuit. Elle me raconta que les émigrants n'envoyaient pas en Angleterre une seule lettre qui ne respirât l'espérance et le contentement. M. Micawber avait déjà fait passer plusieurs fois de petites sommes d'argent pour faire honneur à ses échéances. Jeannette, qui était rentrée au service de ma tante lors de son retour à Douvres, avait épousé un riche tavernier ; ma tante avait aidé et assisté la mariée ; elle avait même honoré la cérémonie de sa présence. Voilà quelques-uns des points sur lesquels roula notre conversation. Au reste, elle m'en avait déjà entretenu dans ses lettres, avec plus ou moins de détails. M. Dick ne fut pas non plus oublié. Ma tante me dit qu'il s'occupait à copier tout ce qui lui tombait sous la main ; qu'elle était bien heureuse de le voir libre et satisfait, au lieu de languir dans un état de contrainte monotone ; et qu'enfin (conclusion qui n'était pas nouvelle) il n'y avait qu'elle qui eût jamais su tout ce qu'il valait.

« Et maintenant, Trot, me dit-elle en me caressant la main, tandis que nous étions près du feu, suivant notre ancienne habitude, quand est-ce que vous allez à Cantorbéry ?

— Je vais me procurer un cheval, et j'irai demain matin, ma tante, à moins que vous ne vouliez venir avec moi ?

— Non ! me dit ma tante d'un ton bref, je compte rester où je suis.

— En ce cas, lui répondis-je, j'irai à cheval. Je n'aurais pas traversé aujourd'hui Cantorbéry sans m'arrêter, si c'eût été pour aller voir toute autre personne que vous. »

Elle était charmée au fond de ce que je lui disais là, mais elle me répondit : « Bah ! Trot, mes vieux os auraient bien pu attendre encore jusqu'à demain. » Et elle passa encore sa main sur la mienne, tandis que je regardais le feu en rêvant.

Oui, en rêvant ! car alors me revenait avec une vivacité poignante une pensée qui m'avait hanté longtemps. A bien des signes, en y réfléchissant, j'avais reconnu que si Agnès m'avait toujours aimé comme une sœur, il n'eût tenu qu'à moi de voir en elle autre chose qu'une sœur. Seulement l'ardeur irréfléchie de la jeunesse et les mouve-

ments impétueux de mon cœur indiscipliné
m'avaient poussé à faire un autre choix. Mais ce
qui était fait était fait, il n'y avait plus à y revenir.
C'était moi qui avais fait ma destinée, et j'étais
décidé à la supporter en homme. Seulement, je
ne pouvais me sentir si près d'Agnès sans éprouver
dans toute leur vivacité les regrets qui m'avaient si
longtemps préoccupé. Peut-être étaient-ils adoucis
par la pensée que cette leçon m'était bien due,
pour ne l'avoir pas prévenue dans le temps où
j'avais tout l'avenir devant moi ; mais ce n'en
étaient pas moins des regrets. Je me rappelais
certaines paroles de ma tante, qui dans ce temps-
là auraient dû m'ouvrir les yeux. Mais j'avais été
volontairement aveugle.

Nous gardâmes le silence pendant quelques
minutes. Quand je levai les yeux, je vis que ma
tante m'observait attentivement.

Peut-être avait-elle suivi le fil de mes pensées,
moins difficile à suivre à présent que lorsque mon
esprit s'obstinait dans son aveuglement.

« Vous trouverez M. Wickfield avec des cheveux
blancs, dit ma tante, mais il est bien mieux sous
tous les rapports. Il n'applique plus aujourd'hui
sa petite mesure, étroite et bornée, à toutes les
joies, à tous les chagrins de la vie humaine.
Croyez-moi, mon enfant, il faut que tous les
sentiments se soient bien rapetissés chez un homme
pour qu'on puisse les mesurer à cette aune.

— Oui, vraiment, lui répondis-je.

— Quant à elle, reprit ma tante, vous la trouverez toujours aussi belle, aussi bonne, aussi tendre, aussi désintéressée que par le passé. Si je connaissais un plus bel éloge, Trot, je ne craindrais pas de le lui donner. »

Il n'y avait point, en effet, de plus bel éloge pour elle, ni de plus amer reproche pour moi. Oh ! par quelle fatalité m'étais-je ainsi égaré ?

Ma tante reprit, pendant que ses yeux se remplissaient de larmes :

« Si elle instruit les jeunes filles qu'elle élève à lui ressembler, Dieu sait que ç'aura été une vie bien employée ! Heureuse d'être utile, comme elle le disait un jour ! Comment pourrait-elle être autrement ?

— Agnès a-t-elle rencontré un... » Je pensais tout haut plutôt que je ne parlais.

« Un... qui ? un... quoi ? me demanda vivement ma tante.

— Un homme qui songe à l'épouser ?

— A la douzaine ! s'écria ma tante avec une sorte d'orgueil indigné. Elle aurait pu se marier vingt fois, mon cher ami, depuis que vous êtes parti.

— Certainement ! dis-je, certainement. Mais a-t-elle trouvé un homme digne d'elle ? car Agnès ne saurait en accepter un autre. »

Ma tante resta silencieuse un instant, le menton

appuyé sur sa main. Puis, levant lentement les yeux :

« Je soupçonne, dit-elle, qu'elle a de l'attachement pour quelqu'un.

— Et elle est payée de retour ?

— Trot, reprit gravement ma tante, je ne puis vous le dire. Je n'ai pas même le droit d'affirmer ce que vous venez d'entendre. Elle ne me l'a jamais confié, je ne fais que le soupçonner. »

Elle me regardait d'un air inquiet (je la voyais même trembler) ; je compris alors qu'elle avait deviné le fond de ma pensée. Je fis un appel à toutes les résolutions que j'avais formées de ne considérer jamais Agnès que comme une sœur, et je dis :

« Si cela était, et j'espère que cela est...

— Je ne dis pas que cela soit, reprit brusquement ma tante. Il ne faut pas vous fier à mes soupçons. Il faut, au contraire, les tenir secrets. Ce n'est peut-être qu'une idée. Je n'ai pas le droit d'en parler.

— Si cela était, répétai-je, Agnès me le dirait un jour. Une sœur à laquelle j'ai montré tant de confiance, ma tante, ne me refusera pas la sienne. »

Ma tante détourna les yeux avec la même lenteur qu'elle les avait levés sur moi, et se cacha la figure dans ses mains, d'un air pensif. Peu à peu elle mit sa main sur mon épaule, et nous restâmes ainsi l'un près de l'autre, songeant au passé, sans échanger une seule parole, jusqu'au moment de nous retirer.

Je partis le lendemain matin de bonne heure pour le lieu où j'avais passé le temps, déjà bien éloigné, de mes études. Je ne puis dire que je fusse heureux à l'idée que c'était une victoire que je remportais sur moi.

J'eus bientôt parcouru cette route que je connaissais si bien, et traversé les rues paisibles où chaque pierre m'était aussi familière qu'un livre de classe à un écolier. Je me rendis à pied à la vieille maison, et je vis en passant la fenêtre basse de la petite tourelle où Uriah Heep, puis M. Micawber avaient travaillé naguère. C'était maintenant un petit salon : il n'y avait plus de bureau. Du reste, la vieille maison avait le même air propre et soigné. Je priai la petite servante qui vint m'ouvrir de dire à miss Wickfield qu'un monsieur demandait à la voir, de la part d'un ami qui était en voyage sur le continent. Elle me fit monter par le vieil escalier, en me recommandant de prendre garde aux marches, que je connaissais mieux qu'elle. J'entrai dans le salon : rien n'y était changé. Les livres que nous lisions autrefois ensemble, Agnès et moi, étaient à la même place. Je revis, sur le même coin de la table, le pupitre où j'avais tant de fois travaillé. De tous les changements que les Heep avaient introduits dans la maison, il ne restait nulle trace. Toutes choses étaient à leur place, comme au temps de ce bonheur paisible qui n'était plus.

Je me mis contre une fenêtre, et je regardai les maisons d'en face. Combien de fois je les avais examinées les jours de pluie ! Je me rappelais les suppositions que je m'amusais à faire dans ce temps-là sur les gens qui se montraient aux fenêtres, la curiosité que j'éprouvais à les suivre par la pensée, montant et descendant les escaliers, tandis que les femmes faisaient retentir le clic-clac de leurs patins sur le trottoir, et que la pluie maussade fouettait le pavé, en débordant là-bas, des égouts voisins sur la chaussée. Comme je plaignais, dans ce temps évanoui, les piétons que je voyais arriver le soir à la brune, tout trempés, et traînant la jambe, avec leurs paquets sur le dos, au bout d'un bâton ! Tous ces souvenirs étaient encore si frais dans ma mémoire, que je sentais une odeur de terre humide, de feuilles et de ronces mouillées, jusqu'au souffle du vent qui m'avait dépité moi-même pendant mon pénible voyage.

Le bruit de la petite porte qui s'ouvrait dans la boiserie me fit tressaillir, je me retournai. Son beau et calme regard rencontra le mien. Elle s'arrêta, très émue.

« Agnès, mon amie, j'ai eu tort d'arriver ainsi à l'improviste.

« — Non, non ! Je suis si heureuse de vous voir, Trotwood !

— Chère Agnès, c'est moi qui suis heureux de vous retrouver enfin ! »

Pendant un moment, nous gardâmes le silence. Puis nous nous assîmes côte à côte, et je revis sur ce visage angélique l'expression de joie et d'affection dont je rêvais, le jour et la nuit, depuis des années.

Elle était si naïve, si belle, si bonne, je lui devais tant, elle m'inspirait une telle affection, que je ne pouvais exprimer ce que je sentais. J'essayai de la bénir, j'essayai de la remercier, j'essayai de lui dire (comme je l'avais fait souvent dans mes lettres) toute l'influence qu'elle avait sur moi. Mais non ! mes efforts étaient vains : ma joie et ma tendresse restaient muettes.

Avec sa douce tranquillité, elle calma mon agitation. Elle me ramena au souvenir du moment où nous nous étions séparés ; elle me parla d'une manière touchante du tombeau de Dora. Avec l'instinct toujours juste que lui donnait son noble cœur, elle toucha si doucement et si délicatement les cordes douloureuses de ma mémoire, que pas une d'elles ne manqua de répondre à son appel. Et moi, je prêtais l'oreille à cette lointaine et plaintive mélodie, sans souffrir des souvenirs qu'elle évoquait en mon âme. Et comment en aurais-je pu souffrir, lorsque le sien les dominait tous et planait comme les ailes de mon bon ange sur ma vie !

« Et vous, Agnès ? lui dis-je enfin. Parlez-moi de vous. Vous ne m'avez presque encore rien dit de ce que vous faites.

— Et qu'aurais-je à vous dire ? reprit-elle avec son radeux sourire. Mon père va bien. Vous nous retrouvez ici tranquilles dans notre vieille maison qui nous a été rendue ; nos inquiétudes sont dissipées ; vous savez cela, cher Trotwood, et alors vous savez tout.

— Tout, Agnès ? »

Elle me regarda, non sans un peu d'étonnement et d'émotion.

« Il n'y a rien de plus, ma sœur ? » lui demandai-je.

Elle pâlit, puis rougit, et pâlit de nouveau. Elle sourit avec une calme tristesse, à ce que je crus voir, et secoua la tête.

J'avais cherché à la mettre sur le sujet dont m'avait parlé ma tante ; car quelque douloureuse que pût être pour moi cette confidence, je voulais y soumettre mon cœur, et remplir mon devoir envers Agnès. Mais, voyant qu'elle se troublait, je n'insistai pas.

« Vous avez beaucoup à faire, chère Agnès ?

— Avec mes élèves ? dit-elle en relevant la tête ; elle avait repris sa sérénité habituelle.

— Oui. C'est bien pénible, n'est-ce pas ?

— La peine en est si douce, reprit-elle, que je serais presque ingrate d'appeler cela de la peine.

— Rien de ce qui est bien ne vous semble difficile », répliquai-je.

Elle pâlit de nouveau, et de nouveau, comme elle baissait la tête, je revis ce triste sourire.

« Vous allez attendre pour voir mon père, dit-elle gaiement, et vous passerez la journée avec nous. Peut-être même voudrez-vous bien coucher dans votre ancienne chambre ? Elle porte toujours votre nom. »

Cela m'était impossible ; j'avais promis à ma tante de revenir le soir ; mais je serais heureux, lui dis-je, de passer la journée avec eux.

« J'ai quelque chose à faire pour le moment, me dit-elle ; mais voilà vos anciens livres, Trotwood, et notre ancienne musique.

— Je revois même les anciennes fleurs, repris-je en regardant autour de moi, ou du moins les espèce que vous aimiez autrefois.

— J'ai trouvé du plaisir, dit Agnès en souriant, à tout conserver ici, pendant votre absence, dans le même état qu'à l'époque où nous étions enfants. Nous étions si heureux alors !

— Oh oui ! Dieu m'en est témoin.

— Et, ajouta Agnès, tout ce qui me rappelait le passé m'a tenu douce compagnie. Jusqu'à cette miniature de panier, ajouta-t-elle en me montrant le petit panier qui pendait à sa ceinture, tout rempli de clefs. Il me semble, lorsque je l'entends résonner, qu'il me chante un air de notre enfance. »

Elle sourit et quitta le salon.

C'était à moi à conserver avec un soin religieux cette affection de sœur. C'était tout ce qui me restait, et c'était un trésor. Si une fois j'ébranlais cette simple confiance en voulant la dénaturer, elle était perdue à tout jamais, et ne pourrait renaître. Je pris la ferme résolution de n'en point courir le risque.

Je me promenai dans les rue, je revis mon ancien ennemi, le boucher, aujourd'hui devenu constable, avec le bâton, signe honorable de son autorité, pendu dans sa boutique. J'allai voir l'endroit où je l'avais combattu ; et là je méditai sur miss Shepherd, sur miss Larkins l'aînée, et sur toutes mes frivoles passions de cette époque. Rien ne semblait avoir survécu qu'Agnès, mon étoile toujours plus brillante et plus élevée dans le ciel.

Quand je revins, M. Wickfield était rentré. Il avait loué à environ deux milles de Cantorbéry un jardin où il allait travailler presque tous les jours. Je le trouvai tel que ma tante me l'avait décrit. Nous dînâmes en compagnie de cinq ou six petites filles ; il avait l'air de n'être plus que l'ombre du beau portrait qu'on voyait sur la muraille.

La tranquillité et la paix d'autrefois, dont j'avais gardé un si profond souvenir, étaient rentrées dans la vieille maison. Après le dîner, comme M. Wickfield ne prenait plus de vin au dessert, nous remontâmes tous ensemble. Agnès et ses petites élèves se mirent à chanter, à jouer et à travailler. Après le thé, les enfants nous quittèrent, et nous restâmes seuls tous les trois, à causer du passé.

« J'y trouve bien des sources de regret, de profond regret et de remords, Trotwood, dit M. Wickfield, en secouant sa tête blanchie ; vous ne le savez que trop. Mais, avec tout cela, je serais bien fâché d'en effacer le souvenir, quand même cela serait en mon pouvoir. »

Je le croyais volontiers : Agnès était à côté de lui.

« J'anéantirais en même temps, continua-t-il, celui de la patience, du dévouement, de la fidélité, de l'amour de mon enfant. Et cela, je ne veux pas l'oublier, non, pas même à condition de parvenir à m'oublier moi-même.

— Je vous comprends, monsieur, lui dis-je doucement. Je la vénère. J'ai toujours pensé à elle... toujours, avec vénération.

— Mais personne ne sait, pas même vous, reprit-il, tout ce qu'elle a fait, tout ce qu'elle a supporté, tout ce qu'elle a souffert, mon Agnès ! »

Elle avait posé sa main sur le bras de son père

comme pour l'arrêter, et elle était devenue très
pâle.

« Allons ! allons ! dit-il avec un soupir, en
repoussant évidemment le souvenir d'un chagrin
que sa fille avait eu à supporter, qu'elle supportait
peut-être encore ; car je pensai à ce que m'avait
dit ma tante. Trotwood, reprit M. Wickfield, je
ne vous ai jamais parlé de sa mère. Quelqu'un
vous en a-t-il parlé ?

— Non, monsieur.

— Il n'y a pas en dire bien long sur elle...
quoiqu'elle ait beaucoup souffert. Elle m'a épousé
contre la volonté de son père, qui l'a reniée.
Avant la naissance de mon Agnès, elle l'a supplié
de lui pardonner. C'était un homme très dur, et
la mère était morte depuis longtemps. Il a rejeté
sa prière. Il lui a brisé le cœur. »

Agnès s'appuya sur l'épaule de son père, et lui
passa doucement les bras autour du cou.

« C'était un cœur doux et tendre, reprit-il, il
l'a brisé. Je savais combien elle était frêle et
délicate. Nul ne le pouvait savoir aussi bien que
moi. Elle m'aimait beaucoup, mais elle n'a jamais
été heureuse. Elle a toujours souffert de ce coup
douloureux, et quand son père la repoussa pour
la dernière fois, elle était faible et malade... elle
languit, puis elle mourut. Elle me laissa Agnès,
qui n'avait que quinze jours encore. »

Il embrassa sa fille.

« Mon amour pour mon enfant était un amour plein de tristesse, car mon âme tout entière était malade. Mais à quoi bon vous parler de moi ? C'est de sa mère et d'elle que je voulais vous parler, Trotwood. Je n'ai pas besoin de vous dire ce que j'ai été, ni ce que je suis encore, vous le devinez bien, je le sais. Quant à Agnès, je n'ai pas besoin non plus de vous dire ce qu'elle est ; mais j'ai toujours retrouvé en elle quelque chose de l'histoire de sa pauvre mère ; et c'est pour cela que je vous en parle ce soir, à présent que nous sommes réunis de nouveau, après de si grands changements. »

Il baissa la tête ; elle pencha vers lui son visage d'ange, qui prit, avec ses caresses filiales, un caractère plus pathétique encore après ce récit. Une scène si touchante était bien faite pour fixer d'une manière toute particulière dans ma mémoire le souvenir de cette soirée, la première où nous nous trouvions réunis.

Agnès se leva et, s'approchant doucement de son piano, se mit à jouer quelques-uns des anciens airs que nous avions si souvent écoutés au même endroit.

« Avez-vous le projet de voyager encore ? me demanda-t-elle pendant que je me tenais debout à côté d'elle.

— Qu'en pense ma sœur ?

— J'espère que non.

Agnès se mit à jouer quelques-uns des anciens airs.

— Alors je n'en ai plus le projet, Agnès.

— Puisque vous me consultez, Trotwood, je vous dirai que, selon moi, vous n'en devez rien faire. Votre réputation croissante et le succès de vos ouvrages doivent vous encourager à continuer ; et, lors même que je pourrais me passer de mon frère, peut-être le temps, le plus exigeant, réclame-t-il de vous une vie plus active.

— Ce que je suis, c'est votre œuvre, Agnès, c'est à vous de décider.

— Mon œuvre, Trotwood ?

— Oui, ma sœur ; j'ai voulu vous dire aujourd'hui, en vous revoyant, quelque chose qui n'a pas cessé d'être dans mon cœur depuis la mort de Dora. Vous rappelez-vous que vous êtes venue me trouver dans notre petit salon, et que vous m'avez montré le ciel.

— Oh ! Trotwood, reprit-elle les yeux pleins de larmes. Elle était si aimante, si naïve, si jeune ! Pourrais-je jamais l'oublier ?

— Telle que vous m'êtes apparue alors, ma sœur, telle vous avez toujours été pour moi. Je me le suis dit bien des fois depuis ce jour. Vous m'avez toujours montré le ciel, Agnès ; vous m'avez toujours conduit vers un but meilleur ; vous m'avez toujours guidé vers un monde plus élevé. »

Elle secoua la tête, en silence ; à travers ses larmes je vis encore le doux et triste sourire. Elle

me dit qu'elle était fière de moi et de ce que je
lui disais, mais je la louais au-delà de ses mérites.

Pendant que je retournais le soir à Douvres,
poursuivi par le vent comme par un souvenir
acharné, je pensais à Agnès, et je craignais qu'elle
ne fût pas heureuse. Moi, je n'étais pas heureux ;
mais du moins j'avais réussi jusqu'alors à mettre
fidèlement un sceau sur le passé.

XLII

Provisoirement... dans tous les cas, jusqu'à ce que mon livre fût achevé, c'est-à-dire pendant quelques mois encore..., j'élus domicile à Douvres, chez ma tante. Là, assis à la fenêtre d'où j'avais contemplé le reflet de la lune dans les eaux de la mer, le jour où j'étais venu chercher un abri sous ce toit, je poursuivais tranquillement ma tâche.

« Fidèle à mon projet de ne faire allusion à mes travaux que lorsqu'ils viennent, par hasard, se mêler à l'histoire de ma vie, je ne dirai point les espérances, les joies, les inquiétudes et les triomphes de ma vie d'écrivain. J'ai déjà dit que je me livrais à mon travail avec toute l'ardeur de mon âme, que j'y mettais tout ce que j'avais d'énergie. Si mes livres ont quelque valeur, qu'ai-je besoin de rien ajouter ? sinon, mon travail ne valant pas grand'chose, le reste n'a d'intérêt pour personne.

Parfois j'allais à Londres, pour me perdre dans ce vivant tourbillon du monde, ou pour consulter

Traddles sur quelque affaire. Pendant mon
absence, il avait gouverné ma fortune avec un
jugement des plus solides, et, grâce à lui, elle était
dans l'état le plus prospère. Comme ma renommée
croissante commençait à m'attirer une foule de
lettres de gens que je ne connaissais pas, lettres
fort souvent insignifiantes, auxquelles je ne savais
que répondre, je convins avec Traddles de faire
peindre mon nom sur sa porte. Les facteurs
infatigables venaient apporter chez lui des mon-
ceaux de lettres à mon adresse, et de temps à
autre je m'y plongeais à corps perdu, comme un
ministre de l'Intérieur, sauf les appointements.

Dans ma correspondance, je trouvais parfois
une offre obligeante de quelqu'un des individus
qui erraient dans la Cour des *Doctor's Commons*.
On me proposait de pratiquer sous mon nom, si
je voulais seulement acheter la charge de procureur, et de me donner tant pour cent sur les
bénéfices. Mais je déclinai toutes ces offres,
sachant bien qu'il n'y avait déjà que trop de ces
courtiers marrons en exercice, et persuadé que la
Cour des Commons était déjà bien assez mauvaise
comme cela, sans avoir besoin de moi pour devenir
pire encore.

Les sœurs de Sophie étaient retournées dans le
Devonshire, lorsque mon nom vint éclore sur la
porte de Traddles. C'était le petit espiègle qui
répondait tout le jour sans avoir l'air de se

douter seulement de l'existence de Sophie. Sophie, confinée dans une petite chambre de derrière, avait l'agrément de pouvoir, en levant les yeux de dessus son ouvrage, avoir une échappée de vue sur un petit bout de jardin enfumé, orné d'une pompe.

Mais je la retrouvais toujours là, charmante et douce ménagère, fredonnant ses chansons du Devonshire quand elle n'entendait pas dans l'escalier quelque pas suspect, et fixant par ses chants mélodieux le petit page sur son siège, dans son antichambre officielle.

Je ne comprenais pas, au premier abord, pourquoi je trouvais si souvent Sophie occupée à écrire dans un grand registre, ni pourquoi, dès qu'elle m'apercevait, elle s'empressait de le fourrer dans le tiroir de sa table. Mais le secret me fut bientôt dévoilé. Un jour, Traddles, qui venait de rentrer par une pluie battante, tira un papier de son pupitre, et me demanda ce que je pensais de cette écriture.

« Oh non ! Tom ! s'écria Sophie, qui faisait chauffer les pantoufles de son mari.

— Pourquoi pas ? ma chère, reprit Tom d'un air ravi. Que dites-vous de cette écriture, Copperfield ?

— Elle est magnifique ; c'est tout à fait l'écriture légale des affaires. Je n'ai jamais vu, je crois, une main plus ferme.

— Ça n'a pas l'air d'une écriture de femme, n'est-ce pas ?

— Une écriture de femme ? Pourquoi pas une écriture de moulin à vent ? »

Traddles, ravi de ma méprise, éclata de rire et m'apprit que c'était l'écriture de Sophie. Elle avait déclaré que son mari aurait bientôt besoin d'un copiste, et elle voulait remplir cet office ; elle avait attrapé ce genre d'écriture à force d'étudier un modèle, et elle transcrivait maintenant je ne sais combien de pages in-folio à l'heure. Sophie était toute confuse de ce que l'on me disait là.

« Quand Tom sera juge, disait-elle, il n'ira pas le crier comme cela sur les toits. »

Mais Tom n'était pas de cet avis ; il déclarait, au contraire, qu'il en serait toujours aussi fier, quelles que fussent les circonstances.

« Quelle excellente et charmante femme vous avez, Traddles ! lui dis-je, lorsqu'elle fut sortie en riant.

— Mon cher Copperfield, me répondit Traddles, c'est sans exception la meilleure fille du monde. Si vous saviez comme elle gouverne tout ici ! avec quelle exactitude, quelle habileté, quelle économie, quel ordre, quelle bonne humeur elle vous mène tout cela.

— En vérité, vous avez bien raison de faire son éloge. Vous êtes un heureux mortel. Je vous crois faits tous les deux pour vous communiquer l'un à l'autre le bonheur que chacun de vous porte en soi-même.

— Il est certain que nous sommes très heureux, reprit Traddles ; c'est une chose que je ne puis pas nier. Tenez ! Copperfield, quand je la vois se lever à la lumière pour mettre tout en ordre, aller faire son marché sans jamais s'inquiéter du temps, avant même que les clercs soient arrivés au bureau ; me composer, je ne sais comment, les meileurs petits dîners, avec les éléments les plus ordinaires ; me faire des puddings et des pâtés, remettre chaque chose à sa place, toujours propre et soignée sur sa personne ; m'attendre le soir jusqu'à des heures indues, toujours de bonne humeur, toujours prête à m'encourager, et tout cela pour me faire plaisir, non, vraiment, là ! il m'arrive quelquefois de ne pas y croire. »

Il contemplait d'un œil attendri jusqu'aux pantoufles qu'elle lui avait fait chauffer, tout en metant ses pieds dedans, et en les étendant sur les chenets d'un air de satisfaction.

« Je ne peux pas le croire, répétait-il. Et si vous saviez que de plaisirs nous avons ! Ils ne sont pas chers, mais ils sont admirables. Quand nous sommes chez nous le soir, et que nous fermons notre porte, après avoir tiré les rideaux... des rideaux qu'elle a faits elle-même... où pourrions-nous être mieux ? Quand il fait beau et que

nous allons nous promener le soir, les rues nous
fournissent mille jouissances. Nous nous mettons
à regarder les étalages des bijoutiers, et je montre
à Sophie lequel de ces serpents aux yeux de
diamants, couchés sur du satin blanc, je lui
donnerais si j'en avais le moyen. Sophie me
montre laquelle de ces belles montres d'or à
cylindre, avec mouvement à échappement horizon-
tal, elle m'achèterait, si elle en avait le moyen.
Puis nous choisissons les cuillers et les fourchettes,
les couteaux à beurre, les truelles à poisson qui
nous plairaient le plus, si nous avions le moyen
de les acheter ; et réellement, nous nous en allons
aussi contents que si nous les avions achetés. Une
autre fois nous allons flâner dans les squares et
dans les belles rues. Nous voyons une maison à
louer ; alors nous la considérons, en nous demandant si elle nous conviendra, quand je serai juge.
Puis nous prenons tous nos arrangements : cette
chambre-là sera pour nous ; telle autre pour une
de nos sœurs, etc., etc., jusqu'à ce que nous
ayons décidé si l'hôtel peut ou non nous convenir.
Quelquefois aussi nous allons, en payant moitié
place, au parterre de quelque théâtre, dont le
fumet seul, à mon avis, n'est pas cher pour le
prix, et nous nous amusons comme des rois.
Sophie d'abord croit tout ce qu'elle entend sur la
scène, et moi aussi. En rentrant, nous achetons
de temps en temps un petit morceau de quelque

chose chez le charcutier, ou un petit homard chez le marchand de poisson, et nous revenons nous faire un magnifique souper, tout en causant de ce que nous venons de voir. Eh bien ! Copperfield, n'est-il pas vrai que si j'étais lord chancelier, nous ne pourrions jamais faire ça ?

— Quoi que vous deveniez, mon cher Traddles, pensai-je en moi-même, vous ne ferez jamais rien que de bon et d'aimable. A propos, lui dis-je tout haut, je suppose que vous ne dessinez plus jamais de squelettes ?

— Mais réellement, répondit-il en riant et en rougissant, je n'oserais pas l'affirmer, mon cher Copperfield. Car l'autre jour j'étais au tribunal, une plume à la main ; il m'a pris fantaisie de voir si j'avais conservé mon talent d'autrefois. Et j'ai bien peur qu'il n'y ait un squelette... en perruque... sur le rebord du pupitre. »

Quand nous eûmes bien ri de tout notre cœur, Traddles se mit à dire, avec son indulgence habituelle : « Ce vieux Creakle !

— J'ai reçu une lettre de ce vieux... scélérat ! lui dis-je, car jamais je ne m'étais senti moins disposé à lui pardonner l'habitude qu'il avait prise de battre Traddles comme plâtre, qu'en voyant Traddles si disposé à lui pardonner lui-même.

— De Creakle le maître de pension ? s'écria Traddles. Oh ! non, ce n'est pas possible.

— Parmi les personnes qu'attire vers moi ma

renommée naissante, lui dis-je en jetant un coup
d'œil sur mes lettres, et qui découvrent subitement
qu'elles m'ont toujours été très attachées, se trouve
le susdit Creakle. Il n'est plus maître de pension,
à présent. Il est retiré des affaires. C'est un
magistrat du comté de Middlesex. »

Je jouissais d'avance de la surprise de Traddles,
mais, pas du tout, il n'en montra aucune.

« Et, repris-je, comment peut-il se faire, à votre
avis, qu'il soit devenu magistrat de Middlesex ?

— Oh ! mon cher ami, répondit Traddles, c'est
une question à laquelle il serait bien difficile de
répondre. Peut-être a-t-il voté pour quelqu'un ou
prêté de l'argent à quelqu'un, ou acheté quelque
chose à quelqu'un, ou rendu service à quelqu'un,
qui connaissait quelqu'un, qui a obtenu du lieute-
nant du comté qu'on le mît dans la commission ?

— En tout cas, lui dis-je, il en est, de la
commission. Et il m'écrit qu'il sera heureux de
me faire voir, en pleine vigueur, le seul vrai
système de discipline pour les prisons, le seul
moyen d'obtenir des repentirs solides et durables,
c'est-à-dire, comme vous savez, le système cellulaire. Qu'en pensez-vous ?

— Du système cellulaire ? me demanda
Traddles d'un air grave.

— Non, croyez-vous que je doive accepter son
offre, et lui annoncer que vous viendrez avec
moi ?

— Je n'y vois pas d'objection.

— Alors, je vais lui écrire pour le prévenir. Vous rappelez-vous, pour ne rien dire de la façon dont il nous traitait, que ce même Creakle avait mis son fils à la porte de chez lui, et vous souvenez-vous de la vie qu'il faisait mener à sa femme et à sa fille ?

— Parfaitement.

— Eh bien, lisez sa lettre, et vous verrez que c'est le plus tendre des hommes pour les condamnés chargés de tous les crimes. Seulement je ne suis pas bien sûr que cette tendresse de cœur s'étende aussi à quelque autre classe de créatures humaines. »

Au jour fixé, nous nous rendîmes, Traddles et moi, à la prison où M. Creakle exerçait son autorité. C'était un immense bâtiment qui avait dû coûter fort cher à construire. Comme nous approchions de la porte, je ne pus m'empêcher de songer au tollé général qu'aurait excité dans le pays le pauvre innocent qui aurait proposé de dépenser la moitié de la somme pour construire une école industrielle en faveur des jeunes gens, ou un asile en faveur des vieillards dignes d'intérêt.

On nous fit entrer dans un vestibule qui aurait pu servir de rez-de-chaussée à la tour de Babel, tant la structure en était solide et massive. Là nous fûmes présentés à notre ancien maître de pension, au milieu d'un groupe composé de deux ou trois de ces infatigables magistrats, ses collègues, et de quelques visiteurs venus à leur suite. Il me reçut en homme qui m'avait formé l'esprit et le cœur, et qui m'avait toujours aimé tendrement. Quand je lui présentai Traddles, M. Creakle déclara, mais avec moins d'emphase, qu'il avait été également le guide, le maître et l'ami de Traddles. Notre vénérable pédagogue avait beaucoup vieilli, mais il n'avait pas embelli en proportion. Son visage était toujours aussi méchant, ses yeux aussi petits, et encore plus enfoncés. Ses rares cheveux gras et gris, avec lesquels je me le représentais toujours, avaient presque entièrement disparu, et les grosses veines qui se dessinaient sur son crâne chauve n'étaient pas faites pour le rendre plus agréable à voir.

Après avoir causé un moment avec ces messieurs, dont la conversation aurait pu faire croire qu'il n'y avait en ce monde rien d'aussi important que le suprême bien-être des prisonniers, ni rien à faire sur cette terre en dehors des grilles d'une prison, nous commençâmes notre inspection. C'était justement l'heure du dîner. Nous allâmes d'abord dans la grande cuisine, où l'on préparait le dîner de chaque prisonnier, avec la régularité et la précision d'une horloge. Je dis tout bas à Traddles que je trouvais un contraste bien choquant entre ces repas si soignés et si abondants, et les dîners, je ne dirai pas des pauvres, mais des soldats, des marins, des paysans, de la masse honnête et laborieuse de la nation ; car, de tous ces braves gens, il n'y a pas un sur cinq cents qui dîne aussi bien, de moitié. J'appris que le *système* exigeait une forte nourriture ; en un mot, pour en finir avec le *système*, je découvris que, sur ce point comme sur tous les autres, le *système* levait tous les doutes et tranchait toutes les difficultés. personne ne paraissait avoir la moindre idée qu'il y eût, en dehors du *système*, un système quelconque qui valût la peine d'être cité.

Pendant que nous traversions un magnifique corridor, je demandai à M. Creakle et à ses amis quels étaient les avantages principaux de ce tout-puissant, de cet incomparable système. J'appris que c'était l'isolement complet des prisonniers, grâce auquel un homme ne pouvait absolument rien savoir de celui qui était enfermé à côté de lui, et se trouvait par là réduit à un état d'âme salutaire qui l'amenait à la repentance et à une contrition sincère.

Lorsque nous eûmes visité quelques individus dans leurs cellules et traversé les couloirs sur lesquels donnaient les cellules ; quand on nous eut expliqué la manière de se rendre à la chapelle, et ainsi de suite, je me figurai que les prisonniers, probablement, en savaient plus long qu'on ne croyait les uns sur le compte des autres, et qu'ils avaient évidemment trouvé quelque bon petit

moyen de correspondre ensemble. Cela a été
prouvé depuis ; mais, sachant bien qu'un pareil
soupçon serait repoussé comme un abominable
blasphème contre le système, j'attendis, pour voir
de plus près les traces de cette pénitence tant
vantée.

Mais ici je fus assailli par un doute. Je trouvai
que la pénitence était taillée, à peu de chose près,
sur un patron uniforme, comme les habits et les
gilets de confection que l'on voit à la porte des
tailleurs. Je trouvai que les pénitents faisaient de
grandes professions de foi, fort semblables quant
au fond, et même quant à la forme, ce qui me
parut très louche. Je trouvai une quantité de
renards occupés à dire que les raisins étaient trop
verts. Mais, de tous ces renards, il n'en était pas
un seul à la portée duquel j'eusse voulu mettre
une simple grappe. Surtout je trouvai que ceux
qui parlaient le plus étaient ceux qui excitaient le
plus d'intérêt, et que leur amour-propre, leur
vanité, le besoin qu'ils éprouvaient de produire
de l'effet et de tromper les gens, tous sentiments
suffisamment démontrés par leurs antécédents, les
portaient à faire de longues professions de foi dans
lesquelles ils se complaisaient trop.

Comme on parlait beaucoup d'un certain
numéro Vingt-sept qui était en odeur de sainteté,
je résolus de suspendre mon jugement, tant que
je n'aurais pas vu Vingt-sept. Vingt-huit faisait le

pendant ; c'était aussi, me dit-on, un astre fort
éclatant, mais, par malheur pour lui, son mérite
était légèrement éclipsé par le lustre extraordinaire
de Vingt-sept. A force d'entendre parler de Vingt-
sept, des pieuses exhortations qu'il adressait à
tous ceux qui le visitaient, des belles lettres qu'il
écrivait constamment à sa mère, je devins très
impatient de voir ce phénomène.

Cependant j'eus à maîtriser quelque temps mon
impatience parce qu'on réservait Vingt-sept pour
le bouquet. A la fin pourtant, nous arrivâmes à
la porte de sa cellule, et là, M. Creakle, appliquant
son œil à un petit trou dans le mur, nous dit,
avec la plus vive admiration, que Vingt-sept était
en train de lire un livre de cantiques.

M. Creakle donna l'ordre d'ouvrir la porte de
la cellule, et d'inviter Vingt-sept à venir dans le
corridor. On exécuta son instruction. Quel ne fut
pas notre étonnement à Traddles et à moi ! Cet
illustre converti, ce fameux numéro Vingt-sept,
c'était Uriah Heep !

Il nous reconnut immédiatement et nous dit,
en sortant de sa cellule, avec ses contorsions
d'autrefois :

« Comment vous portez-vous, monsieur Copperfield ? Comment vous portez-vous, monsieur
Traddles ? »

Cette reconnaissance causa parmi les assistants
une admiration générale. On s'émerveillait sans

doute de voir un personnage si important se montrer si bon prince et daigner nous reconnaître !

« Eh bien ! Vingt-sept, dit M. Creakle, en l'admirant d'un air sentimental, comment vous trouvez-vous aujourd'hui ?

— Je suis bien humble, monsieur, répondit Uriah Heep.

— Vous l'êtes toujours, Vingt-sept », dit M. Creakle.

Ici un autre monsieur lui demanda d'un air de profond intérêt :

« Vous sentez-vous vraiment tout à fait bien ?

— Oui, monsieur, merci, dit Uriah Heep en regardant du côté de son interlocuteur, beaucoup mieux ici que je n'ai jamais été nulle part. Je reconnais maintenant mes folies, monsieur. C'est là ce qui fait que je me sens si bien dans mon nouvel état. »

Plusieurs des assistants étaient profondément touchés. L'un d'entre eux, s'avançant vers lui, lui demanda avec une extrême sensibilité comment il trouvait le bœuf.

« Merci, monsieur, répondit Uriah en regardant du côté d'où venait cette nouvelle question ; il était plus dur hier que je ne l'aurais souhaité, mais mon devoir est de m'y résigner. J'ai fait des sottises, messieurs, dit Uriah, en regardant autour de lui avec un sourire bénin, et je dois en supporter les conséquences sans me plaindre. »

Il s'éleva un murmure qui exprimait à la fois l'admiration des auditeurs pour les bons sentiments de Vingt-sept, et l'indignation contre le fournisseur qui lui avait donné lieu de se plaindre. M. Creakle prit une note. Cependant Vingt-sept restait debout au milieu de nous, comme s'il sentait bien qu'il représentait la pièce curieuse d'un muséum extraordinairement intéressant. Pour nous porter, à nous autres néophytes, le coup de grâce, et pour nous éblouir, séance tenante, en frappant nos yeux de ces éclatantes merveilles, on donna l'ordre de nous amener aussi Vingt-huit.

J'avais déjà passé par tant de surprises, que j'éprouvai une sorte de surprise résignée, rien de plus, quand je vis s'avance M. Littimer, l'ancien valet de chambre de Steerforth, lisant un bon livre.

« Vingt-huit, dit un monsieur en lunettes qui n'avait pas encore parlé, la semaine passée vous vous êtes plaint du chocolat, mon ami. A-t-il été meilleur cette semaine ?

— Merci, monsieur, dit M. Littimer, il était mieux fait. Si j'osais présenter une observation, monsieur, je crois que le lait qu'on y mêle n'est pas parfaitement pur ; mais je sais, monsieur, qu'on falsifie beaucoup le lait à Londres, et que c'est un article qu'il est difficile de se procurer naturel. »

Je crus remarquer que le monsieur en lunettes faisait concurrence avec son Vingt-huit au Vingt-sept de M. Creakle, et chacun d'eux se chargeait à tour de rôle de faire valoir son protégé.

« Dans quel état d'âme êtes-vous, Vingt-huit ? demanda l'interrogateur en lunettes.

— Je vous remercie, monsieur, répondit M. Littimer ; je reconnais mes folies, monsieur ; je suis bien peiné quand je pense aux péchés de mes anciens compagnons, monsieur, mais j'espère qu'ils obtiendront leur pardon.

— Vous êtes heureux ? poursuivit le monsieur, d'un ton d'encouragement.

— Je suis bien obligé, monsieur, reprit M. Littimer, parfaitement heureux.

— Y a-t-il quelque chose qui vous préoccupe ? Dites-le franchement, Vingt-huit.

— Monsieur, répondit M. Littimer sans lever la tête, si mes yeux ne m'ont pas trompé, il y a ici un monsieur qui m'a connu autrefois. Il peut être utile à ce monsieur de savoir que j'attribue toutes mes folies passées à ce que j'ai mené une vie frivole au service des jeunes gens, et je me suis laissé entraîner par eux à des faiblesses auxquelles je n'ai pas eu la force de résister. J'espère que ce monsieur, qui est jeune, voudra bien profiter de cet avertissement, monsieur, et ne pas s'offenser de la liberté que je prends ; c'est pour son bien. Je reconnais toutes mes folies passées ; j'espère qu'il se repentira de même de toutes les fautes et péchés auxquels il a participé. »

Je remarquai que plusieurs messieurs se couvraient les yeux avec leurs mains, comme s'ils venaient d'entrer dans une église.

« Cela vous fait honneur, Vingt-huit, je n'attendais pas moins de vous. Avez-vous encore quelques mots à dire ?

— Non, monsieur, je vous remercie, monsieur, dit M. Littimer. Messieurs, je vous souhaite le bonjour, j'espère que vous en viendrez aussi, vous et vos familles, à reconnaître vos péchés et à vous amender. »

Là-dessus, Vingt-huit se retira, après avoir lancé un regard d'intelligence à Uriah. On voyait bien qu'ils n'étaient pas des inconnus l'un pour l'autre, et qu'ils avaient trouvé moyen de s'entendre. Quand on ferma sur lui la porte de sa cellule, on entendit chuchoter de tous côtés dans le groupe que c'était là un prisonnier bien respectable, un cas magnifique.

« Maintenant, Vingt-sept, dit M. Creakle rentrant en scène avec son champion, y a-t-il quelque chose qu'on puisse faire pour vous ? Vous n'avez qu'à dire.

— Je vous demande humblement, monsieur, reprit Uriah en secouant sa tête haineuse, l'autorisation d'écrire encore à ma mère.

— Elle vous sera certainement accordée, dit M. Creakle.

— Merci, monsieur, je suis bien inquiet de ma mère. Je crains qu'elle ne soit pas en sûreté. »

Quelqu'un eut l'imprudence de demander quel danger elle courait ; mais un « chut ! » scandalisé fut la réponse générale.

« Je crains qu'elle ne soit pas en sûreté pour l'éternité, monsieur, reprit Uriah en se tordant vers la voix ; je voudrais savoir ma mère dans l'état où je suis. Jamais je ne serais arrivé à cet état d'âme si je n'étais pas venu ici ; je voudrais que ma mère fût ici. Quel bonheur ce serait pour chacun, que l'on pût amener ici tout le monde ! »

L'expression de ce sentiment fut reçue avec une satisfaction sans limites.

Uriah nous jeta un regard de côté, comme s'il eût souhaité pouvoir empoisonner d'un seul coup d'œil le monde extérieur auquel nous appartenions, et dit : « Avant de venir ici, je commettais des fautes ; mais, je puis maintenant le reconnaître, il y a bien du péché chez ma mère. D'ailleurs, il n'y a que péché partout, excepté ici.

— Vous êtes bien changé, dit M. Creakle.

— Oh Ciel ! certainement, monsieur, cria ce converti de la plus belle espérance.

— Vous ne retomberiez pas, si l'on vous mettait en liberté ? demanda une autre personne.

— Oh Ciel ! non, monsieur. »

Il se glissa dans sa cellule au milieu d'un chœur d'approbation ; Traddles et moi nous nous sentîmes soulagés quand il fut sous les verrous.

Avisant deux gardiens, qui, à en juger par l'expression de leur visage, devaient savoir à quoi s'en tenir sur toute cette comédie, je leur dis :

« Savez-vous quelle a été la dernière erreur du numéro Vingt-sept ? »

L'un d'eux me répondit que c'était un cas de banque.

« Une fraude sur la Banque d'Angleterre ? demandai-je.

— Oui, monsieur. Un cas de fraude, de faux et de complot, car il n'était pas seul ; c'était lui qui menait la bande. Il s'agissait d'une grosse somme. On les a tous condamnés à la déportation perpétuelle. Vingt-sept était le plus rusé de la troupe, il avait su se tenir presque complètement dans l'ombre. Pourtant il n'a pu y réussir tout à fait.

— Savez-vous le crime de Vingt-huit ? »

Le gardien baissa la voix, et me répondit par-dessus son épaule, sans retourner la tête, comme s'il craignait d'être surpris par Creakle et consorts à parler mal de ces créatures immaculées : « Vingt-huit, murmura-t-il, est entré au service d'un jeune maître, à qui, la veille de son départ pour le continent, il a volé deux cent cinquante livres sterling, tant en argent qu'en valeurs. »

Nous avions vu tout ce qu'il y avait à voir. En vain nous aurions essayé de faire comprendre à un homme comme M. Creakle que l'emprisonnement cellulaire et le système n'avaient nullement transformé Vingt-sept et Vingt-huit et qu'ils étaient ce qu'ils avaient toujours été : les plus vils des hypocrites. Nous laissâmes le *système* et ses adhérents, et nous reprîmes le chemin de la maison, encore tout abasourdis de ce que nous venions de voir.

XLIII

Nous étions arrivés à Noël ; il y avait plus de
deux mois que j'étais de retour. J'avais souvent
vu Agnès. J'éprouvais, je l'avoue, un grand plaisir
à m'entendre louer par la grande voix du public,
qui avait la vertu de m'engager à redoubler
d'efforts ; mais la moindre parole d'Agnès valait
pour moi mille fois mieux que tout le reste.

J'allais à Cantorbéry au moins une fois par
semaine, souvent davantage, passer la soirée avec
elle. Je revenais de nuit, à cheval, car j'étais alors
retombé dans mon humeur mélancolique, et j'étais
bien aise de prendre un exercice forcé, pour tâcher
d'échapper à l'obsession de mes pensées.

Quand je lisais à Agnès les pages que je
venais d'écrire, quand je la voyais m'écouter si
attentivement, se mettre à rire ou fondre en
larmes, quand sa voix affectueuse se mêlait avec
tant d'intérêt au monde idéal où je vivais, je
songeais à ce qu'aurait pu être ma vie ; mais j'y

songeais comme jadis, après avoir épousé Dora :
j'avais songé trop tard à tout ce que j'aurais voulu
que fût ma femme.

Entre ma tante et moi, ce sujet semblait être
banni de nos conversations. Nous ne l'évitions
pas de parti pris, mais par une espèce de conven-
tion tacite nous y songions chacun de notre côté,
sans formuler en commun nos pensées. Quand,
suivant notre ancienne habitude, nous étions assis
le soir au coin du feu, nous restions absorbés
dans nos rêveries, mais tout naturellement, sans
contrainte, comme si nous en eussions parlé sans
réserve. Et cependant nous gardions le silence. Je
crois qu'elle avait lu dans mon cœur, et qu'elle
comprenait à merveille pourquoi je me condamnais
à me taire.

Noël était proche ; c'était par un jour d'hiver
froid et sombre. Que de raisons j'ai de me
le rappeler ! Il était tombé, quelques heures
auparavant, une neige qui, sans être épaisse,
s'était gelée sur le sol qu'elle recouvrait. Sur la
mer, je voyais à travers les vitres de ma fenêtre le
vent du nord souffler avec violence. Je venais de
penser aux rafales qui devaient balayer en ce
moment les solitudes neigeuses de la Suisse et ses
montagnes inaccessibles aux hommes en cette
saison, et je me demandais ce qu'il y avait de
plus solitaire, de ces régions isolées ou de cet
océan désert.

« Vous sortez à cheval aujourd'hui, Trot ? dit ma tante en entr'ouvrant ma porte.

— Oui, lui dis-je, je pars pour Cantorbéry. C'est un beau jour pour monter à cheval.

— Je souhaite que votre cheval soit de cet avis, dit ma tante ; mais pour le moment il est là devant la porte, l'oreille basse et la tête penchée, comme un cheval qui préférerait de beaucoup son écurie. »

Par parenthèse, ma tante permettait à mon cheval de traverser la pelouse sacrée, sans se relâcher d'ailleurs de sa sévérité envers les ânes.

« Il va bientôt se ragaillardir, n'ayez pas peur.

— En tout cas, la promenade fera du bien à son maître, dit ma tante, en regardant les papiers entassés sur ma table. Ah ! mon enfant, vous passez à cela bien des heures. Jamais je ne me serais doutée, quand je lisais un livre autrefois, qu'il eût coûté tant de peine à l'auteur.

— Il n'en coûte guère moins au lecteur quelquefois, répondis-je. Quant à l'auteur, son travail n'est pas pour lui sans charme.

— Ah ! oui, dit ma tante, l'ambition, l'amour de la gloire, la sympathie, et bien d'autres choses encore, je suppose ? Eh bien ! bon voyage !

— Savez-vous quelque chose de plus, lui dis-je avec calme, tandis qu'elle s'asseyait dans mon fauteuil, après m'avoir donné une tape sur l'épaule... savez-vous quelque chose de plus sur cet attachement d'Agnès dont vous m'avez parlé ? »

Elle me regarda fixement avant de répondre.

« Je crois que oui, Trot.

— Et votre première impression se confirme-t-elle ?

— Je crois que oui, Trot. »

Elle me regardait en face avec une sorte de doute, de compassion et de défiance d'elle-même, en voyant que je m'étudiais de mon mieux à lui montrer un visage d'une gaieté parfaite.

« Et, ce qui est plus fort, Trot... dit ma tante.

— Eh bien ?

— C'est que je crois qu'Agnès va se marier.

— Que Dieu la bénisse ! lui dis-je gaiement.

— Oui, dit ma tante, que Dieu la bénisse, et son mari aussi ! »

Je me joignis à ce vœu, en lui disant adieu, et, descendant rapidement l'escalier, je me mis en selle, et je partis.

« Raison de plus, me dis-je en moi-même, pour hâter l'explication. »

Comme je me rappelle ce voyage triste et froid ! Les parcelles de glace, balayées par le vent à la surface des prés, venaient me frapper le visage ; les sabots de mon cheval battaient la mesure sur le sol durci ; la neige, emportée par la bise, tourbillonnait sur les carrières blanchâtres ; les chevaux fumants s'arrêtaient au haut des montées

pour souffler, avec leurs chariots chargés de foin,
et secouaient leurs grelots. Les coteaux et les
plaines qu'on voyait au bas de la montagne se
dessinaient sur l'horizon noirâtre, comme des
lignes immenses tracées à la craie sur une ardoise
gigantesque.

Je trouvai Agnès seule. Ses petites élèves étaient
retournées dans leurs familles. L'esprit remplis de
paroles de ma tante, je m'expliquai franchement
avec Agnès.

De cette explication il résultat que ma tante
avait dit vrai, et qu'Agnès allait bientôt se marier.
En effet, ce jour-là même Agnès devint ma fiancée.

Nous convînmes, ma fiancée et moi, que je
resterais à Cantorbéry jusqu'au lendemain, et que
le lendemain j'irais la présenter à ma tante.

L'heure du dîner approchait quand nous parû-
mes chez ma tante. Peggotty me dit qu'elle était
dans mon cabinet. Elle mettait son orgueil à le
tenir en ordre, tout prêt à me recevoir. Elle était
assise au coin du feu, occupée à lire, les lunettes
sur le nez.

« Bon Dieu ! me dit ma tante en nous voyant
entrer, qui est-ce que vous m'amenez là, à la
maison ?

— C'est Agnès », lui dis-je.

Nous étions convenus de commencer par être
très discrets. Ma tante fut extrêmement désappoin-
tée. Quand j'avais dit « C'est Agnès ! » elle

m'avait lancé un regard plein d'espoir ; mais, voyant que j'étais aussi calme que de coutume, elle ôta ses lunettes, de désespoir, et s'en frotta vigoureusement le bout du nez.

Néanmoins elle accueillit Agnès de grand cœur, et bientôt nous descendîmes pour dîner. Deux ou trois fois ma tante mit ses lunettes pour me regarder, mais elle les ôtait aussitôt, d'un air désappointé, et s'en frottait le nez. Tout cela au grand désespoir de M. Dick, qui savait que c'était mauvais signe.

« A propos, ma tante, lui dis-je après dîner, j'ai parlé à Agnès de ce que vous m'aviez dit.

— Alors, Trot, s'écria ma tante en devenant très rouge, vous avez eu grand tort, et vous auriez dû mieux tenir votre promesse.

— Vous ne m'en voudrez pas, j'espère, ma tante, quand vous saurez qu'Agnès n'a pas d'attachement qui la rende malheureuse.

— Quelle absurdité ! » dit ma tante.

En la voyant tout à fait vexée, je crus qu'il valait mieux en finir. Je pris la main d'Agnès, et nous vînmes tous deux nous agenouiller devant son fauteuil.

Elle nous regarda, joignit les mains, et pour la première et la dernière fois de sa vie elle eut une attaque de nerfs.

Peggotty accourut. Dès que ma tante fut remise, elle se jeta au cou de Peggotty, l'appela vieille folle, et l'embrassa à grands bras. Après quoi elle embrassa M. Dick, qui s'en trouva très honoré, mais encore plus surpris ; puis elle leur expliqua tout, et nous nous livrâmes à la joie.

Je n'ai jamais pu découvrir si, dans sa dernière conversation avec moi, ma tante s'était permis une fraude pieuse, ou si elle s'était trompée sur l'état de mon âme. Tout ce qu'elle avait dit, prétendit-elle, c'est qu'Agnès allait se marier, et maintenant je savais mieux que personne si ce n'était pas la vérité.

Notre mariage eut lieu quinze jours après. Traddles et Sophie, le docteur et mistress Strong furent seuls invités à notre paisible union. Nous les quittâmes le cœur plein de joie ; quand nous fûmes seuls, Agnès me dit : « Maintenant que vous êtes mon mari, j'ai une révélation à vous faire.

— Dites, mon amour.

— C'est un souvenir de la nuit où Dora est morte. Vous souvenez-vous qu'elle vous avait prié de venir me chercher ?

— Oui.

— Elle m'a dit qu'elle me laissait quelque chose. Savez-vous ce que c'était ? »

Je croyais le deviner, mais je gardai le silence.

« Elle m'a dit qu'elle me faisait une dernière prière, et qu'elle me laissait un dernier devoir à remplir.

— Eh bien ?

— Elle m'a demandé de venir un jour prendre la place qu'elle laissait vide. »

Elle se mit à pleurer, et je pleurai avec elle, et cependant nous étions bien heureux.

XLIV

Ma renommée et ma fortune avaient grandi, mon bonheur domestique était parfait, j'étais marié depuis dix ans. Par une soirée de printemps, nous étions assis au coin du feu, dans notre maison de Londres, Agnès et moi. Trois de nos enfants jouaient dans la chambre, quand on vint me dire qu'un étranger voulait me parler.

On lui avait demandé s'il venait pour affaire, et il avait répondu que non ; il venait uniquement pour me voir, et il arrivait d'un long voyage. Mon domestique disait que c'était un homme d'âge et qu'il avait l'air d'un fermier.

Cette nouvelle produisit une certaine émotion ; elle avait quelque chose de mystérieux qui rappelait aux enfants le commencement d'une histoire favorite, que leur mère se plaisait à leur raconter, et où l'on voyait arriver aussi, déguisée sous son manteau, une méchante vieille fée qui détestait tout le monde. L'un de nos petits garçon cacha sa tête dans les genoux de sa maman pour être à l'abri de tout danger, et la petite Agnès (l'aînée de nos enfants) assit sa poupée sur sa chaise, pour figurer à sa place, et courut se cacher derrière les rideaux de la fenêtre. Par l'entrebâillement elle laissait passer la forêt de boucles dorées de sa petite tête blonde, curieuse de voir ce qui allait se passer.

« Faites entrer », dis-je.

Nous vîmes bientôt apparaître et s'arrêter dans l'ombre, sur le seuil de la porte, un vieillard vert et robuste, avec des cheveux gris. La petite Agnès, attirée par son air avenant, avait couru à sa rencontre pour le faire entrer. Je n'avais pas encore bien distingué ses traits, quand ma femme, se levant tout à coup, s'écria d'une voix émue que c'était M. Peggotty.

C'était M. Peggotty ! Il était vieux à présent, mais d'une vieillesse vermeille, si vive et vigoureuse. Après le premier moment d'émotion, lorsqu'il se fut installé, avec les enfants sur ses genoux, devant le feu, dont la flamme illuminait sa figure, il me parut aussi fort et aussi robuste que jamais.

« Maître Davy ! dit-il, et comme ce nom d'autrefois, prononcé du même ton qu'autrefois, réjouissait mon oreille ! Maître Davy, c'est un beau jour que celui où je vous revois avec votre excellente femme.

— Oui, mon vieil ami, m'écriai-je, c'est vraiment un beau jour.

— Et ces jolis enfants ! reprit M. Peggotty. Les belles petites fleurs que cela fait ! Maître Davy, vous n'étiez pas plus grand que le plus petit de ces trois enfants-là, quand je vous ai vu pour la première fois.

— J'ai changé plus que vous depuis ce temps-là, lui dis-je. Mais laissons tous ces bambins aller se coucher, et comme il ne peut pas y avoir pour vous, en Angleterre, d'autre gîte que celui-ci, dites-moi où je puis envoyer chercher vos bagages... Et puis, tout en buvant un verre de grog à la façon d'Yarmouth, nous causerons de tout ce qui s'est passé depuis dix ans.

— Êtes-vous seul ? demanda Agnès.

— Oui, madame, dit-il en lui baisant la main, je suis tout seul. »

Il s'assit entre nous deux ; nous ne savions comment lui témoigner notre joie.

« Il y a, dit-il, une fameuse pièce d'eau à traverser pour un homme qui ne doit rester que quelques semaines en Angleterre. Mais l'eau me connaît, surtout quand elle est salée, et les amis sont les amis ; aussi, nous voilà réunis. Tiens, ça rime, s'écria-t-il, surpris de cette découverte ; mais, ma parole, j'ai fait rimer ça sans le vouloir.

— Est-ce que vous comptez refaire bientôt tous ces milliers de lieues-là ? demanda Agnès.

— Oui, madame, je l'ai promis à Émilie avant de partir. Voyez-vous, je ne rajeunis pas, à mesure que je prends des années, et si je n'étais pas venu ce coup-ci, il est probable que je ne serais jamais venu. Mais j'avais trop grande envie de vous voir, maître Davy et vous, dans votre heureux ménage, avant de devenir trop vieux. »

Il nous regardait comme s'il ne pouvait pas rassasier ses yeux.

« Et maintenant, lui dis-je, racontez-nous tout ce qui vous est arrivé.

— Ça ne sera pas long, maître Davy. Nous n'avons pas fait fortune, mais nous avons prospéré tout de même. Nous avons bien travaillé pour y arriver. Nous avons mené d'abord une vie un peu dure, mais nous avons prospéré tout de même. Nous avons élevé des moutons, nous avons fait de la culture, nous avons fait un peu de tout, et nous avons, ma foi ! fini par être aussi bien que nous pouvions espérer de l'être. Dieu nous a toujours protégés, dit-il en inclinant respectueusement la tête, et nous n'avons fait que réussir, c'est-à-dire, à la longue, pas du premier coup. »

Émilie, qui avait éprouvé de grands chagrins et une grande déception avant de quitter l'Angleterre, refusait de se marier, et M. Peggotty n'était pas absolument satisfait de sa santé. Cham, presque au moment du départ des siens pour l'Australie, s'était noyé en cherchant à porter du secours à un navire en détresse.

« Et mistress Gummidge ? » demandai-je.

Il faut croire que j'avais touché là une corde sensible. En effet, M. Peggotty éclata de rire, et frotta ses mains tout le long de ses jambes, de haut en bas, comme il faisait jadis, dans le vieux bateau, quand il était de bonne humeur.

« Vous me croirez si vous voulez, dit-il, mais figurez-vous qu'elle a trouvé un épouseur. Si le cuisinier d'un navire, qui s'est fait colon là-bas, ne l'a pas demandée en mariage, je veux être pendu, monsieur Davy ! je ne peux pas dire mieux. »

Jamais je n'avais vu Agnès rire de si bon cœur. L'enthousiasme de M. Peggotty l'amusait tellement qu'elle ne pouvait plus se tenir. Plus elle riait, plus elle me faisait rire ; plus l'enthousiasme de M. Peggotty allait croissant, plus il se frottait les jambes.

« Et, demandai-je, quand j'eus repris un peu de sang-froid, qu'est-ce que mistress Gummidge a dit de ça ?

— Eh bien, dit M. Peggotty, au lieu de répondre : ''Merci bien, je vous suis très obligée, mais je ne veux pas changer de condition à l'âge que j'ai'', mistress Gummidge a saisi un baquet plein d'eau qui était à côté d'elle et elle le lui a vidé sur la tête. Le malheureux cuisinier en était submergé. Il s'est mis à crier au secours de toutes ses forces, si bien que j'ai été obligé d'aller à la rescousse. »

Là-dessus M. Peggotty éclata de rire, et nous lui tînmes compagnie.

« Mais, reprit-il en s'essuyant les yeux qu'il avait pleins de larmes à force d'avoir ri, je dois vous dire une chose, pour rendre justice à cette excellente créature. C'est bien maintenant la plus obligeante, la plus fidèle, la plus honnête femme qui ait jamais existé. Et cela, depuis nos épreuves et notre émigration. Elle ne s'est pas plainte une seule fois d'être délaissée et abandonnée, pas même lorsque nous nous sommes trouvés bien en peine, en débarquant. Et quant à l'ancien, elle n'y a jamais pensé depuis qu'elle a quitté l'Angleterre.

« A présent, lui dis-je, parlons de M. Micawber. Vous savez qu'il a payé tout ce qu'il devait ici. Par conséquent, nous devons supposer qu'il réussit dans ses entreprises. Mais dites-nous où il en est aujourd'hui ? »

M. Peggotty mit en souriant la main à la poche de son gilet, et en tira un paquet de papier bien plié, d'où il sortit, avec le plus grand soin, un petit journal qui avait une drôle de mine.

« Il faut vous dire, maître Davy, reprit-il, que nous avons quitté les grands bois, et que nous habitons maintenant près du port de Middlebay, où il y a ce que nous appelons là-bas une ville.

M. Peggotty éclata de rire.

— Est-ce que M. Micawber était avec vous dans les grands bois ?

— Je crois bien, répondit M. Peggotty ; et il s'est mis de bon cœur à l'ouvrage. Vous n'avez jamais rien vu de pareil. Je le vois encore avec sa tête chauve, maître Davy, tellement inondée de sueur sous un soleil ardent, que j'ai cru qu'elle allait se fondre en eau. Et maintenant, il est magistrat.

— Magistrat ? »

M. Peggotty mit le doigt sur un paragraphe du journal, où je lus l'extrait suivant du *Times de Middlebay*.

« Le dîner solennel offert à notre éminent colon et concitoyen *Wilkins Micawber,* magistrat du district de Middlebay, a eu lieu hier, dans la grande salle de l'hôtel, où il y avait foule à étouffer. On assure qu'il n'y avait pas moins de quarante-sept personnes à table, sans compter tous les curieux qui encombraient le corridor et l'escalier. La société la plus charmante, la plus élégante et la plus exclusive de Middlebay s'y était donné rendez-vous, pour venir rendre hommage à cet homme si remarquable, si estimé et si populaire. Le docteur Mell (de l'école normale de Salem-House, Port-Middlebay), présidait le banquet ; à sa droite était assis notre hôte illustre. La nappe enlevée, on a exécuté d'une manière admirable notre chant national de *Non Nobis*, dans

lequel nous avons particulièrement remarqué la
voix métallique du célèbre amateur *Wilkins Micawber junior*. Ensuite, selon l'usage, on a porté des
toasts patriotiques, aux acclamations de l'assemblée. Dans un discours plein de sentiment, le
docteur Mell a proposé la santé de notre hôte
illustre, l'ornement de notre ville. ''Puisse-t-il ne
jamais nous quitter que pour grandir encore, et
puisse son succès parmi nous être tel, qu'il lui
soit impossible de s'élever plus haut !''

« Rien ne saurait décrire l'enthousiasme avec
lequel ce toast a été accueilli. Les applaudissements
montaient, montaient toujours, roulant avec impé-
tuosité, comme les vagues de l'Océan.

« A la fin on fit silence, et *Wilkins Micawber* se
leva pour faire entendre ses remerciements. Nous
n'essayerons pas, vu l'état encore relativement
imparfait des ressources intellectuelles de notre
établissement, de suivre notre éloquent concitoyen
dans la volubilité des périodes de sa réponse,
ornées des fleurs les plus élégantes. Qu'il nous
suffise de dire que c'était un chef-d'œuvre d'éloquence, et que les larmes ont rempli les yeux de
tous les assistants, lorsque, remontant au début
de son heureuse carrière, il a conjuré les jeunes
gens qui se trouvaient dans son auditoire de
ne jamais se laisser entraîner à contracter des
engagements pécuniaires qu'il leur serait impossible de remplir.

« On a encore porté des toasts au *docteur Mell*, à *mistress Micawber*, qui a remercié par un salut, du seuil de la grande porte, où une voie lactée de jeunes beautés étaient montées sur des chaises, pour admirer et pour embellir à la fois cette scène émouvante ; à *mistress Ridger Beggs* (ci-devant miss Micawber) ; à *mistress Mell*, à *Wilkins Micawber junior* (qui a fait pâmer de rire toute l'assemblée en demandant la permission d'exprimer sa reconnaissance par une chanson, au lieu d'un discours) ; à la *famille de M. Micawber* (bien connue, il est inutile de le faire remarquer, dans la mère patrie), etc., etc.

« A la fin de la séance, les tables ont disparu, comme par enchantement, pour faire place aux danseurs. Parmi les disciples de Terpsichore dont les ébats n'ont cessé que lorsque le soleil est venu leur rappeler le moment du départ, on remarquait tout particulièrement *Wilkins Micawber junior* et la charmante miss Helena, quatrième fille du docteur Mell. »

Je retrouvai là avec plaisir le nom du docteur Mell, j'étais charmé de voir dans une si brillante situation M. Mell, mon ancien maître d'études, le pauvre souffre-douleur de notre magisrat du Middlesex.

M. Peggotty m'indiqua une autre page du même journal, où je lus :

« A DAVID COPPERFIELD, L'ÉMINENT AUTEUR.

« Mon cher monsieur,

« Des années se sont écoulées depuis qu'il m'a été donné de contempler chaque jour, *de visu*, des traits maintenant familiers à l'imagination d'une portion considérable du monde civilisé.

« Mais, mon cher monsieur, bien que je sois privé (par un concours de circonstances qui ne dépendent pas de moi) de la société de l'ami et du compagnon de ma jeunesse, je n'ai pas cessé de le suivre par la pensée dans l'essor rapide qu'il a pris au haut des airs. Rien n'a pu m'empêcher, non pas même l'Océan

Qui nous sépare en mugissant,

(BURNS),

de prendre ma part des régals intellectuels qu'il nous a prodigués.

« Je ne puis donc laisser partir d'ici un homme que nous respectons et que nous estimons tous deux, mon cher monsieur, sans saisir cette occasion publique de vous remercier en mon nom, et, je ne crains pas de le dire, au nom de tous les habitants de Port-Middlebay, au plaisir desquels vous contribuez si puissamment.

« Courage, mon cher monsieur, vous n'êtes pas

inconnu ici ; votre talent y est apprécié. Quoique
relégués dans une contrée lointaine, il ne faut pas
croire pour cela que nous soyons, comme le disent
nos détracteurs, ni *indifférents,* ni *mélancoliques,* ni
(je puis le dire) ce que l'on appelle des *lourdauds.*
Courage, mon cher monsieur, continuez ce vol
d'aigle ! Les habitants de Port-Middlebay vous
suivront à travers la nue avec délices, avec plaisir,
avec profit.

« Et parmi les yeux qui s'élèveront vers vous
de cette région du globe, vous trouverez toujours,
tant qu'il jouira de la vie et de la lumière,

« L'œil qui appartient à

« WILKINS MICAWBER,
« Magistrat. »

En parcourant les autres colonnes du journal,
je découvris que M. Micawber était un de ses
correspondants les plus actifs et les plus estimés.
Il y avait de lui une autre lettre relative à la
construction d'un pont. Il y avait aussi l'annonce
de la collection, de ses chefs-d'œuvre épistolaires
en un joli volume, seconde édition, *considérablement
augmentée.* Je crus reconnaître en outre que l'article
de fond, en tête du journal, était également de sa
main.

Nous parlâmes souvent de M. Micawber, le
soir, avec M. Peggotty, tant qu'il resta à Londres.

Il demeura chez nous tout le temps de son séjour, qui ne dura pas plus d'un mois. Sa sœur et ma tante vinrent à Londres pour le voir. Agnès et moi, nous allâmes lui dire adieu à bord du navire, quand il s'embarqua. Nous ne lui dirons plus adieu sur cette terre.

XLV

Et maintenant, voilà mon histoire finie. Pour la dernière fois, je reporte mes regards en arrière avant de clore ces pages.

Je me vois avec Agnès à mes côtés, continuant notre voyage sur la route de la vie. Je vois autour de nous nos enfants et nos amis, et j'entends parfois, le long du chemin, le bruit de bien des voix qui me sont chères.

Quels sont les visages qui appellent plus particulièrement mon intérêt dans cette foule ? Tenez ! les voici qui viennent au-devant de moi pour répondre à ma question.

Voici d'abord ma tante, avec ses lunettes d'un numéro plus fort. Elle a plus de quatre-vingts ans, la bonne vieille, mais elle est toujours droite comme un jonc, et, par un beau froid, elle fait encore ses deux lieues à pied, tout d'une traite.

Près d'elle, toujours près d'elle, voici Peggotty, ma vieille bonne : elle aussi porte des lunettes.

Le soir, elle se met tout près de la lampe, l'aiguille en main ; elle ne prend jamais son ouvrage sans poser sur la table son petit bout de cire, son mètre domicilié dans la petite maisonnette, et sa boîte à ouvrage, dont le couvercle représente la cathédrale de Saint-Paul.

Les joues et les bras de Peggotty, jadis si durs et si rouges, sont maintenant tout ratatinés. Ses yeux noirs se sont ternis, mais ils brillent encore. Mais son index raboteux, que je comparais jadis, dans mon esprit, à une râpe à muscades, est toujours le même. Aussi quand je vois mon dernier enfant s'y accrocher en chancelant, pour arriver de ma tante jusqu'à elle, je me rappelle notre petit salon de Blunderstone, et le temps où je pouvais à peine marcher moi-même. Ma tante est enfin consolée de son désappointement d'autrefois : elle est marraine d'une véritable Besty Trotwood en chair et en os, et Dora, celle qui vient après, prétend que grand'tante la gâte.

Il y a quelque chose de bien gros dans la poche de Peggotty ; ce ne peut-être que le livre des crocodiles. Il est dans un assez triste état, plusieurs feuillets ont été déchirés et rattachés avec une épingle ; mais Peggotty le montre encore aux enfants comme une précieuse relique. Rien ne m'amuse comme de revoir, à la seconde génération, mon visage d'enfant, levant vers moi ses yeux émerveillés par les histoires de crocodiles.

t laissé prendre. Mais, après tout,
'elle est chez nous, et que nous
assés de lui, j'espère bien que nous
eprendre courage. »

que Traddles habite est peut-être
nt Sophie et lui examinaient jadis
ribuaient en espérance le logement
leurs promenades du soir. La
de, et pourtant Traddles continue
iers dans son cabinet de toilette,
; Sophie et lui logent dans les
r laisser les plus jolies chambres à
x deux autres sœurs. Il n'y a pas
réserve dans la maison ; car, je
nt cela se fait, mais, pour une
une autre, Traddles a toujours à
é de « petites sœurs ».

tons pas le pied dans une pièce
écipitent en foule vers la porte, et
uffer Traddles de leurs embrasse-
e Beauté est ici à perpétuité ; elle
une petite fille. En l'honneur de
Sophie, nous avons à dîner les
ées, avec leurs trois maris, plus le
naris, plus le cousin d'un autre
ur d'un troisième mari, laquelle
point d'épouser le cousin. Au
nde table est assis Traddles le
urs bon et simple, comme autre-

Il m'accueille d'un air ravi.

Au milieu de mes garçons, par ce beau jour d'été, je vois un vieillard qui fait des cerfs-volants, et qui les suit du regard dans les airs avec une joie qu'on ne saurait exprimer. Il m'accueille d'un air ravi, et me dit, avec une foule de petits signe d'intelligence :

« Trotwood, votre tante est la femme la plus remarquable du monde, monsieur ! »

Voilà le bon docteur, notre excellent ami. Il travaille toujours à son dictionnaire ; il en est à la lettre *D*. Combien il est heureux entre sa femme et ses livres ! Et voilà aussi le vieux troupier. Mais il en a bien rabattu de ses prétentions ; et il est loin d'avoir conservé son influence d'autrefois.

Voici également un homme bien affairé, qui travaille au Temple, où il a son cabinet. Ses cheveux, du moins ce qui lui en reste, sont plus récalcitrants que jamais. La faute en est à la friction permanente de sa perruque d'avocat : cet homme, c'est mon bon vieil ami Traddles. Sa table est couverte de piles de papiers, et je lui dis en regardant autour de moi :

« Si Sophie était encore votre copiste, Traddles, elle aurait pas mal de besogne.

— Oui, certainement, mon cher Copperfield ; mais quel bon temps que celui que nous avons passé à Holborn Court ! n'est-il pas vrai ?

— A l'époque où elle vous disait que vous

deviendriez j
tout à fait là

— En tou
m'arrive...

— Vous s

— Eh bie
serai juge, je
je le lui ai p

Nous sort
dîner chez T
de Sophie,
parle que de

« Je suis
d'accomplir
le révérend
cure qui lu
livrs sterlin
une excelle
leurs étude
puis, nous
sœurs de S
avec nous
la maison
mistress C
comme des

— Exce

— Exce
C'est bien
un si ma

auquel elle s'e
maintenant q
sommes débar
allons lui faire

La maison
une de celles
la façade, et di
intérieur, dan
maison est gra
à serrer ses pa
avec ses botte
mansardes, po
la Beauté et a
une chambre
ne sais comm
raison ou pour
loger une infini

Nous ne me
qu'elles ne se p
ne viennent éto
ments. La pauv
reste veuve ave
l'anniversaire
trois sœurs mar
frère d'un des
mari, plus la s
me paraît sur
haut de la gr.
patriarche, touj

fois. En face de lui, Sophie le regarde d'un air radieux, à travers la table chargée d'un service qui brille d'un assez vif éclat pour qu'on ne s'y trompe pas : ce n'est pas du métal anglais.

Et maintenant, au sommet de finir ma tâche, j'ai peine à m'arracher à mes souvenirs ; mais il le faut ; toutes ces figures s'effacent et disparaissent. Pourtant il y en a une, une seule qui brille au-dessus de moi comme une lumière céleste, qui illumine tous les autres objets à mes yeux et les domine tous, c'est celle d'Agnès ; celle-là, elle me reste.

Je tourne la tête, et je la vois à côté de moi, dans sa beauté sereine.

Ma lampe va s'éteindre, j'ai travaillé si tard cette nuit ! mais la chère image, sans laquelle je ne serais rien, me tient fidèlement compagnie !

Aubin Imprimeur

LIGUGÉ, POITIERS

Reproduit et achevé d'imprimer en octobre 1992
N° d'édition 140/92 / N° d'impression L 41413
Dépôt légal octobre 1992
Imprimé en France

ISBN 2-87628-518-5